湖州市吴兴区文化精品创作重点扶持项目

红灯笼Ⅲ
隐秘对手

李全◎著

浙江工商大学出版社
·杭州·

图书在版编目(CIP)数据

红灯笼. Ⅲ,隐秘对手 / 李全著. — 杭州：浙江
工商大学出版社，2023.4

ISBN 978-7-5178-5410-4

Ⅰ. ①红… Ⅱ. ①李… Ⅲ. ①长篇小说－中国－当代
Ⅳ. ①I247.5

中国国家版本馆 CIP 数据核字(2023)第 044071 号

红灯笼Ⅲ　隐秘对手

HONG DENGLONG Ⅲ　YINMI DUISHOU

李　全著

策 划 人	沈　娟　任晓燕
责任编辑	金芳萍
责任校对	韩新严
封面设计	朱嘉怡
责任印制	包建辉
出版发行	浙江工商大学出版社
	（杭州市教工路 198 号　邮政编码 310012)
	（E-mail：zjgsupress@163.com)
	（网址：http://www.zjgsupress.com)
	电话：0571-88904980,88831806(传真)
排　　版	杭州朝曦图文设计有限公司
印　　刷	浙江全能工艺美术印刷有限公司
开　　本	710 mm×1000 mm　1/16
印　　张	18.25
字　　数	300 千
版 印 次	2023 年 4 月第 1 版　2023 年 4 月第 1 次印刷
书　　号	ISBN 978-7-5178-5410-4
定　　价	92.00 元

C目　录
ontents

引　子

傍水而生的小西街

　　1943年深秋，钮佳悦站在湖州城里的永安桥上，静静地看着日思夜想的小西街，不由泪流满面。她在梦里曾多次想象回到家乡的情景。只是今天回到这个久别的家乡，却是另外一番情景：一场蒙蒙的细雨如期而至。透过细密的雨丝，钮佳悦看到的是一片白墙黑瓦的小西街，它虽然饱经战火，但依然矗立在那里，只是墙上隐约可见的弹孔，还在向世人诉说着昔日的一切。

　　这个沿河而建，傍水而生的小西街，有着江南特有气息的民居，无论是地上的青石长街、古桥，还是行走的人们，都带着一种淳朴的江南气息。这就是小西街，这就是家乡的小西街，有着别的地方怎么仿也仿不来的独特风情。

　　秋雨飞飞扬扬，烟雨中的小西街更像一幅淡淡的水墨画。钮佳悦从永安桥走下，漫步于小西街。饱经战火洗礼后的小西街已经焕发出了青春的光芒。钮佳悦看在眼里，不由在心里默默地喊了一声："小西街，我的家乡，我的家，我回来了！"

　　如今，这个饱经战火的小西街已恢复了往日的繁华，人们三三两两地走在小西街上，谈笑风生。钮佳悦轻轻地闭上了眼睛，用心感受着这个生她养她的地方。

"日本鬼子已经是秋后的蚂蚱了……"正围在那里谈论着国家大事的几个人打断了钮佳悦的沉思。她慢慢睁开眼睛，看见一位穿着旗袍的女子打着一把小洋伞，笑靥如花，步履轻盈地从她身边走过，然后款款地向小西街深处走去。接着一群孩子不知从什么地方冒出来，他们拿着甜糕和青团子，相互嬉戏，又把手中的食物分发给另外的孩子。

这是小西街该有的样子和生机！钮佳悦仿佛从那群孩子身上看到了小西街的未来。

看到孩子们高兴的样子，钮佳悦像是看到了她自己小时候的样子。那时父母做着小生意，虽然家里不富有，但她也经常拿着甜糕分给其他小朋友。只是该死的日本鬼子的飞机投下炸弹，把她的一切都毁了。

钮佳悦来到家门口，仿佛又看到了熊熊的大火中，父母紧紧地抱在一起的样子。钮佳悦朝父母倒下的地方，深深地鞠了三个躬，眼泪忍不住流了出来。

这是她又一次向家乡告别。或许用不了多久，她就会再一次回到小西街，回到家乡，与邻居们过着自由自在的生活。只是她还肩负使命，这一去，又不知何时才能回到家乡，回到小西街。

雨似乎也懂钮佳悦的心，在此时停了下来。钮佳悦也慢慢地退出了小西街，在心里默默地念着："小西街，这个生我养我的地方，我一定会尽我最大的努力，让你变得更美更繁华，要让所有人都知道你，要让所有人都记住你……"

第一章

那个女人有点坏

　　1944 年初春,午后的阳光慵懒地洒在上海十六铺码头上,使得来往的行人心神不定。钮佳悦正在人群里焦急地等待从延安来上海的刘雅诗乘坐的船只靠岸。

　　在来来往往的人群里,有两个女子引起了钮佳悦的注意,她随即心里"咯噔"了一下。这两个女子就是化成灰,她也认得。个子矮小、长相极丑的女子是刚来特高课不到一个月的高级特工千惠子。千惠子是特高课从中国东北要过来的,顶替已经被钮佳悦杀死的花野洋子的班。个子高点、年纪小一点的女子是原七十六号行动处副处长陈丹璐。说起来,陈丹璐能坐上七十六号行动处副处长的位置,这都归功于军统特工李茜茜。因为李茜茜那一枪,直接将陈丹璐前任许一晗送上了西天。随着七十六号的不得势,陈丹璐便投靠了特高课,成了千惠子的搭档。

　　这两个女人同时来到十六铺码头,肯定是知道了刘雅诗今天来上海滩的事。钮佳悦想着,又仔细看了看十六铺码头周围,发现有几个便衣特工正在来回走动。尽管他们伪装得很好,但钮佳悦还是一眼就看出来了。

"糟糕。该怎么办?"钮佳悦心急如焚,再看向码头时,发现刘雅诗乘坐的客船已经靠岸,船上的客人正陆续下船。随着客人的走动,刘雅诗出现在钮佳悦的视线里。钮佳悦发现千惠子和陈丹璐正迫不及待地向码头靠近。钮佳悦想向刘雅诗发出示警信号,可这样就等于暴露自己。但刘雅诗绝不能落入千惠子手里。钮佳悦想着,把手伸进小包里,准备摸出那支小手枪。

突然,码头上传来了一声枪响,正在下船和已经下船的人顿时乱作一团,有的人抱头就地蹲下,有的人则撒开双腿就跑。

钮佳悦侧过脸去,看到开枪的人正是在码头上巡逻的警察宋书平。宋书平朝钮佳悦眨了一下眼,然后大声喊:"抓住那个小偷。那个小偷,你再跑,我就开枪了。"宋书平的话音刚落,便率领几个警察朝一个正在狂奔的人追了过去。

听到枪声的刘雅诗看到了一脸焦急的钮佳悦,便知道自己的行踪暴露了,正准备潜伏在人群里借机逃走,却看到钮佳悦朝她使了一个眼色,顿时明白了钮佳悦的意思。于是,刘雅诗立即挤进了人群里,还没等千惠子和陈丹璐挤过来,她已挤出人群,朝码头边的一条小巷子跑了过去。

"抓住她。"气急败坏的千惠子看到正在奔跑的刘雅诗,不由分说地朝刘雅诗跑的方向追了过去。陈丹璐这才反应过来,也急忙跟着追了过去。

钮佳悦装着惊慌失措的样子,也跟着跑了过去。

在离十六铺码头不远的一条小巷子里,蜷缩在一个角落里昏昏欲睡的十岁小乞丐陈阿三被刘雅诗的脚步声惊醒后,条件反射般地站了起来,揉了一下眼睛,只见眼前一个人影倏地一下就不见了。

"肯定是饿花眼了。"陈阿三喃喃自语,然后站起来,伸了个懒腰,又抖了抖身上的尘土,拿起一根比他还要高的木棍和一只缺了一个大口的土碗准备离开这里。

陈阿三有好几天没讨到饭了,肚子也不争气地叫了起来。如果今天能吃上一顿饱饭,陈阿三完全可以去百乐门舞厅看拍电影。这次来拍电影的明星不少,替身演员完颜婵娟也来了。完颜婵娟的汉名叫王蓦瑶，是前清的一个格格，长得特别漂亮，是很多男人的梦中情人。想到此，陈阿三又替完颜婵娟感到惋惜，因为完颜婵娟不是这部电影的主演，她只是一个替身演员。如果完颜婵娟是这部电影的主演，估计整个上海滩的男人都要为她发疯。可惜啊可惜，完颜婵娟只是一个落魄的格格，如果她不当替身演员，连饭都吃不上。想到此，陈阿三不但同情起完颜婵娟这个格格，也同情起自己来。他与完颜婵娟的命运完全相似。陈阿三以前也是一个大户人家的孩子，可自从日本鬼子打进上海后，日本鬼子不但杀害了他的父母，还抢夺了家产。好好的一个家就这样败落了，陈阿三虽然大难不死，但没有后福，还成了一个乞丐。

陈阿三叹了一口气，便转身想去小巷子另一头乞讨，谁知他刚一转身，就被追赶过来的千惠子撞了个趔趄，接着，便听到"咣当"一声，陈阿三的那只破碗掉在地上，碎了！陈阿三身边的其他几个乞丐顿时流露出惊异的目光。倏尔，他们慌张地各自跑开了，一眨眼，就不见了踪影，丢下在风中凌乱的陈阿三。

"侬……"陈阿三刚想说话，才看清眼前的女子是特高课新来的特工千惠子。

"小瘪三，滚，侬做啥呢？敢阻挡阿拉的路，阿拉让侬吃不了兜着走。"千惠子骂完，不由分说，抬起手给了陈阿三一个巴掌，然后又急匆匆地跑开了。

"这年头，连日本鬼子也会讲阿拉上海话了。"陈阿三看了一眼已经跑开很远的千惠子，慢慢地蹲下去捡那只已经碎了的土碗，转身往地上吐了一口口水，谁知他把口水吐在了跟过来的陈丹璐的鞋上。

"小瘪三，你敢把口水吐在我的鞋上？"陈丹璐不由分说，一把拉过陈阿三，抬手也给了他一巴掌。

陈阿三捂着脸，抬起头一看打他的人是陈丹璐，吓得浑身直发抖。刚刚送走了日本鬼子千惠子，又迎来了陈丹璐这个女汉奸。陈阿三知道陈丹璐的名字还是一个月前。那天，陈阿三与往常一样在街边乞讨，就看到陈丹璐带着一群汉奸清除街上的行人。陈丹璐像风一样，四处追打跑得慢的行人。陈阿三来不及跑，被陈丹璐打了一皮鞭，痛得他大哭起来，好在另一个成年的乞丐，顺手拉起他朝小巷里跑,这才躲过了陈丹璐的追打。现在想起来,陈阿三还觉得后背隐隐作痛。所以,每次听到有人喊女汉奸陈丹璐来了,他便没命地跑。没想到,今天竟然把口水吐在了这个女汉奸的鞋上,还挨了她一巴掌。

陈阿三捂着还在发痛的脸,只觉得新仇旧恨涌向心头,死死地盯着陈丹璐,厉声问道:"侬想做啥呢?"

"你这个小瘪三,还敢顶嘴。"陈丹璐抬手又想给陈阿三一巴掌,手却被陈阿三死死抓住了。尽管陈阿三只有十岁,劲不大,但他抓住陈丹璐的手后,立即把头伸了过去,在陈丹璐的手背上狠狠地咬了一口。没等陈丹璐反应过来,陈阿三便像一阵风一样跑开了。

陈丹璐没想着陈阿三会咬她,气得双脚直跳,破口大骂起来:"哎哟,小瘪三,学狗咬人了。下次别碰到老娘,看老娘咋收拾你。"

骂完,陈丹璐回过头来,发现前面的千惠子已经没了人影,也顾不上追赶陈阿三,带着刚刚赶过来的几名特工向千惠子的方向跑去。

陈丹璐离开后,躲在巷子里杂物中的刘雅诗走了出来,朝追赶过来的钮佳悦使了个眼色,两人不约而同地长长地舒了一口气,然后会合在一起,朝千惠子与陈丹璐相反的方向走去。

半路上,钮佳悦自责不已:"雅诗姐,你刚来上海就遇到如此大的危险,都是我的工作没做好。"

"佳悦,上海滩处处都充满着危险。党组织派我来协助你的工作,即使有危险,我们也要在危险中完成党组织交给我们的任务。"刘雅诗说完,朝四处看了看,又说,"佳悦,算起来,我在上海潜伏的时间比你长,对这里的大街小巷了如指掌,我们现在算是躲过这一劫了,应当安全了。"

钮佳悦想说点什么,但话到嘴边又咽了回去,她现在最主要的任务是把刘雅诗接到安全地点。虽然刚才躲过了特高课的千惠子和陈丹璐的追击,但她还是很担心李茜茜会沿着她们的脚步追过来。早上,钮佳悦在来十六铺码头的路上,就觉得有人在跟踪她,虽然她没看清那个人的脸,但从她的身影看出,她就是军统特工李茜茜。

不久前,李茜茜一枪击中了七十六号特工许一晗,但许一晗在倒下的那一刻,手中的枪也响了,击中了李茜茜。李茜茜被军统的特工带走,是军统上海某站站长谷海山救活了她。尽管有好一段时间都没有见到李茜茜的身影了,但最近听其他同志说,她又开始执行任务了。

"佳悦,刚才那个孩子的表现很好,如果我们有机会,得好好感谢他。"刘雅诗边走边对钮佳悦说。想起刚才的险境,刘雅诗也感到背心发凉。如果不是她惊醒了正在昏昏欲睡的陈阿三,后果很难意料。陈阿三也好像知道她的意思一样,站起身来,与追过来的千惠子撞了个满怀。

"雅诗姐,我们还是快点走吧。"钮佳悦催促道,"我们虽然躲过了这一劫,但难免不再出意外。只有到了安全的地方,我们才能保证安全。"

就在钮佳悦与刘雅诗刚走没多久,一个女子从另一条巷子里走了出来,嘴里喃喃地说:"钮佳悦,原来你来十六铺码头是接刘雅诗啊。今天有千惠子和陈丹璐追你,那我李茜茜就放过你,但我们之间的战斗才刚刚开始。"

李茜茜说完,嘴角露出了笑容,但这个笑容没持续到三秒钟,她就捂着胸,忍不住咳嗽起来。

千惠子沿着小巷追过去,却没有见到刘雅诗的身影,不由嘀咕起来:那个女子怎么跑得那么快?自己肯定遗漏了什么。情报是准确的,说今天有一个从延安来的女共产党在十六铺码头登陆上海滩,另一个在上海的女共产党去迎接。刚才那个女子的年纪与情报上的人相符,相貌也一样,这说明她就是共产党。只是另一个来码头接头的女子没现身,难道她早就发现自己了?码头上为什么会出现小偷?时间怎么也这么巧?宋书平恰好在此时开枪,难道这一切都是巧合?

千惠子正想着,已是气喘吁吁的陈丹璐才带着几名特工赶到,急忙问道:"千惠太君,追到那个女共产党了吗?"

看到陈丹璐这么晚才追过来,千惠子不由生气起来,骂道:"混蛋,跑得慢不说,还气喘吁吁的,真丢我们特高课的脸。"

千惠子始终觉得陈丹璐是扶不上墙的烂泥,自己带她来抓共产党,本身就是一个错误。想到这里,千惠子又不由自责起来,如果不是自己立功心切,怎会带着陈丹璐直接到码头去抓人?而且共产党比自己想象中狡猾多了,顺着人群躲过了自己的抓捕,然后与接应的共产党跑了。如果让陈丹璐把住码头出口,自己进到里面抓人,又怎能让那两个共产党跑掉呢?最可恶的是自己连迎接的那个共产党的脸都没看见,只知道是一个年纪不大的女子。在上海滩,像那样的女子多如牛毛,又能在哪里找到她们呢?

陈丹璐见千惠子生气了,赶紧道歉:"千惠太君,对不起,对不起,都是我不好,跑得太慢。"

看到陈丹璐一直道歉,千惠子把一切的过错都归于她,又骂起来:"把你这个混蛋派来协助我,简直是对我的侮辱。"

"千惠太君,话可不能这样说。我们都是为大日本帝国服务的,只不过分工不同而已。"陈丹璐没想到第一次与千惠子合作,就被骂得狗血淋头,心里极不舒服。若是面前的人是中国人,她早就掏出手枪,不由分说朝那人扣动了扳机。可面前的这个女人是特高课新来的高级特工,据说她在东北立下了很多功劳,得到土肥原贤二的赏识,名气不亚于山本菊子。山本菊子早年活跃在东北马贼和白俄匪军之间,为日本军队获取了大量情报。只是这个日本间谍去世得早,不然,千惠子肯定把她比下去。

"你能与我平起平坐吗?你也不看看自己的模样。"千惠子怎能不生气?这是她从东北来到上海执行的第一项任务,就这样失败了。如果这事被特高课的同行知道了,岂不成了一个大笑话?

"是,千惠太君。你是大日本帝国的高级特工,我以前只是七十六号行动处的一个副处长,哪能与你比?"陈丹璐本不想还嘴,但她还是把话说了出来。

提到七十六号,陈丹璐就特别心痛。其实,陈丹璐以前只不过是七十六号的档案管理员,如果不是原行动处副长处许一晗死了,哪里能轮到她当行动处的副处长呢?说白了,当时的七十六号已经找不出几个像样的特工来了。可是,陈丹璐这个副处长的位置屁股都没有坐热,七十六号就失势了,她不得已才投靠了特高课。凭着原七十六号的档案管理员的身份,她掌握了不少七十六号和共产党与国民党的机密,特高课便接收了她。她跟千惠子来十六铺码头抓共产党,本想露一下脸,表现表现自己的能力。谁知,她与千惠子犯了同样的错误。现在被千惠子骂得连狗都不如,她岂受得了这个气,可她又能怎样?只能把这口气咽回肚子里,知道自己现在不能得罪千惠子,要不然以后哪有自己的好果子吃。但陈丹璐心里也在暗暗发誓:千惠子,你不要太得意,我们的较量才刚刚开始。

"还不带着你的人滚?"千惠子见陈丹璐终于向自己低头了,在心里不由冷笑起来,她需要的就是这个效果。作为刚来上海滩的特工,千惠子需要在陈丹璐面前树立威信,要让陈丹璐俯首帖耳。作为特高课的高级特工,千惠子是知道陈丹璐所想的,当然,她也觉得自己是大日本帝国高级特工,被派到上海滩来执行这些小任务是对她的侮辱。因为花野真衣和花野洋子两姐妹都死在共产党一个代号叫红灯笼的人的手里。一个人死在红灯笼手里,情有可原,可两姐妹都死在同一个人手里,那就值得深思了。只是花野洋子算个啥?她在中国东北只不过是一个慰安妇,居然跑到上海滩来做了特高课的高级特工,简直侮辱"特工"这两个字。但花野真衣却是千惠子尊敬的特工,花野真衣从小就被带到中国,学习中国话和方言,为大日本帝国立下了汗马功劳。只是这两姐妹都有一个致命的弱点,对敌人太仁慈,这导致她们没有为大日本帝国服务到胜利的那一天,就魂飞魄散了。

"对敌人仁慈就是对自己残忍。"千惠子自从踏入特工这一行时,就记住了这句话,所以,她对谁都不会仁慈,包括陈丹璐。尽管陈丹璐也在为大日本帝国做事,但千惠子始终看不上她。别看陈丹璐对付军统和共产党是那么回事,无论是用刑,还是杀害他们。但一个连同胞都敢杀的人,她的心又会好到哪里去?一个连自己的国家都能背叛的人,她又哪里会对新主子忠心?以后要时时提防陈丹璐,凡是重要的线索都不能告诉她。支那人绝对是不可靠的。想到此,千惠子又在心里狠狠地问候了陈丹璐的祖宗一百遍,才转身离去。

钮佳悦和刘雅诗来到老李的茶馆,老李正焦急地在茶馆里踱步,见到钮佳悦带着刘雅诗安全地回来了,悬着的心才放了下来。

"老李,我给你介绍一下,这位就是刘雅诗同志。"钮佳悦叫住了老李，又向刘雅诗介绍起老李，"雅诗姐，这位就是老李同志。他是你到延安后，党组织安排在这里掩护我的。"

"老李同志，你好。"刘雅诗伸出手来与老李紧紧地握着。

"你好，刘雅诗同志，书平同志在后院偏房的包间等你们。我到外面放风去。"老李说完便走出后院。

钮佳悦带着刘雅诗轻车熟路地来到偏房，宋书平急忙迎了过来。看到钮佳悦和刘雅诗都完好无损，宋书平悬着的心放了下来。本来是他去十六铺码头接刘雅诗的，但作为警察的他如果代替钮佳悦去码头接人，目标太大，所以只得同意钮佳悦去十六铺码头。但宋书平担心钮佳悦的安全，便带了几个警察去十六铺码头巡逻，其实是想暗中保护钮佳悦。果然，他在十六铺码头看到了千惠子和陈丹璐，便知事情不妙。当他看到千惠子和陈丹璐向刚下船的刘雅诗靠近时，便开枪发出警告，也吓得刚下船的人四处乱窜。宋书平知道钮佳悦和刘雅诗作为特工，明白枪声意味着什么。果然，钮佳悦十分机智，带着刘雅诗跑出了码头。

"宋书平，怎么是你？"刘雅诗在见到宋书平时，大吃了一惊，不用钮佳悦介绍，她已经明白宋书平是自己人。以前，她与姐姐刘雅芝（刘嫂）在上海滩潜伏时，认识了宋书平，只觉得他是一个伪警察，对他没有好感，但是宋书平总在关键时刻出现，并且替她解决危难。

"雅诗姐，宋书平是我们的同志，他在上海的主要任务是保护我。"钮佳悦说完，就把她怎样认识宋书平，以及她与宋书平合作打败花野洋子的事告诉了刘雅诗。

"原来是这样啊。"刘雅诗终于明白过来。

宋书平紧紧地握住了刘雅诗的手，说："刘雅诗同志，欢迎回到上海滩，我们可以并肩战斗了。对了，佳悦，今天的情况太危险了，我不得已才开枪。"

"书平同志，虽然你做得对，但恐怕你要暴露了。"钮佳悦知道宋书平，不到万不得已是不会开枪的，况且她就在现场，知道当时是多么的危险。如果不是宋书平那一枪，刘雅诗肯定会被千惠子抓住。可以说，今天去十六铺码头迎接刘雅诗，是一个绝密的任务，特高课是怎么知道的？到底是哪里出了差错呢？刘雅诗来上海滩也是绝密的,这个消息虽然是从延安传过来的,但是是由专人送过来的。传递消息的同志非常可靠,他冒着生死把这么重要的消息送到上海,就已经值得信任了。如果他中途变节,根本就没有理由再把刘雅诗到上海的消息告知钮佳悦。如果特高课提前得到了消息,就不可能等到刘雅诗来到十六铺码头实施抓捕。可钮佳悦转念一想,又觉得这个理由有些牵强,如果是特高课来一个放长线钓大鱼呢?如果不是自己机警,刘雅诗跑得快,再加上巷子角落里的那个乞丐无意中挡住了千惠子的去路,自己和刘雅诗能否安全到达,还很难说。于是,钮佳悦把她的想法对刘雅诗和宋书平说了。

"早上,我收到了消息。我们的一个交通员被千惠子抓住了,没经受住拷打,全部交代了。但他只知道刘雅诗同志来上海滩,不知道去码头接应的人是佳悦。我也是到十六铺码头才得到这个消息的,却无法把这个消息传递给你。"宋书平说。

"原来是这样。"钮佳悦长长地舒了一口气,又问道,"那个叛徒怎么样了?"

"他已经被我们的人解决了。"宋书平回答说。

"那就好。"刘雅诗悬着的心才放了下来,又说,"党组织派我来上海,配合佳悦执行两个绝密的任务。"

"什么任务?"钮佳悦和宋书平异口同声地问道。钮佳悦只知道刘雅诗来上海滩,协助她工作,只是没想到党组织又派来了新任务。

"第一个任务,上级党组织要求你继续以'红灯笼'为代号,潜伏在上海滩,为我党提供情报。党组织还要求我留在上海滩协助你的工作。第二个任务,就是营救龙华集中营里的国际友人。这些国际友人中有一个人特别重要,他的名字叫安德烈。为了准确地营救他,我还带了他的照片。"刘雅诗说着掏出一张照片,递给钮佳悦和宋书平看。

"美国人?还是一个满脸大胡子的美国人。"钮佳悦虽说不是第一次看到美国人,但还是吓了一大跳。

"对。"刘雅诗回答说。

"怎么营救?这个任务太难了。"钮佳悦八年前来到上海时,就被花野真衣骗进了大桥监狱四号牢房。四号牢房的面积只有十五平方米,却一下子关了二十多人。大家只能睡通铺,通铺下面仅有一条窄窄的走道,在押人员在牢房内走路都很困难。每每想到此,钮佳悦就对自己说,那么艰苦的日子都挺过来了,现在一定要好好地工作,把日本鬼子早日赶出中国这片土地。但是对于龙华集中营,钮佳悦只知道它被日本鬼子设立在龙门书院的校园里,主要用来关押上海公共租界的欧美侨民。既然是集中营,又设立在学校里,条件肯定十分简陋,再加上现在上海物资匮乏,经常缺水缺粮缺药。很小的地方关押了那么多人,他们的日子怎么能好过呢?只是要在那么多人中救出安德烈,其难度可想而知。

"救出安德烈有着特别重大的意义。也正是因为有难度,上级党组织派我来协助你。上级党组织要求我们营救出安德烈后,将他送往浙西游击队,再由他们送往重庆。"刘雅诗说,"日本鬼子把关押的人按照国籍和进入先后进行编号,给他们佩戴袖标,美国人是 A,英国人是 B。至于安德烈的编号是多少,现在还不得而知。"

"虽然没有编号,但有照片,我们一样能找到他。"宋书平似乎想到了办法,又说,"龙华集中营虽然不属于我管辖的地方,但我也认识那里的几个警察,可以通过他们了解一些情况。"

"我把你忘记了。"钮佳悦突然笑了笑,"一想到难度,我就往别处想了,却没想到书平同志是警察。在人员调查这方面,你比我强多了。"

"对,有了书平同志这层关系,就可以把龙华集中营里的情况弄清楚了,我们再制订营救方案。"刘雅诗说。

"就这么办,不过,书平同志去了解龙华集中营的情况,同时我们也不能闲着,先制订营救路线,然后想办法将安德烈送出上海城。现在日本鬼子疯了似的,白天地上派兵到处巡逻,黄浦江里有军舰,天上有飞机,稍不留心就会暴露行踪。"钮佳悦还要监听敌人的电台,去监狱营救的工作本不是她的强项,可党组织交代的任务,哪怕是牺牲自己的生命,她也要去完成。

"对了,我们在十六铺码头遇到的那个小乞丐,如果能找到他,以后说不定对我们的营救工作会起到很大的作用。"刘雅诗突然说起白天在小巷里撞到千惠子的陈阿三。

"雅诗姐,我也正有此意。"钮佳悦也觉得仅他们三个人,营救任务的难度太大了,可是,陈阿三只有十来岁,钮佳悦又觉得他的年纪太小了。于是,她又说:"他还只是个孩子,我们没必要让他卷入这个旋涡之中。"

钮佳悦之所以这样说,是因为她想起了阿胖。阿胖也只有十来岁,是一个特别聪明的孩子,可他年纪轻轻就献出了宝贵的生命。想到此,钮佳悦仿佛看到阿胖正在朝她微笑。

"他是一个非常聪明的人。如果说他阻挡千惠子的路是无意识的,那他为什么又挡住了陈丹璐的路? 我一直在想,他看似无意,绝对是有心的。"刘雅诗觉得不能放过任何一个能够争取过来的人。

"这事,我看还是先考虑考虑,如果有机会,我们就把他争取过来。"钮佳悦觉得陈阿三就是另一个阿胖。钮佳悦想到自己十二岁那年,如果不是遇到李思瑶,自己现在不可能还活在这个世上。

"我看这样也行。我已经出来这么久了,该回警局了。时间长了会引起人怀疑。刘雅诗同志一路劳苦奔波,也该早点休息了。"宋书平赞同钮佳悦的意见,又说,"佳悦,你与刘雅诗同志去住的地方,老李会安排人手保护你们的。"

"知道了。你也要小心点,还要想好如何应付千惠子问你开枪的事。"钮佳悦嘱咐起宋书平,又说,"有了龙华集中营的消息,马上联系我们。"

"我已经想好如何应对千惠子的问话了。"宋书平把握十足地说。

李茜茜来到谷海山的住处时,只见谷海山拿着烟斗在房间里踱步。显然,谷海山遇到了比较麻烦的事。谷海山看到李茜茜进来后,问道:"茜茜,伤好些了吗?"

"谢谢站长的关心,我的伤不要紧。"李茜茜的这条命是谷海山救回来的,她不想让他担心自己的伤。但李茜茜最终还是没有忍住,咳嗽起来,一只手捂着胸口。咳嗽最厉害时,李茜茜感觉到肺都咳出来了一样。

"还说不要紧,都咳得这么厉害了。"谷海山有些心疼起李茜茜来。这几年来,尽管李茜茜失败过,但她成功大于失败。李茜茜没有功劳,也有苦劳。几年前她就潜伏在百乐门舞厅里,不但耽误了她的青春,还耽误了本该属于她的事业。当年,在谷海山培训的李茜茜这一届学员中,就数李茜茜和朱佩玉最出色。虽然李茜茜在某些业务方面不如朱佩玉,但她不会像朱佩玉一样为情所困。

"站长……"对于谷海山的关心,李茜茜是心存感激的。如果没有谷海山,她也许早就不在人世了。李茜茜仿佛看到了她朝许一晗开那一枪的时候,她认为那是十拿九稳的事,甚至有些得意。正是因为她的得意,许一晗在倒地的那一刻,手枪里的子弹也射向了她。如果不是手下的几个特工及时地把她送到谷海山那里,如果不是谷海山的医术过硬,或许她与许一晗一样死了。尽管谷海山的医术很好,手术也很成功,但毕竟是在敌占区,手术的器械、药品都无法与大后方相比。所以,虽然李茜茜的命被救回来了,但还是落下了后遗症。病情一发作,就会忍不住咳嗽,等到咳嗽停止,好像半条命都没有了一样。谷海山也劝她回到重庆去,换一份工作。可李茜茜总觉得她的战场在上海滩,她不能离开上海滩。

"茜茜,今天的情况打听得如何了?"谷海山这才问起来。因为特高课的花野洋子和七十六号的许一晗相继死亡,特高课一直怀疑是军统的人干的,因而,他们对军统追查得特别厉害。但谷海山知道花野洋子是被共产党杀死的。能够杀死花野洋子,而且不为人知,那一定是中共从延安派来的红灯笼所为。可是,他命李茜茜去追查红灯笼,至今都没消息。加上李茜茜受伤后,谷海山只能派其他特工打听消息,每次都是失望而归。共产党的那个代号叫红灯笼的特工好像在上海滩消失了一样。他本打算待李茜茜伤好后,派她到大后方去,可李茜茜执意要留在上海滩。在得知共产党又从延安派来一名特工来上海滩后,他便派李茜茜前去打听消息。

"没有红灯笼的消息。我倒是看到特高课新来的高级特工千惠子与原七十六号行动处副处长陈丹璐联合起来调查。"李茜茜不想把钮佳悦去码头接刘雅诗的事告诉谷海山。李茜茜觉得钮佳悦不同于一般人,她小小年纪就能在上海潜伏下来,做到了李茜茜都做不到的事情。如果她告诉谷海山,钮佳悦就是他要找的红灯笼,估计谷海山都要发疯。现在她不把这个消息告诉谷海山,不等于以后不告诉他,那需要寻找一个特定的时机才行。

"没查到就没查到吧。陈丹璐已经投靠了特高课,成了千惠子的搭档。"谷海山放下烟斗,叹了一口气,又说,"其实我也不想你那么辛苦。但是,刚刚戴老板给我们下了命令,让我们伺机从龙华集中营把一个美国友人救出来,他的名字叫安德烈。重庆方面似乎很看重他,只是……"

"站长,要想从龙华集中营救人,仅靠我们这点人手,恐怕是难于上青天。"李茜茜当然知道龙华集中营的情况,所以打断了谷海山的话。就是把整个上海的军统特工,包括锄奸队都派出去,也不够塞守卫龙华集中营的日本宪兵的牙缝。如果非要从里面把人救出来,那代价也太大了。

"是啊。所以,我正为这件事而烦恼。情报上说如果不及时把安德烈等人救出来,他们无法向美国政府交代。安德烈是一个非常重要的人物,他一旦暴露,后果不堪设想。"谷海山又何尝不知道任务的困难程度。只是重庆的命令,他又怎能不服从?

龙华集中营就是以前的龙门书院。龙门书院的主教学楼叫龙门楼,寓意非常明显,"鲤鱼跃龙门"。日本鬼子还未占领上海时,谷海山就在里面讲过课。他也从里面物色了好几个学生,将他们训练成了合格的特工。如今他们都在重庆,混得风生水起。只是没有一个人,愿意来到第一线,谷海山觉得头疼。如果他们都像李茜茜这样,重伤都不下火线,那该多好。可是,人各有志,谷海山也不能强求他们。他们在重庆也是为政府工作,只是分工不同而已。

"重庆下达的任务,我们不去完成也不行。可要完成这个任务,难度可想而知。该咋办?"李茜茜说着又忍不住咳嗽起来,摸出几颗药赶紧吃下。

"茜茜,你去休息吧。"谷海山本想把这个任务交给李茜茜,可一看到李茜茜虚弱的身体,又有些于心不忍,李茜茜是他手下唯一的得力干将,让她带病去完成任务,实在是迫不得已。想到这里,谷海山心里一酸,在党国最危难的时候,他竟然找不出可用之人。

"站长,我还挺得住。"李茜茜止住咳嗽声,"你就把这个任务交给我吧。不过,你得多调配几个人给我。"

"茜茜,你要知道完成这个任务几乎是九死一生,如果把国际友人救出来,皆大欢喜,如果救不出来,即使没有牺牲,也不会有将来了。"谷海山劝慰李茜茜,他不想看到已经受了伤的李茜茜,再次受到伤害。可是,又实在找不到像李茜茜这样聪明的特工了。谷海山左右为难。

"站长,我的命是你救回来的。如果没有你,我的这条命已经没有了。现在多活一天,都是赚着的,这样的任务就应当交给我。"李茜茜知道谷海山的难处。自己不去替他完成这个任务,又有谁完成得了这个任务呢?最终结果不论是输还是赢,只要自己尽力了,重庆那边也就不会怪罪谷海山。

"那好吧。你先计划计划。等你有了计划,我们再商量。"谷海山心里虽然不愿意把这个重要的任务交给李茜茜,但他又实在没有别的办法。先看看李茜茜的计划,再做打算。

"我马上回去做计划。"李茜茜之所以坚决要求去龙华集中营营救安德烈,其实她心里也有一个小九九,那就是在刚刚从延安来的刘雅诗身上打主意。刘雅诗不会无缘无故地来到上海滩,或许她的任务也是营救安德烈。

第一次与千惠子合作,就被她骂得狗血喷头,陈丹璐气不过。陈丹璐刚刚投靠特高课,就被千惠子辱骂,不但不敢还嘴,还得做出一副唯唯诺诺的样子。陈丹璐几时受过这样的气?以前许一晗在七十六号行动处任副处长时,不但受特高课的花野洋子的骂,还受七十六号行动处处长的不待见,陈丹璐还幸灾乐祸,认为许一晗不会做人,不会好好地表现。陈丹璐现在才深深地体会到许一晗的不易。如果自己再不做出一点成绩来,将来会落得和许一晗一样的下场。如果共产党真那么好对付,怎么会抓都抓不完,更别说那个从延安来的叫红灯笼的特工。许一晗和花野洋子搭上性命,都没有抓到她。可见,红灯笼隐藏得多深,又是多么可怕的一个人。

陈丹璐想,特高课真不是人待的地方,抓不到人要挨骂,跑慢了也要挨骂。特别是在千惠子面前,她永远都没有抬头的一天。以前,陈丹璐看到花野洋子到七十六号来指着许一晗的鼻子骂,在花野洋子走后,处长又接着骂。许一晗是哭也不敢哭,气也不敢气,还要迎着笑脸说"是"。陈丹璐现在倒有些同情当时的许一晗了,也理解许一晗当时的处境,只是没想到现在自己的处境与她当时的一样。花野洋子还只是一个由慰安妇转变成的特工,千惠子可是正牌的特工,在东北为日本鬼子立下过很多震惊特工界的功劳。她到上海来接替花野洋子,完全是不给别人活路。陈丹璐此时也后悔不已,作为一个中国人,居然为日本鬼子干事,而且还是干对不起祖宗的事。

如果不继续走下去,等待她的不只是特高课的追杀,还有共产党和国民党的特工的追杀。陈丹璐深深地体会到"上贼船容易,下贼船难"这句话的含义。现如今,只能一条路走到黑。只要有了特高课的庇护,就不会被共产党和国民党追杀。想到此,陈丹璐咬了咬牙,只有多抓几个在上海滩的共产党和国民党特工,她的好日子才会到来。可如今又到哪里去找共产党和国民党的特工呢?

他们在上海滩隐藏得既久又深,是那么容易让人找到的吗?陈丹璐苦笑了一声,端起一杯酒猛地灌了下去,顿时觉得胃里有东西直往嘴里冒,她还没走到卫生间就吐了出来,接着头一昏,摔倒在地上。

几天过去了,宋书平都没送来消息,刘雅诗有些坐不住了,任务紧,如果现在还没有摸清龙华集中营的情况,怎么去营救安德烈等国际友人?所以,刘雅诗与钮佳悦商量:"佳悦,都过去几天了,宋书平同志还没有送来消息,我们不能这样等下去了,得尽早去摸清情况。"

"我也有这样的想法,只是现在日本鬼子特别猖狂,我们的本职工作是潜伏,为党组织提供有价值的情报,如果就这样冒失地去打听消息,万一发生意外,又该怎么办?"钮佳悦说出了她的担心。她何尝不想快点完成党组织交给她们的任务,可是这个任务特别难,不能因为一时的冲动,就不计后果地去执行。

"佳悦……"刘雅诗还想说下去,忽然发现一年多不见,钮佳悦显得成熟多了,遇到问题也考虑得特别深入。刘雅诗反而觉得自己在上海滩潜伏了七年,又到延安学习了一年,自己的那个急性子始终改不了。

"我们还是等宋书平同志来吧。他说过的事就一定能办到。他的身份特殊,比我们去调查方便得多。"钮佳悦相信宋书平的能力,但也只是在迫不得已的时候才让宋书平去调查。刘嫂牺牲后,如果没有宋书平的暗中帮助,钮佳悦一个人还真不知道该如何是好。特别是在她面对李茜茜、许一晗和花野洋子的时候,宋书平及时地出现了,帮助她扫清了花野洋子这个障碍。

　　"我还有一个提议,我们可以先去找一找那天帮我们挡住千惠子和陈丹璐的那个乞丐,我总觉得他对我们完成任务会有很大的帮助。"刘雅诗还是心急了。

　　那天,那个小乞丐的确是帮了钮佳悦与刘雅诗一个大忙,如果没有他阻挡千惠子和陈丹璐的去路,她俩就很难脱身了。当时,钮佳悦看到了那个小乞丐的眼神,感觉他对千惠子和陈丹璐恨之入骨。想到那个小乞丐,钮佳悦又想到了阿胖。阿胖作为扒手,是最差的一个,经常是吃了上顿没下顿,他走入歧途,是这个时代造成的。那个乞丐与阿胖有很多相似的地方,虽然年纪比阿胖略小,但他的骨子里有一股正义感。如果不是日本鬼子侵略中国,占领上海,他也许会在父母的关怀下,健康地成长,或者这个时候正在学校里读书。作为乞丐,他也许与阿胖一样,吃了上顿没下顿,他需要人关怀,需要人关心,他更需要填饱肚子。作为乞丐,他们有他们的"领地",他们也像阿胖一样,有他们得到消息的独特路径,说不定,他真能成为自己完成任务的帮手。既然刘雅诗有了这个提议,钮佳悦也觉得现在该去会会那个小乞丐了,只是偌大的上海滩,又该到哪里去寻找他呢?

　　"那我们到十六铺码头去找。那天,我们在十六铺码头见到他,以我以前对上海滩的了解,乞丐们大多有各自的地盘,乞讨是不能越界的。如果一旦越界,就会受到其他乞丐的殴打。那个小乞丐看样子只有十岁左右,他这么小的年纪,是不可能越界的。所以,他的地盘肯定是在十六铺码头一带,到那里肯定能找到他。"刘雅诗分析道。

　　"你分析得对。他应当就在那片地区。只是,十六铺码头鱼龙混杂,我怕我们的安全会受到威胁。"钮佳悦把刘雅诗从十六铺码头接回来时,就遇到了千惠子和陈丹璐的追捕。如果她们的安全受到威胁,她情愿不把陈阿三找来。

　　"可是,现在我们对龙华集中营的情况一无所知,宋书平也没带来消息,说明龙华集中营那边管得特别严格。如果是乞丐去那边打探消息,或许比宋书平还要容易些。"刘雅诗有些迫不及待地想要得到龙华集中营的消息。她从延安出发来上海前,已经向上级党组织写下了保证书,一定把安德烈等国际友人从龙华集中营救出来。其实,刘雅诗也知道要完成这个任务特别艰难。她在上海滩潜伏了七年,又怎么不知道上海滩的情况呢?

"雅诗姐,我们再商量商量,不要这么急。"要说钮佳悦心里不急,那是假的。但她也知道任务的特殊性,急也没有用,她从不打没有把握的仗。龙华集中营里关押的是各国的人士,日本鬼子监管森严,别说把几个人救出来,就算是一只苍蝇飞出来,日本鬼子也会查半天的。

"佳悦,我知道自己是个急性子,但我们就这样干等,啥事情都不做也不是办法。日本鬼子不可能在我们的等待中把那些人放了,只能是我们主动出击。"刘雅诗有些坐立不安起来,她早就得知消息,日本鬼子可能要处决一批龙华集中营中包括安德烈在内的人,所以,党组织才派她冒着危险来上海,协助钮佳悦营救那些人。

"容我再想想,如果没有别的办法,我们就去找那个小乞丐。"钮佳悦心里也着急,但现在情况不明,她又怎能盲目出击呢?可刘雅诗的急性子,又让她想起刚来上海滩的时候,与刘雅诗一起营救赵长根教授的情景。当她们从黄浦江上把赵长根营救出来时,许一晗带着七十六号的特务跟踪而来。刘雅诗为了掩护他们撤退,只身阻击许一晗一众。那时的她是那么坚定,性子也是那么急,最终暴露了身份,不得不撤往延安。

"那也行。如果再等不到宋书平的消息,我们就去找那个小乞丐。"刘雅诗像是铁了心一样。

"好吧。"钮佳悦回答了一声。

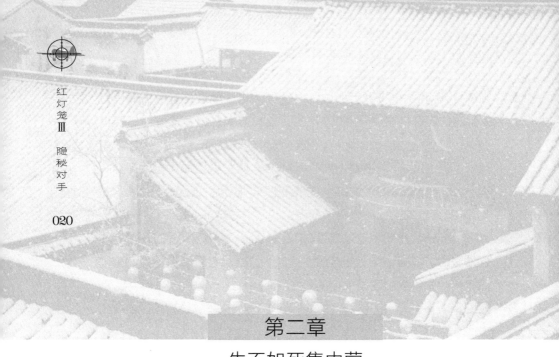

第二章

生不如死集中营

　　龙门书院为上海开埠以来最早的地方官办新学校，谁又曾想到这样教书育人的学校，竟成了日本关押欧美侨民的地方，还被称为龙华集中营。美国侨民安德烈正坐在龙华集中营五号牢房的角落里，沮丧着脸。

　　五号牢房不足十平方米，里面却住着二十个人。房间里有几个高低铺子，但铺子还不足一半人睡。人多，大家就轮流睡觉，有的人熬不住了，就两个人挤在一张床上。美国人都是大个子，一个人睡一张床都嫌小，两个大男人又怎能挤在一起睡呢？房间最里面是一个蹲坑，他们大小便都在这里解决。房间里弥漫着一股难闻的臭味。刚开始，安德烈闻着这味，就干吐不止。但随着时间的推移，安德烈几乎习惯了。不习惯，又能怎么办？安德烈也常常安慰自己，要不了多久就能逃离这个鬼地方。

　　在这里的每个人都没有名字，只有一个编号。安德烈的编号是A/338，A代表美国人，338是安德烈的编号。每每看到这个编号，安德烈就有一种生不如死的感觉。

　　这几天，安德烈一直靠着墙角休息，时不时被其他牢房里的哭叫声惊醒。只要一听到这种声音,安德烈就知道某人又在挨日本宪兵的皮鞭了。每每听到这种声音,安德烈就感到后背发麻,整个人也紧张得不行,害怕不知什么时候日本宪兵会推开他们的房门,拉走某个人。只要日本宪兵深更半夜推开某个牢房门,这个牢房里的所有人就难逃一劫。伴随着那杂乱无章的鞭打声和喊叫声,集中营里的其他人都没了睡意。

站在安德烈边上的男人的衣服上的编号是 A/339,他叫托马斯,与安德烈一同被捕。此时,托马斯问道:"安德烈,你在想啥?"

"托马斯,我们还是少说话吧。如果该死的日本鬼子听到我们说话,又要进来殴打我们了。"安德烈不想因为他说话而给狱友带来被毒打的痛苦。

"安德烈,你就这么害怕他们?你身上还有我们美国人的血性吗?"托马斯有些不服气。这话非常符合托马斯的个性,毕竟他才二十五岁,正有年轻人的冲劲和冲动。

"听我的,没有错。"安德烈不想与托马斯说太多,况且五号牢房内还有其他人,万一引来了看守的日本宪兵,他会后悔不已。

"今天先听你的。"托马斯还是有些不服气,可他不服气又能怎样?今天,他与安德烈都看到四号牢房里的几个英国友人越狱,刚想穿越围墙时就被发现了,紧接着,他们被日本宪兵抓住了。对于越狱的人,日本宪兵不由分说,先毒打一顿,然后再押回去审问。只要这间牢房里有一个人想越狱,那么整间牢房里的人就会受到牵连。所以,四号牢房里的喊叫声才刚刚停下来。安德烈不用想也知道现在痛得喊叫的是四号牢房里的英国人,此时,或许其中没有一个人能站立起来,又或者说他们现在连喊叫的力气都没有了。

安德烈知道这叫杀一儆百,日本鬼子的目的是让牢房里的人都老实点。安德烈有些同情四号牢房里带头越狱的英国人了。前几天放风时,安德烈还跟他交谈过几句,得知他叫汤姆丁。汤姆丁原是一个商人,在上海有不少的产业,日本鬼子不但强霸了他的产业,还把他抓进了龙华集中营。仅仅聊了几句,安德烈便佩服起汤姆丁来,对于日本鬼子的打骂,他敢起来反抗,组织他所在的牢房里的狱友越狱,逃出这苦海无边的地方。但安德烈不能逃,更不敢组织人员越狱。因为日本鬼子为集中营制定了一千多条营规,违反者轻则遭殴打,被关禁闭,重则被处死。在集中营里死一个人与死一只蚂蚁没什么两样。安德烈清楚地记得,三号牢房里的一个意大利人患上了传染病,日本宪兵不由分说,立刻把他扔进焚尸炉里活活烧死。

安德烈知道日本鬼子不可能白养这么多人,他们把这些人关押进来,主要目的是让他们干活。这些人只有在特重特繁的体力活的摧残下,才没有逃跑的力气。安德烈的工作就是扛煤,每天扛十二个小时。对于从没干过体力活的安德烈来说,这不单单是肉体上的折磨,更是对他精神的摧残。白天干十几个小时的苦力活,晚上还不能好好地休息,每天三餐都是照得见人影的稀粥,几泡尿一撒,肚子就空空如也,但不能停下手中的活。安德烈发现自己瘦多了,体重也掉了不少。如果再这样下去,自己不是被折磨而死,就是被累死。想到这里,安德烈害怕不已,也产生了一种尽快逃离这个鬼地方的冲动,可他一想到汤姆丁等人,又觉得逃离这个地方的希望十分渺小。

自从太平洋战争爆发以来,日本鬼子非常憎恨美国人,无论是在中国的美国商人,还是平民,一旦遇到他们,日本鬼子就绝不会放过任何一个人,然后把这些人都送进了龙华集中营。安德烈就是这样被日本宪兵抓到这里来的。

有时候,安德烈也想就这样认命了,可想到他的身份一旦暴露,不但他会遭受各种各样的折磨,还会损坏美利坚合众国的利益。安德烈是被派到上海来收集日本鬼子情报的情报员。可是,他还没有开展工作,就被日本鬼子抓捕了。到现在为止,日本鬼子还不知道安德烈的真实身份。当然,安德烈的保密工作做得特别好,连托马斯都不知道他来上海的目的。当然,安德烈也知道,尽管自己保密工作做得很好,也难保他的身份不遭泄露。万一身份泄露了,后果是什么,他比谁都清楚。来上海之前,安德烈已经和重庆方面联系过。不知道重庆方面现在是否已得知他被关押在龙华集中营的消息。如果重庆方面知道了,又是否会派人来营救他呢?就算重庆方面派人来营救他,他们能从这铁桶似的集中营里把他营救出去吗?

虽然已是深夜了,安德烈仍然没有睡意,四处传来的呼噜声,又将他带回现实中。

好几天过去了,仍没有找到从延安来的共产党,千惠子急得像热锅上的蚂蚁。这可是她来上海第一次执行任务,特高课把这么重要的任务交与她,她居然办砸了。千惠子有些想不通,宋书平为什么在那个时候开枪抓小偷。虽然千惠子对宋书平了解不多,但她翻看了宋书平的档案,这个人从北平来上海有好些年了,一直在警察局做事,虽然没有什么大的成就,但也中规中矩,警察局里的人都说他人特别好,连警察局局长都说他是一个靠得住的人。当然,千惠子了解的不止这些,还了解到宋书平替她的前任花野洋子办了不少事,也帮七十六号办过事。如果非要找宋书平的缺点,那就是胆子小点,但执行任务时,他却一马当先。这么一个对大日本帝国忠心耿耿的人,会是共产党派来的卧底吗?

千惠子越想越乱,总觉得事情没有她想象的那么简单。因而,千惠子一想到宋书平就感到头痛。她又把那天在十六铺码头发生的事情仔细想了一遍,总觉得遗漏了什么。难道是陈丹璐走漏了消息?那天,陈丹璐总是跑在后面。按理说,陈丹璐曾经是七十六号的特工,无论是体力方面,还是计谋方面,都应当不错。为什么那天她不但没有想到一个十全的办法,还总是拖拖拉拉?一个训练有素的特工,在面对敌人时,出手会特别果断。如果在前线战场,畏手畏尾的,肯定是最先倒下的那个人。

俗话说,情愿在草原上当一棵小树,也不愿意在森林里当一棵参天大树。尽管千惠子的名气不亚于山本菊子,但在中国东北,像她这样的日本特工太多了。千惠子在中国东北立功不少,但她始终不是最冒尖的那一个,有重要的任务也不一定轮到她。如果不是花野洋子死了,特高课也不会把她从中国东北要过来。千惠子像是遇到了恩人一样,一定要在第一次任务上打响她的知名度。让她没想到的是第一次执行任务居然失败了,虽然特高课的人都没有说话,但明显他们都用冷眼看她。

这时,一个特工过来敲门,千惠子正想发火,可想到自己刚来特高课,第一个任务又失败了,只得把火气压了下去,不冷不热地说:"进来。"

外面的人听到千惠子不冷不热的声音后,便轻轻地推门进来。

"有什么事?"千惠子的声音仍然不冷不热。

"课长请你去一趟。"那个特工小心地说道。

"知道了。"千惠子应了一声,脸色随即难看起来。她不知道课长这个时候找她干什么,只是觉得没脸去见课长。但她还是丢下手中的工作,去了课长的办公室。

课长见千惠子进来,亲自给她倒了一杯茶,说:"你的前任花野洋子追查一个代号叫红灯笼的共产党特工,可一直没有线索。我想,如果这个红灯笼一直潜伏在上海,她会是我们大东亚共荣计划的一颗绊脚石。"

千惠子听说过花野真衣和花野洋子两姐妹的事。花野真衣死于红灯笼之手,至于花野洋子是如何死的,至今还是个谜,大家都知道她也是死于红灯笼之手,但始终找不到证据。传说中的红灯笼也一直没踪影,是男是女都不知道,但这个人就像空气一样在上海滩存在着。这样的对手,特别具有挑战性,所以,千惠子得到刘雅诗来上海的消息后,就按捺不住心中的喜悦,打定主意,一定要把隐藏在上海滩的红灯笼抓住。现在,她听到课长提到红灯笼后,心里忍不住激动起来,却不动声色,淡淡地说:"我听说过。"

"红灯笼是一个非常狡猾的共产党特工,在上海滩隐藏得极深。花野洋子花了很大力气都没有追查到她的下落,我们至今都没有她的任何资料。花野洋子为了找到她,已经为帝国捐躯了。我把这个任务交给你,希望你不要辜负了我对你的期望。"课长看了一眼千惠子,又说,"你是帝国的精英,是帝国的高级特工,更是刺探情报方面的能手。但你不要指望那帮支那人帮你做事。被我们控制的原七十六号的那帮支那人,我看得出,他们不是真心为我们办事。所以,很多任务还得靠我们自己去完成。"

千惠子本以为自己会被课长骂个狗血喷头,没想到他把这个重要的任务交与她,明显没有怪罪她第一次任务失败的失职。于是,千惠子立即立正,打包票说:"请课长放心,我一定会把共产党的红灯笼抓到手。"

课长摆了摆手,说:"保证就算了。现在,有一个特别重要的任务需要你先去完成:务必把龙华集中营里的犯人看住了。"

听到这个任务后,千惠子有些懵了,刚刚喜悦的心情瞬间降到了冰点。课长把看管龙华集中营犯人的任务交给她,这不是变相怪罪她第一个任务没完成,让她坐冷板凳吗?可是,千惠子还是有些不服气,于是问道:"课长,龙华集中营不是有宪兵队在那里吗?我去那里有什么作用?"

"别看宪兵队那帮人好像特别厉害,除了打打杀杀在行,他们做事从不肯动脑子。别看这是看管犯人,却是一个特别重要的任务,派别的人去,我不放心。但我相信你,能掌控那里的一切。"课长拿出一张批文递给千惠子,"手续我已经办好了,你拿着它直接去龙华集中营报到。当然,这也不耽误你调查红灯笼一事。这可是一举两得的事。"

千惠子想了想课长的话,觉得很对,自己又不需要长住在龙华集中营里,只要随时了解龙华集中营的情况就可以了,完全有多余的时间来调查红灯笼。想清楚了这一点,千惠子马上答应下来,便问道:"课长,龙华集中营有什么特殊情况吗?"

"根据最近得到的情报,重庆和延安都想派人混入龙华集中营,至于目的是什么,我们还不清楚,有可能是救某个人。你也知道龙华集中营里关的是除中国人以外的人,重庆和延安方面为什么要花这么大的力气混进集中营?我想,里面肯定关了他们想要得到的重要人物。"课长又叹了一口气,"自太平洋战争爆发后,帝国的损失不小,可用之人少之又少。所以,我希望你把混进集中营的国民党和共产党的特工一网打尽,还要把他们要营救的人找出来。"

"原来是这么回事。"千惠子马上激动起来,仿佛看到国民党和共产党特工已经成了她手中的羔羊,又打包票说,"课长,我一定完成这个任务。"

宋书平来的时候,天空正下着雨,这是入春以来的第一场雨,下得让人心发慌。走进老李的茶馆里后,宋书平才收了雨伞,又抖了抖雨伞上的雨水。因为下雨,茶馆里空荡荡的。在这动荡年代,来喝茶的都是有身份的人。虽然宋书平身上光鲜的衣服和裤子都被雨打湿了,但仍然显现出他的身份来。

"佳悦和雅诗已经在后院的偏房里了。"老李说了一声,急忙把宋书平引向后院,又说,"她们来过几次了,一直没等到你来。"

　　宋书平应了一声,又说:"你去忙吧,注意来往的行人。"

　　待老李出了后院,宋书平才推开偏房的门,只见刘雅诗在房间里来回踱步,钮佳悦坐在那里低着头在思考什么。

　　刘雅诗见宋书平到来,急忙迎了过来,迫不及待地说:"你终于来了。"

　　"书平同志,我们终于等到你了。"钮佳悦也站起来,满脸期待宋书平能带来好消息。

　　"佳悦,雅诗同志,这次的情况不太好。"宋书平满脸歉意地说,"我经过多次打探,才了解到龙华集中营一些皮毛,始终不能深入了解。"

　　宋书平顿了顿,长长地叹了一口气,又说他花费了好些银圆,找到与龙华集中营离得近的警察喝酒,想从他们的嘴里探出一些消息来,可得到的消息是,日本鬼子根本不准中国人靠近龙华集中营。特别是这几天,日本鬼子又派了一小队宪兵进驻,连千惠子也住了进去。至于里面发生了什么事,他们也不知道。还说日本鬼子这次似乎看得特别严,龙华集中营里好像关押了一个什么重要人物,只是日本鬼子还不知道这个重要人物是谁。

　　"看来日本鬼子已经得到了消息,我们可得抓紧时间了。"刘雅诗一听到千惠子也住进了龙华集中营,不由着急起来,"我来上海的任务就是要救出安德烈。安德烈就是日本鬼子所说的重要人物。"

　　"如果日本鬼子知道安德烈就是他们要找的重要人物,用不着增加宪兵,千惠子也不用住在里面了。所以,从书平同志带来的情报来分析,日本鬼子似乎还不知道安德烈的身份。"钮佳悦冷静地分析起来,又说,"我们还有时间。"

　　"佳悦,连书平同志都打探不到更多的消息,可见日本鬼子把龙华集中营看得有多紧,我们又怎么进得去?进不去就等于救不出安德烈,这可如何是好?"刘雅诗越说越着急。她从延安来上海,第一个任务就是要把安德烈救出来,可现在连龙华集中营里的确切消息都得不到,何谈救人?

"现在着急也没有用。我就不相信日本宪兵队能把集中营看得滴水不漏。"钮佳悦总觉得会遗漏什么。万事都有漏洞,只要找到这个漏洞,就能找到突破口。

"经你这么一说,我倒想起一件事来。"宋书平把前两天看到的一件事情说了出来。宋书平那天去十六铺码头巡逻,看到一群乞丐在乞讨时,被特高课的人抓了好几个,其余的人要不是跑得快,也被抓了进去。后来一打听,才知道龙华集中营里关押的人太多了,室内根本关押不下。日本鬼子想在室外荒地上搭起临时木板房,关押后进来的单身汉。原来是打算让被关押的人来搭建木板房的,但日本宪兵队怕这些人在建板房时做手脚,所以在外面抓人去完成这项工作。特别是那些流浪汉和乞丐,成了他们的首选。原因有两个:一是流浪汉和乞丐都没人管;二是这些人干完活,他们既不用给工钱,也不用管他们生死。

"他们太残忍了。"刘雅诗听到这些,不由大惊起来,"佳悦,我们得快些想办法。不然,日本鬼子又要害死我们很多同胞。"

"书平同志,刚刚说到宪兵在十六铺码头抓乞丐。这既是一件好事,也是一件坏事。只是我不敢肯定……"钮佳悦说到这里欲言又止。

"佳悦,你到底要说什么?"刘雅诗不明白钮佳悦的意思。

"是啊,佳悦,你到底想要说什么?"宋书平听出了钮佳悦的话中话,只是不明白钮佳悦心里到底想出了一个什么好办法。

"这是一个不是办法的办法。算了,我还是不说了。"钮佳悦想到自己的方法,有些残忍,不忍心说出来。

"佳悦,无论是什么办法,你说出来,让我们分析分析啊。"刘雅诗急切地想知道钮佳悦所说的"不是办法的办法"。

钮佳悦沉思了一会儿,才说:"雅诗姐,你还记不记得我们在十六铺码头躲避千惠子追踪时,一个十来岁的乞丐挡住了她的去路,才使我们得以脱身?"

"你说他啊,我当然记得。前两天,我不是提议去找他,把他争取过来当我们的眼线吗?"刘雅诗一听钮佳悦提到陈阿三,不由高兴起来,但一会儿,高兴的劲头又咽了回去,说,"这与他有什么关系吗?"

"当然有。"钮佳悦肯定地说,"只要他肯帮我们的忙,我们打探龙华集中营的消息会事半功倍。"

"等等,你们说那个十岁的乞丐?"当钮佳悦与刘雅诗再次提到那个乞丐时,宋书平也想起来了,那天他看到千惠子与陈丹璐正靠近下船的刘雅诗,知道情况不好,就以抓小偷为由鸣枪,意在提醒钮佳悦和刘雅诗。当他带着人追"小偷"时,在巷子里看到了正昏昏欲睡的陈阿三。

"就是他。"钮佳悦回答说。

"他叫陈阿三,我们也算是老熟人了。"宋书平说,"其实他与牺牲的阿胖还有一些渊源。"

"怎么回事?"这次轮到钮佳悦吃惊了。

"陈阿三是阿胖的一个远房亲戚,曾经跟着阿胖当扒手,只是他的年龄太小,偷不到钱,只能当乞丐。"宋书平说,"以前,我碰到他时,也会施舍一些钱。"

"那就好办了。"钮佳悦说完,又把她的"不是办法的办法"说了出来。

钮佳悦想让陈阿三故意被日本宪兵队抓进龙华集中营,设法找到安德烈,然后把里面的情况送出来。如果陈阿三不能把情报送出来,那么他就永远出不来了。

"佳悦,这个办法还真不行。"刘雅诗第一个反对。她觉得为了探得安德烈在龙华集中营里的情报搭上陈阿三的性命,那是不可取的。

"佳悦,我也不赞同你的办法。"宋书平也反对,但他又说,"即使让他进去,也一定要有一个保住他性命的万全方法。不然,我情愿自己去冒这个险,也不愿意让他去冒这个险。"

"所以我说这是一个'不是办法的办法'。书平同志,连你都没有办法查到龙华集中营里更深更多的情报。"钮佳悦说,"龙华集中营里关押的是外国人,我与雅诗姐又是女的,你是警察,日本宪兵都认识你,怎么进去打探消息?"

"佳悦,我看这个事还是先放一放,我们再想别的办法吧。"刘雅诗心里特别清楚,不能为了完成任务,牺牲陈阿三的生命。

"雅诗同志说得对,这事我们还是缓一缓,等我再打探打探,再另想办法。"宋书平也赞同刘雅诗的说法。只是除了这个办法，还真的没有别的办法。

钮佳悦也知道她的这个"不是办法的办法"是行不通的。可是除此之外，又哪里有好的办法呢？钮佳悦还是决定去寻找陈阿三。

好几天过去了，李茜茜也没有拿出谷海山要的计划。尽管她亲自去打听了龙华集中营的情况，但一无所获。龙华集中营不但增派了宪兵，连千惠子也住了进去，要想找到一个突破口，难于上青天。谷海山催得急了，李茜茜本想随便糊弄一个计划交差了事。但这不是她李茜茜的行事风格。以前，对越是难的挑战，李茜茜就越往前冲。自从被许一晗一枪击中，从鬼门关走了一遭后，李茜茜把事情看淡了。谷海山也劝她到大后方重庆去，随便找一份工作，这比在上海滩潜伏下来要好得多。李茜茜却最终选择留在了上海滩。按理说，像她这样在鬼门关走了一遭，也为军统办了不少的事，贡献了自己的青春的特工，她完全可以功成身退，但李茜茜心中有一个未解开的心结。

在进入力行社后，她与朱佩玉的成绩不相上下。朱佩玉一直活动在第一线，屡建奇功，但为情所困，为情背叛信仰，最终为情而死。而她一直只是潜伏在百乐门舞厅里，当一颗任人摆弄的棋子。但是，在朱佩玉死后，李茜茜接替了她的工作。几年下来，作为军统的高级特工的她发现，自己无论怎样努力，始终不如共产党的特工。李茜茜还发现共产党的特工不但不怕死，还有非凡的智慧。比如，在上海滩的很多情报都是他们最先得知的，然后传递到延安，再由延安的高层传递到重庆。去年，藤原来上海的事，钮佳悦就在第一时间得到了情报。尽管藤原后来乘坐的飞机途经安徽太和县时被国军击落，这个十足的恶人被消灭了，但这些情报都是钮佳悦得到后传递到延安的，再由延安把情报传递给重庆。这不但让谷海山没了面子，让她李茜茜更没面子。

自从知道共产党隐藏在上海代号叫红灯笼的特工是钮佳悦后，李茜茜苦不堪言，她不敢把这个消息告诉谷海山。李茜茜处于进退两难之地。如果把钮佳悦是红灯笼的消息告诉谷海山，那么谷海山肯定会不惜一切代价除掉钮佳悦。李茜茜知道谷海山的手段,再说,谷海山之所以请愿来到上海,他的最大心愿就是抓住红灯笼。几年过去了,他连红灯笼是谁都不知道。如果不把钮佳悦是红灯笼的消息告诉谷海山,李茜茜又觉得自己与朱佩玉一样背叛了谷海山,背叛了重庆。

但是,今天无论如何都要向谷海山交计划,李茜茜不能再拖下去了。这个计划该怎么写?李茜茜一脸茫然。对了,刘雅诗从延安来上海,肯定是执行任务。那么,刘雅诗与钮佳悦会合,如果她们的任务真是营救安德烈,那就好办了。还是用老办法,等她们把人救出来,就来一个半路截和。虽然这有点不道德,但龙华集中营围得像个水桶,要不想牺牲自己人,只能用这个办法。

想到这里,李茜茜的脸上终于有了笑容,但这个笑容马上就消失了。这个计划又该如何写?如果真把这个计划写成了,那不等于不打自招?自己知道那么多情报,却一个都没有告诉谷海山。那谷海山该怎么想?

想到此,李茜茜感觉头痛不已。

但计划还得交给谷海山,想来想去,李茜茜决定把钮佳悦去十六铺码头接刘雅诗的事情隐去,只说得知隐藏在上海的地下党已经准备营救安德烈等国际友人,既然共产党想到了办法,那么她可以隐藏在暗处,只等共产党把人救来,来一个半路截和。当然这一切需要谷海山派人支持。她要借用锄奸队的人。李茜茜在计划中写道,这次计划只能智取,不能动武。一定要让锄奸队的人把枪收好,不到万不得已不能开枪。其实,李茜茜也知道,如果枪声一响,他们谁也跑不掉。如果这个计划行不通,还得有备用计划。

写到此,李茜茜又茫然不知所措。本来就连一个基本的计划都没有,半路截和还是一个不成熟的计划。如果钮佳悦与刘雅诗不营救安德烈等国际友人,她的计划就是一纸废话。谷海山看了肯定不同意。

李茜茜觉得头很乱,接着便是一阵咳嗽,咳得她喘不过气来,伤口也隐隐作痛。自从被许一晗击中后,李茜茜落下了后遗症。这个后遗症每次发作时,都令她痛不欲生。

李茜茜站起来从抽屉里拿出一把药片塞进嘴里，然后又喝了一大杯冷开水，才感觉好受些。于是，她又硬着头皮开始写起计划来。李茜茜这一写就是大半天，虽然这个备用计划不是很完美，但也别无他法。毕竟要从龙华集中营救出一个人，不是一件容易的事。李茜茜本想尽力就可以了，但重庆方面很看重这次营救的人。作为在上海潜伏了多年的军统高级特工，李茜茜自然也知道事情的重要性。有时候明知有些任务是不可能完成的，但上面却下死命令，这就等于把像她一样的特工逼上绝路。

军人以服从命令为天职，特工也一样。所以，李茜茜把营救计划又从头看了一遍，觉得没有什么好补充的了，就乔装了一下，带着营救计划去见谷海山。

中午的阳光照在陈阿三身上，显得那么不协调。十岁的陈阿三，因为营养不良，个子也不高，而且身材极瘦，所以，地上的人影也只有短短的一截，很难令人想到这就是陈阿三的身影。

陈阿三在一家面条小摊前停住了脚步，只要朝着老板喊一声，"来一碗阳春面，放少许辣椒"，那么，哪怕只是一小碗的阳春面，就会给陈阿三带来皇宫佳肴般的美味享受。可惜，陈阿三现在身无分文，只能眼睁睁地看着两个吃着阳春面的年轻男子。阳春面太诱人了！尽管陈阿三曾经多次演练吃阳春面的样子，却一直没有实践过。今天也一样。

想着，陈阿三的口水忍不住流了出来。面摊老板看着陈阿三可怜的样子，轻轻地摇了摇头，又叹了一口气。没想到，老板和陈阿三的举动惹恼了正在吃面条的那两个年轻男子。个子高的那个男子对着陈阿三问道："小乞丐，想吃面条？"

陈阿三不知道高个子男子是什么意思，但听到他的问话，还是不由自主地回答了一声："想。"

"那你给我学声狗叫，我把这碗汤给你喝。如果你从我的胯下钻过去，我就给你一碗面条吃。"高个子男子说着，还露出特坏的笑容。

"阿拉不吃侬的面条。"陈阿三虽然很想吃面条，但他不想从对方的胯下钻过去，转身便想走，却被高个子男子拉住了。

"想走？没门。"高个子男子说，"今天你钻也得钻，不钻也得钻。老子好好地吃个面条，被你这个臭乞丐弄得没了胃口。"

另一个男子直接按住陈阿三，高个子男子也又叉开了大腿，想让陈阿三从他的胯下钻过去。

"你们这是干什么？"一个女子的声音传过来。

陈阿三看到这个女子就是码头上见过的钮佳悦。钮佳悦是来十六铺码头找陈阿三的，只是她找遍了十六铺码头，都没发现陈阿三的身影，没想到在一条小弄堂的面摊前看到两个男子欺负陈阿三，不由怒气冲天。但钮佳悦明白不能暴露自己的身份，因而，她淡淡地说："两个大男人，欺负一个小孩子，不觉得可耻吗？"

高个子男子没想到钮佳悦会替陈阿三打抱不平，又见钮佳悦只是一个年轻女子，根本没有把她放在心上，正想上前调戏钮佳悦，却被一支手枪顶住了后脑勺。用手枪顶着高个子男子的人正是宋书平。他对两个男子说："滚，不然，送你们去警察局坐坐。"

两个男子没想到又来一个警察，顿时吓了一大跳，撒腿就跑。宋书平朝他们喊道："如果再让我看到你们欺负人，一定不会轻饶你们。"

宋书平说完看了钮佳悦一眼，然后走开了。钮佳悦用眼神回了宋书平，然后掏出一枚银圆放在面摊老板面前，说道："老板，来两碗面条。"

钮佳悦说完，又把陈阿三拉到桌边，轻声问道："很饿吧？两碗面条都给你吃。"

陈阿三没想到钮佳悦会是这么好的一个人，突然有些感动，但心里也十分紧张，看着面摊老板端来的两碗面条，暗淡的眼睛发光了，再也顾不上什么，端起面条"呼哧呼哧"地吃了起来。

看着陈阿三吃面条的样子，钮佳悦仿佛看到了阿胖。阿胖饿极了也是这样吃面条的。阿胖是一个老实人，可是，他情愿牺牲自己也不愿意说出钮佳悦的藏身之处。阿胖也才十多岁，他年纪轻轻的就知道什么是民族大义，什么是亲情，什么是爱国情怀。

陈阿三吃完两碗面条，打了一连串饱嗝，急忙给钮佳悦跪下，却被钮佳悦拉住了。

"走,我带你去一个地方。"钮佳悦说完就往前走去,陈阿三的两条腿像不听话似的,不由自主地跟在钮佳悦身后。

千惠子忙着管理龙华集中营的事,没有太多的时间去调查红灯笼,便先让陈丹璐去调查,一旦她那里有了线索,自己调查起来也方便得多。此时,千惠子才发现好几天没见到陈丹璐了。按道理,陈丹璐应当时时向她报告她的行踪和所调查的事。

"这个该死的支那人,不给她找点事做,就不见人影。"千惠子很是生气,于是,她马上回了一趟特高课,询问陈丹璐现在在做什么。对方回答说陈丹璐在特高课里闭门不出地查看档案。千惠子不知陈丹璐查看档案的目的,便说:"让她马上来我这里一趟。"

千惠子挂了电话,在等待陈丹璐上门的这段时间里,把延安派一个共产党员来上海的事前后想了一遍,共产党派人来上海的目的不就是营救集中营里的某一个人吗?如果知道他们营救的人是谁,那就好办了。完全可用这个人来做诱饵,把他们一网打尽。还没等千惠子把事情的前因后果想明白,陈丹璐就敲门了。

千惠子亲自去把门打开,让陈丹璐进来,又给她泡了一杯茶。千惠子的这个举动,让陈丹璐受宠若惊,不明白千惠子为啥放下身段,难道是她向自己示好? 可陈丹璐马上否定了这个想法。别人可以这样做,但千惠子绝不会这样做。

"今天让你过来,有两件事想咨询你。"千惠子开门见山地说,"第一件事,我想知道延安来的红灯笼的详细情况,她来上海的目的是什么。当然这个问题比较难,无论是我的前任,还是你的前任,连她的影子都没见着,更别说详细资料了。"

"我曾听许一晗的手下说过,红灯笼的真名叫沈妍冰。沈妍冰在黄浦江边出现过一次,后来就杳无音信,再也没有人知道她躲在上海滩的哪个角落了。"陈丹璐不知道千惠子为什么突然问起红灯笼一事。在陈丹璐的心里,查一个共产党在上海的藏身之处很容易,但是要查到红灯笼的下落,那简直比登天还要难。花野洋子没有查到她的下落,许一晗也没有查到她的下落,最终这两人都死了。每每想到此,陈丹璐都觉得后背发凉。这不是一个好差事,弄不好还要把命丢掉。现在千惠子又问起这件事,难道她要亲自追查红灯笼的下落?

"原来是这样。"千惠子故作沉思的样子,一会儿又说,"这样吧,我现在比较忙,追查红灯笼的事还得交与你。"

"让我去追查红灯笼?"陈丹璐觉得自己怕什么来什么,如果红灯笼的下落那么好查,花野洋子与许一晗早就查到了,这个功劳哪能轮到自己?明知追查红灯笼是一件吃力不讨好的事,千惠子偏偏还要自己去追查,这不等于把自己往火坑里推吗?查找到了红灯笼,抓住了她,是千惠子的功劳,如果查找不到,背黑锅的那个人就是自己。千惠子太狡猾了。可明知这是千惠子给自己的陷阱,陈丹璐竟找不到推脱的理由。不去查找,是抗命;去查找,查不到,是自己的能力不行。

"这是命令。这个任务本来可以交给其他人的,但我觉得只有你才能胜任。"千惠子说完,脸阴晴不定,又说,"其实你与我一样,需要一场胜利来证明自己的价值。如果连一件像样的任务都没有完成,别人会怎么看你我?"

"这……"千惠子的话好像句句在理,但陈丹璐仔细一想,每一句话都有一个陷阱在等她。她也想完成一个比较重大又漂亮的任务,可这些任务都要拿命去拼。许一晗在当时的七十六号行动处当副处长时,陈丹璐的确很羡慕。羡慕归羡慕,没什么比活着重要。当处里让她接替许一晗的班当行动处副处长时,她想推都推不掉。日本鬼子在中国打了好些年的仗,他们是一年不如一年,现在又惹了美国,太平洋战争也爆发了,日本鬼子在中国的土地上只有挣扎的份了。万一日本鬼子败了,他们将面对什么,陈丹璐不用想也知道。

"别这的那的,我的话就是命令。"千惠子几乎吼叫起来,与陈丹璐进门时判若两人。而后,她又恶狠狠地说:"一旦有消息,要在第一时间向我汇报,千万不能耽误。"

"是。我这就带人去查找红灯笼。"陈丹璐不敢顶嘴,她知道顶嘴的后果。但是今天被千惠子暗算一道,陈丹璐把这个账记在心里,等到有一天,她定要千惠子加倍偿还。

"还有一件事。你知道一个叫完颜婵娟的格格吗?"千惠子换了一副面孔又问道。

"完颜婵娟？格格？"千惠子的问话，让陈丹璐顿时语塞，陈丹璐想了想，说，"我只知道有一个叫王蓦瑶的格格，这个落魄的格格为情所困，又没有正经工作，还居无定所，现在以做替身演员为生。据说，她在每部戏里都只有挨打的份，反正最苦最累的替身都是她去完成的。她不但替女身，有时候为了钱，还替男身。可怜啊可怜。"

"就是她。她就是叫完颜婵娟的那个格格，她的汉名叫王蓦瑶。"千惠子说，"我在东北时，就听过一次她唱的京剧，唱得特别好。你把她请来，让我好好地听她唱京剧。"

"是。"陈丹璐不敢违抗千惠子的命令。只觉得千惠子与她的姓一样，不但是一个千变人，连思想都会千变万化，让人永远不知道她的下一句话是什么。

"这事也不着急，你现在最主要的事是查找红灯笼的下落。"千惠子说完，就把陈丹璐赶了出去。

第三章

替身演员苦与悲

完颜婵娟，也就是千惠子所说的王蕚瑶，此时正穿着戏服坐在泰山公园的一个角落里晒太阳。虽已初春，但寒风阵阵，让人感觉到好像深冬马上就要来临了一样。正是这阵阵寒风，让王蕚瑶身子一紧，接着突如其来的几个喷嚏，让她感到特别难受。

"定是哪家富贵公子在想你了。"看到王蕚瑶打喷嚏，同为替身演员的阿红开玩笑地对她说。

"我可能感冒了。"王蕚瑶轻轻地说了一声。然后抬起头来，看着远处正在拍戏的主演们，顿时觉得心里空荡荡的。王蕚瑶这些天一直演替身戏，再加上初春的天气本来就多变，一会儿热一会儿冷，拍戏时把衣服脱了，等演完，才穿上衣服，虽然保暖，但有时候身体还没暖和，又该她上场了。在这样的寒风中一冷一热，定会感冒，因而，王蕚瑶感到浑身难受。在宫中待了多年的王蕚瑶，何时吃过这样的苦？她是格格，却不能耍格格的脾气，也不能享受那饭来张口、衣来伸手的生活。如今的她，生活住宿费用都得靠自己一分一厘地挣来。如果哪天没有这份工作，她还真不知道该怎么过日子。

三十多岁的王蕚瑶，脸上的格格印记早已荡然无存，留给她的是岁月的蹉跎和无尽的风霜,还多了一份成熟和沧桑感。走在大街上,谁也想不到她曾经是皇宫里的格格,也不会有人想到她曾经是最漂亮的格格,更不会有人想到,昔日最漂亮的格格如今为了生活,竟然沦落成为一名替身演员。有时候,王蓦瑶自己也感到非常惊奇,自己为什么会选择这份工作,自己为什么吃得下这份苦。但要想活下去,就得与现实做斗争,无论环境多么恶劣,只有慢慢地适应它,而不是让环境来适应自己。这样想着,王蓦瑶觉得舒服多了。这就是为生活所迫吧。

王蓦瑶也很想继续过她的格格生活,可是紫禁城已不是以前的那个紫禁城了,里面住的人也不是皇亲贵族了。虽然这一切过去了,但是始终有一个人在她的脑海里挥之不去、忘之不却。那是一个男人的身影,虽然这个男人不是皇室里的人,但他那帅气、谈吐风趣的模样已经深深地刻在王蓦瑶的脑海里了。为了他,王蓦瑶从北平追到天津,又从天津追到了上海。现在,那个男人已经不见了踪影,却给王蓦瑶留下了无穷的思念。王蓦瑶相信她会与那个男人再次相遇,他们之间会发生许多故事。

因为这个信念的支撑,王蓦瑶多年如一日地寻找、等待那个男人,希望那个男人出现在她的视野里。但是,几年过去了,王蓦瑶连那个男人的影子都没有见到。为了凑足盘缠寻找那个男人,哪怕是吃再多的苦,受再多的累,她都觉得是幸福的。她非常清楚幸福不是等来的,是要靠自己去寻找、去争取的。因为经济拮据,她不得不省吃俭用,还把自己的身份掩盖得严严实实的,不让其他人知道她曾经是格格,所以,她将自己的名字完颜婵娟改成了王蓦瑶。但她的身世还是被外人知道了,连上海文艺界的人也非常同情她,纷纷伸出援手,但被王蓦瑶拒绝了。

在剧组里,与王蓦瑶最要好的便是阿红。阿红是一个乡下女子,只身来到大上海投亲靠友,因为战争,她的亲戚早已逃难到重庆去了。阿红在走投无路时,遇到了同样落难的王蓦瑶。两个同病相怜的人聚在一起,讨论最多的话是怎样活下去。但现实又把她们的梦想打得支离破碎,因为在这个战乱的年代,活下去也需要一种勇气。乞讨不符合她们的气质;做苦力,她们没有这个能力,特别是王蓦瑶,在宫中是十指不沾阳春水的;做舞女,更不是她们的风格。

有一天,两人饿得快要晕过去时,看到路边有人在发小广告,说某个电影明星因身体原因,暂时不能拍戏,需要找一个替身去完成,当然酬劳颇丰。阿红不知道什么是替身,但读过书的王蓦瑶知道什么是替身,想也没想就拿着广告纸找到了剧组。因王蓦瑶有着与众不同的气质,一眼就被导演和主演看中。因为曾与阿红共患难,王蓦瑶向导演提出了把阿红也留在剧组的要求。剧组正好需要一个杂役,导演很爽快地答应了王蓦瑶的请求。因为阿红特别勤快,有时候需要别的替身演员时,导演就让阿红顶替。没想到阿红也有演戏的天赋,慢慢地,导演也让阿红做了专职替身演员,但报酬比王蓦瑶少了一半。

阿红见王蓦瑶又满脸愁容,不由问道:"蓦瑶姐,你心不在焉,在想啥呢? 是不是在想你心中的那个他?"

王蓦瑶见阿红说中了自己的心事,也没有责怪她,只是说:"小丫头,又在瞎说啥?"

王蓦瑶以为阿红人还小,不懂得什么是爱情,更不懂她这种带着小资情调的爱情,而且还是单相思的爱情,所以,她把自己的心事告诉阿红。阿红虽然年龄还小,但也是一个青春少女,对爱情的理解已不是朦朦胧胧的那种了。

因为每个人都可以向往爱情,所以,阿红有时候说出来的话让王蓦瑶都觉得肉麻,她说阿红早熟。阿红也不反对,就说,她要是爱上一个男人,就会大胆地去追求。因而,阿红看到王蓦瑶怀春的样子,便说道:"看,被我说中了吧? 只是你在这里想他,他会想你吗?"

"别瞎说。我只是为我做替身时戏中人物的命运感叹罢了。你看,主人公的命运多么惨烈。"王蓦瑶赶紧转移话题。

"唉,姐,我也在为戏中主人公的命运感到不公。我们本来已经过得很清苦了,她的命运比我们还苦。不但全家人被杀死了,她还断了一条腿……"阿红还没说完,眼睛已经红了,仿佛戏中的主人公就是她。

"妹子,别哭了。我们不去想她了。晚上我唱京剧给你听。"王蓦瑶忍着心中的思念,安慰起阿红来。在她心中,已经把阿红当成自己的妹妹了。

"姐,我听你的。"阿红擦了擦眼泪,站起来又说,"姐,我们去那边看看风景吧。"

"我们去看风景。"尽管王蓦瑶对看风景提不起兴趣,但为了让阿红高兴,她也站起身来,拉起阿红的手朝公园水池中的亭子走去。

只是水池中几只戏水的鸭子,让王蓦瑶又有了一种莫名其妙的冲动。

陈阿三做梦都没想到,他竟能吃上一顿饱饭,饱得连路都走不动了,只想找一个地方,好好地睡上一觉。这是陈阿三乞讨以来,第一次吃得这样饱。小时候,陈阿三跟着阿胖乞讨过,因为年纪小,他们不是被人抢走乞讨到的东西,就是乞讨不到。经常是几天都吃不上饭。陈阿三不知道原因,但知道只要日本鬼子在上海滩横行霸道,他就没有好日子过。如果没有日本鬼子来上海滩,他的父母也不会去世,他也不会从小就流落街头。

可是没有如果,尽管陈阿三与钮佳悦无亲无故,但钮佳悦善意的表现,让他觉得钮佳悦是天上下凡的仙女。所以,他除了对钮佳悦表示感恩,更多的是有了一种依恋,如果以后跟在这样的小姐姐身边,不说天天有饱饭吃,至少不会饿肚子。因此,陈阿三便迫不及待地说:"小姐姐,侬是一个好人。"

"为啥这样说?"钮佳悦没想到陈阿三竟然说她是一个好人,有些不解。

"小姐姐,侬给阿拉饭吃,侬就是好人。"陈阿三说不出个所以然,认为钮佳悦能让他吃饱饭,当然就是一个好人。

"你啊。快走吧。"钮佳悦浅浅地笑了一笑。陈阿三还是个孩子,他因为从小就乞讨,练就一张说话讨人喜欢的嘴,但他今天说出来的是真心话,这是一个十岁的孩子装不出来的。

一路上,陈阿三的话不是很多,但他想说些感激钮佳悦的话,却一直找不到合适的话语,只能跟在钮佳悦身后,几次仔细地打量了钮佳悦的背影,突然觉得钮佳悦是一个很伟岸的人。

钮佳悦穿过几条小巷子,来到一幢房子前,终于停下了脚步,对陈阿三说:"今天晚上你就住这里吧,但不要乱跑,我会给你送晚饭的。"

"小姐姐,侬丢下阿拉,不要阿拉啦?"陈阿三不知道钮佳悦为什么带他来到这幢房子里。但他记得这是表哥阿胖的家。尽管过去了好几年,陈阿三还是很有印象。当年,他与阿胖常常一起玩耍,直到阿胖的父母被日军炸死后,他的父母还带着他来过这里,只是没多久,他的父母也被日军的炮弹炸死了。两个相依为命的小男人在这里度过了一段时间,然后开始乞讨生活。阿胖比他大几岁,后来跟着他的表哥强哥去混了一段时间的社会,结果因年纪小,强哥也不管他了,后来当了扒手,也很少回家。后来,听说他被七十六号的女汉奸许一晗杀害了。陈阿三很想为阿胖报仇,但他只是一个只有十岁的乞丐,连肚子都填不饱,又哪有能力替阿胖报仇呢?

钮佳悦拿着钥匙开了门,拉着陈阿三进了屋。刚进屋,钮佳悦像变戏法似的拿出一套崭新的衣服,说:"你进里面洗澡,洗好澡后,你把这衣服换上。"

"谢谢小姐姐。只是……只是……"陈阿三弄不明白钮佳悦为什么会有阿胖家的钥匙。难道是阿胖死了,这幢房子成了眼前的这个小姐姐的家了? 可她为什么又说送晚饭来,难道她不住在这里?

"你还有什么话要说?"钮佳悦从陈阿三的眼里看出了他的疑惑,又说,"你有话尽管问,我会告诉你的。"

"那,小姐姐,阿拉就讲了。"陈阿三说完,便把他心中的疑惑说了出来。

"这当然是阿胖的家。"一提到阿胖,钮佳悦的眼睛有些湿润了,当初为了躲避李茜茜的追踪,她与刘嫂商议后,来到阿胖家里住了一段时间,如果不是阿胖的表哥强哥发现了,她们会一直住在这里。后来,阿胖死了,强哥也死了,七十六号的许一晗和特高课的花野洋子也死了,日本鬼子也很少来这里了。在刘嫂牺牲后,一直在暗中保护她的宋书平出现在她的视野里。为了让钮佳悦继续潜伏下来,上级党组织决定让宋书平直接协助钮佳悦。宋书平利用职务之便,把阿胖的房子盘了下来,以作应急之用。当然,钮佳悦不会把这些告诉陈阿三,只是说:"阿三,以后这里就是你的家了。"

"晓得了。小姐姐,阿拉会听侬话的。"陈阿三看出钮佳悦的年龄不大,但特别老道。当然,现在只要有人给他饭吃,或许他还能为这个人做点事。

"快去洗澡。洗完澡,把这身衣服穿上。"钮佳悦催促道。

"那,小姐姐,阿拉汰浴去了。"陈阿三答应了一声后便进了里屋。

与阿胖相比,陈阿三虽然年龄小,但特别聪明。钮佳悦不由沉思起来。让陈阿三去打探龙华集中营的消息,可靠吗? 龙华集中营可是连一只鸟都飞不进去的地方,何况陈阿三只是一个孩子,即使他能得到重要的情报,又如何送出来? 或者说,他怎么知道哪个情报重要呢?

钮佳悦为自己这个举动有些后悔起来,她该听刘雅诗和宋书平的话的。钮佳悦想,既然找到了陈阿三,也算是把他从苦海里救出来了,但是,以后陈阿三一直跟着自己,该怎么办?

就在钮佳悦沉思的时候,陈阿三已经洗好了澡,像是换了一个人似的。只是陈阿三白净的脸上多了一丝伤感。钮佳悦怎么看他都像自己七年前从湖州出发到上海寻找哥哥钮卫国时的样子。自己当初如不是遇到了李思瑶,也不知道能不能活到今天。

"小姐姐,侬老看阿拉……"陈阿三被钮佳悦一直看着,有点不好意思起来。

"你很像我小时候的样子。"钮佳悦浅浅一笑,说,"当年我来上海的时候,还没有你高。"

"小姐姐,是真的吗?"陈阿三好奇地问道。

"小姐姐骗你做啥?"钮佳悦浅浅一笑,又说,"你长大以后,肯定比小姐姐长得高。"

"小姐姐真好。阿拉长大后一定要像侬一样,去帮助需要帮助的人。"陈阿三对未来充满了希望,想象着他长高的那一天,他就不用去乞讨了,可以像钮佳悦一样帮助别人。

钮佳悦没想到陈阿三不但是一个聪明的孩子,还是一个有正义感的人,不由高兴起来:"小姐姐相信你会成为一个顶天立地的男子汉。"

李茜茜把营救方案交给谷海山后,谷海山简单地看了看,既没有肯定也没有否定方案的可行性,便让李茜茜回去等他的消息。李茜茜明白谷海山的意思,他没当场否定或者肯定,就说明方案不是很好,但也不是一无是处。龙华集中营警戒那么严,要想从里面营救出一个人,几乎是不可能的事。不说龙华集中营的戒备森严,就算李茜茜成功地打入龙华集中营内部,又如何把那人带出来?日本宪兵三步一岗,五步一哨,连只苍蝇飞出来都会被发现。虽然重点在备用方案,等共产党营救他出来后半路截和,可上海的共产党特工也不是神,他们面临与自己一样的问题——如何把那个人从龙华集中营里带出来。如果他们能成功,自己也能成功。所以,谷海山没有肯定或否定李茜茜的方案,说明他已经看出了事情的严重性。或许,谷海山还有其他方法。

李茜茜一等就是好几天,谷海山都没派人来找她,她决定去问问谷海山最后的决定是什么。

李茜茜又把自己乔装打扮了一下,急匆匆地来到谷海山的住处,见谷海山正在仔细地研究着一份文件,便立在一边,没敢打扰。谷海山指了指一边的椅子,头都没抬,说道:"茜茜,你先坐一会儿。"

李茜茜只得坐下,心里却忐忑不安,不由偷偷地瞄了谷海山一眼,发现他的头上多了不少白发。李茜茜与谷海山认识近十年,那时候的谷海山英姿焕发,讲话也掷地有声,英俊的模样让很多年轻女子想入非非,也是李茜茜学习的动力。没想到,才几年的时间,谷海山竟然老了这么多。李茜茜拿出镜子照在自己的脸上,发现脸上也有了皱纹,青春也在百乐门舞厅的潜伏中过去了,不由感叹起来:"岁月不饶人啊。"

过了好一会儿,谷海山才放下手中的文件,将烟斗装满烟丝,划了根火柴,点燃烟丝,狠狠地吸了一口,才说:"你的方案,我再三考虑过了,觉得还是有一些可取之处,有一些细节需要与你核实。"

听到谷海山说她的方案还是有可取之处,李茜茜突然心里一暖,说道:"谢谢站长的肯定。"

"你先不要得意。知道我为什么那天没有当场指出你的方案中的不足吗?我是想让你冷静冷静,凭着一时冲动做出的方案会有漏洞。"谷海山将烟斗磕了磕，又说，"通过分析，你的方案不是行不通。但问题在于，共产党如何从龙华集中营里把人带出来？这恐怕没人知道。既然他们也面临同样的问题，我们为什么不去试试？"

"站长，你分析得对。可是……"李茜茜何尝没想过，进入龙华集中营的人都是九死一生，再说龙华集中营关押的都是外国人，突然一个或几个中国人进去，这不明摆着给日本鬼子送信——他们是来营救里面的重要人物的。

"你的备用方案，也有可取之处。"谷海山没有接李茜茜的话，继续分析说，"当然，我们都希望共产党把安德烈他们救出来，我们来一个截和，不仅不用担风险，而且来得方便。但有一个问题：共产党既然能从龙华集中营里把人营救出来，在外面能让我们截和吗？我们这些年与共产党打交道也不少，他们远远比我们想象中聪明得多。就拿我们一直调查的从延安来的代号叫红灯笼的特工来说，几年过去了，我连她的影子都没见到。特高课与七十六号也没有将她抓住，你说共产党可不可怕？"

"是……"李茜茜没想到她引以为豪的备用方案，被谷海山这么一分析，居然比派人打入龙华集中营内部营救好不了多少。

"所以，你的这个方案根本行不通。"谷海山终于否定了李茜茜的方案，又把烟斗装满烟丝点燃，说道，"这也真是为难你了。自从你伤愈后，我本不该把这份工作交与你，但交给其他人我又不放心。"

谷海山心里也特别矛盾，重庆方面交给他营救安德烈的任务，看似很简单，实际是把他们往火坑里推。龙华集中营管理的严格是谷海山从未遇到过的，他们三步一岗五步一哨，连只苍蝇都飞不进去，也飞不出来，就算他能够顺利地打入集中营内部，又怎能把人从里面带出来？

"站长，这个任务这么艰难，你说我们该怎么办？"李茜茜此时没了主意，但她还是不太认可谷海山的想法。因为只有她才知道共产党的红灯笼就是钮佳悦。如果不是亲眼看到，李茜茜绝不相信一个不到二十岁的小姑娘能在短时间内成长为一个既让人捉摸不透，又非常有气魄，还能把特高课、七十六号和军统耍得团团转的高级特工。比如，前几天，钮佳悦能在特高课的重重包围中，把刘雅诗安全地带走。这足以说明,钮佳悦是一个了不起的人。但是,李茜茜却不敢把这个消息告诉谷海山。

"怎么办? 派人打入龙华集中营内部,择机把人救出来。"谷海山果断地说,"我们一定要完成重庆交给我们的任务。"

"派人打入龙华集中营内部?"李茜茜有些不相信谷海山的这个决断。进入龙华集中营可谓九死一生,不,应当是十死,无一生还的可能。

"我自有办法。只是这个人选,我还没有确定。虽然大家都为党国抱着必死的决心,但这次不一样,进去不只是为了牺牲,而是要把人救出来。"谷海山有些无奈地说,"留给我们的时间不多了。"

"那我去吧。"李茜茜知道谷海山的难处,但作为军统的高级特工,她不能知难而退。

"不行,你的伤才刚好些。"谷海山反对。他不是没想过让李茜茜去执行这次任务,而是怕李茜茜在任务中白白地牺牲了。

"站长,既然你下了这个决定,我觉得还是只有我去。我的身份与其他人不一样,我是舞女,进去能活着的机会比别人都大。只要能活着,我就有机会把人救出来。"李茜茜以前也想过这个方案,只是不到万不得已,她也不愿意冒这个险。

"你容我再考虑考虑。"谷海山放下烟斗,"你先回去等我通知。"

虽然李茜茜也是最合适的人选,但谷海山还真有些舍不得让李茜茜去。他比谁都清楚,这次的任务就像是在高空中的钢丝绳上跳舞。

在龙华集中营里查了很多天,千惠子都没有查出共产党与国民党要营救的人是谁。龙华集中营里的所有人都不像是共产党与国民党要找的人,难道是他们隐藏得太深? 既然有了共产党与国民党军统的人要来龙华集中营救人的确切消息,那肯定不是空穴来风。那就让宪兵队把龙华集中营围得像铁桶似的,就算共产党与国民党军统的人进来,他们也没有办法把人带出去。既然他们都会来救人,那就做一个套,让他们有来无回。

千惠子在安排好一切后,觉得无聊乏味,特别是集中营里的那些囚犯,让她感到特别空虚寂寞,真想找一个舞厅或酒吧喝酒唱歌。一想起唱歌,千惠子想到了王蕣瑶。这个格格现在是个替身演员,可她的京剧唱得特别好听。如果把她请到集中营来,唱几天京剧,一来可迷惑共产党和军统的特工,二来可以一饱耳福。想到此,千惠子急忙给陈丹璐打了一个电话,让她马上去办好这件事。

　　仅仅半天,陈丹璐就把王蕣瑶半请半绑架带到了千惠子面前。王蕣瑶的出现,让千惠子顿时有了一种自卑感。论长相,王蕣瑶天生丽质,脸蛋玲珑剔透,让人仿佛看到仙女下凡;论身材,王蕣瑶修长的身材,一瞬间把长得矮小的千惠子压了下去。真是不比不知道,一比吓一跳。

　　"这女人无论是身材还是长相,都超过了自己。我会要她好看的。"千惠子不由心生嫉妒,这样的外貌和身材为什么长在王蕣瑶身上? 为什么上天让她千惠子长得又矮又难看?

　　"陈丹璐,这就是你请来的格格?"千惠子明知故问。

　　千惠子明知故问,让陈丹璐很是不舒服,在心里不由嘀咕起来:不是你让我找的人吗? 这日本矬娘还真能装。但她嘴上还是小心地回答:"是。她就是格格,就是你让我找的人。我已经确认了。"

　　"你就是完颜婵娟格格,汉名叫王蕣瑶的替身演员?"千惠子像是还不放心似的,又问了一句,但声音冷得让人直冒冷汗。

　　"是。"王蕣瑶不知道陈丹璐把她抓进龙华集中营是何企图,只得小心地回答,接着又不由嘀咕起来,这个日本女人长得矮小不说,心肠也特别坏。王蕣瑶曾经是皇宫里的格格,什么大世面没见过,拘谨了一会儿,径直走到沙发旁坐下。

　　"谁让你坐沙发的? 那边的椅子才是你的座位。"千惠子没想到王蕣瑶竟然不把她当一回事,火气一下子发了出来,又说,"你们中国人不讲礼数吗? 没有得到主人的允许,就随便乱坐?"

　　"千惠太君,这是……"陈丹璐被千惠子的举动弄糊涂了。王蕣瑶是她让自己找来唱京剧的,怎么一下子就变脸了? 同时,陈丹璐也在想,这千惠子太喜怒无常了,以后与她共事,要多提防着她。不然,哪天她把自己卖了,自己还要帮她数钱。

　　"要你多管闲事。"千惠子见陈丹璐不懂事地问她,又不由把怒火发向陈丹璐,"你为什么把这个女人找来? 她应当在我们的慰安所里。"

"千惠太君,你……"陈丹璐突然明白了千惠子发火的原因,也发现千惠子除了喜怒无常,还是一个变态的人。此时,陈丹璐也明白了前任许一晗能在这种情况下忍受那么多年,真是不容易,她不知道自己能否像许一晗那样忍受下来。

王蔓瑶知道今天自己被陈丹璐绑架来,就不会有好事,没想到她面对的是一个日本女人。王蔓瑶虽然现在是一个落魄的格格,但在皇宫里时什么样的人没见过,又岂能被千惠子的凶狠吓倒? 于是,她也不冷不热地说道:"千惠太君,是吧? 请问,我什么地方得罪了你? 你派人把我绑架来,不会是为了骂我一顿吧?"

"想得美。"千惠子没想到王蔓瑶比她想象中要厉害得多。她原以为一个落魄的格格,已经沦落到以当替身演员为生,应当非常老实。可事与愿违。王蔓瑶毕竟是贵族出身,除了拥有贵族气质,还是一个聪明的人,根本不把千惠子这个特高课的高级特工放在眼里。千惠子想再次发火,她看到坐在沙发上的王蔓瑶,即使穿着平民的衣服,她那贵族的气质依然是任何人无法比拟的。贵族就是贵族,格格就是格格,哪怕是落魄的格格,也仍然显现出她应有的魅力来。

"如果没有别的事,那我就走了。"王蔓瑶从沙发上起身,就往门外走去。

"这里不是你想来就来,想走就走的地方。"千惠子终于忍不住了。虽然她知道这是一个特工的大忌,但她实在受不了王蔓瑶这种高姿态的狂妄,自己却又拿她没有办法。因为几个回合交锋下来,她一直处于下风。如果让王蔓瑶就这样走了,她的威信又何在? 特别是当着陈丹璐的面,以后如何让陈丹璐在她面前低下头? 于是,千惠子突然掏出手枪,只是王蔓瑶比她高得多,她只得踮起脚来,枪口才勉强顶在了王蔓瑶的额头上。

陈丹璐虽然对王蔓瑶没有好感,但刚才王蔓瑶顶撞了千惠子,也算是替她出了憋在心里的一口气,于是,她假装上前阻止千惠子:"千惠太君,这可使不得。王蔓瑶好歹也是一个名人。如果你把她打死了,恐怕会引起上海文艺界的动乱……"

"我才不管呢。"千惠子打断了陈丹璐的话,但还是把手枪收了起来,像泄了气的皮球一样,又冷冷地说,"那你天天给我唱京剧,直到我满意了,就放你走。"

千惠子本不想就这么算了,但她知道自己再强硬下去,得不到想要的效果。她的方案也会落空。有了王蓦瑶,她不但可以解闷,还可以坐在这里等待重庆和延安的特工上钩。

王蓦瑶见千惠子收起了手枪,也暗暗地长舒了一口气。作为一个落魄的格格,她知道落在日本鬼子手里的后果,如果不见好就收,保不准千惠子还真会对她下手。

陈丹璐也长长地舒了一口气,王蓦瑶虽然只是一个替身演员,可在上海文艺界有一定的知名度。人是她带到龙华集中营的,尽管她身后有特高课替她撑腰,但如果王蓦瑶出了差错,那么她不但会被上海各界孤立,而且以后在上海滩也将难以立足。这可是得不偿失的事。于是,陈丹璐对王蓦瑶说:"你就在这里好好地唱京剧吧。只要侍候好了千惠太君,报酬是少不了你的。"

王蓦瑶本想狠狠地骂陈丹璐一顿,如果不是陈丹璐这个狗汉奸,她怎么会落在日本鬼子手里?但她还是把那口恶气憋在了心里,改了口,不屑地说道:"知道了。"

宋书平终于带来了一个好消息:他已经被特高课借调到龙华集中营,协助日本宪兵队看守被关押的上海公共租界的欧美侨民。这对正为如何打进龙华集中营而烦恼的钮佳悦来说,的确是一个好消息。尽管她已经把陈阿三找了回来,但她最终还是放弃了预定的那个方案,毕竟陈阿三进龙华集中营容易,但要出来就相当难了,而且陈阿三只有十岁,还是一个孩子,他根本不知道什么是爱国精神,他需要的是每天有一顿饱饭吃。所以,宋书平的消息像严寒冬天里的一把火,温暖了钮佳悦全身。

刘雅诗觉得时机来了,高兴不已,有些迫不及待地说道:"既然有这么好的机会,我们千万不能放过,我们先坐下来商量商量。"

"商量肯定是要商量的,要把计划形成方案才行。"钮佳悦又说道,"书平同志能够进入集中营,是天大的好事。不但可以摸清龙华集中营里的情况,而且还能知道安德烈现在的处境,这有利于我们做针对性的方案。"

"佳悦说得不错。我到龙华集中营协助日本宪兵队看守欧美侨民。尽管日本宪兵队看得紧,但我还是有自由的时间查看情况的。即便没有机会,我也会创造机会接近安德烈,把营救的消息传递给他,让他做好准备。"

"先不要告诉他我们要营救他的消息。"钮佳悦思考了一会儿说,"你先接近他,把情况了解透彻,我们再做好营救计划,等我们的营救计划做好后再告诉他。"

"对,我同意佳悦的意见。"刘雅诗说,"营救行动虽然迫在眉睫,但也不能盲目营救。如果没有十足的把握,我们的营救计划会失败,想要再次营救,那就难上加难了。"

"是我想得太急切了,都是我不对。"宋书平为自己刚才仓促的想法而自责,随即又说,"今天,我在集中营里看到了一个人,只是没想到她也被抓了进去。"

"是谁?"钮佳悦和刘雅诗不约而同地问道。

"完颜格格。"宋书平回答说,"按理说,龙华集中营关押的是上海公共租界的欧美侨民,格格是中国公民,为什么会被押往龙华集中营?"

"完颜格格是谁?"刘雅诗离开上海有一段时间,对于上海的一些情况不太清楚。

"完颜格格的真名叫完颜婵娟,她的汉名叫王蓦瑶。"宋书平解释说,"听说她为情所困才来到上海。为了生活,她当起了电影替身演员,在上海渐渐地有了一定的知名度。

"原来是她?"钮佳悦恍然大悟。

说起王蓦瑶,钮佳悦还与她有过一面之缘。那天,钮佳悦执行完任务,在归途中,在一条小弄堂边上,看到一个老人跪地乞讨,王蓦瑶什么也没说,给了老人一块大洋,老人要磕头道谢,却被她阻止了。钮佳悦虽然与王蓦瑶没有正式认识,但她知道一个格格竟然能那样体恤市井百姓,那不是一般人能做到的。所以,钮佳悦对王蓦瑶有了好感,只是没想到她被抓进了龙华集中营。

"我们要赶紧查清楚她是为什么被抓和被送往龙华集中营的,我想这里面肯定有名堂。"钮佳悦说，"书平同志，你如今在龙华集中营里工作，比较方便调查这事。但不能让日本鬼子知道了。"

"佳悦，你放心，这个任务就交给我。"宋书平又突然问道，"是不是我营救安德烈时，顺便把她营救出来？"

"她是一个有正义感的人，也是我们中国人，我们有义务把她解救出来。"钮佳悦斩钉截铁地说。

"佳悦说得对。无论王蕃瑶是干什么的，但她始终是一个中国人，还是一个热心肠的好人，我们应当竭尽所能地把她营救出来。"刘雅诗也被王蕃瑶的行动感动，反正救安德烈也是救，王蕃瑶是顺带而已。

"那我知道了。"宋书平听完钮佳悦的话，然后说，"那我就先回去了，免得引起敌人的怀疑。"

"那行。你赶紧把情况打听清楚，下一次来，我们就要细细商量营救方案了。"钮佳悦这几天可谓忙得不可开交，不但要监听敌人的电台，还要向上级党组织传递情报，营救安德烈只是工作之一。而刘雅诗虽然以前在上海滩潜伏多年，可毕竟她离开上海滩有一段时间了。上海滩的变化很大，刘雅诗还要适应一段时间才能融入工作，所以，这里的大小事情都需要钮佳悦亲自动手。

待宋书平走后，刘雅诗也看出钮佳悦的疲劳之相，可一想到自己一时帮不上钮佳悦的忙，心里有些过意不去，便对钮佳悦说："佳悦，你多休息一下吧。"

"雅诗姐，你去休息吧，我还要工作。"钮佳悦说完，又投入紧张的工作中了。

在等待李茜茜来的这个时间段里，谷海山突然发现自己头上的白发又多了不少，不由感慨起来："岁月真是不饶人啊。"想当年，为了让力行社发展壮大，谷海山奔走在全国各地物色人物，朱佩玉与李茜茜便是他从众多学员中发现的。朱佩玉不负所望，立下了显赫的功劳，可惜她最终为情所困，为情丢掉了性命。李茜茜与朱佩玉不一样，她貌美如花，沉着冷静，在潜伏期间为党国提供了不少情报，也为党国立下了汗马功劳。如今，朱佩玉已经离开了这个世界，谷海山能指望的人只有李茜茜了。如果不是自己把她从死亡的边缘上拉了回来,就又少了一个得力的助手。现在,李茜茜伤病缠身,完全可以到大后方去,但她仍然坚持在一线工作,仅仅是她的这种行为就令谷海山敬佩不已。

离重庆方面下达任务的时间过去很久了,谷海山却仍然找不到办法,除了李茜茜也找不到合适的人选。尽管李茜茜拿出的方案,谷海山不是很满意,但他也找不到比这个更满意的方案了。

这时,李茜茜敲门进来了。看上去,李茜茜仍然是一身的疲惫,这让谷海山有些心疼起来,急忙让李茜茜先坐,又马上倒了一杯水递给她,问道:"是不是伤病又发作了?"

"这伤病一直反反复复的。"李茜茜喝了一口水后,脸上才有了些红色,喘了一口气又接着说,"站长,今天你算是正式通知我去营救国际友人了?"

"想来想去,这个任务还非你莫属。"谷海山轻轻地叹了一口气,在偌大的上海滩,居然找不出一个超过李茜茜的军统特工。

"站长,你同意我的方案吗?"李茜茜虽说回去等通知,但也没有闲着,四处打探消息,虽然很多是没有用的消息,但有一个消息让她兴奋不已,那就是她打听到王蓦瑶被千惠子抓到了龙华集中营里。因而,她又继续说:"站长,替身演员王蓦瑶也被千惠子派人抓到龙华集中营了。"

"王蓦瑶?就是那个真名叫完颜婵娟的落魄格格?"谷海山听到这个消息,猛然一怔,作为军统上海某站站长的他对王蓦瑶还是多少有些了解的,王蓦瑶作为一个落魄的格格,与朱佩玉有一些相似之处——为情所困。如果不是为情,她也不会沦落到上海滩,以当替身演员为生。谷海山去过现场,看过王蓦瑶拍戏。前不久,因为要在茶馆里接头,在等人时正好听到王蓦瑶在那里唱京剧,他想,王蓦瑶是为了赚一点外快吧。

谷海山年轻的时候也是一个京剧迷,偶尔也唱上几句,只是这些年来做潜伏工作,把这个爱好藏在了心里。

"对,就是她。"李茜茜肯定地说,"据说是女汉奸陈丹璐奉千惠子的命令带人去绑架的,然后直接送到了龙华集中营。"

"她们为什么要绑架王蓦瑶？难道王蓦瑶知道一些内幕？"谷海山忽然发现在上海滩又有好戏看了。

"这个还不清楚，不过，我知道有一个特别了解王蓦瑶的人，她就是王蓦瑶的跟班阿红。"李茜茜打听到王蓦瑶被千惠子抓走后，马上打听她身边的人。发现同样是替身演员的阿红与她关系密切，于是，她又悄悄地打听了关于阿红的消息，发现王蓦瑶有恩于阿红。阿红也成了王蓦瑶最好的伙伴。如果能从阿红身上打听到关于王蓦瑶的一切消息，那么就能找到事情的突破口。

"那你抓紧时间找到阿红，打听王蓦瑶被抓的情况。如果王蓦瑶有我们不知道的情况，那么，我们就可以把营救方案再充实一下，就可以行动了。"谷海山觉得千惠子不会无缘无故地抓王蓦瑶。如果王蓦瑶是共产党的人，这事还说得过去，但她绝不是军统的人。虽然王蓦瑶是一个落魄的格格，在上海滩也只是一个替身演员，但知名度可不小，很多人去看电影，都是奔着她这替身演员去的。只是她完全可以走到台前，为什么心甘情愿只做一个替身演员呢？这里面又有什么不可告人的秘密？难道她真是共产党的人，潜伏在上海滩也是为取得情报？

"站长，我这就去找阿红。"李茜茜站了起来，但感觉身体仍然很虚弱。

"你要多注意身体，实在扛不住了，和我说，我派人送你去重庆。"看到李茜茜虚弱的样子，谷海山心里又感到一种莫名的疼痛。如果军统的特工都像李茜茜这样就好了，何愁不能把小日本赶出中国呢？想到这里，谷海山又多了一份愤怒。如果不是延安的那个代号叫红灯笼的特工，引出这么多的事，他岂能让李茜茜受伤？

"站长，我坚持得住。"李茜茜也不知道自己为什么执意要留在上海滩，难道说仅仅是要为党国多出一份力气吗？可李茜茜想了想，又觉得不完全是。

"千万不要勉强。身体可是本钱，没有身体，什么都是空谈。"谷海山已经失去了朱佩玉，再也不能失去李茜茜了，像她这样忠诚于党国的人不多了。

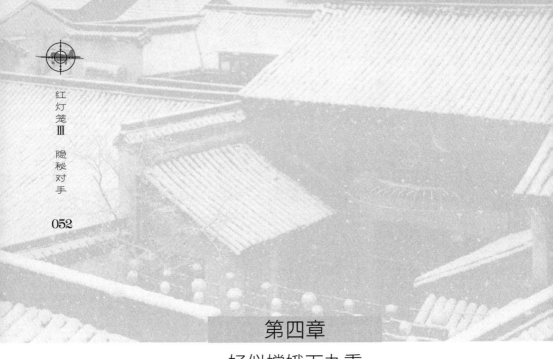

第四章

好似嫦娥下九重

宋书平到龙华集中营协助日本宪兵队管理欧美侨民有一段时间了,直到今天才稍微有些空,正想着如何去五号牢房看一下安德烈时,却发现安德烈正被一个日本宪兵押着向学校操场走去。不用猜,宋书平便知道安德烈是被拉去扛煤了。最近,被关进来的人越来越多,所有的教室都被改成了牢房,连大礼堂都住不下了,又在室外荒地上搭建起许多临时木板房。因为关押的人多,各种用品需求量很大,就连做饭烧水用的煤的需求量也比原来增加了不少。最初扛煤的是一个英国人,因个子小,没干几天就累倒了,结果被日本宪兵扔进了黄浦江。当然,日本鬼子也知道干这种苦活需要力气大的年轻人,所以,年轻力壮的安德烈自然被选中了。

宋书平见过安德烈扛煤,每一筐煤近两百斤,每天要工作十个小时,好在安德烈的身材魁梧,身体健硕。虽然很吃力,但还应付得了。

宋书平看到安德烈扛煤很有技巧。尽管日本宪兵管得很严,安德烈总是能找到机会休息一会儿,算是磨洋工吧。所以,宋书平跟了上去,打算找准时机向安德烈发出一些信号,让他知道有人来营救他。但宋书平的想法还没有实现,就被刚从外面进来的千惠子叫住了："宋书平,今天陪我听京剧去。"

"听京剧?"宋书平有些纳闷,千惠子还有心情听京剧?

"听你们中国人的京剧。"千惠子不屑地说,"不过,京剧确实好看,也好听。今天,你就跟着我享耳福吧,因为唱京剧的人是你们大清王朝的一个格格。"

大清王朝的格格?宋书平马上想到了王蓦瑶。自从那天见陈丹璐把王蓦瑶送进龙华集中营后,后来一直没有她的消息。尽管宋书平也暗中打探过多次,王蓦瑶却好像从龙华集中营消失了一样,没想到她仍被关在这里。

"只要她活着就好。"宋书平在心里暗想,虽然王蓦瑶是清朝的格格,但她仍是一个中国人。只要她不帮日本鬼子办事,那么她就值得自己去营救。

"快一点,你在想啥?"就在宋书平发愣的时候,千惠子催促起来。宋书平赶紧跟了过去。

千惠子在集中营最后面的一间低矮房子前停了下来,朝两名日本宪兵挥了挥手,宪兵敬礼后马上开了门。宋书平想着跟进去,却被宪兵拦住了。

"让他进来。"千惠子淡淡地说了一句话,日本宪兵这才放宋书平进去。

进了房间,宋书平像走进了大观园一样,房间里的豪华与外面的衰败,显得格格不入,可以说房间里奢华到了极致,房间正中央还有一个小小的舞台,旁边有几把椅子。不用猜,宋书平便知道舞台是留给主角的,旁边的椅子是给乐手留的。舞台虽然装饰得很精致,但眼尖的宋书平还是看到了舞台幕墙边上有一道出入后台的暗门。果然,几名乐手从那扇门里走了出来,开始了演奏,接着一个花旦走了出来。尽管她化了浓妆,宋书平还是认了出来,她就是王蓦瑶。

随着乐声的响起,一曲《霸王别姬》在宋书平耳边响起,低婉又有些凄凉。宋书平以前听过梅兰芳演唱的《霸王别姬》,觉得王蓦瑶的唱腔更为纯正一些,倘若把两人放在一起进行比较,宋书平认为两人不相上下。听着王蓦瑶的唱腔,宋书平感慨万端,这个格格仅仅为情所困,还是心里隐藏着别的事?

一旁的千惠子也津津有味地听着，不时掏出手绢擦拭一下眼泪。宋书平不由有些感慨起来，这个子不高，又长得奇丑无比的特高课高级特工，居然也有多情的一面。如果不是这场战争，她也许与其他女子一样，过着平静的生活。但这个想法，只在宋书平脑海里闪现了一下。千惠子毕竟是特高课的高级特工，无论怎样，都改变不了她的性格。这场京剧也只能让她得到短暂的平静。

"书平君，好听吗？"千惠子突然问宋书平。

"好听。"

"如果你喜欢听，就天天来听。"

"我……"宋书平没想到千惠子突然抛出这样的"橄榄枝"，心里突然"咯噔"了一下。千惠子不会无缘无故叫自己来听京剧，她的目的是什么？宋书平突然发现，日本鬼子对龙华集中营看管得特别紧，为什么叫自己一个中国警察来这里协助？而且是千惠子点名让他来的。难道千惠子发现了什么？难道是那天在十六铺码头的事？宋书平仔细一想，说不定有这个可能。当时千惠子与陈丹璐向已经下船的刘雅诗扑去，情急之下，自己不得不以抓小偷的名义开枪，为刘雅诗和钮佳悦缓解了危险。

"你就不要推辞了。你可以天天来这里听戏。"千惠子突然笑了起来，"书平君，我听他们说，你对我们大日本帝国特别忠心，来陪我听听戏，也算是对你的奖赏。"

"我听你的话就是。"宋书平知道反对也没用，只是天天来听戏，外面的情况就难以掌握。但宋书平又想了想，与千惠子走得近些，或许能弄清她的意图。

"这就对了。只要你认真为我们大日本帝国做事，绝对少不了你的好处。"千惠子说完，脸上流露出一丝诡异的笑容，但还是被宋书平看在眼里了。

台上的王蓦瑶唱完了《霸王别姬》，又开始了下一曲《贵妃醉酒》：

海岛冰轮初转腾，见玉兔，玉兔又早东升。那冰轮离海岛，乾坤分外明，皓月当空，恰便似嫦娥离月宫，奴似嫦娥离月宫，好一似嫦娥下九重……

宋书平听得有些如痴如醉,侧过头看到千惠子正摇着头,手里也在比画着,神情变化无定。宋书平突然感觉背后一阵发凉,这千惠子比他想象中要狡猾得多。

一连多天,王蔓瑶都没有回来,阿红急得像热锅上的蚂蚁。尽管阿红知道凡是进了特高课的人都很难活着回来,但她知道王蔓瑶既不是共产党的人,也不是国民党的人,更没有犯啥事。如果真要找一个抓王蔓瑶的理由,那就是她有一个特殊的身份——格格。如果特高课仅仅因为王蔓瑶是清朝的格格就把她抓进去,于情于理都说不过去。除此之外,阿红实在想不到其他理由。

就在阿红着急时,李茜茜突然出现在她的面前。只是李茜茜一副病恹恹的样子,让阿红有些吃惊。阿红看过李茜茜的照片,也知道她是百乐门有名的舞女。在阿红心中,李茜茜的美貌仅次于王蔓瑶。阿红有时候也在想,如果自己有王蔓瑶或者李茜茜一半的气质和美貌,绝对会在上海滩干出一番轰动的事业来。

“你是阿红吧?”李茜茜问阿红时,忍不住咳嗽起来。

“你是李姐姐?”阿红没想到李茜茜是来找她的,心中不由高兴起来。

“我是李茜茜。”李茜茜说着,仔细地打量起阿红来。在李茜茜眼里,阿红就是一个长相普通的农家女子,因自小贫穷,阿红至今还有营养不良的影子。十七八岁的她显得分外成熟,但与城里的同年龄的女子相比,她又多了几分单纯。看到阿红,李茜茜又想到了钮佳悦。当年,十二岁的钮佳悦到上海时,显得生涩多了,又一脸的忧郁,让人怜惜不已。或许岁月能抹平一个人的过去,或许有的人天生就喜欢随着环境的改变而改变。钮佳悦只用了几年时间,就从一个不懂事的黄毛丫头变成了共产党的特工,为共产党提供了不少情报,如今,连自己都不是她的对手。特高课的花野洋子失踪后,是生不见人,死不见尸,最终,特高课不了了之。可以说,在军统里没有人是花野洋子的对手,但花野洋子却死在了钮佳悦的手里。能够悄无声息地把特高课的高级特工解决掉,而且不留下任何痕迹,足以证明钮佳悦的厉害。

眼前的阿红会不会就是下一个钮佳悦呢？如果把她好好地培养起来，或许她会是军统将来的一个厉害特工。想到此，李茜茜和悦地问道："阿红，你的格格呢？"

　　"格格是谁？"李茜茜的问话，令阿红马上警觉起来，她又说道，"你找错人了，我不认识什么格格。"

　　"阿红，你别误会。格格，就是你的王蓦瑶姐姐，她是我的朋友。"李茜茜的确与王蓦瑶合作过，只不过那是在百乐门舞厅里跳舞。

　　"你真是她的朋友？"单纯的阿红放下了戒心，又问道，"你们是怎么认识的？"

　　"当然是因为工作啊。"李茜茜见阿红相信了自己，便又问道，"她去哪里了？"

　　"她……她被特高课的一个叫陈丹璐的女人带人抓走好几天了，到现在还没回来。我非常担心她的安全……"阿红的话还没说完，眼睛委实红了。

　　"她被特高课的人抓走了？"李茜茜还是不放心，又问道，"你肯定？你怎么知道陈丹璐是特高课的人？"

　　"我听剧组里的其他人说的。他们说王姐姐被特高课的人抓走了，凶多吉少。我每天都在求菩萨保佑她早点回来。好些天过去了，她都没有回来。"阿红说着又大哭了起来，"李姐姐，王姐姐是个好人，特高课的人为啥要抓她？"

　　"你王姐姐不会有事的。"李茜茜马上安慰阿红，也不由疑惑起来：王蓦瑶是被女汉奸陈丹璐抓走的，如果说王蓦瑶真犯了什么事，或者说她是共产党的人，那么特高课的人抓住她审问她就可以了，或者把她关押在特高课，为什么会送到龙华集中营呢？龙华集中营是关押上海公共租界的欧美侨民的地方，他们之间到底存在着什么关联呢？

　　"李姐姐，是真的吗？我好想王姐姐，她千万不要出事，求菩萨保佑她。"阿红止住了哭声。

　　"她只是一个演员，不可能出事的。说不定，陈丹璐请她去唱戏了。"李茜茜不想让阿红一直纠结于王蓦瑶是否出事，她想先弄清楚王蓦瑶到底是什么人，陈丹璐抓她去干什么，为什么她会出现在龙华集中营里。想到此,李茜茜又觉得事情比她想象中还要复杂。如果王蔓瑶真是共产党的人,说不定是故意打进龙华集中营的,有可能是想借机把里面的人救出来。如果真是这样,那说明共产党已经出手了。但李茜茜又一想,王蔓瑶既然进了龙华集中营,肯定得有人接应,谁会是那个接应的人呢?是钮佳悦还是刚从延安来的刘雅诗?她俩是女的,与自己一样根本没有机会接近龙华集中营。想着,李茜茜就头痛不已。

"李姐姐,你说王姐姐会没事,如果她真的犯了法,应该是警察来抓她,为啥是特高课的女汉奸呢?"阿红见李茜茜在思考,忍不住问道。

"警察?对,应该是警察。"阿红提到"警察"两个字,李茜茜恍然大悟起来,宋书平不就是警察吗?能接近龙华集中营的人除日本宪兵外,也只有警察了。刘雅诗在十六铺码头上岸,陈丹璐和千惠子正要上去抓捕她时,不正是宋书平鸣枪向钮佳悦和刘雅诗示警吗?而且,宋书平已经进了龙华集中营,难道他就是共产党派去营救安德烈的人?

"原来是他。"李茜茜不由说了一句。她一直怀疑宋书平是共产党的人,当初自己那样向他示好,他都不买自己的账,说话也阴阳怪气的。如果宋书平进了龙华集中营,那么离事情的真相就不远了。

"李姐姐,是谁?"阿红听到李茜茜莫名其妙的话,不由问起来。

"我也不知道是谁。"李茜茜说完,又说,"阿红,我分析了一下,你王姐姐肯定没事,我马上找人打听一下。今天我来找你的事,对谁都不要说。如果有人知道我来找过你,你的王姐姐就有危险了。"

"李姐姐,你放心,我绝对不会对任何人说你来找过我的事。"阿红又说,"李姐姐,你一定要帮我打听打听王姐姐的事。拜托你了。"

"阿红,你放心。一有消息,我就来告诉你。"李茜茜决定去见见宋书平,说不定能从他的嘴里套出一些情报来。

宋书平虽然在龙华集中营里协助宪兵,但难得有机会走出龙华集中营。每天除了工作,就是陪同千惠子听王蔓瑶唱京剧。如果不是王蔓瑶化了妆,宋书平绝对会看到她那呆滞的表情。只是王蔓瑶的演唱,的确让人心旷神怡。几天听下来,宋书平也能唱上几句了,可是越是这样的生活与工作,越是让宋书平有了一种不祥的预感。因此,宋书平决定找一个机会走出龙华集中营,把这个消息告诉钮佳悦。

这天,宋书平终于有了出集中营的机会。一路上,宋书平都在思考:首先,他只是一个警察,按理说他没有机会也没有权力进入龙华集中营,即使龙华集中营里需要更多的宪兵来维持秩序,也应该是派日本兵来,为什么要派他这个警察呢?况且龙华集中营是关押上海公共租界欧美侨民的地方,里面涉及许多秘密,总不能让一个中国人知道吧?其次,千惠子为什么让自己天天去听京剧?千惠子为什么把王蕚瑶关到龙华集中营里,而不是特高课?

尽管宋书平一路都在思考,但还是发现后面有人在悄悄地跟踪他。

"难道是千惠子派人来跟踪自己的?"宋书平有了这个想法,便穿大街钻小巷,最后终于摆脱跟踪之人。他又绕了很大一圈,才来到老李茶馆,见到了钮佳悦与刘雅诗。

"书平同志,你怎么现在才来与我们会合?"钮佳悦与刘雅诗一直等待宋书平来汇报情况,可是连续多天,都没有宋书平的消息,她们既担心宋书平的安全,又担心他得不到龙华集中营的情报。

"说来话长……"宋书平喝了一口水,把他进入龙华集中营后的事全讲给了钮佳悦与刘雅诗听,又说,"我刚刚来的路上好像被人跟踪了。"

"那你不能回龙华集中营了。"钮佳悦一直担心宋书平的安危,既然他有暴露的危险,就不能让他回龙华集中营了。

"佳悦说得对。书平同志,你不能回集中营了。"刘雅诗也清楚事情的严重性,当年,她暴露后不得不撤往延安。

"你们不用担心我。如果我不回集中营,那才是真的暴露了,如何救安德烈?"宋书平坚定地说,"我与安德烈有了一些短暂的交集,正在慢慢地取得他的信任。我也相信,用不了多久,我会取得他的完全信任。"

"这……"钮佳悦陷入了沉思之中:如果宋书平撤回来,那么营救安德烈的事，又不知该从何下手了；如果宋书平不撤回来，万一他暴露了，又该怎么办？

"书平同志，你的安全才是最重要的。"虽然刘雅诗觉得她来上海的任务是营救安德烈，但不能白白地牺牲了宋书平的生命，又说，"没有办法，我们可以慢慢地想。总之，你不能再回集中营了。"

"你们放心，我知道该如何应对他们。以前的花野洋子、许一晗，还有李茜茜，她们都拿我没有办法。何况现在只有一个千惠子，她到上海滩不久，对这里的情况还不完全熟悉，我有办法对付她的。"宋书平在甩了跟踪者后，就一直在思考应对办法。他知道，好不容易才进入龙华集中营，不能半途而废。

"不行。你的安全才是最重要的。"刘雅诗还是反对，她侧过脸又对钮佳悦说，"佳悦，你说是吧？"

"书平同志，你就听我们的劝吧，不要再回集中营了。"钮佳悦又何尝不担心宋书平的安全。

"你们放心，我自有办法。他们现在也只是怀疑，没有证据，奈何不了我。当然，我也会小心行事的。"宋书平斩钉截铁地说，"现在要紧的是，我一旦回到集中营，恐怕很少有时间出来，那么我该如何把情报传递出来？即使我有短暂的时间到门口，外面也得有人来接收。当然，你们两个是不能到集中营外面等候的。"

"书平同志……"钮佳悦和刘雅诗还想劝阻宋书平，却被宋书平挥手打断了。

"你们放心，如果他们手里有我的证据，早就把我抓起来了。他们没有抓我，那就只是在怀疑。"宋书平不想让钮佳悦和刘雅诗担心，急忙把他的想法说了出来。

"这行吗？"钮佳悦还是不放心。

"你放心好了。你们想想办法，看谁去集中营外面接收我的情报合适。"宋书平又说，"我出来很久了，要马上赶回去。"

"陈阿三。"钮佳悦也想不出别的人来。前些日子，她把陈阿三救了回来，安排在阿胖的家里住着。

"陈阿三？嗯，我也觉得他合适。只是他才十岁，我们不应该把他卷入这场看不见硝烟的战争中……"宋书平也觉得陈阿三合适，只是他的年龄太小了,他还是个孩子,应当过着无忧无虑的生活。

"佳悦,最好与陈阿三谈谈。"刘雅诗说,"他要自愿才行。我们不能强迫他。"

"我知道陈阿三年龄小,但我与他交谈过了。他恨日本鬼子,加上他本身就是乞丐,连身份都不用掩饰。"钮佳悦说,"目前,我们实在找不到像陈阿三这样合适的人了。"

"那就这样吧。"宋书平最终还是答应了钮佳悦。

说完,三个人又商量了一些细节,宋书平才离开。在宋书平走出门的那一刻,钮佳悦朝他说道:"书平同志,你要保护好自己的安全。"

出了门,宋书平没有急忙往龙华集中营赶去,而是绕了几个圈。他刚拐进一条小巷时,被陈丹璐拦住了去路。至于陈丹璐,宋书平与她算是老熟人了。以前,他多次与七十六号的人一起执行任务,那时候七十六号负责外出抓人的是行动处副处长许一晗。陈丹璐也偶尔跟着一起去。只是那时候,陈丹璐只是一个普通的特工,执行任务也没有什么特别之处,后来,她被调进了档案室,管理档案。在许一晗死后,她竟然坐上了行动处副处长的位置。至于陈丹璐是如何当上行动处副处长的,有两种说法:一种是陈丹璐通过管理档案,了解了很多军统与共产党的事,她毛遂自荐后当上的;另一种是陈丹璐原来就是处长的心腹,她被安排在许一晗手下监视许一晗。后来发现许一晗是真心为七十六号工作的,陈丹璐才被调回档案室,许一晗一死,她自然而然当上了副处长。宋书平相信第二种说法,因为要当上七十六号行动处副处长,没有一点本事,那是不可能的。

"宋书平,这么急匆匆地跑啥?"陈丹璐虽然在千惠子面前不敢造次,但在宋书平面前就不一样了。宋书平只是一个警察,说白了,他也是在为日本鬼子做事,只不过职位低下,与她无法相比。她有行动时,宋书平他们得无条件配合,而且每次得冲在最前面。用陈丹璐的话来说,警察就是一群炮灰。

"原来是陈处啊。这么巧。"宋书平还是称呼陈丹璐以前的职位。

"什么陈处不陈处,你不知道七十六号现在只是一个符号了吗?我现在是特高课的人。"陈丹璐不屑地说。

"对,对,陈处现在高升了。我就一直想请你吃个饭,又怕你没时间……"宋书平笑着,心里却非常别扭,暗暗骂道,这个女汉奸还真把自己当一根葱了。

看着陈丹璐,宋书平突然想起他从龙华集中营出来去见钮佳悦的路上,发现后面有人跟踪,只是没回头看是谁在跟踪自己。现在陈丹璐在这小巷口等待自己,难道是她在跟踪自己? 如果真是这样,那就麻烦了。自从千惠子来到特高课后,她一直与陈丹璐联合行动。如果说是陈丹璐跟踪自己,那么,肯定是千惠子授意的。这么说来,自己真的暴露了? 宋书平此时发现千惠子比他想象的还要狡猾得多。因此,宋书平决定从陈丹璐身上找突破口来判断自己的想法。

"你有这份心就行了,什么吃不吃饭啊。"陈丹璐笑了笑,又说,"你在警察局干这么多年,却一直在基层,有没有想过升一升啊?"

"让你笑话了,只是我的能力有限,想升,也是心有余而力不足啊。"宋书平一时弄不清楚陈丹璐的意图,也不好说太过的话。

"你的能力谁不知道? 响当当的。当年,我们一起去执行任务,你一直冲在最前面,连死了的许一晗都对你赞叹不已。"陈丹璐夸赞起宋书平来,"如果你跟着我干,我保证你前途无量。"

"陈……陈……陈处……你的话是啥子意思?"宋书平忽然发现陈丹璐与许一晗一样让人捉摸不透。难道自己真的被她看中了? 还是她有其他目的?

"别老叫我陈处陈处的,直接叫我名字。"陈丹璐见宋书平结巴起来,以为他心动了,又说,"其实,我们都是中国人,应当团结在一起,相互照应,一旦有什么事也应该相互罩着。"

"陈处……不……陈丹璐,你有啥事就明说了吧。"宋书平本来还想从陈丹璐嘴里套出一些话来,可她说了些自己不想听的话,如果把时间都浪费在这里,回去晚了,在千惠子那里不好交代。

"看把你急成啥样了,我就明说了吧。你想办法让我进龙华集中营。"陈丹璐本来不想这么快把自己的目的告诉宋书平,可她又实在不想错过这个机会。陈丹璐每次与千惠子去执行任务,都被千惠子骂个狗血喷头,这口恶气又没地方出。前些日子,陈丹璐发现宋书平被千惠子调到龙华集中营去了。虽说陈丹璐可以出入龙华集中营,但那都是有要事找千惠子,而且还要得到千惠子的批准才行,宋书平不一样,基本可以自由出入龙华集中营。龙华集中营里关押的人都是欧美国家的侨民,很多都是有钱的主儿。如果她像宋书平一样能够自由地出入龙华集中营,那么就有机会敲诈那些有钱人。这样一个发财的机会,陈丹璐怎能放过? 于是,陈丹璐又说:"只要你帮我进了龙华集中营,我绝不会亏待你的。"

"原来是这样啊。"宋书平恍然大悟的样子,说,"你要进龙华集中营,应当去找千惠太君。"

"这事不能让她知道。"陈丹璐当然不敢去求千惠子。她想发财的事不能让任何人知道,更不能让千惠子知道。再说,千惠子肯定不会让她进入龙华集中营的。

"这事我还真做不了主,我只是去协助宪兵队管理,没有说话权,也没有其他权力。"宋书平仔细地分析了陈丹璐的话,明白了她的意图。这也就说明先前跟踪他的人是陈丹璐。只是陈丹璐太狡猾,还懂得反侦察的手段。

"宋书平,我好心与你商量,你就是这个态度? 我看你是故意不想帮我。"陈丹璐马上变了脸色,心里却虚得要命。她在赌宋书平不敢违抗她的意愿,却没想到宋书平根本不吃她这一套,这让她十分不悦,便又说,"我知道你去了哪里。如果我告诉千惠太君呢?"

"陈处,你跟踪我?"刚才跟踪他的果然是陈丹璐,宋书平不由一惊,又仔细想了想,自己肯定甩掉了陈丹璐,要不然,陈丹璐不会用这种口气与自己说话。于是,宋书平直接把千惠子搬了出来,"我说的是真的。你这么一个大活人,就算我有权力把你带进去,也用不了一会儿,千惠太君就知道了,如果她不让你待在里面,你能待得下去吗?要不,我去千惠太君那里请示一下?"

宋书平之所以这样说,一是因为陈丹璐把他跟踪丢了,二是因为他在赌陈丹璐不敢跟着他去见千惠子。

"那就算了。"陈丹璐心有不甘,但她也不想把事情闹大,于是又说了一句,"当年许一晗与花野洋子在查共产党的红灯笼,却一直没有消息,现在千惠太君也在调查,如果你有这方面的消息,一定要先告诉我。"

"红灯笼?"宋书平心里一惊,但马上镇定下来,回答道,"如果有关于红灯笼的消息,我一定会在第一时间告诉你。陈处,如果没有别的事,我就先走了。"

"你走吧。"陈丹璐终于憋不住怒气,在心里骂了宋书平一句,然后也转身走了。

看着陈丹璐气冲冲地走了,宋书平的脸色马上沉了下来,转身疾步朝龙华集中营走去。

宋书平冒着暴露的危险返回龙华集中营,钮佳悦的心久久难以平息。这说明宋书平早已把生死置之度外。这需要勇气,还要有坚定不移的信仰。当年,哥哥钮卫国、李思瑶姐姐和刘嫂,他们为了自己的信仰,付出了他们年轻的生命。现在,宋书平也与他们一样,为了自己的信仰,随时可以付出自己的生命。想到此,钮佳悦更坚定了自己的信念,自己与他们有着同样的信仰,自己也与他们一样,为了信仰,可以献出自己最宝贵的生命。

"佳悦,你在想啥?"刘雅诗端来两杯开水,看着发呆的钮佳悦,不由问了起来。

"雅诗姐,想必书平同志已经到龙华集中营了。"钮佳悦轻轻地叹了一口气,"我真不希望他出意外。这些年来,我失去了太多的亲人,也失去了很多同志。他们为了信仰,面对敌人视死如归。他们值得我们尊敬,也值得我们去学习。"

"佳悦,说实话,我也十分担心书平同志的安全。他既然有把握回龙华集中营,说明他应当有应对的办法。我们与其现在这样担心,还不如相信他。"刘雅诗又分析说,"虽然书平同志发觉有人跟踪他,但也只说明敌人开始怀疑他,应当没有确凿的证据,所以,书平同志目前是安全的。"

"但愿如此。"钮佳悦刚刚也分析过,要不然,她不会让宋书平回龙华集中营。如果说不担心宋书平的安全,那是假话。所以,在宋书平走后,钮佳悦还是心神不定。她希望听到宋书平的好消息。

"佳悦,我们也不要老坐在这里了。你不是把陈阿三安排在阿胖家里吗?我们应当去见见他了。"刘雅诗没有忘记她与钮佳悦和宋书平商量的事。

"这是正事。我们马上出发。"既然宋书平已经返回龙华集中营了,就得随时在集中营外面拿到他传递的情报。虽然陈阿三是最合适的人选,但还不知道他愿不愿意,这事不能强求他,得他自愿。

钮佳悦说完与刘雅诗出门,穿过了好几条街,又走过了好几条小巷,终于来到阿胖家门前,掏出钥匙打开了门,刚走进去,陈阿三就迎了上来,连忙叫道:"小姐姐,侬来啦。"

"嗯。"钮佳悦应了一声,拿出几个包子递给陈阿三,又问道,"饿坏了吧。趁热吃吧。"

陈阿三接过包子,急忙拿起一个往嘴里塞,突然看到钮佳悦身后的刘雅诗,陈阿三眼睛睁得大大的,塞进嘴里的包子迟迟没吞下去。

钮佳悦给陈阿三说过,这里除了她,不能让任何人进来,陈阿三看到刘雅诗进来了,肯定会吃惊。于是,她安慰道:"别怕,她是你刘姐姐。"

"刘姐姐,阿拉没见过。"陈阿三死死地盯着刘雅诗,有些不相信的样子。

"阿三,你的警惕性非常强。"钮佳悦笑了,招呼着刘雅诗坐下后,让陈阿三吃包子。

陈阿三在肯定了刘雅诗是钮佳悦叫来的后,才把嘴里的包子咽了下去,但眼睛一直盯着刘雅诗,突然叫了起来:"刘姐姐,阿拉认得侬。"

"阿三,是不是饿得眼花了,你怎么认识刘姐姐?"钮佳悦是第一次带着刘雅诗来到这里。

"那天,刘姐姐从阿拉身边跑了过去。"陈阿三指的是刘雅诗在十六铺码头下船,被千惠子与陈丹璐追赶时,她从陈阿三身边跑过去隐藏起来,然后陈阿三与千惠子碰了个正着,接着又阻挡了一下陈丹璐的去路。正是陈阿三的这两个举动,让刘雅诗有了足够隐藏的时间,从而摆脱了千惠子与陈丹璐的追捕。

"真是好眼力,好记性。"刘雅诗记得她从陈阿三身边跑过去时,他正在那里昏昏欲睡,根本没有睁开眼睛,时间过去了这么久,他居然还记得自己。

"阿三,你了不起。"钮佳悦听了陈阿三的话,也为之一惊,没想到陈阿三只有十岁,记忆力竟然这么好。

"小姐姐,刘姐姐,侬取笑阿拉了。"陈阿三觉得钮佳悦带着刘雅诗来这里,肯定有重要的事,因此,他几下把包子吃完,便问道,"两位姐姐,阿拉吃饱喝足了,侬有啥事情让阿拉做。阿拉一定做好。"

"阿三真乖巧。姐姐还真有事情请你帮忙。"钮佳悦说。

"啥事情。小姐姐,尽管讲。"陈阿三像个大人一样说话,又说,"小姐姐,阿拉待在房间里已经舒服过了,也该替侬做事情了。"

"阿三真懂事。"钮佳悦和刘雅诗不约而同地说。然后钮佳悦在陈阿三耳边嘀咕了好一阵子,陈阿三急忙点头。

李茜茜的第一直觉告诉她,宋书平是共产党的人。当初为啥就没有一直追踪他,找到他是共产党的证据呢?如果他为自己所用,那么结局肯定不一样了。如今想要把他争取过来,已是难上加难。

宋书平能进入龙华集中营,指使他的人又会是谁呢?是刚从延安来上海滩的刘雅诗,还是钮佳悦?就算刘雅诗以前在上海滩潜伏了几年,但她离开上海滩这么久了,会有那么大的本事?当然没有。那么,剩下的人只有钮佳悦了。自从钮佳悦来到上海滩,共产党得到了不少日本鬼子的情报。譬如,藤原乘飞机途径安徽太和县时被国军击落,这是钮佳悦的功劳。生化专家赵长根教授乘坐的客轮在十六铺码头靠岸时,李茜茜觉得自己布置得天衣无缝,结果被七十六号和特高课吊着打,赵长根被共产党的人从客轮上悄悄地救走了,她直到后来才知道,那也是钮佳悦一手策划的。

想到钮佳悦,李茜茜有些不服气起来。钮佳悦只是一个十八九岁的女孩,为什么她有那么大的本事?但李茜茜转念一想,既然钮佳悦是从延安来的代号叫红灯笼的特工,那她肯定有着不同寻常的地方,也有她的过人之处,以后遇到她要特别小心。既然已经证实了钮佳悦就是共产党的红灯笼,要不要把她的真实身份告诉谷海山呢?如果把这个消息告诉谷海山,他肯定要追根问底;如果自己实话实说,那么谷海山肯定会大发雷霆;如果不告诉谷海山,那么自己以后的工作肯定难以展开。想到此,李茜茜的头都快炸了,决定向谷海山汇报关于王蓦瑶的消息,再听听他的意见。

李茜茜来到谷海山住处时,谷海山正叼着烟斗坐在那里思考。李茜茜知道谷海山一旦遇到非常棘手的问题,就喜欢叼着烟斗思考。李茜茜想等谷海山思考好后再向他汇报,便转身出去,谷海山却叫住了她,指着面前的椅子说:"茜茜,坐这里吧。"

李茜茜不敢违抗谷海山的命令,便转身回来,坐在谷海山对面,又不知该从何处说起。

"查到关于王蓦瑶的消息了?"谷海山放下烟斗问道。

"是的。"李茜茜见谷海山主动问王蓦瑶的事,便把她从阿红那里打听到的消息全都说了出来。

"你说的那个警察叫宋书平?"谷海山见过宋书平,一直觉得他只是一个汉奸,只不过他从没有做过对不起军统的事,也就没有把他列在锄奸队的黑名单上。

"是的。"李茜茜只能把宋书平的事情说出来,在她心里总觉得宋书平是受钮佳悦命令打入龙华集中营的,但她不敢把这事说出来,又说,"他现在被千惠子调到龙华集中营里去了,说是协助日本宪兵队看管关押在里面的欧美侨民,只是我觉得这个宋书平很不简单。"

"你说起宋书平,我倒想起一件事情来。当年,我带着锄奸队去刺杀一个汉奸,他带着人开着车来追我们,结果被我们逃脱了。在回来的途中,我得知几个共产党在边上的房间开秘密会议,于是带着锄奸队去抓那几个共产党。正当我们准备破门而入时,宋书平不知什么时候又冒出来,马上朝我们开枪,结果那几个共产党听到枪声,从后门跑了。"往事历历在目,谷海山好像又回到那天带着锄奸队去刺杀汉奸的场景,只是那天太危险,如果不是他果断撤退,今天他恐怕不会坐在这里了。

"照你的分析,他肯定是共产党的人。"李茜茜听了谷海山的话,更加肯定了宋书平的身份,这个游走在特高课、七十六号之间的警察,其真实身份却是共产党特工。这就不难理解共产党得到情报总比军统早一步的原因了。共产党的特工真是无孔不入。尽管军统当时也在七十六号里安排了内应,但得到的情报都没有多大用处,要不就是比共产党得到情报晚得多。

"既然他是共产党的人,已经打入龙华集中营了,那他们已经开始行动了。可以实行你早前给我的计划了。"得到了关于宋书平的消息,谷海山信心大增。既然共产党能打入龙华集中营,那么他们肯定会有办法把安德烈救出来,自己就来一个半路截和。

"这个计划虽然好,但现在我想到了一个更好的办法。"李茜茜突然觉得钮佳悦既然派宋书平打进龙华集中营,肯定也把退路想好了,如果贸然行动,不但抢不到安德烈,还会陷入被动。

"你的意思是?"谷海山问道。

"我们拉拢宋书平,委以重任。"李茜茜接触过宋书平很多次,这个男人虽然硬派,但他也有柔情的一面,如果自己施以美色,还怕他不上钩?

"这个办法倒是可以。只是你如何在这么短的时间内拉拢他?再说他在龙华集中营里,想见上他一面都非常难,又何谈拉拢他?"谷海山有些担心。

"这个我自有办法。"李茜茜十分肯定地说。

"啥办法?"谷海山还是不明白。

"你难道忘记还有一个王蔓瑶了吗? 她可是一个关键人物。"李茜茜说,"千惠子为什么把她关押在龙华集中营?"

"我还是不明白你的意思。"谷海山说道。

"听了阿红的话后,我一直在想千惠子为什么派陈丹璐去抓一个戏子,难道因为她是共产党的人? 但通过我的分析,她不是共产党的人,更不是我们的人,也不是中统的人。从陈丹璐把她送给千惠子这一点就可以说明。因为千惠子没有把她关进特高课,而是把她带到了龙华集中营。我也打听到千惠子是一个京剧迷,这足以说明,千惠子把王蔓瑶关在龙华集中营,只是为了娱乐。"李茜茜一口气说了这么多,又说,"如果我们也有一个会唱京剧的人,进了龙华集中营,那会有什么样的结果?"

"你这么一说,还是有些道理。又到哪里去找一个会唱京剧的人呢?"

"我。"

"你……"

"你忘记了我当年学的是什么？我在百乐门舞厅里,最初是靠什么出名的?"

"京剧。"谷海山又怎么能忘记呢？当年他听了李茜茜的京剧后,觉得她是一个干特工的料,后来力行社招人,他毫不犹豫地把李茜茜招了进来。

"那我就按我的计划行动?"

"行。但要注意安全。"

"放心吧,站长。我一定完成任务。"

第五章
一步之遥的成功

　　宋书平回到龙华集中营后,千惠子像往常一样邀请他听王蓦瑶唱京剧。宋书平发现千惠子好像一直沉浸在京剧中不能自拔,有时候还跟着王蓦瑶的唱腔轻轻地哼起来,还有模有样的。宋书平有几次想拒绝千惠子的邀请,可每次话到嘴边又咽了回去,隐隐约约觉得千惠子不只是听京剧这么简单,但始终猜不透千惠子的目的。越是猜不透,宋书平就越想做推理和分析,可每次的推理和分析,得到的答案都不一样。

　　"这个千惠子太厉害了,竟让人捉摸不透她的意图。"宋书平又不由着急起来,有几天没有接触到安德烈了,也没法把情报送出去,万一钮佳悦与刘雅诗长时间得不到自己的情报而铤而走险,那该如何是好?

　　"宋书平,我看你最近一直心不在焉,是格格的京剧不好听,还是其他原因?"千惠子早就看出了宋书平心里的不安,但她没说,一直等到宋书平有些不耐烦的时候才问。

　　"千惠太君,这是哪里的话。格格的京剧唱得太好听了,特别是她唱的《霸王别姬》和《贵妃醉酒》,我都有想唱的冲动了。只是我看你听得太入迷了，不敢打扰，心里又难安。"宋书平急忙解释说。说完，心里又不由一惊，自己太急躁了。千惠子是日本特高课的高级特工，被称为日本的"特工之花"，连川岛芳子和山本菊子都不如她。只不过，宋书平认为千惠子是最丑的花。

"书平君，你真的这么喜欢京剧?"千惠子说完朝宋书平凑了过来，眼睛直勾勾地盯着宋书平，又问道，"书平君，你真是我的知音。来来来，你唱一段给我听听。"

"我唱不好。"宋书平没想到千惠子要他当着她的面唱京剧，马上推辞说，"台上的格格正唱着呢，我们还是听她唱吧。"

"不行，我现在就要听你唱。"千惠子说完就把王蔓瑶轰了下去，站起身来，阴着脸说，"宋书平，现在这个房间里只有我们两个人了，你现在就唱给我听。"

千惠子太善变了。宋书平有些窝火，可一想到自己进入龙华集中营是有任务的，只有哄好了千惠子，才能把情报送出去。于是，宋书平清了清嗓子，便唱起《贵妃醉酒》来：

> 海岛冰轮初转腾，见玉兔，玉兔又早东升。那冰轮离海岛，乾坤分外明，皓月当空，恰便似嫦娥离月宫，奴似嫦娥离月宫，好一似嫦娥下九重……

"好听，好听，真好听。没想到书平君竟然有如此好的唱功，真了不起。"千惠子听惯了王蔓瑶的女声唱京剧，突然听到宋书平的男声京剧，有耳目一新的感觉，不由拍起巴掌来，又说，"书平君，你做警察真是耽误了你的前程。如果你进入文艺界，再由名师指点指点，将来肯定是一个大明星。"

"多谢千惠太君的夸奖，警察是我的主业，也是我的工作。"宋书平本不想与千惠子就京剧方面说下去，但他转念一想，如果顺着千惠子的意思说下去，说不定会找到送情报的机会，于是，他又说，"在上海唱京剧的人很多，但我喜欢听越剧。"

"越剧? 是浙江人的戏曲吗?"千惠子从小就来到中国，当然对中国的戏曲了如指掌，又问道，"京剧是中国的国粹，书平君，你却喜欢越剧,你是浙江人吗?"

"千惠太君,我是北方人。因为每个人的喜好不一样,听戏曲也不一样。譬如我,虽不是浙江人,但我喜欢浙江戏曲的那种柔情。"宋书平向千惠子解释,其实他在心里盘算着,让千惠子改听越剧,这样不但可以把王蔓瑶放了,而且她还会去找越剧唱得好的人,那么自己就有机会出去。

"你说说越剧哪个剧目好听?"千惠子问道。

"当然是《梁山伯与祝英台》,这可是浙江有名的越剧了。"宋书平见千惠子顺着他的思路走,又加了一把火,说,"梁山伯与祝英台的故事自东晋始,在中国民间流传已有一千七百多年,可谓家喻户晓,被誉为爱情的千古绝唱。从古至今,有无数人被梁山伯与祝英台的凄美爱情感染。梁祝传说及爱情故事是历史上确实发生过的事件,有历史资料及文物古迹佐证。"

"那我一定要听听越剧《梁山伯与祝英台》,了解了解他们的爱情故事。"千惠子说道,"书平君,你有认识越剧唱得好的人吗?要不,你去帮我物色一个越剧唱得特别好的人?"

"这个……这个,我要协助宪兵队管理这里的人,而且宪兵队规定,如果我没有特别的事不能出去……"宋书平见千惠子已经上钩,并没有马上答应,装出了一脸无奈的样子。

"这里我说了算。"千惠子说,"你现在就出去帮我找唱越剧的人。我看谁敢阻拦你出去。"

宋书平见千惠子回答得如此干脆,心里不由高兴起来,但他仍不动声色地说:"千惠太君,那我就勉为其难了。"

"快去。我马上回去给你开出门条。"千惠子说着就往外走,宋书平急忙跟了出去。

对于京剧,李茜茜只是热爱,偶尔唱上几句,要说精通,她自己也觉得差得太远。作为江南人,李茜茜最喜欢的还是越剧。越剧派别很多,李茜茜喜欢傅派。傅派由傅全香创立,其主要特点是唱腔俏丽多变,跌宕婉转,富有表现力,表演充沛,细腻有神,有感人以形、动之以情的魅力。傅派是越剧花旦唱腔中的重要流派。同为江南人,傅全香出生在"越剧之乡"嵊州。傅全香演唱的《白蛇传》在上海滩也非常有名气。特别是前两年,傅全香与尹桂芳、竺水招合演的《盘夫索夫》《白蛇传》《玉蜻蜓》等剧目,轰动江南。所以,李茜茜有时候也偶尔唱上几句。她认为越剧是她的命根子,京剧可唱可不唱。在百乐门舞厅里,除了陪舞,李茜茜还是主唱,日本鬼子点的最多的是京剧,所以,李茜茜渐渐地把京剧唱熟了。

李茜茜之所以在谷海山面前说她喜欢唱京剧,其实是她得到千惠子把王蓦瑶关到龙华集中营里的消息后,就没有了后续消息。千惠子最喜欢听京剧,王蓦瑶只是一个替身演员,她不可能在龙华集中营里演戏,所以,王蓦瑶只可能在龙华集中营里为千惠子等人唱京剧。无论一个人唱得多好,但听久了,别人也会听腻的,换一个人又是另一种风格。那么千惠子也会有同样的感受。所以,李茜茜才决定一个人去龙华集中营试试。想要进入龙华集中营,不但需要运气,还需要勇气。

李茜茜来到龙华集中营外面,一连几天都没有找到机会。正在她不知所措时,宋书平与几个宪兵走了出来。宋书平是共产党的人,他已经打入了龙华集中营,只要利用他,自己就有可能进入龙华集中营。李茜茜根据自己对共产党人的了解,知道他们绝不会出卖自己人,也不会出卖与他们有着同样目的的中国人,现在是最好的时机,所以,李茜茜急忙走上去,与宋书平打招呼:"宋警官,这么巧啊。"

宋书平没想到在龙华集中营外面碰到李茜茜,心里一惊,马上就明白了李茜茜来这里的意图,便不动声色地问道:"李西施? 你怎么来这里了?"

一个宪兵见李茜茜要靠近宋书平,急忙端起枪对准了李茜茜,拉开了枪的保险,用不熟练的中国话吼道:"支那人,滚开,这里不是你该来的地方。"

李茜茜根本不把几个日本宪兵放在眼里,但这里是龙华集中营,自己的目的是要打入进去,所以,她没敢造次,而是求助于宋书平。她也知道宋书平此时绝不会出卖她,因而,她对宋书平说:"宋书平,你让日本鬼子把枪放下,我有事要对你说。"

"你们把枪放下吧。"宋书平对跟着的几个日本宪兵说,"她是我的朋友。"

几个日本宪兵根本不听宋书平的话,让宋书平在面子上过不去,正不知所措时,千惠子突然从门口走了出来,对着宪兵喝道:"你们把枪放下。"

几个日本宪兵这才把枪放下,千惠子很满意宪兵的行动,笑着问宋书平:"她什么时候成了你的朋友了?"

"千惠太君,我的确就是宋警官的朋友。"李茜茜看到千惠子出来,知道机会来了,马上把不是事实的说成了事实。

"书平君,她真是你的朋友吗?"千惠子心里不由疑惑起来,她认识李茜茜,知道她是百乐门舞厅的舞女,偶尔唱点京剧,但她的唱腔根本入不了自己的耳。

"她……是的。"宋书平迟疑了一下,还是点头说道,"平时有空时,我会去百乐门舞厅跳舞,时间长了就认识了。"

"原来是这样。我说嘛,她是一个舞女,你是一个警察,怎么会成为朋友呢?"千惠子又笑着说,"不是普通朋友吧?"

宋书平苦笑起来,他何尝不知道千惠子的意思呢,只是这个千惠子太狡猾,如果回答李茜茜是自己的普通朋友,她会对李茜茜产生怀疑,如果说李茜茜不是自己的普通朋友,那么她会对自己产生怀疑,也就是说千惠子给自己下了一个套,无论自己怎么回答,她都会产生怀疑,因此说道:"她是大日本帝国的朋友。"

"大日本帝国的朋友?"千惠子没想到宋书平会这样回答,这让她十分意外,又问道,"这话怎么说?"

"千惠太君,她是很多大太君的舞伴。"宋书平把千惠子叫到一边,又说,"千惠太君,你才来上海不久,很多事情不知道,凡是来上海的大太君都会与她跳舞,惹不起的。她说她是我的朋友,都是抬举我了。如果她给某个大太君打一个电话去,我们吃不了兜着走。"

"原来是这样。"千惠子像是明白了什么,又说,"那咱们还是少惹她,离她远点。"

李茜茜看到宋书平把千惠子叫到一边说话,心里没有了底,但她在心里想,要更加证明自己是宋书平特好的朋友,只要有宋书平作保,自己进入龙华集中营的机会就更加大了。于是,李茜茜在等宋书平和千惠子回来时,便说:"宋警官,咱俩的关系,你没有背着说我坏话吧。再说,我俩是啥关系,你自己不清楚吗?"

李茜茜的话让宋书平有些恼怒,他知道李茜茜这时急于表现,就是想拉近与自己的关系,从而也拉近与千惠子的关系。她的目的只有一个,就是想进龙华集中营。可自己该怎样回答她的话呢?令宋书平没想到的是,千惠子突然对着宋书平一笑,只是她的笑意味深长。

"千惠太君,我先去找人了。"宋书平不想留在这里,钮佳悦和刘雅诗还在等他的情报呢。

"那你赶紧去,找一个唱得特好的人。我会赏很多钱的。"千惠子挥了挥手说。

"千惠太君,我的京剧唱得好。"见宋书平要离开,李茜茜立即毛遂自荐起来。

"你京剧唱得好?"千惠子上下打量李茜茜,然后叹了一口气说,"可惜,京剧我听腻了,想听听越剧。"

"是啊,李西施,你就回去吧,我要去找唱越剧的人。"宋书平知道了李茜茜的意思,但他又不想把她独自留在这里,万一千惠子把她抓了起来,后果就严重了。

宋书平都这样说了,尽管李茜茜有些不甘心——本来就要成功混进龙华集中营了,没想到自己的消息太落后了,真是前功尽弃,但知道了宋书平在龙华集中营里混得如鱼得水,那么也可以从宋书平这里套取一些情报来,或者把宋书平发展成自己的人。想到此,李茜茜释怀了,转身便走开了。

看着李茜茜远去的背影,千惠子觉得她是一个怪人。难道她就是自己要寻找的红灯笼?在千惠子发愣之际,宋书平用非常隐蔽的手法,把一个纸团夹在纸币中扔进了旁边的一个小乞丐的碗里。

查找红灯笼一事,陈丹璐似乎很尽力,但连红灯笼的影子都没有查到,这让陈丹璐有些气馁。查不到红灯笼,就无法在千惠子面前抬起头来。陈丹璐在心里除了骂红灯笼太狡猾,还把千惠子的祖宗十八代都骂了个遍。陈丹璐有时候也在想,千惠子这个日本丑八怪女人总是让人捉摸不透,心肠也十分歹毒,稍不顺她的心,就会遭到她的打击报复。陈丹璐在七十六号待了不少年头,与特高课的日本鬼子打过不少交道,从没有遇到过比千惠子更难缠的人。以前,无论是花野真衣,还是花野洋子,以及山本菊子,她们虽然狡猾、凶狠,但与千惠子比起来,都差得太远了。所以,陈丹璐只能在心里默默地骂自己,为啥要做千惠子的搭档? 想着,陈丹璐全是气,本来还想靠着千惠子这棵大树,给自己将来找一个好的归宿,现在看来,那只是自己一厢情愿罢了。

今天该向千惠子汇报一下情况。尽管陈丹璐一百个不愿意,但她不能由着自己的性子来,因此,她收拾打扮了一下,就出门了。

大街上行人寥寥无几,偶尔有几辆黄包车路过,但车夫们见到她,好像见了鬼似的,拼命地往前跑。萧条的上海滩,给人一种全身发麻的感觉。陈丹璐整理了一下衣服继续往前走,看到迎面而来的李茜茜。

李茜茜脸色惨白,还不断地咳嗽,像鬼一样轻飘飘地向她走来。刚刚与宋书平分开的李茜茜满以为有着宋书平这层关系,能混进龙华集中营里,谁知在千惠子面前吃了一个闭门羹。千惠子这丑女人改听越剧了,自己这个土生土长的江南人,很久以前也曾非常喜欢唱越剧,多年不唱,老早生疏了。想到越剧,李茜茜又想到宋书平居然打进了龙华集中营内部。尽管李茜西不愿意面对这个事实,但她又不得不相信这个事实。因为宋书平不但进入了龙华集中营,而且与千惠子的关系特别好。是宋书平的运气好,还是钮佳悦安排得好? 想到钮佳悦,李茜茜便无奈地笑了笑。几年前,钮佳悦还是一个小女孩,但在短短的几年中,便成长为一名合格的高级特工。自己也与她斗了几年,没有一次占上风。譬如,除了自己,军统里其他人,还有特高课的人都不知道钮佳悦的真实身份——延安派来的代号叫红灯笼的特工。如果自己不是偶然得到这个消息,又怎能想到她的真实身份就是红灯笼呢? 就是这个不到二十岁的女孩子在上海滩这个大染缸里竟然混得如鱼得水,不但杀死了特高课高级特工花野洋子,还把很多重要的情报传递给了延安。

"真他妈的倒霉,碰到这个舞女,简直丢了身份。"陈丹璐在心里骂李茜茜,其他人躲她都来不及,可李茜茜像是没看到她一样,连头都没抬,就从她身边走了过去。

"这个舞女胆子也太大了。"陈丹璐有些来气,立即停住了脚步,转过去对李茜茜喊道,"你给我站住。"

听到陈丹璐的呵斥声,李茜茜才慢慢地停住脚步,又慢慢地转过身来,不咸不淡地问道:"你叫我站住?"

"这里除了你,还有其他人吗?"陈丹璐没想到李茜茜会用这种口气问她,心里一百个不愿意,恶狠狠地说,"你一个舞女,为啥不害怕我?"

"我为什么要害怕你?"李茜茜不咸不淡地回答。

李茜茜的回答让陈丹璐感到十分意外。在她的意识里,李茜茜只不过是百乐门舞厅里的一个舞女,虽然见识多,但她们为了生计,从不敢得罪日本鬼子,因为任何一个日本鬼子都可以置她们于死地。作为百乐门舞厅的头牌舞女,李茜茜不会不明白这个道理。但是,今天她居然敢与自己叫板。难道说李茜茜有什么后台? 陈丹璐一时拿不定主意,虽然她在七十六号待的时间不短,但从没有调查过李茜茜的背景。现在,自己到了特高课,李茜茜居然不"鸟"她,这就说明李茜茜有一定的背景,自己在没有弄清楚她的背景前,不能得罪她。所以,陈丹璐淡淡地说了一句:"你是一个怪人。"

"大家都是中国人,只不过为了生计而四处奔波。"李茜茜冷冷地说道。

"我看你没有那么简单吧?"陈丹璐此时发现李茜茜比她想象中要复杂得多。一般来说,舞女见到她躲都来不及,即使躲不开,也会低声下气讨好她。李茜茜不一样,居然敢顶撞自己。这就说明李茜茜的后台很硬,如果她搬出后台,岂能有自己好果子吃? 陈丹璐被自己这个想法吓了一大跳。于是,她又说:"我只是好奇而已,你走吧。"

李茜茜也在为自己刚才的冲动而懊悔,为啥要与陈丹璐争个输赢? 自己的身份一旦暴露,如何完成任务? 好在陈丹璐让自己走,自己也正好借这个机会离开。想到此,李茜茜说:"那我就走了。"

李茜茜还没等陈丹璐回答,便大步向前走去。李茜茜边走边想,如果陈丹璐有许一晗一半的聪明,自己的身份现在或许已经暴露了。

此时,李茜茜发现自己后背全是冷汗。

看着李茜茜远去的背影,陈丹璐有些疑惑了,这个李茜茜到底是什么人?如果自己现在不让她走,后果又会是什么?

想到此,陈丹璐又有些迷惘了,自己现在面对的人不只是千惠子,或许还有李茜茜。对了,一定要查清李茜茜的背景。如果她的后台是日本鬼子,以后躲她远远的,或者与她处理好关系;如果她是国民党军统的人,自己要想办法把她抓起来;如果她是共产党的人,自己则可以顺着她这条线查查红灯笼的下落。

自从宋书平上次来过以后,好些天过去了,仍没有他的消息。钮佳悦在房间里来回不停地踱步,心神不安起来,尽管她不停地安慰自己,宋书平不会有事的,他一定会带来好消息。

与钮佳悦一样着急的还有刘雅诗:"佳悦,我们是不是得亲自去一趟龙华集中营外面?或许陈阿三没有看到宋书平递出来的消息。"

"不会。陈阿三是一个聪明的孩子,他不可能漏掉任何一个机会。"钮佳悦想着那天把她的计划告诉陈阿三,让他每天在龙华集中营外面乞讨,目的是等待宋书平把情报送出来。

"这么说来,要是书平同志有个啥意外的,那我们怎么办?"刘雅诗担心地问道,"我们的任务就很难完成了。"

"你别着急。"钮佳悦嘴上这样说,心里也十分着急,但她又马上安慰刘雅诗,"我们要相信书平同志,他一定是被什么事情耽误了,或者是情报没有价值,所以没有他的消息。"

"但愿是这样。"刘雅诗知道钮佳悦在安慰自己,自己也不愿意让钮佳悦继续担心。

钮佳悦也只好把这个话题放下,回忆着这些日子的事情,并把这些事情串联起来分析。从刘雅诗在十六铺码头上岸时的情况推断,千惠子与陈丹璐早就得到了刘雅诗来上海的情报,而且相当准确,如果不是宋书平开那一枪,她们很难逃脱千惠子的追捕。只是宋书平因为那一枪,有可能暴露了他的身份。如果千惠子分析到了这一层,把宋书平从警察局要到了龙华集中营,就说明她已经开始怀疑宋书平了。上次宋书平从龙华集中营里出来被人跟踪就可以证明。尽管他摆脱了跟踪的人,但回去后就再也没有消息,这就更加说明了千惠子已经怀疑他了。现在宋书平杳无音信,这更加证实了自己的猜测。但这也只是猜测,要知道真实的情况,必须进入龙华集中营才能了解清楚。要想进入龙华集中营,是何等艰难。即使能进入龙华集中营,要想把人带出来,那也是万万不可能的。

想到此,钮佳悦觉得头都大了。这是她第一次遇到这样复杂的难题。这时刘雅诗突然开口说道:"佳悦,如果我们不进去,就不知道里面的情况,也不知道书平同志的生死。我想我们应该进入龙华集中营。"

"进入龙华集中营?"钮佳悦没想到刘雅诗与她的想法一样,便问道,"你有什么好办法进去? 又如何把人带出来?"

"没有办法。"刘雅诗说,"就算是刀山火海,我也要进去闯一下。"

"不行,我反对。你已经被千惠子认出来了,你进龙华集中营等于把自己送给特高课。"钮佳悦直接否定了刘雅诗的提议,又说,"要去,也是我去。千惠子现在驻扎在龙华集中营,就是等我们上钩。"

"你不能去。上海很多工作需要你来完成。"刘雅诗也反对钮佳悦去冒这个险。

两人正说着,陈阿三急匆匆地跑了进来,端起一碗水喝了,才说:"情报,情报。"

陈阿三说完,把一个纸团递给了钮佳悦。钮佳悦打开纸团一看,正是宋书平送出来的情报。

"太好了,书平同志没有事。"钮佳悦和刘雅诗看着纸团上的字,心里的那块石头总算落了下来,不由长长地舒了一口气。

"阿三,你是怎么拿到这个情报的?"钮佳悦收起纸团问道,"那个人现在怎么样?"

"小姐姐,阿拉今天刚走到那里,就看到那个叔叔从里面走出来,后面还跟着好几个人。他路过阿拉面前,悄悄地扔给阿拉一些钱,纸团就放在钱里。阿拉悄悄地捡起钱放进口袋便马上回来了。"陈阿三一口气说了这么多。其实,陈阿三每天很早就去龙华集中营外面,因为那里是日本鬼子的地方,每个乞丐都可以去乞讨,但很少有乞丐在那里,因为那里根本讨不到东西。陈阿三为了不引起日本鬼子的注意,他乞讨一会儿,会换个地方,接着又回来。他在集中营外转悠了很多天都没有见到宋书平出来。特别是这几天,龙华集中营只进不出,即使有人出来,也都是日本宪兵队的人。他们耀武扬威的样子,把路过那里的百姓吓得掉头就跑,陈阿三也只能躲在角落里观察。虽然如此,但陈阿三好几次都被日本宪兵打得全身是伤。但陈阿三没有畏怯过,死死地盯着从龙华集中营里出来的人。直到宋书平出来,把钱悄无声息地扔在他碗里……

"阿三,你好样的。快去后面吃饭。"钮佳悦急忙把陈阿三打发到后屋里,与刘雅诗商量起来,"书平同志在信中说千惠子现在改听越剧了,让我们找一个会唱越剧的人。我们到哪里去找一个会唱越剧的人呢?"

"是啊,能唱越剧的人倒是好找,只是对方不能完成我们的任务。"刘雅诗没想到会是这样一个情报。

"阿拉还看到一个人。"陈阿三端着饭碗走了出来。

"谁?"钮佳悦和刘雅诗不约而同地问道。

"百乐门的那个李姐姐。"陈阿三说。

"李姐姐?"钮佳悦立即知道陈阿三口中的李姐姐是谁了,她就是李茜茜,于是又问道,"她在干啥?"

"她在集中营外面转了好几天了,好像在等啥人。"陈阿三说。

"她也出现在龙华集中营门口,等人? 看来事情越来越复杂了,也越来越有看头了。"钮佳悦苦笑了一声。

"佳悦,事情肯定比我们想象中还要复杂,我们照着书平同志情报上的方法来做吧。"刘雅诗也知道事情比她想象中还要复杂。

"留给我们的时间不多了。"钮佳悦说着,心情不由沉重起来。

一连两天,千惠子见宋书平都没有找到唱得好听的越剧演员,十分不爽,生气地问:"书平君,难道找一个唱得好的越剧演员就这么难吗?"

"唱越剧的演员不少,但唱得好的人真的很难找。"宋书平不是找不到越剧唱得好的演员,而是在等待钮佳悦的消息。他给钮佳悦的情报就是让她找一个唱得好的越剧演员。当然,钮佳悦不可能在短时间内找到一个唱得好的越剧演员,所以,他给钮佳悦的时间是三天。这期间,他当然不会带千惠子到与钮佳悦联系的地点去,所以,他一直对千惠子推说要找一个唱得好的越剧演员相当难,一旦找到了,绝不会让她失望。

第三天下午,宋书平把千惠子带进了天一咖啡馆,这里是他与钮佳悦约定见面的地方。刚进咖啡馆,就听到有人在唱越剧《梁山伯与祝英台》,那声音如同一颗小石头轻轻地落进水里,让人浮想联翩,又让人泪眼婆娑。特别是:

久别重逢梁山伯,倒叫我又是欢喜又伤悲,喜的是今日与他重相会,悲的是美满姻缘已拆开……

一曲下来,很多人都迫不及待地鼓起掌来,千惠子也不由站起来鼓掌。这是千惠子听过的最好听的越剧,她忍不住流出了眼泪。千惠子被梁山伯与祝英台的爱情故事感染,不由想起了每年樱花盛开时家乡的情景,很多年轻人成双成对地在樱花下畅谈爱情。如果不是这场战争,千惠子或许与那些年轻女子一样,在每年樱花盛开的时候与心爱的男人在樱花树下散步,享受着美好的时光。可是,千惠子不能。因为长相难看,她从小就被很多男生讨厌,直到她进入特高课,仍然没有一个男人对她有过好感。千惠子知道那些男人看不上她,与她长得矮小和丑有关。但她自我安慰,因为她是特高课的高级特工,不能有丝毫的个人感情。千惠子知道这是在找一个理由说服自己。每当夜深人静时,看着一个人的床铺,千惠子不由偷偷地挤出几滴泪来。今天的越剧《梁山伯与祝英台》让她触景生情,也勾起了她不堪的往事。

坐在一旁的宋书平听着越剧《梁山伯与祝英台》,心情极为沉重,因为唱越剧的人正是钮佳悦。他给钮佳悦的情报,是让她找一个会唱越剧的人,没想到钮佳悦亲自上阵了。钮佳悦在上海滩不能有任何危险,她不能进龙华集中营,一旦她进了龙华集中营,他也不能保证她的安全。

"书平君,你觉得她唱得如何?"千惠子擦了擦眼泪问道。

"千惠太君,你又觉得她唱得如何?"宋书平反问道。

"她唱得很好听,我很喜欢。"千惠子说道,"你们中国人就是不一样。我觉得我也应该成为这样的人,无论是京剧还是越剧,我都要唱得比她们好。只可惜……"

"千惠太君,你一定比她唱得好。"宋书平摸不准千惠子心里在想什么,但他不能让千惠子喜欢钮佳悦唱的越剧,不然,她会把钮佳悦带进龙华集中营。

"我就喜欢她。"千惠子端起咖啡喝了一口,又长长地叹了一口气,"我为啥比不上一个唱越剧的中国人呢?"

"千惠太君,你不要妄自菲薄了。"宋书平还在担心千惠子因为钮佳悦唱得好,要把钮佳悦带进龙华集中营,因而,他要极力打消千惠子的这个念头。

"我要上台去。"千惠子说完直奔钮佳悦唱越剧的舞台,这让宋书平大吃一惊。千惠子的速度太快了,想阻止她已经来不及了,宋书平也急忙跟着跑了过去。

"你给我停下来。唱得这么难听,还好意思在这里唱《梁山伯与祝英台》。"千惠子到台上并不是欣赏钮佳悦唱得好,而是来了一个大转折,令宋书平哭笑不得。不过,千惠子说钮佳悦唱得不好,那么她可以不用进龙华集中营了。

被千惠子一搅和,钮佳悦停止了演唱,眼光不经意地扫了宋书平一眼,意思是让宋书平帮忙说一下。宋书平正愁如何不让钮佳悦进龙华集中营,便没有帮钮佳悦说话。此时,一个喝咖啡的人站了起来,指着千惠子的鼻子喊道:"侬是啥人,为啥要搅和阿拉听戏?"

来天一咖啡馆的人都是非富即贵,他们一边喝咖啡,一边惬意地听着越剧。现在,他们的这个惬意被千惠子搅和了,怎能不生气?因而,他们见有人出来指责千惠子,也纷纷附和起来。千惠子见犯了众怒,立即掏出了手枪,对着领头的那个人,说道:"不想死,就给老娘闭嘴。"

这些非富即贵的人,往往觉得自己比别人高出一等,所以,顿时乱作一团,接着便有人冲出了咖啡馆。

"不准跑,都给我蹲下,双手抱头。"千惠子突然鸣了枪,没有跑出咖啡馆的人,纷纷蹲了下去,双手抱着头,一脸的恐惧。

"千惠太君,别把事情闹大了。"宋书平赶紧制止千惠子,又说,"千惠太君,你这样做,会对大日本帝国造成不良影响的。万一上面的人知道了,你会挨批评的。"

"你……"千惠子本不想听宋书平的劝告,但最终还是放下了手枪,对蹲在地上的人说,"都给老娘滚。"

那些人听到千惠子的话,马上站起来,拼命地往外跑去。

千惠子的枪声引来了一队日本宪兵,他们进了天一咖啡馆,就把枪对准了千惠子和宋书平等人。千惠子把证件给了带队的宪兵。那个宪兵看后,马上给千惠子行了个军礼,便领宪兵离开了咖啡馆。

经过这么一闹腾,宋书平心里更没底了。千惠子的性格,既毒辣,又让人捉摸不定,如果这个时候把钮佳悦带进龙华集中营,后果肯定不堪设想。得让钮佳悦赶紧离开这里。于是,宋书平对千惠子说:"千惠太君,宪兵们来了,事情也闹大了,我们赶紧回集中营吧。万一上面的人问起来,你也好有个说辞。你说对不对?"

"走也行,我得把这个唱越剧的人带走。"千惠子还没有忘记把钮佳悦带走的事。

"千惠太君,我看没有这个必要了。事情已经闹大了,上面一查起来,如果他们知道你是因为这个唱越剧的人,在大庭广众之下引起混乱,他们会有什么想法?"宋书平极力阻止千惠子把钮佳悦带进龙华集中营。

"你说得有道理。"千惠子想了想,又说,"那我们赶紧走吧。"

"好的。"宋书平说完用右手做了"请"的姿势,让千惠子先走,他的左手在不经意间将一个纸团扔给了钮佳悦。

李茜茜的无视,让陈丹璐既窝火,又头大。窝火的是李茜茜居然无视她,头大的是万一李茜茜真有背景,那么,自己就得罪了不该得罪的人。因而,陈丹璐急于想弄清李茜茜的底细与背景。因为李茜茜是百乐门舞厅的高级舞女,要查清楚她到底是什么人,去百乐门舞厅调查一下,不就清楚了?陈丹璐决定去一趟百乐门舞厅。

傍晚时分,陈丹璐来到百乐门舞厅前。只是往日特别繁华的百乐门舞厅,如今也显得十分萧条,门前几个赶路的行人匆匆忙忙地离开了,好像害怕百乐门舞厅里会冲出一群凶神恶煞的怪兽,把他们吃了一样。陈丹璐长长地叹了一口气,这就是上海滩最繁华的地方?这就是上海滩夜夜笙歌的地方?陈丹璐曾多次来过百乐门舞厅,不是陪同七十六号的人,就是陪同日本来上海的高级军官。但她不是来跳舞的。她在舞厅里也看到过李茜茜被那些日本高级军官搂着跳舞,李茜茜那妖娆的身子在舞厅里滑动起来,把很多日本高级军官都弄得神魂颠倒。只是这样的日子几乎不存在了。随着太平洋战争的爆发,日本鬼子几乎是节节败退,再加上中国远征军已经在缅甸开战,日本鬼子要想在中国战场上取得胜利,已经没有多大希望了。如果日本鬼子战败了,自己以后该怎么办?陈丹璐也曾想过,如果日本鬼子战败就跟着他们去日本,可她这点成绩会得到日本鬼子的认可吗?只有她做出一件惊天动地的事情来,日本鬼子才会对她刮目相看。

想罢,陈丹璐便走进了百乐门舞厅,虽然还早了点,但一些舞女陆续来了,有的在化妆,有的在嬉闹。陈丹璐走进化妆室就看到李茜茜坐在一边,既没化妆,也没嬉闹,与其他舞女相比,显得格格不入,心想:"这李茜茜果然与众不同。"

陈丹璐想了想,闪身退出了化妆间,想去会会舞厅主管,却被李茜茜叫住了:"陈处,今天你带什么客人来舞厅里?"

"李西施,原来你在啊。"陈丹璐听到李茜茜的喊声,又退了回来。

"你是不是有客人啊?"陈丹璐一进化妆间,李茜茜就看到了她,心里一惊。前两天与陈丹璐在街上相遇,她知道这个女汉奸不简单,迟早会找上门来。只是李茜茜还没来得及向谷海山汇报,陈丹璐就来了。当然,李茜茜从没把陈丹璐放在心上,这个女汉奸迟早会死在她的枪下。

陈丹璐本想来打听李茜茜的情况,现在却被李茜茜拖住了,计划暂时得中断了。心想,找个地方与李茜茜谈谈话,或许能从她的话里听出一些名堂来。因此,她说:"这里说话不方便,咱们找个地方说说话吧。"

"楼顶的天台吧。"李茜茜说着便引着陈丹璐往楼顶的天台走去。

天台面积还算大,两人找了一个临街的位置坐了下来。只是一阵微风吹来,远处亮起的灯光就变得迷糊起来。陈丹璐还是第一次来百乐门舞厅的楼顶天台,没想到天台的视野会这么好。陈丹璐借机看风景,其实是在找退路,万一李茜茜真是共产党或者军统的人,对她发难,她也能在第一时间选择逃跑。李茜茜把陈丹璐的举动看在眼里,淡淡地说了一句:"陈处,这里没有其他人。你找我有啥事情,现在可以说了吧?"

　　"大名鼎鼎的舞厅皇后李西施,果然与众不同,我还没开口,你就知道我来找你有事。"陈丹璐嘴上虽然这样说,但心里还是大吃了一惊:李茜茜的确不是一般人,这么快就猜透了自己的来意。

　　"我为那天的事向你道歉。"李茜茜不理睬陈丹璐这一套,把话岔开。

　　"那天的事?我想起来了。那天你很嚣张,好在那天我的心情很好。"陈丹璐想想那天自己对李茜茜很软弱的样子,现在想来也是对的。在自己没有弄清她的身份之前,绝不能给自己惹麻烦。

　　"不管你心情好不好,那天的确是我的不对,在这里我正式向你道歉,对不起。"李茜茜觉得与陈丹璐继续硬下去,总归有麻烦,还不如让她打消这个疑虑,自己才有机会完成任务。当然,如果有机会,她会把陈丹璐这个女汉奸做掉。反正上海滩每天都有汉奸死去,陈丹璐只不过是一个女汉奸,一样不会引起多大的麻烦。

　　"对了,我想问问你在百乐门舞厅里工作了这么长的时间,是为了钱吧?如果你愿意帮我做事,我可以给你很多钱。"陈丹璐见李茜茜知道了自己的目的,倒不如先收买她。

　　"舞厅里的生意也越来越不好做,挣钱太难了。"李茜茜便顺着陈丹璐的话回答道,"我太需要钱了。如果陈处有挣钱的地方,希望不会忘了我。"

　　"我当然有挣钱的方法,不知你愿意不愿意去挣。"陈丹璐见李茜茜答应了,心里不由高兴起来。

　　"是啥挣钱的方法?"李茜茜问道。

　　"帮我寻找一个代号叫红灯笼的共产党特工。如果找到她,我会给你很多报酬。"陈丹璐想,李茜茜在百乐门舞厅里认识的人多,只要她愿意去打听红灯笼的下落,比自己盲目去查找要方便得多。

"红灯笼? 共产党的特工?"李茜茜没想到陈丹璐原来是为了查找钮佳悦。

"对,红灯笼。"

看来钮佳悦已经被特高课盯上了,李茜茜不可能把这个消息告诉陈丹璐,又问道:"你有红灯笼的画像或者照片吗?"

"没有。只知道她是从延安来的一个特别的特工。"陈丹璐被千惠子叫去查找红灯笼,却一点线索都不给,这不等于大海捞针吗? 但她又不得不接受这个任务。

"我尽力去帮你打听这个共产党特工的下落,但是没有照片,也没有画像,这等于大海捞针,非常困难。"李茜茜答应陈丹璐帮她寻找红灯笼,其实是为了摆脱陈丹璐对她的调查,但在心里问候了陈丹璐祖宗十八代一百遍。

"这是我的电话号码,你一旦有了她的消息,就马上给我打电话。"陈丹璐拿出一张名帖递给了李茜茜。

天已黑下来了,刘雅诗还在为钮佳悦进入龙华集中营担心,焦急地在房间里来回走动时,看到钮佳悦平安地回来了,既高兴又担心地问道:"佳悦,是怎么回事?"

"说来话长。"钮佳悦说着去倒了一杯开水喝下,把在天一咖啡馆发生的事说了一遍。

"原来是这样。佳悦,书平同志做得对。"刘雅诗一直劝说钮佳悦不要去冒这个险,必须在得到上级党组织的同意后,才能让钮佳悦进入龙华集中营。现在好了,钮佳悦没有进入龙华集中营,她心里的那块石头落地了。

"书平同志在离开咖啡馆时,扔给我一个纸团,他已经将近来在龙华集中营的情况全部写在上面了。我们来看看。"钮佳悦说着摸出那个纸团,慢慢地拆开,与刘雅诗一起看起来……

原来,宋书平这些日子一直没有闲着,除了应付千惠子,每天都在找机会与安德烈接触。终于有一天,宋书平以安德烈偷懒为由,把他带进了一个单间进行惩罚。其实,他把安德烈叫到里面后,与他对上了暗号。安德烈紧紧地握住了宋书平的手,他终于相信宋书平是来营救他们的人。宋书平也知道了跟安德烈在一起的包括托马斯在内共有五个人,他们早就想越狱了,只是没有十足的把握。因为他们看到有的人刚逃出去,就被抓了回来,然后同牢房的人都跟着受罚。安德烈一直没有行动,是不想牵连别人。安德烈也知道中国人不会放弃他们,一定会想办法来营救他们的。如今,宋书平不仅安全地进来了,而且还替日本鬼子看管他们,这让安德烈看到了希望的曙光。

于是,安德烈一有机会就创造出与宋书平单独相处的机会,把他这边的情况及时告诉宋书平,宋书平也把他的营救计划告诉他。

时间一晃,又过去了好些日子,宋书平觉得营救他们出龙华集中营的机会成熟了,只是差一个接应的人。这个人必须可靠,还一定是自己的同志。宋书平正愁找不到这样的机会时,千惠子让他找一个唱越剧的人,于是,宋书平将计就计,把计划给了钮佳悦,希望她帮助找到一个人,在天一咖啡馆见面,然后带进集中营里协助他。令宋书平没想到的是,在天一咖啡馆见面的人竟然是钮佳悦。宋书平当然不愿意把钮佳悦带入龙华集中营,所以,他拒绝了钮佳悦的这个要求。

"现在,书平同志的计划已经形成了,我们必须有一个人进入龙华集中营协助他,不然,安德烈他们就无法走出来,我来这里的任务就无法完成。"刘雅诗有些焦急地说,"但是,你现在千万不能再去冒这个险了,这里还需要你,你的工作任务非常重。"

"这个任务实在是太难了,但我们要迎难而上。"钮佳悦也知道任务的艰难,千惠子认识刘雅诗,刘雅诗进入龙华集中营,就等于把她送给千惠子,自己进去,又被宋书平拒绝,现在确实找不到合适的人选了。

"书平同志的营救方案已经出来了,我们现在找不到合适的人选,又该怎么办?"刘雅诗急得像热锅上的蚂蚁,来上海滩的时间不短了,营救一事才刚有一点转机,现在又出现这样的问题,她也想过请求上级党组织派其他同志一起参与营救,可上级党组织回答,实在没有多余的人来参与营救任务。

"让我再想想。"钮佳悦知道营救任务已经迫在眉睫,但又不能盲目地行动。突然,钮佳悦想到了一个人,说道:"这事非她莫属。"

"谁?"刘雅诗问道。

"陈丹璐。"

"陈丹璐? 这个女汉奸,现在是特高课的人啊。"

"听书平同志说,她很想进龙华集中营,目的是榨干关押在里面的有钱人的油水,我们可将计就计。只要她进入龙华集中营,书平同志就可以把安德烈等人放出来。到时候,我们只要在外面迎接就行了。"

"佳悦,你这个主意我赞同。据我了解,龙华集中营因为关押的人多,现在连围墙都拆了,往外扩建了很多。但后面是一条河,所以扩建不了。为了防止关押人员逃跑,他们用了两排带钩子的电缆,有的电缆线还通了高压电,只要逃跑人员碰到电缆线,不是被挂住,就是被电击。"

"你说的情况,我也了解过。如果书平同志让陈丹璐把电关了,那么他们就可以安全地从龙华集中营出来,我们在河对岸迎接,然后再带他们出城。"钮佳悦也想到了这件事,不由高兴,又说,"陈阿三是上海本地人,对城里的道路非常熟悉。我们可以先让他去打听出城的路线,只要他带着我们,肯定能躲过敌人的追捕。"

"佳悦,还是你想得周到。"刘雅诗夸赞起钮佳悦来。

"雅诗姐,你过誉了。"钮佳悦又说,"我马上去找陈阿三,他等到书平同志的消息后,我们就马上行动。"

第六章

孤身护送穿火线

　　本已绝望的安德烈,没想到宋书平竟然是营救他的人,心里像吃了蜜一样甜,扛起煤也越来越有劲了。自从被抓进龙华集中营,安德烈与许多人一样,都在想方设法从这里逃出去。但付诸行动的人都被抓了回来,有的人被抓回来后活活打死,有的人被直接丢进了黄浦江。当初,安德烈认为他们没有做好逃跑的准备,后来才发现并不是那么回事,因为没有人能够从龙华集中营成功地逃出去。久而久之,他也想放弃逃跑的希望。现在,有了宋书平这个警察帮忙,安德烈又看到了希望。

　　晚上,安德烈把要逃出龙华集中营的消息小声地告诉托马斯。托马斯听后吓了一大跳,指着安德烈的鼻子问道:"我的天呐,安德烈,你是不是疯了? 这个地方已经被围得水泄不通,如何逃出去?"

　　"我肯定有办法。如果没有十足的把握,怎么会告诉你?"安德烈没有把宋书平进来营救他们的事告诉托马斯,这是宋书平再三要求他保密的。因为多一个人知道宋书平的身份,就多一分危险。安德烈自然知道这件事的重要性,所以,即使托马斯是他最好的朋友,他也不能告诉他。

"你有办法？有啥办法？"托马斯又说，"安德烈，你知道吗？昨晚也有两人想要逃跑，被抓了回来，现在他们怎么样了？他们被可恶的日本鬼子杀死了。早上还是我与几个英国人把他们的尸体抬到车上，然后扔进黄浦江里的。"

"我非常清楚。"安德烈又怎么不知道这件事呢？昨天晚上吃饭时，安德烈还与那两个人在一起，他们神神秘秘的样子当时就引起了安德烈的注意。只是他们的逃跑计划太简单了，晚上趁着夜色逃跑，也没制定逃跑路线，更没有了解到后面小河边的铁丝网上有高压电线，围栏上还有挂钩。他们刚跑到铁丝网边上，就碰到了挂钩，也碰响了铁丝网上的铃声。虽然他们没有被高压电电死，却被抓了回来，最后被当众活活打死。

"既然你清楚，还想逃跑？逃跑只有死路一条。"托马斯当初进来后，也想过逃跑，可每每看到逃跑的人都被抓了回来，基本上都是当众处死，这给托马斯带来了特别大的精神压力。他只想好好地活着，死心塌地地为日本鬼子做事，日本鬼子就不会要了他的命。尽管集中营里的体力活特别繁重，生活又不好，但托马斯认为，只要能活着，比啥都强。

"托马斯，你的血性到哪里去了？"安德烈与托马斯刚进龙华集中营时，托马斯时常展现出他应有的血性，但时间就像一块磨刀石，仅仅几个月，托马斯就变成了逆来顺受的人。安德烈也想过自己一个人逃跑，但托马斯是他最好的朋友，他不能把托马斯留下来。因此，他时时鼓励托马斯，他们一定会有机会离开这里的。托马斯刚开始还相信安德烈，但他看到很多逃跑的人被抓回来后，被日本宪兵队当众处死，他想逃跑的心也就死了。

"安德烈，你以后少给我说这样的话，我们不可能活着离开这里的。该死的日本鬼子，他们啥事情都做得出来。"托马斯变得烦躁不安，又说，"我只想好好地活着。"

"你……你真是无可救药。"安德烈没想到龙华集中营竟然是一个改变人意志的地方，连有血性的托马斯都不例外。安德烈的心在滴血。他想，如果不是遇到了宋书平，他也许与托马斯一样，只求在这里安稳地生活下去。安德烈也知道自己的身份特殊，如果日本鬼子知道了他的身份,那时候就不只是扛煤这么简单了。日本鬼子会让他生不如死。万一他扛不住了,把所有的秘密都交代出去了,不但美利坚合众国的利益受损,他也会被扣上美奸的帽子,更重要的是日本鬼子从他身上得不到更多价值时,也就不会留着他了。如今,中国已经派人打入了龙华集中营内部,那是自己逃出这个鬼地方的唯一机会。托马斯既然想留在这里,就让他留在这里吧。但是,如果自己一个人走,托马斯以及监房里的其他人都会受到牵连,或许他们都会被日本鬼子杀死。想到这些,安德烈又有些不安。在安德烈心里,其他人可以被日本鬼子杀死,但托马斯和另外三个人绝不能死。这四个人为安德烈做过不少事,而且还有恩于安德烈。安德烈是一个知恩图报的人,只要有机会,他也可以让全集中营的人离开这里。当然,这些不现实。宋书平答应过他把他们五人全部带走,人多了,就无法保证他们的安全。

于是,安德烈又开始劝托马斯:"托马斯,你要相信我,我们肯定能安全地离开这个鬼地方。"

"安德烈,你不要劝我了。我心意已定。"托马斯见过太多生死,血性没了,胆子也小了,能够苟活下来,是他最大的目标。

"我希望你不要后悔。"安德烈有些生气,又继续说,"如果没有绝对的把握,我也不会把这件事告诉你。你也知道,你是我最好的朋友,我才愿意带你走。"

"你走得了吗? 千万别连累我们。"托马斯还是不相信安德烈的话,龙华集中营被围得连只苍蝇都飞不出去,何况几个大活人呢? 托马斯坚定自己的想法。

"当然走得了。我们一定得走,走不了,也得走。"安德烈见托马斯一直反对跟着他离开集中营,十分生气。可生气归生气,但他还要想办法把托马斯带走。

"你……好吧,我暂时答应你。"托马斯没想到安德烈十分固执,如果不答应他,估计他会不停地在自己耳边唠叨。

陈丹璐的到来,让李茜茜产生了一种危机感。虽然那天晚上李茜茜很快就把陈丹璐打发走了,但她知道陈丹璐也不是一盏省油的灯,她还会通过别的方式来调查自己。虽然陈丹璐的前任许一晗花了很多时间才调查清楚自己的底细,但她的死期也到了。只是不知道许一晗在死前有没有留下线索。如果许一晗留下了线索,那么自己和谷海山都有危险。想到此,李茜茜决定向谷海山汇报。

李茜茜来到谷海山的住处时,谷海山正叼着烟斗,拿着一份文件在研究。李茜茜打了声招呼,刚要退出去,谷海山叫住了她:"茜茜,你来得正好。"

"站长,有新情况?"听到谷海山的话,李茜茜就觉得谷海山得到了很重要的新情报。

"据我们内线发来的情报,这几天共产党可能会把安德烈等人救出龙华集中营。"谷海山顿了顿又说,"你上次不是提出了拦截共产党救出安德烈的计划吗? 我想时机已成熟。"

"站长,有具体时间和位置吗?"李茜茜不由高兴起来,如果真如自己的计划那样把安德烈救出来,她的功劳就非常大。

"我现在就安排人手配合你去执行这次行动。"谷海山放下烟斗,又说,"这次行动非同小可,既不能使用重武器,更不能让共产党和日本鬼子知道,任务完成后,我们还要安排人员把安德烈他们送到重庆去。茜茜,这次任务非常艰巨啊,要做好随时牺牲的准备。"

"站长,我已经做好了随时牺牲的准备。"李茜茜又何尝不知道这次任务的艰巨。想到牺牲,李茜茜仿佛又看到了一年多前,她带领军统特工去完成刺杀藤原的任务。明知那是一次有去无回的任务,那几个特工仍义无反顾,全都是迎着日本的子弹向前,没有一个人后退,最终全部倒在日本鬼子的枪口下。那一次,李茜茜也本应在那些人当中,但在执行任务前,她听从谷海山的安排,躲在百乐门舞厅等待消息。每次想起这事,李茜茜都有一种愧疚感,她的命是那些特工用命换来的。

"茜茜,这次任务不只是牺牲这么简单。安德烈是重庆钦定要营救的人,可见他对我们有多么重要。这也是我这些年来接到的最重要的任务。如果这次营救任务失败,我们丢掉脑袋是小事,党国会失去反攻日本的大好时机。"谷海山语重心长地说,"这次营救任务我们只许成功,不许失败。我们也失败不起。"

"站长,安德烈到底是一个什么人?共产党也在派人寻找他,日本鬼子好像现在还不知道安德烈的真实身份。"李茜茜只知道谷海山让她营救安德烈,却不知道安德烈是干什么的。

"不要有好奇心,有些事不知道比知道的好,你只管执行任务就行了。"谷海山说,"这是蒋委员长给戴老板下的命令,戴老板又亲自给我下的命令。仅这一点,你就知道安德烈该有多重要了。"

"知道了。"李茜茜一下子说了这么多的话,又忍不住咳嗽起来。

"身体不要紧吧?"谷海山问道,"等这个任务完成后,你就到重庆去吧。"

"我不去重庆。"李茜茜固执地说道。

"你不要固执了。日本鬼子在太平洋战争中节节败退。所以,从整个战场的情况来看,日本鬼子在中国离失败不远了。你回到重庆除了养病,还要争取找一份好的工作。"谷海山和蔼地说,"你还年轻,与我不一样。我年纪大了,很多事情都看淡了。"

"站长……"李茜茜没想到一直很严肃的谷海山居然为她的后路着想,心里一暖,但她有些舍不得离开谷海山。谷海山是她活着的希望,也是她奋斗的理由。几个月前,她被许一晗的那一枪射进胸口,是谷海山把她从死亡边缘救了回来,她要感谢谷海山的救命之恩,替他分忧,替他去完成所有的任务,这就是她对谷海山的救命之恩最好的报答。

"不要多说了。我的主意已定。"谷海山说完,又把烟斗装满烟丝点燃。

"站长,还有一件事情……"李茜茜终于要说出她来找谷海山的目的。

"是啥事?你尽管说。"谷海山又放下烟斗。

"女汉奸陈丹璐来找过我,我想她已经发现了什么。"李茜茜把陈丹璐来找她的事全说了。

"陈丹璐?就是接替许一晗后,又投靠特高课的那个女汉奸?她有多大的本事?"谷海山沉思了一下,又说,"如果有必要,我派锄奸队去把她消灭了。她既然来找过你了,说明她已经开始怀疑你了。你在百乐门舞厅潜伏了这么多年,一直没有暴露身份,她居然刚上任不久就开始怀疑你,这个女汉奸看上去很笨的样子,其实非常精明。"

"正如你说的那样。这个女汉奸看上去傻傻的,却十分精明。"李茜茜没有把陈丹璐替千惠子寻找共产党特工红灯笼一事告诉谷海山。

"这样吧,你先去部署营救安德烈的事情,我来安排锄奸队去把这个女汉奸除了,免得她影响我们的行动。"谷海山布置完李茜茜的任务后,心里想,既然陈丹璐找上了李茜茜,那也说明她了解李茜茜的一些情况。要解除陈丹璐对李茜茜的安全威胁,唯一的办法就是让陈丹璐消失。

"站长,这倒不用了,我还是有把握对付她的。"李茜茜说完,走出了谷海山的房间。

陈丹璐本以为能把李茜茜的底细查个清楚,结果查来查去,除了李茜茜在百乐门舞厅当舞女的资料,其他的一无所获。陈丹璐觉得李茜茜不会只是一个舞女那么简单。如果她没有背景,也没有后台,怎么能够在上海滩混了这么多年? 恐怕自己上次的试探,已经打草惊蛇了。

陈丹璐还想从别的地方查李茜茜的背景资料,却接到了千惠子的电话,让她马上去龙华集中营一趟。

挂了电话,陈丹璐不由得心里嘀咕起来:自己以前一直想进龙华集中营,女鬼子就是不让。自己想进去是因为龙华集中营里面关押的全是外国人,很多人都有钱,只要自己承诺放他们出来,肯定能捞到不少好处。自己也仅仅是送王蓦瑶的时候进去过一次,后来曾几次想去龙华集中营,却一直没得到千惠子的准许。自己还托宋书平帮忙,结果也没成功。现在,这个日本女鬼子突然找自己,肯定没有好事。

难道是因为王蓦瑶的事? 想起这件事,陈丹璐火气十足。王蓦瑶只是一个替身演员而已,就算千惠子这个女鬼子喜欢听王蓦瑶的京剧,都这么长的时间了,也该听腻了。为啥不把王蓦瑶放出来? 现在上海文艺界在集体请愿,说是她陈丹璐把王蓦瑶绑架走的,如果再不放人,他们就要告到南京去。一旦告状成功,她陈丹璐就成了背锅的人了。所以,陈丹璐急速赶往龙华集中营,却看到千惠子正在听王蓦瑶唱京剧。

"这个女日本鬼子怎么还在听京剧? 好像还特别有新鲜感。难道是自己的判断错误了?"陈丹璐在心里想,这个女鬼子到底在耍什么花招?

看到满脸疑惑的陈丹璐,千惠子只是抬了一下眼皮,然后冷冷地说:"你来得正好,先到我办公室办一下手续,然后把王蓦瑶送回去。"说完,千惠子站了起来,领着陈丹璐去她的办公室。

在路上,陈丹璐就在想,如果千惠子要把王蓦瑶放了,直接命人把她送出龙华集中营大门即可,为啥要把自己叫来? 还要自己亲自送回去? 难道是最近上海文艺界的人请愿呼喊起了作用? 千惠子不想得罪他们,还是想让自己去当替罪羊? 因此,她一走进千惠子的办公室,便问道:"千惠太君,你让我送王蓦瑶回去,我没有听错吧?"

"你没有听错。这是命令。"千惠子仍然冷冷地说,"我要你把她亲自送到原来的地方,然后派人把她监视起来。"

"监视她? 她只不过是一个替身演员,有这个必要吗?"陈丹璐有些纳闷,又问道,"千惠太君,是不是多此一举?"

"混蛋,我让你监视她就监视她,哪来那么多废话?"千惠子怒道,"在这里,一切都是我说了算,你难道怀疑我的决定是错误的?"

"不不不,千惠太君,我只想确定一下。"陈丹璐心里窝火,这个丑八怪居然用这种语气对自己说话。如果当初不是看到李士群被日本人害死了,她才不愿意投靠日本鬼子呢,更不会在特高课做事。再说,王蓦瑶只不过是一个替身演员,能翻起什么大浪来。不过如果王蓦瑶是国民党或共产党的人,那她就不是一个简单的人。如果能在她的身上找到突破口,那么对自己也有利。想到此,陈丹璐又不由高兴起来,马上换了一副嘴脸说:"千惠太君,这个任务交给我,我保证完成任务。"

"这是我开的出门通行证,你现在就带她出去。送到地方后,马上派人监视起来,然后再回来向我汇报。"千惠子不屑地看了陈丹璐一眼,把出门条丢给了陈丹璐。

陈丹璐拿着千惠子的出门条,激动得差点给千惠子下跪,然后带着王蔓瑶出了龙华集中营的大门。看着身旁的王蔓瑶,陈丹璐长长地舒了一口气,然后不由笑了,对王蔓瑶说道:"格格,我现在带你出来了,你的人生也自由了,你该怎么感谢我?"

这些天来,王蔓瑶天天为千惠子唱京剧,嗓子都快唱哑了,心里极不爽,没好气地问道:"你要我怎么感谢你?"

"其他感谢嘛,我就不要了。你把你知道的事情告诉我就可以了。"陈丹璐想从王蔓瑶嘴里套出一些话来,无论王蔓瑶是国民党还是共产党的人,只要与她谈话,总会套出一些有用的情报来。

"你们非法限制我的人身自由这么长时间了,不但没有赔偿我的损失,还要我感谢你,你到底是何居心? 现在,你们不明不白地放我出来,让我在上海滩如何混下去?"其实,王蔓瑶看到陈丹璐就是一肚子气,这个女汉奸看上去也一表人才,可惜不走正道,偏偏要当汉奸。如果自己有一把枪,现在就把她就地正法。

"你看看你,怎么怪起我来了?"陈丹璐知道王蔓瑶此时肯定一肚子气,又说,"是那个女日本鬼子要抓你,我只不过在执行她的命令。当然,为了让她答应放你出去,我可是费了很大的力气,要不然,你现在仍然在集中营里为她唱京剧。"

王蔓瑶从小在皇宫里长大,涵养颇深,爆粗口这样的事,她本是做不出来的。但看到陈丹璐给她耍花样,终于忍不住爆粗口:"你放屁。别以为我不知道,是那个女日本鬼子放我走的。"

"你说是什么就是什么吧。不愧是从皇宫出来的格格,啥事情都瞒不住你。"陈丹璐突然笑了,心想,这个王蔓瑶果然不简单,仅从几句话就能看出她的心思缜密。女鬼子千惠子怀疑她,肯定没有错。

"现在无话可说了吧?"王蔓瑶本想借机再骂骂陈丹璐,却没想到她竟然承认了,一时也不好再开口骂人。

"走吧。我已经安排好了,你回去不会受到任何影响的。那边我已经打好招呼了,你可以继续做替身演员。"陈丹璐知道现在要想从王蔓瑶身上套出情报,基本是不可能的了,只有派人在暗中监视她,不相信她不露出马脚。

当陈阿三把得到的情报递给钮佳悦时,钮佳悦的眼睛终于亮了起来，她急忙与刘雅诗商量起来："雅诗姐，书平同志把情报送出来了。你先看看，我们再商量。"

刘雅诗接过钮佳悦递给她的情报，看完后，眼睛也亮了起来，说道："佳悦，书平同志的计划与我们的一样，时间定在这几天晚上，让我们在龙华集中营外面的小河边等。"

"龙华集中营看管得非常严格，除水路外，根本没有其他路可走。从水路走，还非常隐蔽，所以书平同志与我们的想法一样。"钮佳悦已经在龙华集中营周围查看过，又说，"那条小河也不是很宽，只要会游泳的人，都能不费力地游过来。现在已经是初夏了，河水也不会太冷。安德烈从小就会游泳，这条小河对他来说不是问题。"

"那么，佳悦，我们是不是要开始准备了？"刘雅诗问道。

"这样吧，我们现在把出城的路线图画出来，要准备几条备用路线，一条不通，我们可以从备用路线走。"钮佳悦想得多些，这本来就是一个难以完成的任务，中间不能出一点差错。

"对。我们要准备几条备用路线。"刘雅诗见钮佳悦心思特别缜密，不由佩服起来。别看钮佳悦年纪不大，连她这个成年人也不得不赞叹。

"这个任务的难度太大，仅凭我们两个人，估计不行。所以，我想请求上级党组织派几个人给我们。"钮佳悦觉得宋书平的计划虽然很好，但难免不出意外。一旦出了意外，根本没有机会再一次把安德烈他们救出来。所以，这次营救，必须做到万无一失。

"能不能动用一直没有起用的同志？我以前在上海时，有好几位同志，一直没有起用。这次回来，我曾联系过他们。"刘雅诗突然想起她以前在上海滩潜伏时，留了一个后手，那就是有几位同志不到关键时刻是不能起用的。当初，为了救赵长根教授，她暴露了，按照上级党组织的要求，护送赵教授去延安了，而那些潜伏的同志仍然在上海滩潜伏。刘雅诗这次回上海滩也得到了上级的命令，在执行紧急或者重大任务时，如果有必要，可以起用那些同志协助她完成任务。

"还有未起用的同志？"钮佳悦感到十分意外。以前，她从没听刘雅诗说起过这事，与刘嫂一起那么久，也没有听她说起过。

"这几位同志，不到万不得已，不能起用他们。一旦起用了他们，他们完成任务后就必须离开上海，不然，会有生命危险。"刘雅诗解释说。

"原来是这样。"钮佳悦说，"这样吧。为了营救顺利，把这些同志全部起用吧。待把安德烈等人救出来，由他们把安德烈等人送到根据地去。"

"行，就这么办。"刘雅诗觉得钮佳悦的主意不错，便立即赞同，又说，"等会儿我就向他们发出联络信号。"

"不急。"钮佳悦沉思了一会儿，又说，"离书平给我们的时间还有几天，我们先把这些计划模拟一遍，看看会出现哪些差错，还有哪些意外情况会发生。"

从龙华集中营救人，而且还是好几个人，这等于从虎口拔牙，弄不好大家都会搭上性命。但钮佳悦清楚，哪怕牺牲自己也要去完成这个任务。虽然她不知道为什么要救安德烈，但上级党组织把刘雅诗从延安派到上海来，就足以说明安德烈等人的重要性。

5月的上海，原本是晴多雨少，但1944年5月的上海，雨却一直下个不停。连续几天的雨，让人顿生烦意。22日晚上，尽管已是夜深人静，但雨仍像断了线的珍珠一样往下掉，路边的电灯发出昏暗的光芒，与雨水混在一起，让人觉得十分诡异。在离龙华集中营不远处的树林里，一个黑影带着几个拿着手枪的人正静静地看着远处。一个女子不时地四处张望，从她焦急的脸上可以看出，她除了紧张，还有些忐忑。

一个男子小声问道："李西施，你说他们今晚会从河里游过来吗？我们已经在这里等待五个晚上了。"

男子是锄奸队的一个小队长，他身边的女子正是李茜茜。李茜茜答道："从情报来看，今晚最适合他们逃跑。根据天气预报，从今晚开始，会持续下大雨，河水会猛涨，他们游过来的难度会增加，被日本宪兵队发现的概率也会增加。"

李茜茜回答后，心里也更加忐忑不安。自从得到宋书平会把安德烈等人从这里送出龙华集中营的消息后，她就带人在这里等待。没有准确的情报，李茜茜只能带人在这里静静地等待。这是救出安德烈等人的最后机会,错过了这个机会,任务就失败了。所以,李茜茜情愿在这里等,也不愿意错过这个机会。

时间一点一点过去了,河那边的龙华集中营里仍没有动静。只是,李茜茜等人没有注意到,在他们后面不远处,有十几双眼睛正静静地看着他们。

"但愿今晚有所收获。"刚才说话的男子又说了一句。

"要相信情报,也要相信我们的能力。这个任务完成后,我请大家吃上海最好吃的菜肴。"李茜茜这时也只能鼓励身边的军统特工,不能让他们灰心,因为要完成这个任务,少不了他们任何一个人。这是李茜茜与谷海山多次商量的结果,每个人都有他们的用处。譬如,一旦救到人,发生枪战,哪些人断后,哪些人把敌人引开,哪些人把安德烈等人送走,他们分工明确。只是这个情报没有准确的时间,以致他们连续多天就在这里蹲守,蚊虫多不说,还满身的汗水与雨水,黏黏的,让人浑身难受。虽然他们没有怨言,但李茜茜知道他们的艰辛,不鼓励他们怎么能行?

"那边好像有动静了。"另一个监视河面的军统特工小跑到李茜茜面前,又说,"对面的灯灭了一会儿,我就听到了那边有人悄悄地下河的声音。"

"大家打起精神来,我们的任务来了。只要我们成功地从共产党手里把人抢过来,我们的任务就完成了一大半。"李茜茜此时特别紧张,害怕错过一丝情况。说完,她便率军统特工慢慢地向河边匍匐前进。只要河里的人一上岸,他们就马上去抢人。

在李茜茜往河边匍匐前进时,在他们身后的那几个人也慢慢地向他们的方向前行。只是他们动作利索,几乎没有发出任何声音,李茜茜等人也没有发觉。

在李茜茜等人静静的等待中,从龙华集中营游过来的几个人小心地游到岸边,又小心地看了看,然后再上岸。李茜茜急忙指挥身边的特工上去接人,却没想到从他们眼前的树上突然跳下几个人来,用枪对准了他们。这个意外,让李茜茜大惊。她原以为他们隐藏得够好,没想到对方的人隐藏得更好。就在李茜茜和她的特工发愣时,那几个人以最快的速度卸了他们的枪,接着从另外一边跑出来几个人将刚上岸的安德烈等人急忙带走。整个速度让李茜茜惊叹不已。也在此时,李茜茜猛然发现带走安德烈等人的人群里,有一个身影非常熟悉。尽管他们都蒙着面,但李茜茜还是认出来了,那个人便是钮佳悦。这让李茜茜做梦也没想到,她原以为宋书平进了龙华集中营,会由他带人走,没想到接应的人是钮佳悦。但片刻,李茜茜也想通了,作为共产党的高级特工,钮佳悦以红灯笼为代号在上海隐藏了这么多年,无论是特高课还是以前的七十六号,都没有找到她的线索。当然也包括谷海山,自己若不是偶然得知了钮佳悦的身份,也会被蒙在鼓里。

被缴了械的李茜茜只能眼睁睁地看着钮佳悦他们带着安德烈等人离开。这时,一声枪响,李茜茜身边的一个特工应声倒下。

“共产党缴了我们的枪,还朝我们开枪。”一个特工反应过来,急忙拉着李茜茜匍匐下来。

“应该不是共产党的人开枪,是日本鬼子。”李茜茜命令其他特工赶紧隐蔽,又说,“共产党的人不会这么傻,他们接走了人,还开枪,会引来日本鬼子,他们不会自找麻烦。”

李茜茜等人还没隐蔽好,就听到日本宪兵的说话声,接着一个女子的声音传了过来:“给我狠狠地射击,只留一个活口。”

“果然是日本鬼子,还由特高课的千惠子带队。”李茜茜心里一惊。

千惠子的话音刚落,又一排子弹急速射了过来,李茜茜身边的特工有好几个都中弹身亡。这下,李茜茜慌了。看来,自己不但上了日本鬼子的当,也上了钮佳悦的当。李茜茜恨得咬牙切齿,可手中没有了武器,只有挨打的份。

看着身边的特工一个接一个地倒下,李茜茜欲哭无泪。就在这时,日本宪兵后面响起了枪声,日本宪兵也一个接一个倒下。

“难道是谷海山带着援兵来了?”李茜茜不由一喜,刚站起来,准备跑时,发现千惠子的枪已经对准了她。

这下完了。李茜茜做梦也没想到,她会死在千惠子的枪下,顿时心中一悲。苍天无眼啊。突然一声枪响,千惠子的手枪掉在地上。李茜茜趁机朝远处跑去,在回头的那一刻,她看到一个蒙面女子也朝另一边跑去。李茜茜看出那个蒙面女子是钮佳悦。

李茜茜看到自己带来的那么多的军统特工，都死在了日本鬼子的枪下，自己的这次任务又以失败告终，不由悲从中来。

钮佳悦与刘雅诗带着安德烈等人跑了很久，直到听不到后面的枪声了，他们才停下来。安德烈长长地舒了一口气，他拍了拍托马斯的肩膀说："托马斯，我们逃出来了，我们自由了。"

"安德烈，这里还在上海城里，我们还在日本鬼子的管辖范围内。"托马斯给刚刚看到希望的安德烈泼了一盆冷水，"没有到达重庆，我们都没有自由。"

"你们不要吵了，后面的路还很长呢。"一路上，钮佳悦就听到托马斯对安德烈阴阳怪气地说话，没有理会他。现在，虽然暂时逃过了敌人的追捕，但也像托马斯所说的一样，他们还在上海城里，只有出了城，才会暂时安全。

"小姑娘，你年纪不大，说话挺凶的。"托马斯在安德烈的劝说下，冒着生死跟着他越狱，本以为来接他们的人都是男子，却没想到负责人竟然是一个小姑娘，年龄比他小很多，还对他指手画脚的，显得特别不友好。

"是啊，小姑娘，重庆怎么派你一个女子来接我们？"安德烈也有些纳闷，也不由问道，"你们的其他人在哪里？"

一个男地下党实在看不过去了，心里想，把这几个美国人从龙华集中营里救出来，他们可是冒着生死的，特别是钮佳悦和刘雅诗这两个女子，她们一直冲锋在前，竟然被这几个美国人说风凉话，要不是有纪律，早就想教训他们了。因此，他很生气地说："对不起。我们不是重庆派来的，我们是延安派来的。"

"你们不是重庆派来的？"安德烈和托马斯听到钮佳悦他们是延安派来的人，吃惊不已。

"我们的确是延安派来的人。"刘雅诗回答。

安德烈又问："那么，在龙华集中营里的那个男警察也是你们的人了？"

"当然是我们的人，要不然，我们怎么营救你们？"刘雅诗嫌安德烈的话有些多,但还是忍住怒气说,"我们走吧。再不走,日本鬼子就追上来了。"

"安德烈同志,无论我们是延安的人还是重庆的人,都只有一个目的,先把你们营救出来,再把你们送到安全的地方。"钮佳悦知道安德烈不太相信他们。

"安德烈,你告诉我是重庆的人来救我们,为什么变成了共产党的人?"托马斯歇斯底里地说,"你们就是一群骗子,把我们骗出来,又不能保证我们的安全。"

"你说啥? 我们冒着生命危险把你们救出来,还说没安全感?"另一个地下党实在忍不住了,冲着托马斯喊起来,"你再这样执迷不悟,我们都要栽在这里了。"

"老刘,你不要说话。"钮佳悦也看不惯这几个外国人,知道他们情愿相信重庆方面的人,也不愿意相信共产党,这是因为他们根本不了解共产党,所以,她又说,"出城的事,我们已经安排好了,只要你们听从我们的安排,一定能出城。出城后,我们就会把你们送到安全的地方。"

"既然如此,那我们走吧。"安德烈也明白此时的处境,如果再不走,后面的日本宪兵队追上来就麻烦了。安德烈一直以为宋书平是重庆方面的人,他们在对暗号时,宋书平用的也是他与重庆方面的人联系的暗号。没想到宋书平竟然是共产党的人,可见共产党的人本事特别大,连自己都被蒙了进去。特别是宋书平连龙华集中营这样的地方都能进出,还把日本鬼子耍得团团转,连千惠子都被他耍了。

"安德烈,我们就这样走?"托马斯和另外几个人见安德烈听共产党的话,心里有些不服气。

"不走,难道你们等日本鬼子来把你们抓回去?"安德烈有些生气地说,"在这里,我是你们的老大,你们一切都要听我的。我说走就走。"

托马斯听到安德烈这样说话,不想走也不行了,不过虽然人跟着走,但心里还是一百个不服气。

"咱们走。"钮佳悦知道这群美国人不相信她,但只要说服了安德烈,事情就会好办得多。

几个人刚走到城门口,陈阿三就迎了上来,对钮佳悦说:"小姐姐,那边有一条安全的路,阿拉带侬过去。"

陈阿三说完就在前面带路。在一条窄小的巷子尽头,陈阿三停住了脚步,把墙边的柴火移开,一个洞口出现在眼前。

陈阿三说:"小姐姐,从这里出去,顺着那条路走,前面就是麦田了,麦田边有一条沟,侬从沟里往前走,然后就到乡下了。那里几乎没有日本鬼子,侬就安全了。"

"阿三,谢谢你。你赶紧回去,待在房子里不要出来。"钮佳悦说完,目送陈阿三离开后,又对刘雅诗说,"雅诗姐,你带着他们从这里出去,再把他们送到安全的地方。"

几个刚起用的同志留在上海已经不安全了,由他们把安德烈等人送到根据地去,但必须有一个人去接头,要么是钮佳悦,要么是刘雅诗,可眼下的情况只能是钮佳悦去,所以,刘雅诗说:"佳悦,还是你去护送他们吧。我带同志去阻击敌人,你还有非常重要的任务。"

"听我的。因为你已经被千惠子认出来了,万一有个闪失,怎么办?"钮佳悦说,"千惠子不认识我,我也好与他们周旋。"

"正是因为千惠子还不认识你,所以,你带着安德烈他们走是最安全的。"刘雅诗知道阻击追击他们的日本宪兵最坏的结果,就是全部牺牲。钮佳悦是党组织特别安排潜伏在上海滩的,不能让她出什么意外。

"为啥还不走?"安德烈凑了过来问道,"日本鬼子快追上来了。"

"佳悦,服从命令。"刘雅诗命令钮佳悦说,"我们要以大局为重。"

钮佳悦没想到刘雅诗会这么执着,只得带着安德烈他们钻进那个洞口。

出城很顺利,但钮佳悦没想到的是他们刚穿过麦田,到了铁路边上,就看到许多日本宪兵在巡逻。只要过了铁路,再过铁路边上的大河,就可以摆脱敌人的追捕了。

令钮佳悦没想到的是,这一次,日本鬼子还出动了飞机,施行了无差别的低空巡逻,把黑夜照成了白天。在那种情况下,人还未走到铁路上,就会被日本巡逻队发现,即使过了铁路,那条宽大的河也难以游过去,河上唯一那座小桥也被日军把守。也就是说,前面几乎成了一条死路。

"怎么会这样?你们不是说非常安全吗?"托马斯阴阳怪气地问道。

"托马斯,不要乱说话。我们要相信他们。"安德烈也被眼前情景吓了一大跳,转过头问钮佳悦,"这位小同志,现在该怎么办?"

"等。"钮佳悦看到眼前的情况后,随即对情况进行了分析,只有等。

"那要等多长时间?"安德烈问道。

"那要看日本鬼子在这里巡逻多久了。只要他们一离开,我们就有机会通过那座小桥。"钮佳悦分析说,"这里的小麦快要成熟了,只要我们躲在里面不出声,就不会暴露。等日本鬼子一走,在晚上我们就可以顺利通过那座小桥,这也是现在唯一的办法。"

尽管托马斯等人还有意见,但钮佳悦的办法没有错,如果贸然行动,还没等他们走到桥边就会被日本鬼子抓住,在这里等待时机,是唯一的办法。

他们这一等就是一整天,日本鬼子终于撤退了,天上的飞机也不再巡逻了。钮佳悦看准时机,带着安德烈他们通过了铁路,走过了小桥,到了河的对岸。他们终于摆脱了日本鬼子的追击。钮佳悦没有露出喜悦的表情,脸色更加沉重了。因为,这里还是日本鬼子的控制区,只有把他们交给来接头的同志,把他们护送到游击队手里,安德烈他们才能算是安全了。

他们不知走了多久,钮佳悦终于看到一个村庄,看到了来迎接他们的游击队。钮佳悦长长地舒了一口气。

她的任务完成了。但她的心仍悬着,不知道刘雅诗与那几个地下党同志的情况怎么样了。

安德烈等人从千惠子的眼皮子底下逃走了,河里还死了一个英国人。千惠子被上级狠狠地骂了一顿。先前他们也没查清安德烈等人的身份,只觉得安德烈等人是危险分子,逃走了就逃走了。只是安德烈等人是从千惠子的眼皮子底下逃走的,这让她的脸往哪里搁,特高课的脸又往哪里搁？这事要是传到了日本本土，天皇该如何看待他们？

千惠子只能把这口恶气憋在心里，她从没想过，安德烈等人就这么悄无声息地逃跑了。千惠子在接到课长的命令接管龙华集中营时，课长告诉过她：延安和重庆都派人营救龙华集中营中的一个美国人。至于这个人叫什么名字，特高课其他特工不知道，千惠子也没有查到。既然延安和重庆都派人来上海滩营救龙华集中营里的人，说明这个人很重要。所以，千惠子从警察局把宋书平调到龙华集中营，让他帮着管理那些被关押着的欧美侨民，目的是想通过宋书平的手，把来营救集中营欧美侨民的人一网打尽。

为了把戏做足，千惠子还特地批准宋书平出去帮她找越剧演员，其目的是让宋书平把这个消息传出去，好让延安和重庆方面的人来营救集中营里关押的人。只等他们把要营救的人弄出集中营，她就知道集中营里关押的重要人物是谁了。

为了增加一道保险，千惠子先把替身演员王蕶瑶抓到集中营里，当然，她的目的并不是听京剧，而是想麻痹敌人。有了双保险，千惠子就坐等共产党特工和军统特工上门。她的这个计划相当完美，但她还是百密一疏，共产党的特工和军统的特工竟然没有进入龙华集中营，她不得不改变方法，带领宪兵队在集中营外围埋伏着，专等他们带着重要人物离开时，就上前抓捕。那天晚上，她终于等来了营救的人，而且如她所愿，安德烈等人顺利地逃出了集中营。只是千惠子没想到的是，螳螂捕蝉，黄雀在后，就在她准备收网时，竟然来了两伙人，就在她围住一伙人时，另一伙人竟然杀了个回马枪，以致她的右手中弹。尽管后来，她带领宪兵队全力追捕，却无功而返。她不得不调集飞机在空中巡逻，但一切都是徒劳。带走安德烈等人的是共产党的人，其中就有刚从延安来上海滩不久的刘雅诗。同时，千惠子检查那晚被击毙的人的尸体后发现，他们都是军统的人。千惠子清楚地记得，那天刘雅诗从十六铺码头上岸时，码头上就有人接应，但她始终没有找出那个接应刘雅诗的人。那天，宋书平在十六铺码头上鸣枪抓小偷。从那时起，千惠子总觉得宋书平是共产党的人，但又找不出确切的证据来，只好让宋书平先回警察局，但得配合她调查。

"共产党啊共产党，我与你们势不两立。"千惠子咬牙切齿地说道，她算来算去，竟然没算到，她带领特工在那里等待，始终没见到宋书平的影子。是谁把安德烈他们放了出去，让共产党的人在小河对面把人顺利地接走了？自己本来想用宋书平引出共产党的人，却没想到共产党的人比她想象中聪明得多。千惠子越想越气，打电话让陈丹璐马上到她办公室。

陈丹璐接到千惠子的电话后，头都大了，这个丑八怪现在找自己，肯定没好事。但陈丹璐不得不去，千惠子现在是她最大的依仗，如果得罪了千惠子，她就无路可走了。

陈丹璐小跑着来到千惠子的办公室，看到千惠子黑着脸，便站在那里不敢出声，害怕一不留心说出了千惠子不喜欢听的话，她肯定又会被骂得狗血淋头。

"为啥不说话？"千惠子突然朝陈丹璐发火，"你是不是在看我的笑话？你是不是帮助共产党把人救走了？"

"千惠太君，你冤枉我了。"陈丹璐听到千惠子的话，心里不由紧张起来。安德烈等人从龙华集中营里逃跑时，正是她关了电闸。

那天，陈丹璐把王蕶瑶送走了，终于长长地舒了一口气，可以不用替千惠子背黑锅了。于是，她来到龙华集中营向千惠子汇报，可是千惠子不在，她便问宋书平千惠子去哪里了。宋书平告诉她，千惠子这两天不会来集中营，如果她想在集中营里办事，这可是个机会。陈丹璐觉得赚钱的机会来了，在锁定了一个有钱的英国人后，22 日晚上，陈丹璐借机向千惠子报告，进了龙华集中营，把那个英国人带到配电室里，想榨干他身上的钱财。那个英国人死也不愿意供出藏钱财的地方，陈丹璐勃然大怒，使劲地殴打英国人，谁知英国人不禁打，一会儿就断气了。陈丹璐正不知道如何是好时，不远处响起了宋书平的咳嗽声。陈丹璐怕宋书平看见她的不轨行为，赶紧关了电闸，背上英国人的尸体朝后面跑去，然后把英国人的尸体藏了起来，却不知接下来该如何是好。当时，陈丹璐也知道了安德烈等人趁停电之机逃跑了。陈丹璐突然在心里笑了起来："真是天助我也。"然后趁集中营大乱时，她悄悄地把英国人的尸体丢进小河里，并再三回忆，确定没有人知道电闸是她拉下来的。所以，只要千惠子没有拿出真凭实据,她就来一个死不承认。

"我冤枉你了? 我让你监视的那个格格呢? 你为啥没有向我汇报她的情况?"千惠子在上级那里受到气,现在终于可以撒出来了。但千惠子也只能把她身上的气撒向陈丹璐,谁让陈丹璐不是日本人呢?

"千惠太君,我几次来集中营汇报,你一直不在集中营里啊。"陈丹璐没想到千惠子问王蓦瑶的事,心里的那块石头才落了下来,又马上说,"千惠太君,我派去的人二十四小时监视着格格,一有风吹草动,都逃不过他们的眼睛。但她从没有出过门,连吃的都是那个叫阿红的人买的。"

千惠子本来想骂骂陈丹璐,但又觉得不妥,所以,她只是淡淡地问道:"没出过门,那个叫阿红的人不会替她传递个情报什么的吗?"

"千惠太君,我的人也跟踪过阿红,她除了买些粮食和菜食,没有与其他人接触过。凡是与阿红说过话的人,我的人都严格审查过,发现他们都是普通的生意人。"陈丹璐看到千惠子今天发火与往日不同,也大概知道了,她肯定被特高课的人骂了,是来找自己出气的,所以,她极力解释。

千惠子让陈丹璐把王蓦瑶送回去后,又让陈丹璐派人监视,其实,她还另外派了人暗中监视。另一组监视人汇报的情况与陈丹璐所说的一样。她以为能从王蓦瑶身上得到一些情报,结果一无所获。难道是自己看错人了? 但有一点说不通,一个从皇室出来的格格,为什么要当替身演员呢? 因此,千惠子又问道:"宋书平在哪里? 他是不是共产党的人?"

"千惠太君,我以前在七十六号是管档案的,档案上的宋书平的确是从北平来上海当警察的,没有污点。我的前任许一晗死后,我才被调到行动处任副处长。后来,我不是跟着太君你做事嘛。"陈丹璐说,"我一直在怀疑他,越是没有污点的人越不值得信任,但我的前任以及你的前任都非常相信他。"

"原来如此。"千惠子只不过随便问问陈丹璐。被关押的欧美侨民逃跑了五个人,逃跑的人中还有两个美国人,其中一个叫安德烈的嫌疑最大,自从被关押进来后,他一直在集中营里扛煤。共产党为什么要救他们,难道他们身上有什么秘密? 只是,自己半年来都没有查出个所以然来,是自己太笨,还是共产党太聪明? 或者说自己刚来上海滩,水土不服呢?

无论宋书平是不是共产党,他协助管理集中营,都有着不可推卸的责任。所以,千惠子决定找宋书平问话。

在见到宋书平这一刻,千惠子几乎咬牙切齿地问道:"宋书平,你是怎么干事的?"

"千惠太君,我可是尽心尽责地完成了我的本职工作。"宋书平知道安德烈等人逃跑了,千惠子肯定会找他问话,所以,他早就想好了对策。

"既然你已经尽责了,安德烈等人为什么逃跑了?"

"千惠太君,当时,集中营里突然停电了,我与几个太君急忙赶到配电房里,见有人把电闸拉了。这可是有人故意拉的啊。"宋书平决定把陈丹璐抛出来。前几天,他正愁找不到人配合自己,钮佳悦提议利用陈丹璐。陈丹璐贪得无厌,一直想榨干欧美侨民的钱财,正好利用她这一点。于是,宋书平向千惠子提议,让陈丹璐把王蕚瑶送出去。陈丹璐把王蕚瑶送出去后,肯定会回来复命,如果千惠子不在龙华集中营里,她肯定会想方设法敲诈欧美侨民。这正是营救安德烈等人的时机。于是,他通过陈阿三把情报传递给了钮佳悦,让他们做好准备。果然,陈丹璐回来没见到千惠子,便开始敲诈一个英国商人,这一切都被宋书平看在眼里。

如今,千惠子要找自己说清楚,正是把陈丹璐抛出来的时候,所以,他又对千惠子说:"千惠太君,如果不信,你可以问陈丹璐,当时她也在集中营里。"

"又是她?"千惠子没想陈丹璐能替宋书平做证,那么她对宋书平的怀疑也只能到此为止。

见到钮佳悦平安地回来了,刘雅诗悬着的心放了下来。那天,她让钮佳悦送安德烈等人出城,自己则率领地下党的同志阻击追兵,那激烈的枪战,让她现在还心有余悸。只是牺牲了好几名同志。他们顽强地抵抗,最终用生命的代价为钮佳悦他们争取了撤离的时间。

刘雅诗清楚地记得，一名地下党同志身中数枪，在咽下最后一口气时，还扔出了一颗手榴弹，炸死了两个日本宪兵。另一名地下党同志的腿上中了两枪后，他硬是爬了几百米，将身上的几颗手榴弹全部拉响，与日本宪兵同归于尽。

每每想到此事，刘雅诗心里就滴血不已。在任务与死亡面前，他们选择了完成任务，毫不犹豫地冲向敌人，把生命留在了那一刻。

如果不是另外一名同志拼死保护刘雅诗，她现在也不可能坐在这里与钮佳悦说话："那几名同志牺牲了，我却不能为他们做一点事情，哪怕只是一点点事情。"

"雅诗姐，你不要太难过了。同志们的牺牲是值得的。他们用生命保证我们的任务顺利完成，这是他们的伟大。"钮佳悦说着，眼睛也红了，"我们要用实际行动把日本鬼子赶出上海滩，赶出我们的国家，那是对他们最好的报答。"

"佳悦……"刘雅诗的眼泪忍不住流了出来。

"雅诗姐，我们要好好地活着，为他们报仇雪恨。"钮佳悦说着，眼泪再也忍不住流了出来，"我们现在不能伤心，更不能把身体拖垮，我们得好好地迎接下一个任务。"

"嗯。佳悦，我们得好好地迎接下一个任务。"

第七章

不能见光的秘密

完成一个又一个的任务，经历了一次又一次的危险，钮佳悦也一次比一次勇敢、果断。回想往事，钮佳悦感慨万端，每一次执行任务时，都会遇到许多困难，只有迎难而上，才能完成任务。

在营救安德烈时，钮佳悦前后花了不少时间，经历了诸多困难，总算完成了这个艰难的任务。刚回到上海滩的钮佳悦本想好好地休息几天，却发现敌人的电台发出了一连串的电报，她与刘雅诗破译了很久，结果还是一无所获。

"这一连串的电报与以往完全不一样，无论是密码，还是发报的节奏，总让人觉得即将有大事发生。"钮佳悦分析道，"难道敌人又有大动作了？"

刘雅诗也不知道这些电报是什么内容，但从敌人的发报手段来看，也觉得将有大事发生，所以，她说："佳悦，我也是这样想的。敌人肯定又有什么秘密行动了，这才改变了发报的方式，并且更换了密码。"

"我们还是把这个消息告诉书平同志吧。"钮佳悦没有直接否定，也没有肯定，她认为多一个人就多一份智慧，便提议请宋书平过来。

"那好,我马上让陈阿三去。"刘雅诗说,"上次救安德烈的事,多亏了书平同志与敌人周旋,我们才能顺利完成任务。"

"是啊。书平同志的确了不起,如果他不进入龙华集中营,我们哪里能完成任务?"钮佳悦说完,便陷入沉思之中,敌人之所以更换密码,是怕对方发现他们的企图,这就说明他们将有新行动。钮佳悦不由结合战场态势来分析:自从美国参战以来,日本军队是节节败退。中国远征军也从缅甸传来了好消息,滇西的远征军先后发起缅北滇西作战,日本鬼子如秋后的蚂蚱,蹦跶不了几天。但越是在这个时候,日本鬼子越会狗急跳墙。他们要想尽快地结束战争,不排除使用细菌武器,在以前的战斗中,他们不是没有使用过。

钮佳悦正在想着,陈阿三带着宋书平来了。见到宋书平进来,刘雅诗急忙去给宋书平倒茶水,钮佳悦迎了上去,问道:"书平同志,我们救下安德烈后,千惠子没找你麻烦吧?"

"找了。那个女鬼子又岂能不找我麻烦呢?"宋书平笑了笑,便把他如何应对千惠子问话的事说给钮佳悦和刘雅诗听。

"原来是这样啊。"刘雅诗发现宋书平特别厉害,不由佩服地点了点头,又说道,"书平同志,你来得真快。"

"我就在边上巡逻。"宋书平喝了一口茶水,说道,"佳悦,最近你监听到了日本鬼子的什么新情况?"

"请你来正是为了这事。"钮佳悦说着,把记录下来的监听到的情报递给宋书平,又说,"我和雅诗姐,一时没破译出日本鬼子的这些密码,今天找你来,是想听听你的意见。"

"佳悦,雅诗,我带来一个特别重要的情报。"宋书平坐下来,又端起茶水喝了一口后说,"我刚刚探听到一个消息,说大汉奸黄大维来上海滩了。据说他是来执行'光石计划'的。"

"'光石计划'?什么是'光石计划'?"宋书平说出的这个情报,说明钮佳悦的猜测是对的,日本鬼子肯定又有新的大动作了,她说道,"怪不得我们今天监听到日本鬼子发出特别奇怪的电报号码,而且连密码都更换了。"

"佳悦,书平同志,到底是什么文件,让日本鬼子搞得这么神秘?会不会是日本鬼子准备在战场上使用细菌武器对付我们的同胞?"刘雅诗与钮佳悦有着一样的想法。

"我也不知道'光石计划'的详情，但这个大汉奸只在上海待几天就要离开。"宋书平担心地说，"据小道消息，日本鬼子新研发了一款细菌武器，准备找一个战场使用。我觉得'光石计划'极有可能与日本研发的新型细菌武器有关。大汉奸黄大维很有可能是来执行这个任务的。"

"怪不得敌人现在换了密码，我们一时破译不了。"钮佳悦轻轻地叹了一口气，这是她来上海后，第一次遇到这样的困难。

"我们可以从其他渠道来了解一下情况。"宋书平说，"我刚刚接到上级党组织的命令，要求我们在黄大维离开上海滩时抓住他，拿到'光石计划'。如果抓不住他，就就地处决他。即使黄大维死了，我们也要拿到'光石计划'。当然，我们要尽可能活捉他。这个大汉奸在上海滩只住几天就要去战场，留给我们的时间不多了。"

"时间紧，任务重。活捉黄大维的难度非常大，像黄大维这样的大汉奸，进出肯定有许多保镖和日本特工跟着，要想活捉他，难度可想而知。"刘雅诗在上海潜伏了很多年，当然知道像黄大维这样的大汉奸，把自己的命看得非常重。他选择投靠日本鬼子，早就想好了后路，因为一不留心就可能被暗杀。当然，日本鬼子也不是傻子，知道黄大维对他们的重要性，会重点保证他的安全，不给对手下手的机会。

"雅诗同志所说的，我也考虑过。难度是非常大，我们自己动不了手，也可以借别人的手来活捉他。"宋书平笑了笑说，"我们能得到这个消息，那么军统也会得到这个消息。军统在这里的人不少，譬如李茜茜，如果她得到了这个消息，或者她想立功，她就会千方百计地查到汉奸黄大维的方方面面，我们就向她提供这个机会。"

"这倒是一个办法。只是我们如何让军统的人去调查呢?"钮佳悦听了宋书平的话，一改刚才满脸的愁容，又说道，"这是上级党组织交给我们的任务，我们应当亲自去完成。"

"佳悦，只要能完成任务，我们可以采用非常手段。"刘雅诗劝说道，"因为我们最终的目的是抓住大汉奸黄大维和拿到'光石计划'。"

"好吧，就按书平同志所说的办。"钮佳悦顿了一顿，又说，"我们要制定出万全之策，不打没有把握之仗。来，我们现在就好好地商议一下。"

"佳悦说得对，我们不打没有把握的仗。"宋书平也赞成钮佳悦的想法，又说，"我负责接触李茜茜，佳悦和雅诗同志负责其他方面的事情。"

"行，我看这样行。"刘雅诗赞同道。

"那我们就商议具体细节。"钮佳悦说着，拿出笔和纸放在桌上，与宋书平和刘雅诗开始商议起来。

在千惠子眼里，区区一个上海滩，无论是共产党还是国民党的特工，都休想在她的眼皮底下做事。可事与愿违。安德烈等五人被成功地从龙华集中营里救了出去。虽然千惠子准备了多套方案，又在集中营外面设了一个大包围圈，但结果还是被人家追着打，要不是仗着人多，肯定会全军覆没。

那一场战斗看似激烈，却又充满了智慧。千惠子十分清楚，有时候打仗不一定要靠武器，因为智慧可以决定一切。

难道上海滩的共产党特工和国民党特工都这么厉害？难怪前任花野洋子死在了上海滩。看似平静的上海滩，其实危机四伏。来上海滩是对还是错？千惠子忐忑不安起来。

虽然安德烈等人逃走了，课长也没责怪千惠子，但她还是明显地感觉到课长没有以前那么热情了。千惠子想，这不能怪课长。毕竟自己在中国东北可是有名的特工，比山本菊子、川岛芳子都厉害。正是这个原因，他们才把她从东北调到上海来。千惠子自己也想不通，第一次出马居然没成功，还造成了重大的损失。如果说是千惠子刚到上海，不了解上海滩的情况，还情有可原，但她来上海滩的时间不短了，连共产党和国民党特工的影子都没有找到，还不丢人吗？

现在，千惠子又接到保护"光石计划"的任务。这是一个特殊而又重要的任务，虽然只有短短几天的时间，但不能出任何差错。如果这个计划被共产党的特工或国民党的特工知道了，他们肯定会千方百计地来抢夺，一旦计划被他们抢去，或者被他们得知了"光石计划"的具体内容，那将是大日本帝国最大的损失。

千惠子一直想不通,黄大维完全可以从日本大本营直接飞往前线,为什么要在上海滩转一圈,还要停留几天,这不是给特高课找麻烦吗?课长解释说,黄大维在投靠大日本帝国时提了一个要求,要在上海滩听一次王蓦瑶唱的京剧,大本营答应了他的这个要求。虽然这次的任务很重,但大本营还是给了黄大维这个机会,说这样可以拉拢更多中国人为大日本帝国做事。

千惠子打电话把陈丹璐叫了过来。看到陈丹璐,千惠子就想生气,但此时千惠子又不能惹怒陈丹璐。毕竟自己对上海滩的很多事,还没有全面了解。但陈丹璐不一样,她是正宗的中国人,不但在七十六号档案处待过,而且当过七十六号行动处的副处长。别看陈丹璐能力不怎么样,但她有资源。如果自己当时不把陈丹璐排斥在外,那么在龙华集中营的安德烈等人又怎能逃跑呢?

陈丹璐与宋书平两个人中,千惠子还是愿意相信陈丹璐的。毕竟,陈丹璐从七十六号出来就没有退路了,但宋书平不一样。宋书平看似一个平庸的警察,为什么他会在警察局里混得如鱼得水?这足以说明两点:一是宋书平人缘好;二是宋书平伪装得特别好,没人能看出他的一切。

所以,千惠子还是看好陈丹璐,她是保护"光石计划"最合适的人选,但不能让她得知"光石计划"的内容。

正在睡午觉的陈丹璐被千惠了的电话吵醒,心里特别不爽。在路上就一直在琢磨,这个日本的丑八怪在这个时候火急火燎地叫自己去,肯定没憋着好屁,当她看到千惠子脸上的笑容时,心里更加肯定了自己想法,便问:"千惠太君,你这是?"

"陈丹璐,你看我才来上海滩,以后还有很多工作,需要你配合。当然,这一切,我不会让你白忙的。"千惠子换作一副笑脸对陈丹璐说,"就像上次我们在十六铺码头抓共产党一样。"

"千惠太君,请你直接说事。"陈丹璐道。

"是这样的。有一个重要情报需要你保护。无论是共产党还是国民党的特工,他们迟早都会知道。如果他们惦记上了,我们的任务就非常困难了。"千惠子顿了顿,问道,"与其让他们来抢,还不如让他们大大方方来拿。你说,如何?"

陈丹璐本来就憋着火,听到千惠子绕来绕去的话,直接回答:"我不明白千惠太君的意思,还请明说。"

"你……"听到陈丹璐不咸不淡的回答,千惠子很想发火,但还是把火气憋了回去,显出特别有耐心的样子说,"用你们中国话说,就是做一个局,布一个口袋阵,让共产党和国民党的特工钻进来,我们只要把口子封住,他们就逃不走了。这样不但消灭了共产党和国民党的特工,还保住了情报。你说说,这个计划好不好?"

"你也太看不起共产党和国民党的特工了。如果他们那么轻易上你的当,那么上海滩就非常安全了。"陈丹璐突然发现这个日本的高级特工,竟然没有她的前任聪明。要做局,也要做得特别漂亮,让人看不出任何破绽。

"你的意思是,我的这个局不行?"千惠子脸一沉,自己好不容易才想出来的保护计划,竟然被陈丹璐轻易地否定了,便问道,"你有什么好主意或者高招,说出来听听。"

"一是怎样引导他们进包围圈;二是包围圈放在什么地方;三是如何合围。"陈丹璐一条一条地说出来,着实吓了千惠子一大跳。

"陈丹璐,你的条理很清晰,而且很有道理。"千惠子突然发现陈丹璐并不傻,只不过是她一直没有得到重用罢了。但这个人既然能背叛自己的国家,将来也会背叛自己,虽然她很聪明,但也不能重用。

"这样吧,你整理出一个书面的东西,交给我看。可行,我们就定下来。如何?"千惠子说着,给陈丹璐亲自倒了一杯上好的茶,又说,"你现在就在这里写出来。"

"这……"陈丹璐突然发现自己真的好傻,本来想表现一下自己,结果弄巧成拙,后悔不已。如果这个计划成功了,是她千惠子的功劳,如果不成功,罪责在自己。

陈丹璐肠子都悔青了,为什么要多嘴呢?

自从上次任务失败后,李茜茜像是突然患了一场重病一样,全身无力,做事也心不在焉。但静下来的李茜茜忍不住思考,营救安德烈的任务计划十分周密,为何实施起来漏洞百出?明明是她带领的军统特工一直埋伏在共产党的后面,怎么就没有发现日本宪兵队埋伏在她的后面呢？这应了那句俗语"螳螂捕蝉，黄雀在后"。李茜茜明白自己低估了千惠子的智商。千惠子在东北堪比山本菊子和川岛芳子，那她自然有过人之处。她把人马埋伏在自己的后面，又让人毫无察觉，千惠子不但智商高，还狡猾得让人佩服。李茜茜想，如果是自己，不可能做到这一点。不过，虽然千惠子狡猾，但钮佳悦也十分聪明，她带领的另一部人就埋伏在自己边上，自己的人一样毫无察觉。

那一次行动，李茜茜只能用惨烈来形容自己的失败。行动结束后，除了自己和身边的两个特工，其他特工都死在千惠子带领的特工和宪兵的枪下。看着那些为党国完成了不少任务的特工前一秒钟还在与敌人战斗，后一秒钟就离开了这个世界，李茜茜的心在滴血。李茜茜知道，培养出一名合格的特工，要花许多时间和金钱。

李茜茜有时候在想，人的生命就是这么脆弱。但为了这个民族不再受欺凌，他们甘愿付出自己的生命，而且没有任何怨言。李茜茜也深深地体会到一个人的生命即将结束的情景，或者说是绝望的情景。在那个时候，好像什么都是空的，都是假的，只想再看一眼这个世界。那种充满无奈和绝望的心情，没有经历过的人是无法体会到的。李茜茜之所以有这种心情，是因为当千惠子的枪口对准她的时候，她的心里有许多不甘，那么绝望，那么无奈。也就在那时，一颗子弹击中了千惠子的手。尽管救她的人蒙着面，但李茜茜还是认出了救她的人就是钮佳悦。钮佳悦这个小小姑娘，总是在她最危险的时候出现，救她一命。不得不说，钮佳悦既是她命中的克星，也是她的救星。

李茜茜清楚地记得，两年前钮佳悦来到上海滩时，自己就一直跟踪她，既没有发现她有可疑之处，也没有怀疑她就是共产党派到上海代号叫红灯笼的特工。如果不是那次偶然的机会，或许现在她都不知道钮佳悦的底细。由此可见，钮佳悦把她自己的身份隐藏得多么好。自己在上海滩也潜伏了近十年，年龄也增长了不少，却不如钮佳悦，是钮佳悦太聪明，还是自己太笨？

就拿上次任务来说，虽然内线得到了准确的情报，但自己还没有行动，共产党就派宋书平打入了龙华集中营内部。在安德烈等人被救出时，钮佳悦显得特别聪明，她和她的人员就隐藏在自己的眼皮子底下,自己的人愣是没有发现他们。他们不但躲过了千惠子带领的特工和宪兵的眼睛,还让自己的人成了千惠子的活靶子。如果自己有钮佳悦一半的聪明,也不会输得这么惨,更不会被谷海山骂得那么惨。这是她第一次见谷海山发那么大的火,谷海山也是第一次骂她。

那天,李茜茜去向谷海山汇报后,谷海山铁着脸,一言不发,一个劲儿地拿着烟斗猛吸烟,然后,把烟斗狠狠地摔在地上,怒斥道:"李茜茜,你除了吃干饭还能干点啥?这点小事都办不好。"

谷海山发火后,又向李茜茜道歉,说他太冲动了,不该朝她发火。还说任务失败了就失败了,这责任也不能算在李茜茜的头上。虽然损失了不少特工,但安德烈他们已经逃出了龙华集中营,也算是一件好事。虽然安德烈他们是被共产党的人救走的,但他们没有再次落入日本人手里,这是不幸之中的大幸。共产党也是中国人,尽管他们把安德烈等人救了出来,最后还是得把他们送到重庆去。只是李茜茜失去了这次先机,戴老板肯定不高兴。这个责任只能由他谷海山来担待。

回到百乐门舞厅后,李茜茜仔细想了想,认为谷海山骂得对,计划是自己做的,也是自己带人执行的。自己任务没完成,挨顿骂已经是很轻的惩罚了。但是,谷海山的怒气还是让李茜茜有些心灰意冷。作为在上海滩潜伏多年的特工,李茜茜早已把生死看淡,但是屡次完不成上峰交给的任务,她觉得无脸再待在上海滩。再加上旧伤病时而复发,李茜茜后悔当初没听谷海山的意见,回到重庆大后方去治伤病。如果现在提出回后方去治旧伤病,就算谷海山同意,重庆那帮人会同意吗?答案是否定的。他们巴不得她一直待在前线。

就在这时,谷海山亲自上门来了,他除了再次向李茜茜道歉,还给李茜茜带来了一个任务:"茜茜,大汉奸黄大维来上海了。据可靠消息,这个大汉奸来执行一个秘密任务,至于秘密任务的内容是什么,就不得而知了。上峰给我们的任务,一是查清大汉奸执行的是什么秘密任务,二是暗杀这个大汉奸。上峰还说,不管我们采取何种手段,一定要完成这两个任务。"

"我现在就准备调查大汉奸黄大维的情况,以及关于他的一切消息。"尽管李茜茜心里很不情愿,但还是答应下来了。

"茜茜,根据我们内线传来的未经证实的消息,日本鬼子新研发出一种细菌武器,大汉奸黄大维可能是在战场上使用这种新型细菌武器的执行者。如果此事是真的,我们的军队在战场上就会十分被动。所以,我们无论如何都不能让日本鬼子的阴谋得逞。"谷海山深知日本鬼子在战场对中国军队使用细菌武器将带来的严重后果。现在,日本鬼子已经节节败退,如果他们大量使用细菌武器,很有可能扭转战场失利的局面。

"站长,你放心,我保证完成这次任务。"听到日本鬼子可能在战场上再次使用细菌武器时,李茜茜惊讶不已,她的心里再一次燃起了战斗的欲望。

"茜茜,希望这次你不要让我失望。"谷海山严厉地说,"这次的任务与以往不同,你也要加倍小心,注意安全。"

"站长,请你放心。"李茜茜向谷海山打了个保证,"哪怕失去生命,我也要完成这次任务。"

1944 年的上海滩,注定会发生很多大事,电影业也随之萧条起来,王蓦瑶所在的电影公司也倒闭了,演员们都另谋生路了,王蓦瑶一时没了去处,只得回到出租房里发呆,觉得她就像断了线的风筝,随风飘啊飘,不知何时才有一个尽头。阿红却选择留下来陪她。王蓦瑶劝阿红另谋生路去。但阿红舍不得王蓦瑶,还说就算是死,也要死在一起。阿红的话让王蓦瑶多少有一些感动。虽然暂时"失业"了,但生活还得继续,好在王蓦瑶的京剧唱得不错,时不时有茶馆、歌舞厅请她去临时救场,挣来的钱也能勉强维持生活。

这天,王蓦瑶刚从一家歌舞厅出来,就看到陈丹璐带着几个人站在门口。这个女汉奸是来歌舞厅找乐子吗? 王蓦瑶想着,脚步也没停下,想绕过陈丹璐回去,却被陈丹璐拦住了去路。

"王蓦瑶,不,格格,今天春光满面,看来收入不错啊。"陈丹璐冷冷地说。

"让开。"王蓦瑶见陈丹璐拦住她的去路,心里十分不爽。在王蓦瑶心里,陈丹璐就是一个无恶不作的女汉奸,上次不分青红皂白地把她绑架到龙华集中营,为千惠子天天唱京剧。

"不愧是格格,就连生气的样子都是那么可爱。"陈丹璐突然笑了起来,"看来格格为了生活,又不惜出卖自己的尊严了。"

"关你啥事?我是凭劳动换来报酬,有何不妥?"王蕶瑶冷冷地看了陈丹璐一眼,有些不屑地说,"不像有些人,连尊严都没有了。"

"格格,你这是在说我吗?"陈丹璐听了这话,怒火直冒,但她又咽了回去,仍然是一副笑脸,"格格,我知道你看不起我,谁让我出身低微呢,但我不与你计较。"

"没有别的事,请让开,我要回去了。"王蕶瑶想从陈丹璐身边走开。

"别急啊,格格,我还真有事找你。格格每天为了生活而奔波,很辛苦啊,我给你找了一份报酬丰厚的工作,还不用每天四处奔波劳累。"陈丹璐又拦了王蕶瑶的去路,说,"请格格移步。"

"不去。"王蕶瑶想都没想就直接推掉了。

"不去,恐怕由不得你吧。"陈丹璐一挥手,跟来的几个汉奸立即过来抓住王蕶瑶,不由分说把她塞进了停在门口的小车里。

陈丹璐这一次使用的手段与上次一样,对不听她话的人,直接绑架。当然,不是陈丹璐给王蕶瑶找了一份工作,而是她受了千惠子的命令,把王蕶瑶带往特高课。尽管陈丹璐不知道千惠子这次又要耍什么花样,但多少与上海的大汉奸黄大维有关。虽然同样是汉奸,陈丹璐却看不上黄大维。这个汉奸以前曾手握兵权,却没有一个男人的样子,日本鬼子还没有打到他,他就投降了。陈丹璐有时候也在想,如果自己手握兵权,掌管几万人马的话,或许她真的会与日本鬼子干一仗。可是没有如果,现在她只能跟在日本鬼子后面。特别是李士群被日本鬼子毒死后,陈丹璐时刻都感觉到危机的存在。李士群为日本鬼子做了那么多事,到头来还是死在日本鬼子手里。如果自己不跟着日本鬼子,想要自己命的人不只日本鬼子,还有共产党和国民党,无论哪一方都会将自己置之死地而后快。

"哎。"陈丹璐轻轻地叹了一口气,转身上了车,看着车里的王蕶瑶一脸的怒相,她立即挥手给了她一巴掌,然后又长长地叹了一口气。

王蓦瑶又被陈丹璐绑架走了！宋书平从同事嘴里得到这个消息后，先是怔了一下，而后直接骂粗话："陈丹璐，狗汉奸，婊子养的狗东西。"

千惠子为什么非要与王蓦瑶过不去？虽然王蓦瑶只是一个落魄的格格，但她在上海文艺界也有一定的知名度。外面的人知道王蓦瑶的名气，多是因为她既是一个替身演员，又是一个京剧唱得特别好的人，但还有些人知道王蓦瑶的格格身份，以及她的真名完颜婵娟。如果外界知道王蓦瑶就是清朝皇室里长得特别漂亮的那位格格，落魄到如今只能靠当替身演员为生，估计会有人愿意无偿出资，让她过上安稳的生活。

难道是王蓦瑶身上有什么秘密？宋书平很快就否定了这个想法。在龙华集中营里，他与王蓦瑶接触过，彼此也谈过话。宋书平凭借多年的地下工作经验，没有看出她有什么特别之处。为什么千惠子会一而再，再而三地绑架她？

这事得与钮佳悦她们商量一下。宋书平来到钮佳悦与刘雅诗的住处后，钮佳悦急忙丢下手中的工作，迫不及待地问道："前两天我们商议的事，有眉目了吗？"

"还没有。"宋书平明白钮佳悦所说的事，就是宋书平找李茜茜，无意中把"光石计划"的事透露给她，只是这些天，警察局特别忙，宋书平一直抽不出时间去与李茜茜来一个邂逅。今天本来有点空的，宋书平打算去找李茜茜，却得到了王蓦瑶被陈丹璐再次绑架的消息，便匆匆赶了过来。

"那这个计划得抓紧了。"刘雅诗给宋书平倒了一杯开水，也坐了下来，"书平同志，这事不能耽误了。"

"你们放心，我会在规定的时间内把这件事办妥的。"宋书平端起水杯喝了一口，又说道，"今天来找你们，是有一件重要的事要商量。"

"啥事情？"钮佳悦与刘雅诗异口同声地问道。

"我得到消息，格格又被陈丹璐绑架了。"宋书平轻轻地叹了一口气，又说，"格格已经是一个很不幸的人了，陈丹璐为什么要一而再，再而三地绑架她？难道她身上有什么我们不知道的秘密？"

"看来事情有点复杂。"钮佳悦沉思了一会儿，问道，"书平同志，你在龙华集中营与她接触过,看出她有啥不同之处吗?"

"我与她接触的时间也颇多的,还真没看出来她有与众不同的地方。"宋书平回忆起在龙华集中营里的点点滴滴:尽管王蕞瑶三十多岁了,但容貌保持得像二十来岁的女孩,给人一种恬静、淡雅之感。在龙华集中营里,宋书平曾多次有意无意地与她接触,她有时候爱搭不理,有时候直接走开。

"如果她没有与众不同的地方,陈丹璐不会两次绑架她。陈丹璐绑架格格,如果我没有猜错,肯定是受了千惠子的指令。这说明千惠子在利用王蕞瑶做文章。如果我们把王蕞瑶争取过来,会有意想不到的结果。"钮佳悦说出了自己的想法。

"问题是格格现在在哪里都不知道,我们要怎样才能与她接触上?"刘雅诗提出一个实在的问题。

"是啊,雅诗同志说得对。这次她们把格格绑架过去的目的是啥,我们都不清楚。"宋书平十分担心地说,"我就怕格格是一个弱女子,被日本鬼子一折磨,会有生命危险。"

"那我们分批去调查,了解她们绑架格格的真实目的。"钮佳悦发现千惠子的行事作风果然与花野真衣和花野洋子两姐妹完全不同,常常不按套路出牌,让人捉摸不透。

"我这就去打听。"宋书平特别着急。

"书平同志,你现在这样去打听消息,肯定会被怀疑的。还是要想一个完美的办法,千万不要意气用事。"钮佳悦叮嘱道。

刘雅诗也怕宋书平行事冒失,引来不必要的麻烦,便说:"是啊。书平同志,你不能太冒失了。格格是一个中国人,正如你在龙华集中营里看到的,她不屈服于日本鬼子,就凭这一点,我们就应该营救。但凡事有个轻重。我们在上海滩潜伏下来,也不容易。佳悦肩负重任,我们首要的任务是保证佳悦的安全,再做其他的事……"

"我相信书平同志,他的办事能力,是我们不能比拟的。"钮佳悦打断刘雅诗的话,又说道,"我们现在分三个方向做:一是书平同志打听格格的消息,然后与李茜茜来一个巧遇;二是我和雅诗姐继续监听日本的'光石计划'相关的电报,并破译出来;三是我们可以让陈阿三去街头打听格格的消息。前提是以安全为主,我们都不能暴露了自己的身份。你们看,如何?"

"佳悦,你这个办法对。就按你说的做。"刘雅诗第一个赞同。

"行,佳悦,还是你的脑子转得快,一下子就说到了重点。"宋书平也赞同,又说,"那,我先回去了。"

在被关了一天一夜后,王蓉瑶终于被带到一间房间里。房间装饰得特别豪华,角落里坐着一个近六十岁的老男人,正惬意地听着留声机播放的音乐,他那如痴如醉的样子,让王蓉瑶仿佛回到了皇宫里,有了翩翩起舞的冲动。

直到一曲音乐终了,老男人才站起来,摆了摆手,示意王蓉瑶坐下。然后,他起身,亲自泡了一杯西湖龙井茶,递到王蓉瑶手里,自我介绍说:"我姓黄,他们都叫我黄大维,你可以叫我大维,也可以叫我老黄。在这里,你就像到了自己的家,千万别客气,也别拘束。"

男人的介绍,倒没有引起王蓉瑶多大的好感。因为姓黄的人千千万,黄也只不过是一个姓而已。只是这个黄大维,竟然在日本鬼子这里享受到这么高的待遇,又让王蓉瑶对他刮目相看。他到底是什么人?于是,王蓉瑶冷冷地说了一声:"谢谢。"

"说谢谢,你就客气了。你是格格,如果按照以前的习俗,我还要向你磕头参拜的。虽然现在社会不一样了,但我还是给你行礼。"黄大维突然笑了起来,然后向王蓉瑶鞠了躬,"参见格格。"

"行了,行礼就不必了。正如你所说的,现在社会变了,我也不是皇宫里的格格了。真要说我还是一个格格的话,那也只是一个落魄的格格而已。"王蓉瑶说着,脑海里也在快速地搜索着黄大维到底有什么来头,可她脑袋都想痛了,也没有想出与黄大维有关的丝毫的信息来。

"格格就是格格,说话也这么有水准,让我无地自容。"黄大维干笑起来,"今天请格格来,也没有别的目的……"

"有话就直说,别拐弯抹角。"王蓉瑶没想到自己第二次被陈丹璐绑架来,是为了见黄大维,心里极为不爽。

"格格消消气。我这不是仰慕格格嘛。"黄大维讨好地说,"格格的京剧唱得可不是一般的好,早就想饱饱耳福,却一直没有机会。要听到格格的声音,比登天还难。今天如果能如愿以偿,将是我这辈子最大的福气。"

"你想听我唱京剧,可以去咖啡馆或歌舞厅听,为什么要把我绑架到这里来? 是你手中有权力,还是有日本鬼子给你撑腰?"王蓦瑶一听,怒气就升了上来,"你到底是什么人? 为什么日本鬼子和汉奸都听你的话。难道你是一个更大的汉奸?"

"格格,你这话太伤人了。人生在世,不就是为了活下去,再就是提高生活质量。至于谁来管理这片土地,不是你我能左右的。"黄大维叹了一口气,又说,"我只不过是为了生活得好一点而已。无论是谁,只要他们保证我有钱用,有饭吃,我就跟他们干。"

"你果真是一个大汉奸。"王蓦瑶终于弄清楚自己再一次被陈丹璐绑架来的原因了。王蓦瑶觉得自己不单单是一个格格,还是一个中国人。一个中国人怎能给一个汉奸唱京剧呢? 于是,她当场拒绝了黄大维的要求:"我没有空唱给你听,另请高明吧。"

"你别不知好歹。你不是在为生活费而发愁吗? 我给你平时唱京剧的双倍价钱。再说,我敬你是格格,也是看在咱们都是中国人的分上,才请你来为我唱京剧。"黄大维说着,将手中的茶杯摔在地上,厉声喝道,"我听你唱京剧,是看得起你。你别敬酒不吃吃罚酒。你以为你还是格格吗? 你只不过是一个替身演员,一个连饭都吃不饱的女人,还想在我面前装清高?"

"你只是一个汉奸,我为什么要唱给汉奸听?"王蓦瑶并没有被黄大维的举动吓倒,反而脸上露出了不屑,又说道,"我即使唱给狗听,也不会唱给汉奸听。"

"你敢骂我不如狗。"黄大维终于露出了本来的面目,突然伸出手给了王蓦瑶一巴掌,又骂道,"一个连戏子都算不上的女人,还敢跟我叫板,我看你是活得不耐烦了。"

"狗汉奸就是狗汉奸,只知道欺侮一个手无寸铁的弱女子,有本事与日本鬼子对着干啊。"王蓦瑶并没有被黄大维的一巴掌吓倒,反而越骂越起劲了。

"你连狗汉奸都当不上。"黄大维没想到王蓦瑶软硬不吃,抬起手又想打她,可最终还是把手放了下来,淡淡地说,"你以为中国军队还能撑多久,我过几天就要去前线试验一种新型武器,一旦成功,要不了多久,大日本帝国的军队就会把中国军队打得像落水狗一样。那时,我就是大功臣……"

黄大维突然把不该说的说了出来,赶紧住了嘴,又恶狠狠地看着王蔓瑶,说道:"你一个戏子,啥也不是,啥也不懂。今天你不唱京剧给我听,那你就站着进来,横着出去吧。"

黄大维说完,又回到角落里开始听他的音乐,不理睬王蔓瑶。但王蔓瑶听到黄大维所说的新型武器后,心里无法平静。虽然她只是落魄的格格,或者是一个连戏子都算不上的女子,但她绝不会为了个人得失而损害别人的利益,也不会因为自己而损害国家的利益,更不会背叛这个国家。尽管这个国家让她失去了格格的身份和繁华的生活,但外敌来侵略,与自己的利益比起来完全是两回事。黄大维这个大汉奸居然为了自己利益,带来了新型武器,帮助日本鬼子打击自己的同胞。

"不行,一定要把这个情报传递出去。"王蔓瑶想到这个问题时,头又大了,自己被囚禁在这里,要怎样才能把情报传递出去? 又传递给谁呢? 对了,应当传递给宋书平。王蔓瑶与宋书平在龙华集中营里有过短暂的接触,总觉得他不是真心为日本鬼子办事。但如果宋书平就是为日本鬼子办事的呢? 如果自己把这个情报传递给他,岂不耽误了大事? 想到这里,王蔓瑶头痛不已。

外面肯定有共产党或者国民党的人。王蔓瑶虽然没有与这些人接触过,但她的确相信这些人的存在。现在只能找准机会,把情报传递给他们任何一方都可以。自己就是再苦再累,再遭受黄大维的打骂,也要忍下来,直到把情报传递出去。想到这里,王蔓瑶清了清嗓子说:"我答应你。"

又一天过去了,宋书平终于打听到王蔓瑶被关押在特高课,而且与汉奸黄大维有关。宋书平觉得王蔓瑶被特高课抓住不是一个简单的事件,说不定与日本鬼子的"光石计划"有关。或者是日本鬼子利用王蔓瑶特殊的身份来做文章。但是,王蔓瑶只是一个落魄的格格,日本鬼子抓她的目的又是什么?

此刻,钮佳悦也接到上级党组织的命令,催促她快速破译日本鬼子的电报。他们已经从外围打听到一些消息,日本鬼子很可能在中国战场上再次使用新型细菌武器,只是这个消息一直得不到证实。如果日本鬼子真的要在中国战场上使用新型细菌武器,那只要弄清楚他们会在什么地方使用,使用的是什么新型细菌武器,就可以避免大规模的伤亡事故,或者阻止日本鬼子的这个阴谋。

当宋书平和钮佳悦正焦头烂额时,刘雅诗气喘吁吁地告诉他俩,派去打听情报的陈阿三被日本宪兵队抓走了。

真是"屋漏偏逢连夜雨"。钮佳悦急得不行,更着急的人是刘雅诗,她一直自责,不该让陈阿三参与这次的行动。陈阿三还是个孩子,他被日本宪兵队抓去,肯定凶多吉少。无论如何都要想办法打听到陈阿三的消息,然后再想办法把他营救出来。几个人商量后,又分析了陈阿三被抓的前因后果,大家一致决定由宋书平先去打探关于陈阿三的消息。

傍晚时分,宋书平带来消息:陈阿三还活着,他被抓去侍候一个刚从日本回来的中国人,至于这个中国人叫什么名字,他们无从得知。听到这个消息后,宋书平悬着的心才放下来,又马上把消息告诉钮佳悦和刘雅诗。

"他没事就好。"钮佳悦的心也放了下来,又说,"如果没猜错的话,阿三侍候的人应当是汉奸黄大维。"

"为何这样说?"刘雅诗不明白。

"佳悦说得不错。"宋书平说,"我兄弟说那个中国人刚从日本过来,是特高课的重要客人。近期除了黄大维,没有别的人来特高课。"

"这与我们掌握的情报相符,黄大维刚刚从日本来,正是特高课最重要的人。"钮佳悦说。

几人商议后,钮佳悦让宋书平找一下李茜茜,看看能否从她嘴里得到一些情报,以便有一个应对的方法。

夜里,宋书平回到住处,正想着如何跟李茜茜来一个意外的"邂逅",李茜茜却找上门来了。

李茜茜来找宋书平,是因为她查来查去,也没有查到任何有用的消息,但王蓦瑶被陈丹璐绑架的消息还是引起了她的注意。前些日子,王蓦瑶被陈丹璐绑架到龙华集中营里,宋书平也正好在龙华集中营里上班。他与王蓦瑶可能有着不同寻常的关系。找到宋书平,或许就能弄清楚王蓦瑶被绑架的原因。如果王蓦瑶与日本最近的行动有关,那么她就成了一个关键人物,把她救出来,便可真相大白了。

"找到你还真难。"见到宋书平时,李茜茜似笑非笑地说,眼睛却一直盯着宋书平,想从他的眼睛里看到一些她想要的东西。

"原来是李西施啊。"宋书平见李茜茜突然到访,心里盘算着她此行的目的,便打了个哈哈,"好久没见,你还是那么漂亮。"

"少贫嘴。今天我来找你有正事。"李茜茜突然问道,"你与王蓦瑶的关系不错吧?"

"为什么这样问?"李茜茜此话一出,宋书平便猜到李茜茜是来向自己探听王蓦瑶被绑架的消息的。

"你在龙华集中营里,与她在一起的时间不少,所以我判断你与她的关系不错。"李茜茜收了笑容,一下子又冷如冰霜。

"这话从何说起,我虽然去了龙华集中营,但那是工作。我连格格住在什么地方,都不清楚。再说,我与她又没啥关系。"宋书平想吊一下李茜茜的胃口。

"你就撒谎吧。"李茜茜见宋书平撒谎,有些不屑,又说,"其实,我与她的关系不错。她被抓走了,我也特别难过。如今连她的下落都没有了,心里更是难过。"

"原来是这样啊。但是,我的确不知道。"宋书平再一次吊李茜茜的胃口。

"你真不知道吗?"李茜茜知道宋书平是共产党的人,表面看上去非常老实,但他非常狡猾,又让人捉摸不透。以前自己一直认为宋书平是一个非常老实的人,没想到他是一个深藏不露的人。自己也曾多次拉拢他替自己做事,他不是装傻,就是扯开话题。

"不过,我打听到一个人……"宋书平故意不把话说下去。

"什么人?"李茜茜迫不及待地问道。

"黄大维。"

"黄大维?怎么啦?"李茜茜见宋书平不多说,心里急得不行,可面上还是装着不在乎的样子。

"我听说,陈丹璐绑架王蓦瑶后,把她送到了一个叫黄大维的汉奸那里。据说黄大维是来执行'光石计划'的。如果你能找到黄大维,肯定就能找到她。她或许还知道事情的真相。"宋书平说这些话,自己都不相信。黄大维虽是一个大汉奸,可他刚来上海,不可能指挥得动陈丹璐,陈丹璐也是一个汉奸,她怎么可能听黄大维的命令? 但是李茜茜已经很着急,一时难辨事情的真伪。

"你说的是真的?"李茜茜听到这个消息,心里不太确定,忍不住问起来,"'光石计划'? 是一个什么计划?"

"我也是听别人说的。"宋书平把这个难题丢给李茜茜,让她去辨别真伪,"至于'光石计划'的内容是什么,我还真不知道。"

"宋书平,你最好别说谎,不然,会有你好看的。"李茜茜更加觉得王蓦瑶掌握了不为人知的秘密,不然,陈丹璐怎么会再一次绑架她? 这可会引起上海文艺界的不满,到时候他们就很难在上海滩立足了。

"你不相信,就算了。"宋书平不愿意再说话。

李茜茜见宋书平不愿意再理睬自己,急忙说:"我相信。"

第八章

罕见的情报传递

这是一个很特殊的舞台。说是特殊的舞台,是因为舞台设在黄大维的房间里。房间很大,没有太多的家具,显得空荡荡的,也没有乐队,观众也只有四个人,分别是千惠子、黄大维、陈丹璐和陈阿三。其实,陈阿三还不能算是观众,他在为其他三人端茶倒水,算是一个服务生吧。千惠子坐在柔软的沙发中间,左边是黄大维,右边是陈丹璐,陈阿三垂手站在一边。只是陈阿三穿着日本鬼子的和服,又经过打扮,很难从他身上找到他曾经是乞丐的影子。如果他不说话,也很难分清他是日本鬼子还是中国人。

同样穿着日本和服的黄大维轻轻地抿了一口茶,心想,终于可以正儿八经地亲耳听到格格王蓦瑶为自己唱的专场京剧了,不由诡笑起来,他的这个神情还是被千惠子捕捉到了。千惠子神色没有变化,也只是在心里特别藐视黄大维。

虽然只有四个观众,王蓦瑶还是清了清嗓子,开始唱起来。王蓦瑶的嗓子的确不一般,虽然没有配乐,但她的声音宛如流水,滑过在座的每个人的心灵,如天籁般传入在座的每个人的耳里。让人特别舒坦,又情不自禁。千惠子虽然不是第一次听王蓦瑶唱京剧,但仍然显得十分陶醉,这声音仿佛只应天上有。

随着王蓥瑶婉转悠扬的唱腔,黄大维闭上了眼睛,慢慢地享受这少有的时光,又不禁暗想,王蓥瑶不愧是从皇宫里出来的格格,无论是气质,还是容貌,都是身边的两个女人无法比拟的。虽然现在王蓥瑶只是一个落魄的格格,但她身上的皇族气质也是他身边的两个女人无法赶超的。千惠子就不用说了,这个日本丑女人身材臃肿不说,长得还特别矮小,脸上还有一些雀斑。如果把她丢在大街上,恐怕男人们都不愿意用正眼看她一眼。就是这样一个女人,却十分歹毒,又是其他人不能比拟的。边上的陈丹璐看上去还可以,只是这个女人却显得那么笨,哪能与自己相比?人啦,一个人无法比较,如果几个人,或者几十个人集中在一块儿,就能分出高低了。

黄大维很是庆幸自己攀上了日本鬼子这棵大树。如果不是日本鬼子的提携,他那点人马怎能活下去?他又哪有今天的生活?又哪能让格格给他唱京剧?自己想听王蓥瑶唱京剧,日本鬼子还不是屁颠屁颠地把人给他绑架过来了?这就是人生,与众不同的人生。黄大维想着,不由将闭着的眼睛微微睁开,偷偷地看了看眼前的三个女人,越看越觉得千惠子和陈丹璐入不了他的法眼,而王蓥瑶在他的眼里越看越好看,特别是王蓥瑶唱京剧的时候,仿佛她身上穿的不是戏袍,而是凤袍,他黄大维就是那个皇帝。黄大维有些情不自禁起来,恨不得马上把王蓥瑶搂在怀里,狠狠地亲她几口。想到此,黄大维不由咽了一口口水。他的这个小动作没有逃过千惠子的眼睛。

"黄桑,是好听还是好看?"千惠子问道。

"好看,好看……不,不,不,好听。"黄大维没想到他那么隐蔽的想法,都被千惠子抓住了。这个日本丑女人果然不一般,不愧是日本的顶级特工,以后在她面前得把自己的想法收敛起来。

"黄桑,不诚实。"千惠子笑了起来,"只要黄桑好好地替我们大日本帝国做事,美女有的是。她不就是一个格格吗?我可以做主,把她送给你。"

"不,不,不了。"黄大维不能在千惠子面前显现出好色的一面,急忙推脱,又说,"我的任务很重,至少现在不能亲近任何女色。"

"你还记得你有任务就行。"千惠子说完,脸色就黑了下来,便不再说话。

陈阿三见状，急忙给千惠子续上茶水。在续完茶水后，陈阿三又站在一边，看着王蔓瑶的一招一式，配合她的唱腔，不由痴痴地看起来。看着看着，陈阿三总觉得王蔓瑶的招式很熟悉，可是一时想不起来在哪里见过。

就在此时，王蔓瑶说起对白来：

> 且住，昨晚四更时分，与曹兵截杀往来，今已天明，不知主公家眷逃往何方去了。哎呀且住，我想主公将二位主母并幼主阿斗，重托俺赵云身上，昨晚军中失散，有何面目去见主公？也罢！俺不免勒转马头，杀入曹营，好歹要寻找二位主母与小主人的下落也！

"主公？曹兵？寻找小主人？"听完王蔓瑶这一段对白后，陈阿三仔细想，总觉得这话里有话，得找个时间偷跑出去，把这话告诉钮佳悦。

陈阿三想着，提在手里的茶壶掉在地上，开水溅到了黄大维身上。黄大维大怒，站起来就给了陈阿三一巴掌。顿时，陈阿三的脸上就红肿起来。

"你是怎么做事情的！"陈丹墫看到陈阿三小小的年纪，有了一种恻隐之心，便劝说黄大维，"他还小，听到刚刚这个段子，估计吓到了。"

"滚出去。"黄大维的怒火正在心头上，想再打陈阿三，可一想到坐在那里一言不发的千惠子，又把手收了回去，"看在陈处的分上，饶你这一次。不好好做事，就滚。"

正唱着京剧的王蔓瑶当作没看到一样，继续唱着。

在陈阿三出了门后，千惠子总觉得以前见过陈阿三，仔细想了想，又想不出到底在哪里见过，想不出就不想了。千惠子收回思绪，便死死地盯着王蔓瑶，希望能从王蔓瑶脸上看出一丝变化，但她失望了。

"混蛋，真是混蛋，连茶水都倒不好。"黄大维骂完，将茶杯摔在了地上。

"你还生一个小孩子的气?"千惠子终于发话了,心里十分鄙视黄大维,一个被大日本帝国扶起来的汉奸,在自己面前还耀武扬威。她打心底就看不上这个汉奸。但她嘴上又不好说,毕竟黄大维受了日本高层的命令才来到上海滩,过几天就要前往战场执行任务。

陈丹璐也觉得陈阿三的面相很熟,只是一时想不起在哪里见过。本想问问黄大维是从哪里找来的陈阿三,看到黄大维自我膨胀的样子,心里极不舒服,把到嘴边的话咽了回去。心想,这个与自己一样出卖国家的汉奸,居然能够得到日本高层的厚待,同样是人,差距却那么大。陈丹璐心里极不平衡,有了想与黄大维对着干的欲望,但她最终还是忍了下来。毕竟,连千惠子都不敢惹怒黄大维,自己又哪里惹得起他呢?

"算了,不听了。"黄大维见千惠子竟然这样对他,心里的火气也难以压下去,干脆把千惠子与陈丹璐轰走,自己再喝点酒,把心里的不快压下去。

宋书平说黄大维手里掌握着重要的情报,这让李茜茜像是得到宝一样。可她对宋书平的情报有些不放心,又怕情报不准确,一直拖着没有告诉谷海山。万一情报不准确,自己又会挨谷海山的批评。虽然谷海山从不轻易骂一个人,但她李茜茜已经成了第一个挨骂的人。特别是这一两年来,执行任务时不是被共产党抢了先,就是被共产党钻了空子,每次都以失败告终。李茜茜有些不解,共产党的那些特工都没有经过特殊训练,为什么他们就那么厉害呢?特别是钮佳悦,当时来上海滩时,只不过是一个十二岁的小姑娘,连上海滩的东南西北都分不清,更不要说刺探情报了。就是这样一个小姑娘,跟着李思瑶后,在大桥监狱待了一年多,最后竟然从特高课的花野真衣的眼皮子底下跑到了重庆,然后又从重庆把沈妍冰带到延安,而后又来到上海滩,把日本鬼子的情报一个又一个送到了延安,连自己都在她手里栽了跟头。譬如,一年多前,自己精心策划好在十六铺码头迎接归国武器专家赵长根,在那么艰苦的条件下,她竟然牵着自己和日本鬼子花野洋子,以及七十六号的许一晗的鼻子走,最终顺利地把赵长根送到了延安。大家都在查找共产党代号叫红灯笼的特工,谁都不知道她就是那个红灯笼。如果自己不是因一个偶然的机会知道了此事,至今仍被她蒙在鼓里。特别是上司谷海山,至今都不知道谁才是真正的红灯笼。可见钮佳悦的确厉害,更别说共产党的其他特工了。他们忍辱负重,有时候是忙里偷闲地获取情报,或许在不经意之间,就得到了他们想要的情报,然后不声不响地又把情报送走了。

但是,无论这个情报是真是假,还是要让谷海山确定一下。李茜茜来到谷海山的住处时,谷海山像是见到久违的亲人一样,急忙招呼她坐下,又亲自倒了一杯茶端了过来,迫不及待地问道:"茜茜,查得怎样了?"

谷海山的热情,让李茜茜有些不适应,又觉得自己辜负了谷海山的信任。因此,她说道:"站长,我刚刚打听到消息,黄大维手中握有重要的情报,只是他一直不出特高课的门,我无法进一步跟进。"

"我们打入日本内部的人员也传来了消息,说黄大维这个大汉奸这次负责到前线去执行'光石计划'。至于'光石计划'的具体内容,无法打听到。但我猜测,极有可能与新型细菌武器有关。"谷海山叹了一口气,又说,"我们不得已才会启用那个内部人员。这次,他冒着暴露的危险传出来这点消息,是非常有价值的。我已经告诉他,不要再冒险了。所以,刺杀汉奸黄大维的任务就由你去完成。"

"站长,我也打听到黄人维是去执行'光石计划'的,但不知计划的具体内容。但是大汉奸黄大维不出特高课的门,我们没法动手。"李茜茜有些为难,从宋书平那里了解到的情况与谷海山提供的情报一致,看来,这个黄大维是非死不可,但是黄大维待在特高课里足不出户,要想刺杀他比登天还要难。

"茜茜,你不要这么悲观。我们换个角度来想想,譬如,黄大维一定会去前线战场,只要查清他出发的时间,我们再安排人员刺杀,这不就成了?"谷海山分析说,"办法是想出来的,我们不能固定在某一种思维上,会容易走进死胡同。"

经谷海山这么一分析,李茜茜又看到了希望的曙光,大汉奸黄大维离开上海的时候是刺杀他唯一的机会,于是说:"站长批评得是,是我把问题看得过于复杂了。"

"茜茜,我知道你为这个破碎的国家做了很多事,尽管有些事情不尽如人意,但你也尽了最大的努力。我这个人的脾气也不太好,有时候说话会重一些,希望你不要往心里去。完成这次任务,你可以功成身退了。如果你要去重庆工作,也有了足够的资本了。"谷海山给李茜茜打气,谁让他手下的人只有李茜茜能用了呢? 要是朱佩玉还在世上,她会立即答应去完成这个任务。可是朱佩玉为情所困,最终为情而死。现在想起来,谷海山都伤感不已。无论是朱佩玉还是李茜茜,如果她们都生活在和平年代,都会成为这个国家的栋梁,可惜没有如果。如今是战争年代,她们不为这个破碎的国家出力,还有谁来出力?

"站长,我一定不会辜负你的期望。"李茜茜被谷海山的话感染,心里也在想,别看谷海山平时总板着一副脸,但他也有柔情的一面。只不过大家都生活在战争年代,而且在敌后工作,稍不留心就会丢掉性命,有点情绪也很正常。作为一个高级特工,无论是谷海山,还是她李茜茜,要在这个年代里生活下去,工作下去,都得十分小心。

"对了,如果你有时间,也打听一下红灯笼的下落。几年了,她总出现在我的梦里,至今我都不知道她在哪里。我也不知道她到底是不是沈妍冰。但我的直觉告诉我,她就在上海滩,而且在我们的眼皮子底下。如果找不到她,她会成为我的噩梦。"谷海山重重地叹了一口气,几年了,居然还没查到红灯笼的下落,如果这事传出去,他又怎么有脸在上海滩混下去?

"站长,你放心,我一直在查红灯笼。只是一年多前她在黄浦江码头出现过一次,便再也没有消息了,是不是回延安了?"李茜茜说这话时,心里十分矛盾。她已经知道了钮佳悦就是共产党那个代号叫红灯笼的特工。她不告诉谷海山,觉得有些对不住谷海山,告诉谷海山,那么钮佳悦就有危险。虽然共产党是他们的眼中钉,但这几年来,李茜茜总觉得共产党抛头颅洒热血,他们是真心抗日的,不比国军里的任何人差。就拿上海滩这些任务来说,如果没有共产党,如果没有钮佳悦,赵长根会被日本鬼子抓走,藤原乘坐飞机时也不会被国军打下来,安德烈等人也不会被从龙华集中营里救出来,哪一件事没有共产党的功劳?

"你赶紧去准备吧，留给我们的时间不多了。这次的任务不能让共产党抢了先。"谷海山叮嘱李茜茜，"你要证明你比共产党做得好。"

"请站长放心，我一定会完成任务，也会做得比共产党好。"李茜茜说的是内心话。李茜茜一直不服钮佳悦，毕竟自己是经过严格训练的高级特工，不能输给钮佳悦这个小姑娘。

黄大维把陈阿三撵走了，回到办公室的千惠子起初不在意，毕竟黄大维的脾气大，连她与陈丹璐也被黄大维撵走了。如果不是黄大维现在有用处，千惠子当然不会买他的账。但后来千惠子思来想去，总觉得有些不对劲。黄大维为什么要把陈阿三撵走？仅仅是因为陈阿三把茶壶掉在地上？当时，陈阿三那么聚精会神地听王蓦瑶唱京剧，把茶壶掉在地上，是偶然的事。自己当时还帮陈阿三说话。如果是因为这件事，黄大维是不是有些小题大做？

想着，千惠子对黄大维心生不满，不由骂起来："黄大维，你只不过是我们大日本帝国的一条狗，竟然如此嚣张。等我们大日本帝国胜利了，又怎容得下你这个连自己国家都出卖的人？"

骂归骂，千惠子又不能把黄大维怎样，毕竟他是日本高层派来的人。而且身上肩负秘密任务，自己现在的任务就是保证他的生命安全。上面还说了，保不住黄大维性命的人，统统切腹自尽。想着，千惠子又紧张不已，万一自己没有把黄大维侍候好，他告上一状，也够自己喝一壶的了。

"不对啊，是不是那天王蓦瑶唱的京剧有问题，才导致陈阿三掉了茶壶？还是黄大维心中有什么事，才故意把陈阿三放走？"想到这里，千惠子又仔细回忆了王蓦瑶唱的京剧，特别是王蓦瑶的唱白有这样几句："昨晚四更时分，与曹兵截杀往来，今已天明，不知主公家眷逃往何方去了。哎呀且住，我想主公将二位主母并幼主阿斗，重托俺赵云身上，昨晚军中失散，有何面目去见主公？也罢！俺不免勒转马头，杀入曹营，好歹要寻找二位主母与小主人的下落也！"

里面的关键词是什么呢？千惠子想来想去，"主公""曹兵""小主人"三个词语出现在她的脑海里。这三个词语代表什么？

千惠子想不通，拿起桌上的电话给陈丹璐打了过去，让陈丹璐跑步到她的办公室来。

不一会儿,陈丹璐就跑了过来,见千惠子阴着脸,不知发生了什么事,只得轻轻地问道:"千惠太君,找我有何事?"

"刚才,我们在黄大维房间里听戏,你有没有注意到陈阿三把茶壶掉在地上时,王蓦瑶唱的是什么台词?"千惠子想从陈丹璐嘴里再证实一下自己的猜测。

"她好像唱的是《长坂坡》中的那段唱白,'昨晚四更时分,与曹兵截杀往来,今已天明,不知主公家眷逃往何方去了。哎呀且住,我想主公将二位主母并幼主阿斗,重托俺赵云身上,昨晚军中失散,有何面目去见主公⋯⋯'"陈丹璐仔细回忆了一下,因为她多次听过《长坂坡》选段,几乎也能哼唱,所以记得非常清楚。

"这段唱白是啥意思?"千惠子催促道。

"这是《三国演义》的桥段,讲的是刘备与曹操打仗,结果刘备兵败,仅率十几骑逃走,他手下的大将赵云赵子龙独自返回与曹军大战,并把刘备的妻子甘夫人以及幼子刘禅救了出来。"陈丹璐在七十六号时,没事就读《三国演义》,里面的故事早已记于心中。

"这段唱白里是不是有'主公''曹兵''小主人'三个词?"千惠子又问道。

"主公是指刘备;曹兵,当然是指曹操的军队了;小主人就是刘禅了。"陈丹璐不知道千惠子为何这样问。

"糟糕。"千惠子没有直接回答陈丹璐,而是把陈丹璐的话联系起来一想,感觉事情有蹊跷。王蓦瑶的唱白很动听,陈阿三听得忘情,丢掉了茶壶,因此黄大维把陈阿三从特高课赶走了。这三件事看起来都非常自然,但仔细一想,又别有深意。如果说王蓦瑶的唱白是一种暗示,那么她在暗示谁,是黄大维,还是陈阿三?但问题又出现了:一是黄大维指名道姓要听王蓦瑶的京剧,自己不顾得罪上海文艺界,再次把王蓦瑶绑架来;二是陈阿三只不过是一个服务生,年纪又小,他根本不懂什么,而且是宪兵队把他抓来侍候黄大维的。之前,他俩根本不认识,难道是黄大维有嫌疑?他想让陈阿三把什么东西传递出去?千惠子想到此,头都大了。

"千惠太君,什么糟糕了?"陈丹璐见千惠子一惊一乍的,有些心惊肉跳。

"你现在赶紧派人去跟踪陈阿三，看看他与什么人接触，然后马上告诉我。"千惠子急于证实自己的判断。

"陈阿三不是黄大维撵走的吗？为什么要跟踪他？"陈丹璐还是没有反应过来。

"照我的话去做，马上。"千惠子厉声喝道，"这事千万不能对特高课的其他人说。"

"这……我马上去办。"尽管陈丹璐没有明白千惠子的意思，想问清楚，又怕千惠子骂她，只好作罢。

出了特高课，陈丹璐本来想派人去跟踪陈阿三，但她想来想去，总觉得手下的人不靠谱，便亲自去跟踪。

陈丹璐只是觉得眼前的上海滩与往常有些不一样，以前大街上还能看到一些匆匆行走的人，如今很难看到行人，能看到的都是日本宪兵队，他们在大街上耀武扬威的样子，很令陈丹璐反感。同样反感的人还有陈阿三，陈丹璐亲眼看到陈阿三朝地上吐口水。当然，陈阿三已经脱掉了身上的和服，不知道从哪里找来一件旧衣服穿上，正在大街上与其他伙伴一起乞讨。陈阿三不是明目张胆地往宪兵队面前吐，而是在一角落里直吐口水，然后骂道："狗日的日本鬼子，侬不在侬老家，跑到阿拉老家来，作威作福。"

陈阿三的骂声，让陈丹璐很想笑。她一直以为只有自己恨千惠子，因为千惠子常常找她的麻烦，想不到陈阿三也骂她。在陈阿三骂千惠子时，陈丹璐猛然想起，陈阿三不就是几个月前在十六铺码头把口水吐在自己的鞋上，也因此耽误了自己去追从延安来的女共党的人吗？自己还被千惠子骂了个狗血喷头。陈丹璐很想上前把陈阿三抓起来，但一想到千惠子的命令，还是跟踪陈阿三，看看他会与什么人接头，说不定就会抓住想要抓的人。

一天过去了，陈阿三一直在大街上乞讨，没有与任何值得怀疑的人接触。这令陈丹璐非常失望，她有些怀疑千惠子是不是神经过敏。陈阿三只是一个十来岁的孩子，他能有多大的心机，或者说，他又能有什么不可告人的秘密？

可是，在这一天的暗中观察中，陈丹璐发现陈阿三与别的乞丐有着不一样的地方。别的乞丐都是见人就伸手要钱要吃的，可陈阿三好像不在乎一样，哪怕是他挨饿也不愿意伸手。看到这样的陈阿三，陈丹璐又想起自己与千惠子在十六铺码头追捕刘雅诗时，她与千惠子都被陈阿三碰到。难道陈阿三真的与共产党有联系？想到这里，陈丹璐觉得这件事越来越有趣，千惠子叫她暗中跟踪陈阿三，看来千惠子的怀疑没有错。

陈丹璐叫来一个特工，让他走到几个乞丐面前，装着不经意路过的样子，然后给他们分一些钱，看看陈阿三会不会要。陈丹璐这样做，是想再证实一下自己的猜测。

那个特工漫不经心地走到那几个乞丐面前，他们都迫不及待地伸出手来，向那个特工讨要钱，但陈丹璐看到陈阿三站在那里一动不动。

等那个特工回来后，陈丹璐说："看来他真的有问题。你们看紧他，我要回去向千惠太君报告。"

在大街上的陈阿三其实很想回到钮佳悦那里，他有很多话要对钮佳悦说，还要把王蔓瑶的那段唱白传递给钮佳悦。陈阿三虽然不懂王蔓瑶那段唱白是什么意思，但他总觉得王蔓瑶是在向他传递什么。如果不是把茶壶掉在地上，大汉奸黄大维也不会把他撺出来。

只是陈阿三出特高课的大门后，便发现有人在跟踪他。作为上海滩的乞丐，陈阿三其实早就练就了一双火眼金睛，能看出哪些是富人，哪些是穷人，哪些是中国人，哪些是日本鬼子，向哪些人乞讨，能够讨到一点钱或者吃的，而哪些人，哪怕给他们磕八个十个响头，也不会给你一分钱，弄不好，还会被他们暴揍一顿。所以，陈丹璐手下的几个大汉奸装成行人，从陈阿三眼前路过时，他就认了出来。如果他从特高课一出来，就直奔钮佳悦那里，这伙人就会跟着他找到钮佳悦。所以，只有等到这伙汉奸思想麻痹了，才能趁机溜走。

中午时分，天上的太阳毒辣辣地照在大地上，街上没有了行人，陈阿三便躺在几个伙伴的身边，佯装睡觉。看到跟踪他的那几个汉奸也困得不得了，他找准机会，悄悄地溜开了。陈阿三顺着小巷往前跑，然后又转过另一条小巷。在穿过数条小巷后，陈阿三发现后面没人追过来,长长地舒了一口气,然后才朝钮佳悦的住处走去。

很快,陈阿三来到了钮佳悦的住处,眼泪忍不住掉了下来:"小姐姐,阿拉好想侬。"

"阿三,快坐下,喝口水。"钮佳悦与刘雅诗得知陈阿三被抓进特高课后,一直在为他祈祷,希望他不要出事,还让宋书平去打听情况,结果一无所获。现在陈阿三竟然回来了,钮佳悦说不出地高兴。

"小姐姐,阿拉有事情要给侬讲。"陈阿三一连喝了两杯水后,把他在特高课的经历和王蕃瑶的唱白都说了出来。

"原来有这样的事。"钮佳悦听后也沉思起来,王蕃瑶那段唱白是什么意思? 正如陈阿三所说,主公,曹兵,寻找小主人? 她要表达什么?

"佳悦,格格的唱白到底是什么意思?"刘雅诗听后也不明白王蕃瑶要传达什么。

"不要急,容我们慢慢想。"钮佳悦让刘雅诗不要急,其实她也特别着急。《长坂坡》是赵云救主,把刘禅从曹军里救出来还给刘备。那么主公肯定是指刘备,小主人是刘禅了。可这与现在的敌情有啥关系呢? 钮佳悦越想越乱,她一直把这三件事与当前的情况联系起来想,可怎么想也联系不到一块儿来。

"难道她想说,我们要打入敌人内部,才能得到消息?"刘雅诗不明白王蕃瑶唱白的意思,只能猜。她明知这个猜测肯定是不对的,但还是说了出来。

"你这话也有道理。"钮佳悦想了想,又问陈阿三,"阿三,你再想想,那个阿姨与敌人在一起时,她还有哪些唱白,你忘记的,或者没注意到的?"

"小姐姐,让阿拉再想想。"陈阿三见到钮佳悦和刘雅诗都焦头烂额的样子,心里也十分着急,便仔细地回忆起来,可他再怎么回忆,也只能记起刚才所说的那些话。因为起初,他也没有在意王蕃瑶,直到他听到王蕃瑶的那些唱白时,才想起王蕃瑶曾经与宋书平和钮佳悦都见过面,他才认出王蕃瑶就是那个当替身演员的落魄格格,而且京剧唱得好听,这才注意起来。听到王蕃瑶在唱《长坂坡》中的唱白时,他急忙把那些唱白记下来。也正因为如此,他才被大汉奸黄大维赶了出来。

"小姐姐,阿拉想不出来。"陈阿三的确再也想不出其他事情来。

"阿三,你好好休息吧。"钮佳悦看着陈阿三满脸歉意的样子,又心疼他。一个十岁的孩子在特高课没有被吓坏已经不错了。何况,他还把消息带了出来。

"佳悦,你有想法了?"刘雅诗见钮佳悦把陈阿三支走,认为她已经得到了想要的答案。

"我想格格大致的意思是让我们把她救出来。"钮佳悦分析道,"从'主公''曹兵''寻找小主人'这三个词来分析,我猜想她就是小主人,曹兵就是特高课,我们就是她所说的主公。如果真是这样,说明她手里有什么重要的情报,一直传递不出来。"

"佳悦,你的分析有些道理,但万一不是这个情况呢?"刘雅诗把她的怀疑说了出来,"她即便有了情报,为什么不让阿三带出来?"

"因为阿三还是个孩子,这么重要的情报给他,一是不放心,二是阿三是被临时抓进特高课的,巧的是他又被大汉奸黄大维突然给撵出来了,格格根本没有机会把情报传递给阿三。再说特高课这么严密,岂能轻易把情报带出来?"钮佳悦综合陈阿三的话,进行严密的分析,得出这样一个答案。

"只是我们如何才能把格格救出来?"刘雅诗深知特高课的防范是如何严密,别说救人,就是一般人进了,除非当汉奸,否则甭想出来。

"看来,我们只得用老办法了。"钮佳悦也没有别的办法。

"啥老办法?"刘雅诗没有明白过来。

"我们还是用老办法。"钮佳悦有些担心,又说,"也不知道这次是否适用,但时间紧迫,容不得我们再拖下去了。"

"那就试试吧。"刘雅诗也只得答应下来。

"对了,把书平同志找来,我们一起再商量商量。"钮佳悦说。

陈阿三的事还没有查到,上海文艺界又在报纸上发声明,说特高课连一个替身演员都不放过,这是明目张胆地打击文艺界的人。千惠子得到这个消息后,恨得咬牙切齿,又无可奈何。课长看到这个消息后,把千惠子狠狠地骂了一顿,还说一个日本的高级特工,同样的错误竟然犯了两次。即使黄大维是日本本土派来的人,也不能对他听之任之。毕竟他是中国人,帝国把这么重要的任务交给他,不知是啥意思。既要尊重日本帝国高层的意愿,也要防着黄大维耍别的心思。所以,课长要求千惠子不要太过于迁就黄大维。现在好了,因为黄大维喜欢听京剧,特高课得罪了整个上海文艺界的人。日本鬼子不愿意对上海文艺界出手,是因为他们的影响力太大,又有一些欧美国家支持。因为龙华集中营的事,已经得罪了很多国家,现在出现这样的事情,等于再被那些国家抓住一道把柄。

就这么把王蓦瑶放出去,千惠子又不甘心,因为王蓦瑶是除陈阿三外,唯一接触过黄大维的人,谁知道黄大维有没有透露过他此行的计划。但课长已经顶不住整个上海文艺界的声讨,最终还是让千惠子放了王蓦瑶,还狠狠地说,希望她不要有下一次。

没有下一次,不等于这一次不把事情做好。放了王蓦瑶的同时,千惠子又让陈丹璐跟踪王蓦瑶,监视她的一举一动。

“千惠太君,这个王蓦瑶还真是一个难缠的人,两次抓她进来,上海文艺界的人都要救她,你不觉得奇怪吗?”在见到千惠子时,陈丹璐问道。

“我也觉得特别奇怪,王蓦瑶竟然有那么大的影响力。她只不过是一个落魄的格格,已经落魄到当替身演员了。是因为她皇室的身份,还是她身后有一个天大的阴谋?”千惠子百思不得其解,又问道,“你跟踪陈阿三的事,怎样了?”

“这个小瘪三狡猾得很,出去与那些乞丐一起乞讨,趁我的人一不留神就逃走了。现在,我的人正在全城搜捕他。”陈丹璐上次亲自跟踪陈阿三,见陈阿三与平时没有两样,便让手下的人继续监视,自己回来向千惠子报告情况。结果千惠子出去了,她只好返回继续监视,却发现陈阿三不见了,她把手下的人大骂了一通,又不敢向千惠子报告,没想到千惠子现在竟然问起这件事,她不得不说实话。

“他不见了? 你是怎么办事的?”千惠子怒气冲天,大声骂道,“陈丹璐,你还能做点啥事情? 你也算是老特工了,连一个孩子都看不住,你手下的那帮人,是吃干饭的吗?”

"千惠太君,谁承想那个小瘪三,竟然那么狡猾。趁着中午天热,我手下的人犯困时,悄悄地逃走了。"陈丹璐也恨手下的人不争气,连一个小孩子都看不住。

"算了,他逃走了就逃走了。谅他一个小孩子也没有接触到我们的核心机密。"千惠子说完,又觉得不对劲。偏偏是陈阿三出去后,上海文艺界就声讨他们关押艺人。难道是陈阿三把这个消息传了出去,有人操纵上海的文艺界要人? 如果真是这样,这事就不好办了。

"千惠太君,如果没有别的事,我现在就去监视王蓦瑶了。"陈丹璐看着千惠子的脸阴晴不定,再不走,不知千惠子又会想出啥话来骂她。

"别急,既然王蓦瑶那么受上海文艺界喜欢,那么就来一个永绝后患。"千惠子咬牙切齿地说,"你马上组织人马去追王蓦瑶,把事情做得隐蔽些,不能让人怀疑是我们干的。最好做成意外的事故。"

"明白。"对千惠子的这个决定,陈丹璐心里害怕不已,但她不能反对,只想快点离开。因此,陈丹璐转身就要走出去。

"慢着。"千惠子叫住了陈丹璐,"我突然想起了一件事。上次我们在十六铺码头抓捕那个从延安来的女共党,被她逃脱后,至今也没有消息,你顺便一起查查,她现在在上海滩哪个角落里。"

"你是说查一下刘雅诗?"陈丹璐也想查查刘雅诗的下落,如果能抓到她,算是功劳一件,可刘雅诗来到上海滩后,就杳无音信了。怎么查? 谁知道她还在不在上海滩?

"就是她。上次你说过,在十六铺码头有人接她,那个人到底是谁? 是不是也该好好查查了?"自从刘雅诗来到上海滩,千惠子每次去执行任务,都以失败告终,不由怒火直冒。在她的潜意识里,无论是陈阿三还是王蓦瑶,肯定都与刘雅诗有关。千惠子终于想起来了,在十六铺码头抓捕刘雅诗时,就是陈阿三挡住了她和陈丹璐的去路,怪不得在黄大维的房间里觉得陈阿三那么眼熟。这就更加说明刘雅诗、陈阿三、王蓦瑶他们之间的关系非同寻常。这三个人只是小人物,在他们后面肯定还有一个特别厉害的人在指挥。要不然,她这个日本的高级特工怎会屡战屡败?

"是,千惠太君,我会一起调查。无论他们躲在哪里,我一定把他们查出来。只是他们背后肯定另有其人。"陈丹璐也认为刘雅诗不可能有这么大的能力。

"陈丹璐，你总算聪明了一次。你的想法与我的一样。但是他们背后的人太狡猾了，一直不现身，我们就从这三个人查起。"千惠子的脸色一下温和了许多，又说，"我们好像还忘记了一个人。"

"谁?"陈丹璐被千惠子的话弄糊涂了。

"宋书平。"千惠子说，"有好些日子没有他的消息了。我总觉得他是一个深藏不露的人。在十六铺码头时，我怀疑他是故意开的枪，目的是给来上海滩的女共党发信号。龙华集中营里的美国人逃走，与他也脱不了关系。因此，我曾在暗中调查了很多次，却始终找不到证据。但是，有些事情越是做得天衣无缝，就越是说明有问题。"

"千惠太君，你说得是，我也一直觉得宋书平有问题，可就是找不到这方面的证据。但我相信，只要他做过事，一定会留下痕迹，只不过我现在没有找到罢了。"陈丹璐见千惠子的脸色好看了些，便顺着她的话说下去。

"你先别对王蔓瑶出手，留着她引出她背后的人。至于宋书平的事，我会慢慢调查的。"千惠子说完，就把陈丹璐赶出了她的房间。

王蔓瑶再次被放了出来，这让宋书平对钮佳悦刮目相看。虽然他对钮佳悦营救王蔓瑶的方法进行了完善，但毕竟是钮佳悦想出来的方法。谁会想到，同样的方法会用第二次?

因此，宋书平对钮佳悦更加佩服，上级党组织把她派到上海滩来，肯定是经过深思熟虑的。从这几年来看，钮佳悦的确没有让党组织失望，经过努力，她完成了一个又一个看似不能完成的任务。

现在，王蔓瑶被放出来了，他们也得知了日本鬼子准备在战场上使用秘密武器，如果不阻止日本鬼子的这次阴谋，那么在战场上的中国军队会受到很大的损失。如何破坏日本鬼子的阴谋，这是一个棘手的问题。要阻止这个阴谋，首先要得知大汉奸黄大维是怎样行动的，可是黄大维待在特高课足不出户，怎样才能让他出门呢?

钮佳悦暂时也没有办法。

"军统那边应当也得到这个情报了吧?"刘雅诗提醒说。

"对啊,书平同志,你可以找找李茜茜,她不是在跟踪这件事吗?"提到军统,钮佳悦就想到了李茜茜。

"我怎么把她忘了?"宋书平像是猛然醒悟,"我上次把黄大维的事透露给她了,想必她现在非常着急想得到这个情报。"

"书平同志,注意安全。"钮佳悦提醒宋书平说,"李茜茜毕竟是军统的高级特工,不是那么好糊弄的。"

"佳悦,你放心,我自有分寸。"宋书平说完,就告别了钮佳悦和刘雅诗,决定去一趟百乐门舞厅。

很快,宋书平就来到了百乐门舞厅门前,只是如今的百乐门舞厅没有了往日的辉煌,门前只看到几个可怜的行人头也不抬急匆匆地走了过去。宋书平找到一个比较隐蔽的角落,等待李茜茜出来。

不久,李茜茜还真从百乐门舞厅里出来了,看她急匆匆的样子,宋书平上去拦住了她的去路。

"宋书平,你来找我?"被宋书平拦住了去路,李茜茜感到十分意外,便上下打量了宋书平,又问道,"宋书平,你找我有事?"

"找个安静的地方说话。"宋书平当然不能在大街上与李茜茜说重要的话。

"去天一咖啡馆吧。"李茜茜提出地方来,"那里安静。"

两人一前一后来到天一咖啡馆,李茜茜点了两杯咖啡,看着宋书平一身警服,心里不由荡漾起来,这可是宋书平第一次约她。自从加入军统后,李茜茜不知道什么是爱情,只知道如何完成一个又一个任务。可当一个让她心动的男人出现在她面前时,她的心还是有一点小小的激动。宋书平不会无缘无故地约她,一定有什么话要对她说。于是,李茜茜问道:"宋书平,你不会约我到这里来谈情说爱吧?"

"格格被放出来了,你应当得到这个消息了吧?"宋书平有意无意地说。

"格格被放出来了?"李茜茜显然还没有得到这个情报,便问道,"是什么时候的事?"

"今天早些时候。"宋书平答道。

"这是你们共产党的功劳吧?"李茜茜听到王蔓瑶被放出来,认为如果这是共产党的努力,那么宋书平肯定得到了一些重要的情报,不由问道,"把情报分享分享吧。"

"什么情报?我这也是刚刚得到消息。"宋书平马上否定了李茜茜的问话。

"宋书平,你就给我装。如果你没有得到情报,也不会来找我。"李茜茜轻轻抿了一口咖啡,又说道,"宋书平,你我认识的时间也不短了,你虽为警察,但我知道你一直在替共产党做事,这就说明你也是一个共产党,但我从没有举报过你。我只想知道日本鬼子派黄大维这个大汉奸来上海,到底想干什么。还有那个'光石计划',到底是一个什么计划。"

"李西施,你真想知道,就应该去查啊。"宋书平还要吊李茜茜的胃口,不能这么急着把情报说出来。

"宋书平,咱们都是中国人,虽然站在不同的阵营,但我们都有一个共同的目标,就是把日本鬼子赶出中国,你不得不承认吧?"见宋书平一直守口如瓶,李茜茜有些着急起来。她能说这样的话,就代表着她的心里已经发生了变化。当然这话如果她当着谷海山的面说出来,那可是大逆不道。

"既然你这样说了,我再不把得到的情报告诉你,就显得我不是中国人了。"宋书平笑着说,"日本鬼子的'光石计划'就是在战场上使用一种新型细菌武器。实施这个计划的人就是大汉奸黄大维。他受了日本高层的命令来到上海,后天他就去战场上执行这个计划。"

"原来是这样。可恶的日本鬼子,在我们国家的土地上,使用了不少细菌武器。现在狗急跳墙,又要使用新型细菌武器。"李茜茜听后,气得咬牙切齿,没想到,黄大维要执行的任务,竟然真如谷海山猜测的那样。

"我知道的就这么多了。"宋书平浅浅地笑了一下,只要李茜茜相信他的话,他与钮佳悦的计划就成功了一半。如果李茜茜不相信,那么他得与钮佳悦另外想办法了。可时间不等人,两天后,黄大维将离开上海滩。如果他离开了上海滩,就没法对他下手,也无法拿到"光石计划",那么日本鬼子的"光石计划"就得以实施了。

"有这些就够了。"能得到这样的情报,李茜茜可是做梦都没想到。只要把这个情报报告给谷海山,然后布置刺杀黄大维的任务,如果刺杀任务顺利,那么她的任务就完成了,也就立功了,不再是一事无成的军统高级特工了。想到此,李茜茜长长地松了一口气,她得马上把这个情报告诉谷海山。所以,李茜茜端起咖啡又喝了一口,对宋书平说:"宋书平,如果这个消息是真的,我会向上峰禀报,给你奖励。"

"算了吧。我只是偶然听到的。如果你们真能阻止这个计划,也算是我为国人做了点应该做的事。"宋书平推辞了李茜茜的好意。

第九章

汉奸的悲惨下场

　　宋书平与李茜茜分开后,便回到钮佳悦的住处,发现钮佳悦和刘雅诗一脸沉重,便知道遇到了棘手的事情。按照钮佳悦的性格,只要不到山穷水尽的地步,她都是一张笑脸,但今天,钮佳悦的脸色不一样,便问道:"佳悦,遇到了啥事情?"

　　"上级党组织让我们把大汉奸黄大维就地正法。但是黄大维后天就要离开上海滩了,我们目前还没有万无一失的刺杀计划。"钮佳悦回答说,又问道,"书平同志,李茜茜那边怎么样了?"

　　"任务完成得非常好。"宋书平浅浅一笑,他想用微笑来打消钮佳悦心里的沉重。宋书平知道刺杀黄大维几乎是一个不可能完成的任务。因为黄大维来到上海滩后,就一直躲在特高课里,根本不出门。

　　"书平同志,好样的。"刘雅诗知道钮佳悦在为完成任务发愁,又不愿意让宋书平陷入这个烦恼之中,想扯开话题。因为刘雅诗也知道上级党组织下达的任务的难度非常大。她在上海滩潜伏了很多年,从没有遇到过有类似难度的任务。况且上级党组织将这个任务直接下达给钮佳悦,虽然她可以协助钮佳悦,但钮佳悦的强项是监听敌人的电台,而不是去执行冒险的任务。

"我们还是商量一下该如何完成这次任务吧。"钮佳悦知道刘雅诗的意思,但执行上级党组织交给的任务势在必行。

"佳悦,黄大维一直躲在特高课,我们根本没有下手的机会。"刘雅诗率先说出了她的想法。

"没有机会,我们可以创造机会。我们一定要完成上级党组织交给我们的任务。"钮佳悦知道黄大维躲在特高课里面,但他总有出来的时候。

"佳悦说得对,没有机会我们可以创造机会。只是如何创造机会呢?后天他就要离开上海滩了,我们几乎不可能在他离开之前除掉他。"宋书平也明白这次的任务非常棘手。因为上次在龙华集中营的事,千惠子已经不再相信他,现在想进入特高课非常难。就算他能够进入特高课,找到对黄大维下手的机会,也不可能全身而退。要么与黄大维同归于尽,要么被特高课抓住。

"如果我们知道他离开上海滩的准确时间,我们在半路上下手,不但可以夺取到'光石计划'的文件,还能除掉这个大汉奸。如果错过这个机会,就等于把黄大维送进了在战场上的日军指挥部。"钮佳悦分析道,"只是最近我监听他们的电台,一时没有监听到黄大维离开上海滩的时间。"

"佳悦,如果我们时刻监听日军的电台,说不定就能得到黄大维离开上海滩的准确时间。"刘雅诗想到最近能监听到日军的各种电台的往来情报。

"这是一种可能。万一日军不在电台里说黄大维出发的时间,我们岂不错过了这个机会?"宋书平提议说,"这是关键中的关键,我们不能有丝毫差错。一旦错过了,我们就后悔莫及。"

"书平同志说得对,不怕一万,就怕万一。如果日军不在电台里说黄大维离开上海滩的时间,我们肯定会错过这个机会。"钮佳悦不赞同刘雅诗的这个主意,又说,"机会只有一次,一旦错过,不单单是完不成任务,还关系着战场上很多中国战士的生命。"

"佳悦,你的顾虑没有错。如果能进入特高课,哪怕是丢掉我的生命,我也要除掉黄大维这个大汉奸。只可惜,我连特高课的门都进不去。"宋书平有些惋惜地说,"我们干着急也不是办法,大家充分发挥自己的长处,肯定能想出办法来的。"

"书平同志,我与你有一样的想法。问题卡在这里,特高课又进不去,等黄大维出来,又不知道确切的时间。"钮佳悦现在头都大了。

"佳悦,别着急,办法总会有的。"刘雅诗见钮佳悦那焦急的样子,很心疼她。毕竟钮佳悦只是一个不到二十岁的女孩,这次任务给她的压力太大了。

"对了,书平,刚刚只是在讨论如何刺杀黄大维这个汉奸的事。忘记问你与李茜茜的事了。"钮佳悦突然想到,自己不知道黄大维离开上海滩的时间,军统肯定会千方百计查到黄大维出上海滩的时间。

"我按照我们以前商量的方法,把黄大维去执行'光石计划'的事对她说了。她当时显得非常激动。按照我对她的了解,她肯定会马上上报谷海山。谷海山肯定会与我们一样,想方设法搞到黄大维离开上海滩的时间。"宋书平说完,又把他与李茜茜在一起时的事情详细说了出来。

"那就好。"钮佳悦眼睛突然亮了起来,"你们看我们这样做行不行。"

"怎么做?"宋书平和刘雅诗异口同声地问道。

"就这样做……"钮佳悦把她的想法详细地对宋书平和刘雅诗说了。

从宋书平那里得知黄大维就是"光石计划"的执行人,而"光石计划"就是在中国战场上使用新型细菌武器后,李茜茜起初还有些不相信。后来她结合如今的战势一分析,认为宋书平提供的情报一定不会错。

"宁可信其有,不可信其无。"李茜茜顾不了许多了,哪怕这个情报是错的,也要向谷海山汇报。如果这个情报是真的,自己还犹豫不决,那可能会错过了立功的机会,也会让前线许多战士丢掉生命。这些战士舍弃生命保卫这个千疮百孔的国家,他们也是有父母的人,也是有妻儿的人。如果他们因为自己的犹豫而把生命白白地丢在战场上,那自己的罪过就大了。李茜茜当即决定,迅速把这个情报告诉谷海山。

"茜茜,情报的来源可靠吗？如果是真实的,那么与我的猜测一样。"谷海山听到李茜茜告诉他的情报时,两眼睁得大大的,已经是日落西山的日本鬼子,仍要垂死挣扎,妄图使用新型细菌武器来翻盘。如果日本鬼子真的使用新型细菌武器,不知又有多少前线战士因此而毙命。

"站长,这个情报绝对可靠。"李茜茜十分肯定地说。

"那你马上准备人马,一定要把锄奸队的人带上,刺杀大汉奸黄大维,不能让他活着离开上海滩。"谷海山在得到李茜茜的肯定回答后,又十分生气地说,"可恶的日本鬼子,真是丧尽天良,在我们的土地上,已经多次使用细菌武器了,现在还要使用新型细菌武器,我们绝不能让他们的阴谋得逞。"

"站长,我现在就去布置,绝不会让大汉奸黄大维活着离开上海滩。"李茜茜得到了谷海山的支持,身上的伤好像痊愈了一样,心里也像吃了蜜一样甜,下决心一定要完成这次任务。

终于抓住了一个军统特工,千惠子却高兴不起来。这是她来上海滩以来做出的最大成绩,但她觉得这是对她的侮辱。日本帝国的高级特工如今沦落到抓一些虾兵蟹将,如果这事传出去了,她的脸面往哪儿搁?

虽然只是抓了一个小虾兵,但千惠子还是从那个军统特工嘴里得到了一点有用的消息:黄大维来上海滩的目的和他执行任务的内容已经被军统知晓了,也就是说"光石计划"已经泄露了。军统正在准备派人暗杀黄大维。如果不把黄大维及时送走,那么就没有机会实施"光石计划"了。所以,现阶段最重要的事是必须把黄大维安全地送出上海滩,然后交给军方。

如何把黄大维安全地送出上海滩,这是千惠子现在必须考虑的事。目前只有千惠子和几个手下的人知道情报已经泄露了。如果手下的嘴不严,把这事泄露给课长,那她千惠子得吃不了兜着走。就算课长可以饶她,她自己也不会原谅自己犯下这样低级的过错,只有切腹谢罪了。如果现在把黄大维安全地送到军方,那么就可以早一点实施"光石计划",即使情报泄露了,帝国也达到了战略目的。另外,千惠子得马上查清"光石计划"泄露的源头。找到泄露"光石计划"的人，一定要将他五马分尸，以解心头之恨。可惜的是抓到的军统特工，因手下的人下手太重，还没交代完就死了。千惠子勃然大怒，拔出手枪差点给那个特工补上一枪。千惠子不知道那个军统特工身上本来就有重伤，在遭受严刑拷打后，虽然他说出军统知道了"光石计划"，并知道了黄大维出城的准确时间和路线，将派人狙杀他，但后面的事还没有说完他就口吐鲜血，医生赶到时已经断气了。

值得庆幸的是，"光石计划"虽然泄露了，但具体实施的方案还在黄大维手里。既然得知军统会派人狙杀黄大维，那么只要预先埋伏好人马，把军统的人全部消灭干净，"光石计划"就还是能被黄大维安全送到前线去。只要这个方案没有泄露出去，即使国民党或者共产党的特工知道有"光石计划"这么一件事，也只是让重庆或者延安方面慌乱好一阵子，等他们明白过来时，"光石计划"已经实施了。这样想，千惠子心里的那块石头才算落了地。她要马上准备一个完美的计划，既要保证黄大维的安全，让他去战场上实施"光石计划"，又要抓住前来刺杀他的人，无论是军统特工，还是共产党的特工，定叫他们有来无回。

内线发来大汉奸黄大维离开上海滩的准确时间和路线后，李茜茜像打了鸡血一样，立即在特高课周围，以及黄大维的必经之路上都撒下了军统的眼线，只要黄大维一出现，就逃脱不了他们的眼睛，更逃脱不了他们的枪口。当然，为了万无一失，李茜茜又做了几套备用方案，还在黄大维必经之路的各个路口都安排了狙击手。只要黄大维一出现，就会成为枪下鬼。即使黄大维侥幸逃脱，也一定会走备用路线。李茜茜也在几条备用路线上做好了准备，真可谓"万事俱备，只欠大汉奸黄大维"了。

在等待黄大维出现的间歇里，李茜茜的心久久不能平息，这可是立功的大好机会，千万不能错过了。时间一点点地过去，黄大维一直没有出现。又一个小时过去了，仍没有黄大维的消息，李茜茜有些坐不住了。

等待是一种煎熬。就在李茜茜快没有耐心时，在特高课附近监视的特工跑来向她报告,有五辆车从特高课出来了,其中三辆是军车,两辆是小车。虽然有五辆车,但他还是看到黄大维换上了军装,还戴了一副墨镜,坐在第二辆军车的副驾驶上,跟随的两辆小车里坐的全是特高课特工。

"好狡猾的黄大维。"李茜茜不由惊讶起来,但这也说明黄大维特别怕死,更说明千惠子已经做好了多种预案,应对各种突发情况,以保住黄大维的命。

既然情况都摸清楚了,李茜茜立即命令沿路的特工做好准备,一旦得到她的命令,就直接对着军车的副驾驶开枪,第一批人员如果没有击中,就赶紧撤退,第二批人再上,直到把黄大维打死为止。

李茜茜下达命令后,不一会儿,黄大维乘坐的车辆就出现在她的视野里。果然与刚才那个特工来报的一样,五辆车,其中两辆是小车,但车辆窗户被遮得严严实实。

等车辆到了射程之内,李茜茜立即命令:"打!"

一刹那,子弹如雨点般朝几辆车射了过去。在李茜茜这边的枪声响起后,五辆车立即停了下来,从车里出来的人全是日本宪兵,每人手里都端着一挺机枪,不问青红皂白,就朝李茜茜这边疯狂地扫射。一瞬间,李茜茜身边的几名特工就倒下了。

但箭在弦上,不得不发。李茜茜立即命令其他特工用火力压制,无奈他们手中的短枪怎能与日本宪兵队的机枪相比?尽管他们躲闪射击,还是不断有人倒下。隐藏在楼上的狙击手面对这样的局面,竟然一枪未发。李茜茜有些火了,急忙命令一个特工上楼叫狙击手赶紧开枪干掉黄大维。然而,那名特工刚走到楼上,就发出一声惨叫,接着那个特工的尸体从楼上被抛了下来,接着又一具尸体被抛了下来,正是埋伏在楼上的狙击手。

李茜茜大惊,抬头往楼上看去,楼上不知什么时候多了许多日本宪兵,他们手里的机枪不由分说地就朝李茜茜他们扫射过来。

此时,李茜茜也看到站在楼上的千惠子与陈丹璐,正朝着她傲慢地笑了起来。

"中计了。"再不撤就得全军覆没。李茜茜果断地下了撤退的命令:"快撤。按照预案,各队分别撤退。"

但李茜茜的人还没有分开，千惠子率领的宪兵和特工已经追了过来，李茜茜只得让一队人掩护其他人撤退。根据多年与日本鬼子打仗的经验，李茜茜知道那几个阻击日本宪兵队的特工不可能活着回来了，便强忍着眼泪，看了这几个特工最后一眼，用悲壮的声音喊道："其他人赶紧分开撤退。"

剩余的人赶紧朝西、北两个方向逃离。李茜茜朝南面走，那边就是黄浦江，只要跑到黄浦江那边的树林里，那里就是李茜茜的天下了。

计划就这样失败了，李茜茜心有不甘，想挽回这个局面，又觉得不太可能。想着，李茜茜忍不住咳嗽起来，接着喷出一口鲜血。尽管她带着面纱，这口鲜血还是把面纱染红了，面纱也因为李茜茜过力地喷吐鲜血而掉落在地上。跟李茜茜一起撤离的特工看到她苍白的脸上又多了几分愤怒，便问李茜茜要不要紧。李茜茜不想在手下面前表现出自己的失败，并要求手下不要把这件事说出去。手下看到李茜茜身体都这个样子了，还战斗在一线，也不由悲愤起来。

李茜茜的人分成了三路人马，这是千惠子没有料到的。所以，千惠子也安排了三路人马追赶，但李茜茜早就计划好了撤退路线。在奔跑一段时间后，李茜茜发现千惠子的人马没有追过来，悬着的心才稍稍放了下来。但李茜茜知道现在仍在危险之中，只有逃到黄浦江边的小树林里才能够真正安全。等风声过去了，再找机会回城。

在一阵狂奔后，李茜茜带着几个手下终于来到了黄浦江边的那片小树林里，几人坐下来，不停喘粗气。

难道这是命？同样是人，自己为什么就没有钮佳悦聪明？她还只是一个不到二十岁的小女孩，每件事都做得那么仔细，那么完美，让人找不到任何漏洞。而自己每次执行任务，都是以失败告终，无论怎么说，自己都是军统的高级特工。在钮佳悦来之前，自己的每一次任务都完成得相当完美，为什么钮佳悦一来，自己执行任务时就处处被动呢？同样是女人，自己比她差在哪里呢？

看着眼前的这片小树林，李茜茜感慨万端。前两年，自己带人去十六铺码头接生化专家赵长根时，遭人伏击，结果钮佳悦带着赵长根从这里逃走了。

难道是钮佳悦故技重演？难道是钮佳悦的人把大汉奸黄大维离开上海滩的消息故意透露出来,让自己的人与日本宪兵和特高课的人进行战斗,然后他们来一个渔翁得利？还是千惠子太狡猾？

想到此,李茜茜又没忍住,吐出一口鲜血来,她马上擦掉嘴角的鲜血,对几名特工说:"我们中计了,马上回去。"

从电台中监听到黄大维离开特高课的准确时间和路线后,钮佳悦的心情特别沉重。但看到军统的人前往特高课后,她立即与刘雅诗做好战斗准备,毕竟汉奸黄大维是特高课重点保护的对象,即使他离开上海滩,至少也是重兵护送。仅凭她们几个人,根本解决不了黄大维,只要李茜茜冲锋在前面,她肯定会全力以赴地刺杀黄大维,那么钮佳悦就多一分胜利的把握。

钮佳悦让刘雅诗通知了其他交通站的地下党员一起参加这次任务。这次的任务重,而且时间紧。不但要消灭黄大维这个大汉奸,还要从他手中把"光石计划"抢过来。钮佳悦带领地下党的同志们早早地来到特高课不远处隐蔽起来。在李茜茜与日本鬼子交上火时,三辆军车与两辆小汽车进入了钮佳悦等人的视野里,只是仅凭他们几支手枪,要消灭黄大维和把他手里的文件抢过来,根本不可能。钮佳悦看到其他车上的人都下来端着机枪朝李茜茜等人扫射,唯独其中一辆军车一直在寻找逃跑的机会。按理说军车上应当有军人,在发生枪战时,他们一定会像其他车辆里的人一样,下车与对方战斗,而这辆军车加速往城西开去。钮佳悦由此判断,黄大维就在那辆军车上。于是,刘雅诗对钮佳悦说道:"佳悦,你带人去追那辆车,我与几名同志留下来阻挡敌人。"

"还是我留下来阻挡敌人。"钮佳悦不愿意让刘雅诗留下来。

"佳悦,这是命令。"刘雅诗的话刚说完,便率领几个地下党的同志准备冲上去与特高课的人战斗。

钮佳悦心里一阵失落,便叫住这几个人说道:"雅诗姐,看准时机撤退,一定要保住同志们的性命。"

刘雅诗应了一声,便加入了战斗。钮佳悦率领剩下的人员朝军车的方向追去,无奈车子的速度要快得多,钮佳悦等人根本追不上。

但是，无论追不追得上都得追，如果错过了这个机会，那后果不堪设想。

几人急忙朝军车跑去，只是军车越跑越远。当军车就快要消失在钮佳悦等人的视线里时，却停了下来。几人又急忙加速跑了过去，军车仍然一动不动。几个人小心地走上去，看到中枪的司机已经奄奄一息。原来司机刚才被流弹击中，他忍着痛把车子开了一段路，坚持不住，才把车子停了下来，坐在副驾驶上的黄大维吓得全身发抖。

"下车。"钮佳悦的声音不是很大，但特别威严。

黄大维看到几支枪对准了他，只得战战兢兢地下了车，当他看到钮佳悦时，心里有一种说不出的滋味，这几个人怎么由一个小姑娘带队？可他又不得不装作特别无辜的样子，说："各位大侠，大家都是中国人，就放过我吧。"

"放过你，你能放过四万万同胞吗？"钮佳悦很想一枪结束黄大维的生命，但知道现在不是时候，得从他身上把"光石计划"找出来。于是，钮佳悦又问道："黄大维，把'光石计划'交出来吧。"

"啥'光石计划'？我听不懂你们在说啥。"黄大维知道"光石计划"是他的保命符，如果现在交给眼前的这几个人，他的小命难保。只有一直否认下去，才能保住自己的小命。

"装，你就给我装。"钮佳悦浅浅一笑，又说，"黄大维，湖北人，曾在国外留过学，中华民国成立后，在广州当过军官，后来投靠了日本鬼子，沦为汉奸。这次奉日本高层的命令回到中国，去战场上执行一项特殊的命令——对中国军队使用新型细菌武器。你说我说得对不对？"

"你是谁？你到底是谁？为啥全都知道了？"黄大维没想到眼前的这个小姑娘，已经把他的底细调查得一清二楚，可见他的一举一动，眼前的这个小姑娘都了如指掌。

"我是谁并不重要，重要的是你现在把'光石计划'交出来，或许还可以活命。"钮佳悦淡淡地说，"如果你不交出来，只有死路一条。"

"你骗谁呢？我被你们当成了汉奸，无论我交不交，都得死。"黄大维冷笑着说，"别以为我不知道，你们军统的人从来都说话不算数。"

"军统?"钮佳悦冷冷地说,"我们不是军统的人。"

"你们是谁?是共产党?"黄大维一听到钮佳悦说他们不是军统的人后,头上冷汗直冒。如果眼前的人真是共产党,那么他们太让人害怕了。自己以为做得特别隐秘的事,居然被他们查得一清二楚。他可以与国民政府作对,但不能与共产党作对。因为共产党的人无时无刻不存在,往往一个看着不起眼的人,说不定就是共产党的人。现在他落入共产党的手里,得赶紧想办法逃走,不然,以后就再也没有机会了。

"不管我们是谁,你只要记住,我们是中国人就行了。"钮佳悦冷冷地说,"你赶紧把'光石计划'交出来,我们可以宽大处理。"

"你们……"黄大维知道自己是一个大汉奸,无论是落在国民党手里,还是落在共产党手里,他犯下的罪行,足以让他自己死好几次了。现在把"光石计划"交出去是死,不交出去也是死,但他听到后面有枪声传来,就想拖延时间,只要日本宪兵队和千惠子赶到,他就可以活命,因此,黄大维继续狡辩,"如果你们不给我一个保证活命的机会,我就啥都不知道。"

随着枪声越来越近,黄大维的嘴角也露出了笑容,他知道就眼前的几个人,根本不是日本宪兵队的对手,只要自己不把"光石计划"交出去,这就是活命的唯一机会,所以,他尽量拖延时间。

钮佳悦也看出了黄大维的心思,立即对身边的几名地下党同志说:"搜他的身。"

几名地下党同志不由分说,上前架住黄大维,仅一会儿,便从他的身上搜出了"光石计划",但敌人正朝这边赶过来。钮佳悦发现对方人太多,自己身边只有几名同志,如果再不撤退,双方肯定会激战在一起,那样不但会暴露身份,还有可能把命留在这里。既然已经拿到了"光石计划",就没必要付出无谓的牺牲了。因此,钮佳悦立即下达撤退的命令。

在钮佳悦等人撤退的过程中,黄大维抓准机会,朝城里的方向跑去。等到钮佳悦发现时,黄大维已经逃了很远,再追上他已经是不可能的了。钮佳悦只得带着地下党的同志朝城外的方向跑去。

又一次上当了,李茜茜不甘心,又十分愤怒,立即带着手下的人往城里跑去。

一路上,李茜茜就思考着,这一次肯定又是钮佳悦带人干的,她的计谋太好了,让自己带人去与日本鬼子干,她却捡了一个大便宜。想着,李茜茜忍不住骂起来:"狗日的钮佳悦,你简直太狡猾了。"

骂归骂,李茜茜还是觉得自己太笨了,怎么与钮佳悦相比呢?钮佳悦只是一个不到二十岁的小女孩,脑子为啥那么聪明?对了,这不是宋书平提供的情报吗?想到宋书平,李茜茜又是一肚子的火。宋书平看上去是一个非常老实的人,却是一肚子的坏水。再遇到宋书平时,自己肯定对他不客气。想着,李茜茜便对手下的人说:"大家抓紧时间,不能让大汉奸黄大维跑了,也不能让共产党的阴谋得逞。"

几个手下马上答应了下来,也加快了脚步。只是他们一路跑过来,并没有看到追击他们的日本宪兵,这更加证实了李茜茜的想法。如果没有共产党的人在后面,日本宪兵队肯定会顺着这条路来追击他们。只是城里的枪声也少了很多,说明战斗已经接近尾声。

"难道共产党得手了?"李茜茜有了想哭的冲动,便让手下先停下来。

"队长,我们还追不追?"一个手下问道。

"我们再分析一下。"李茜茜觉得事情有些严重了,如果不好好分析分析,万一中了千惠子和宪兵队的圈套怎么办?自己的人已经死伤不少,先前又分成了三队。现在也不知道另外两队的情况怎么样。如果贸然进城,中了敌人的埋伏怎么办?

"那我们怎么办?"另一个手下问道。

"枪声是从那边传过来的,我们先去那边看看情况。"李茜茜也别无他法,城里的情况不清楚,又不能贸然进去查看。那边枪声稀少,说明那边有人在战斗。如果自己的另一队人马在那边,说不定能把他们救下来。两队人马一合起来,就会增强战斗力。如果另一队人马那边有了新情况,把两边的情况综合起来,说不定就能制订出新的计划。想着,李茜茜就带头往那边奔跑过去。

李茜茜带着手下没跑多远,就看到一个满身是血的男子跑了过来。李茜茜急忙让手下隐蔽起来,待那人跑近一看,大吃一惊,此人不是大汉奸黄大维吗？李茜茜看了看，黄大维后面没有追兵，不由笑了起来："真是踏破铁鞋无觅处，得来全不费工夫。"

李茜茜立即带着手下站了出来，拦住了黄大维的去路。黄大维也看到了李茜茜，转身想跑，却被李茜茜手下的几个特工挡住了后路，便皮笑肉不笑地问道："请问几位为啥要挡住我的去路？"

"黄大维。"李茜茜把枪朝黄大维额头上一顶，说道，"想不到啊，你这个大汉奸今天会落到我的手里。哈哈，真是运气太好了。"

"你是谁？"黄大维急忙否认，"你肯定认错人了，我不叫黄大维。"

"黄大维，就算你化成了灰，我也认得你。"李茜茜说完掏出一张照片递给了黄大维，又说道，"这张照片是你本人吧？"

"你们弄错了。"黄大维看了一眼照片，照片上的人正是他，不由心慌了，但又马上镇定下来，"你们真的弄错了。照片上的人只不过与我长得相像而已。"

"你就狡辩吧。"李茜茜不由分说，从黄大维手里抢过照片，然后猛地给了黄大维一巴掌，恨恨地骂道，"你这个大汉奸，害死了我们多少同胞。"

李茜茜怎能不生气？为了眼前这个大汉奸，今天带出来的人，死伤好些。这个大汉奸居然与日本鬼子同流合污，帮助他们用细菌武器来残害自己的同胞，这样的人怎能留在世上？

几个军统特工也非常气愤，大汉奸黄大维居然不承认自己的身份。如果不是有李茜茜在场，这个大汉奸早就死在他们的枪下了。但其中一个还是忍不住，上前就给了黄大维一脚，厉声喝道："大汉奸，你还不承认你的身份是吧？今天我就要让你尝尝我们军统的绝招。"

这个特工说完，见李茜茜没反对，就朝另外几人使了一个眼色，几个人立即上前把黄大维按在地上，拳打脚踢，直到李茜茜喊停，他们还意犹未尽。可地上的黄大维的脸已经肿得像一个皮球，嘴角也血流不止，但他仍然不承认自己的身份，叫嚣道："你们随意殴打老百姓，会有人为我做主的。"

"会有人为你做主？是日本鬼子吗？"李茜茜被黄大维气极了，又对手下的特工说，"搜他的身。"

两个特工马上把黄大维架了起来,另一个急忙在他的身上搜起来。不一会儿,那个特工就把黄大维的身上搜了个遍,除几包香烟和一些钱外,没有其他东西。

没有搜到"光石计划",李茜茜火了,问道:"黄大维,你的'光石计划'到哪里去了?"

"我真不是黄大维。你们认错人了。"黄大维还不承认,又换来了一顿拳打脚踢。最终他坚持不下去了,说道:"我说,我说。"

"快点老实交代,'光石计划'在哪里?"李茜茜几乎没了耐心。

"被共产党的人抢走了。"黄大维说完,便重重地倒在地上。他做梦也没有想到,前几个小时,他还被日本人捧在天上,刚一出特高课,就遭遇了枪战,侥幸逃走,又被共产党的人拦住了去路,又侥幸逃走,以为这次能够逃出生天,结果却遇到了军统的人。他知道只要承认自己是黄大维,并说出"光石计划"的下落,他必死无疑。在这个时候,他真有些后悔替日本鬼子办事,可是世上没有后悔药。黄大维倒地后,李茜茜已经愤怒到了极点,抬起手朝着黄大维的眉心就是一枪,这个大汉奸的眉心流出乌红的血来,也结束了他罪恶的一生。

"光石计划"虽然被共产党的人拿走了,但总比在日本鬼子手里强,李茜茜惆怅不已,但亲手杀死了大汉奸,也可以交差了。

千惠子带人围住了李茜茜,本以为是瓮中捉鳖,结果一路不明人马杀了出来,破坏了她的整个计划,让她十分窝火。她只得率领人马去追赶李茜茜,却发现李茜茜的人马分成三路逃走,又不得不把人分开追击。她带领特高课的特工追赶李茜茜,宪兵队的人去追李茜茜的另外两路人马。追了一会儿,才发现不对劲,因为黄大维的车子朝另一个方向跑了,便急忙带着特高课的特工朝黄大维的方向追去,等她赶到出事地点,只见黄大难乘坐的车子停在路中间,黄大维已经不知去向。

"好好的计划,竟然会是这种结局。"千惠子在心里狠狠地骂自己真是蠢货,便问刚刚从另一个方向赶过来的陈丹璐,"你说刚刚与我们枪战的人是国民党的军统特工,还是共产党的人?"

"我认为是共产党的人。"陈丹璐不假思索地回答道。

"为什么这样说?"千惠子又问道。

"我们围住的是军统的人。"陈丹璐解释说,"以我这么多年对共产党的了解,他们在上海的人不多,而且行踪诡秘,常常是出人意料地出现在我们的面前。军统不一样,他们行事风格很直接,一旦遇到了事情,会直接动用武力。所以,我判断我们围住的人是军统的人,虽然他们全都蒙住了脸,但我的直觉告诉我,他们是军统的人。刚刚战斗力特别强,打我们一个措手不及的那几个人绝对是共产党的人。如果我没有猜错的话,黄大维肯定是被共产党的人抓去了。"

"你分析得有道理。"其实千惠子是想证实一下自己的判断,现在连陈丹璐这么蠢的人都能判断出黄大维是被共产党的人抓走了。可难题就摆在面前了。她来上海滩的时间也不短了,感觉到对她威胁最大的不是军统,而是共产党。就拿上次龙华集中营的事来说,本以为龙华集中营是铜墙铁壁,结果共产党的人把安德烈等人救走了。看来,自己还真小看了共产党。

"千惠太君,我们现在怎么办? 追还是不追?"陈丹璐现在摸不清千惠子的心思,便小心翼翼地问道。

"追,当然追。我们现在也分成两路人马追。"千惠子立即命令道,"陈丹璐,你带领一队人马朝刚才那伙人的方向追,我带一队人马马上回城。"

"回城?"陈丹璐不明白千惠子的意图,不由问了一句。

"我怕那伙人杀一个回马枪。"千惠子本懒得多解释,但随着枪声越来越稀,千惠子特别着急。没有枪声,说明敌人要么被歼灭,要么已经逃走了。但千惠子相信敌人已经逃走了。现在最要紧的是找到黄大维,他和"光石计划"都不能落入中国人的手里。如果真是那样,后果不堪设想。即使救不下黄大维,也不能让他活在这个世上。于是,千惠子急忙将特工分成两队,让陈丹璐沿着钮佳悦他们的方向追去,她则带一队人马往城里赶。

刚刚走出几步,千惠子又回过头来对陈丹璐说:"记住,见到黄大维,如果救不出来,就别让他活在这个世上。还有他手里的文件,无论如何也要想办法抢回来。"

千惠子说完,便率领几个特工急匆匆地往城里赶去,刚到城边,走在最前面的一个特工突然返了回来。

"啥事情?"千惠子停下脚步问道。

"前面发现了一具尸体。"那个特工小心地说。

"一具尸体? 那又有啥大惊小怪的?"千惠子不以为意地说道。

"那具尸体好像是黄大维。但我不敢肯定,所以来汇报,请你去辨认。"特工说道。

"黄大维?"千惠子脑袋"轰"的一声,像是要爆炸了一样,赶紧让那个特工带着她去那具尸体的地方。

很快,千惠子带着特工来到了那具尸体旁,定睛一看,果然是黄大维,只是他才死不久。

一个完美的计划,最终却是这样的结果。千惠子怔了一下,马上蹲下去翻黄大维的口袋,那份"光石计划"已经不在了。

"完了,完了。"千惠子慢慢地站了起来,死死地盯着黄大维的尸体,然后猛地用脚狠狠地踢起来,又不停地骂道,"该死的支那人,成事不足,败事有余。"

"光石计划"就这样丢失了,回去该如何向课长汇报? 千惠子脑子里特别乱,现在该怎么办? 该怎么办? 很久,千惠子也没有想出一个办法来。

最终,千惠子命令几个特工把黄大维的尸体抬到一边埋了。在埋完黄大维的尸体后,千惠子又命令他们背对着自己,然后她突然抬起手中的枪,朝几个特工射击。可怜那几个特工还没有弄清是怎么回事,就全部倒在地上,一命呜呼了。

钮佳悦带着地下党终于躲过了敌人的追击,找了一个地方坐下来,直喘粗气。

"佳悦同志,我们现在安全了吧?"一名地下党同志问道。这名地下党同志以前曾与钮佳悦一起执行过几次任务,钮佳悦的冷静让他吃惊。那年,钮佳悦硬是从特高课、七十六号和军统的眼皮底下把归国的生化专家赵长根救了出来。当时的过程很曲折,也很惊险。足智多谋的钮佳悦不但要与敌人比策略,还要比时间。尽管刘雅诗当时暴露了,最后不得不送赵长根到延安去。刘雅诗一走,他们这条线基本上都是由钮佳悦来主持工作。没想到时间不长,钮佳悦比以前成熟了不少,还足智多谋。虽然今天较为遗憾的是大汉奸黄大维跑了,但他们已经拿到了"光石计划",也算是比较成功了。

"只能说是暂时安全了。"钮佳悦看着众人急于奔跑,身体已经透支到了极限,几乎已经跑不动了。

"我们接下来怎么办?"另一名地下党同志问道。他知道拿到了"光石计划"文件,如果不及时传送出去,那么日本鬼子还会照样实施他们的计划。

"我们从备用的路线回到城里,马上把这个消息送出去。另外,我们得马上打听黄大维的生死。如果他死了,我们就不必担心了。如果他还活着,我们还得马上想办法,把他解决掉。"钮佳悦说。

马上要回上海城里,钮佳悦虽然累得不行,体力已经严重透支,但为了任务,她硬撑着,不表现出来。她是这几个人的主心骨,不能倒下来。

几个人来到备用路线时,看到一辆车正停在那里,车旁的人正是宋书平。

"衣服都在车里,大家赶紧把衣服都换上。"宋书平说完,便进了驾驶室。等钮佳悦几人上了车,马上发动车子朝上海城里驶去。

"这条备用路线,是书平同志提出来的。"钮佳悦对其他人解释说。

那天,宋书平来到钮佳悦的住处时,正值刘雅诗出去办事了。宋书平说他不能直接参加这次行动,但他可以用车子把他们接回城里。其实,钮佳悦也在为任务完成后,他们如何躲过千惠子带领的特高课以及宪兵队的追击而发愁。宋书平提出来的办法正适合。所以,钮佳悦答应了下来。

"告诉你们一个好消息,大汉奸黄大维被军统的人枪杀了。"宋书平一边开车一边说。

"真的?"钮佳悦吃惊地问道。这无疑是一个天大的好消息,他们正愁不知道黄大维的生死,如果他没有死,还得想办法除掉他,没想到军统的人替他们干了这件事。

"我刚刚从警察局听到的消息。千惠子带去的特工也死完了,据千惠子说是军统的人把她带去的人杀死的。不过,据我所知,军统的人杀死黄大维后,逃命都来不及,他们哪会与千惠子正面冲突呢?"宋书平说,"不过,黄大维这个大汉奸死了是真的。"

"既然黄大维死了。我们就可以放心了,该把情报送往延安了。"钮佳悦悬着的心一下子就放了下来,满身的疲惫一下子袭了上来,眼皮也一下子合了起来,不一会儿,便打起呼噜来。

黄大维死了,"光石计划"也被共产党抢走了,日本军队要在战场使用新型细菌武器的计划被曝光。日本高层把这一切都归于特高课失职。千惠子是保护黄大维安全的主要负责人,按照军规,她只能切腹以谢天皇。但就在千惠子拿起刀的那一刻,课长阻止了她。课长也想让千惠子顶罪,可一想到让千惠子这样的高级特工切腹,又觉得非常可惜,他情愿自己承担一切罪责,也要保千惠子不死。

千惠子又一次死里逃生,其实她只不过是做做样子而已。在课长还没有怪罪下来时,她已经想好了对策。因为凡是见过黄大维尸体的特工都已经被她灭口了。无论是日本国内的高层还是特高课,都找不到千惠子的直接罪证。但他们总得让一个人来承担这一切。当然,千惠子也想到了这一点,所以,她做出一副大无畏的样子,等课长到来时,她便举起刀要切腹。正如她预料的一样,课长阻止了她。

虽然死里逃生,但千惠子也不甘心,她一定要抓住那些把"光石计划"抢走的人,把他们碎尸万段,以洗去她受到的耻辱。

回到办公室后,她把陈丹璐叫了过来,给陈丹璐下了死命令:"你无论如何都要抓住那些抢走'光石计划'的人。如果抓不到,你也别回来了。"

又是共产党把"光石计划"传到重庆高层那里。谷海山挨了一顿骂,但他觉得挨这顿骂还是值得的。毕竟日本鬼子的阴谋没有得逞,这就是对他的最大的安慰,再者李茜茜亲手杀死了大汉奸黄大维。因而,谷海山特地备了薄酒宴请李茜茜。

"站长,我没有完成任务,你还款待我,我心里过意不去。"李茜茜看到谷海山亲自下厨做了几样小菜,还备了江南的黄酒,感到羞愧不已。

"茜茜,虽然这次任务没有全部完成,但你冲锋在前,亲手杀死了大汉奸黄大维。"谷海山亲自给李茜茜倒了一杯黄酒,又说,"无论怎么说,日本鬼子的计划没得逞,我们就胜利了。"

"站长,你的话让我无地自容。"李茜茜回想那天的情形,既后怕,又激动。本以为任务会以完全失败告终,没想到阴差阳错,在返回城里的路上碰到了逃命的黄大维。面对这个大汉奸,李茜茜又怎能放过他呢?

"茜茜,你不要过于自责,事情已经过去了。总的来说,我们也是有成绩的。重庆方面听到你亲手杀死大汉奸黄大维后,大力表扬了你。"谷海山端起酒杯,又说,"茜茜,我们干了这一杯,这件事情就算过去了。等待我们的将是下一个任务,我希望你在下一个任务中有更好的表现。"

"谢谢站长对我的信任。"李茜茜端起酒杯,一口把酒干了,不知道心里是苦还是酸。这次的任务又是钮佳悦抢了先。钮佳悦只是一个小姑娘,为什么每次任务的时机都把握得那么好。自己总比她慢一步,几乎每一次都是在为她做嫁衣。无论是迎接生化专家赵长根,还是营救在龙华集中营里的安德烈,都是钮佳悦抢了先。钮佳悦就像在世诸葛亮,每一步棋都算得那么精准,从没出过差错。既然有了钮佳悦,又何必有自己呢?

"茜茜,别愣着了,吃菜吃菜。"谷海山见李茜茜直发愣,便把菜夹到她碗里。

"站长,我自己来。"李茜茜见自己走神,赶紧端起碗大口地吃起菜来。她不能让谷海山看出她的心事。自从知道钮佳悦是延安派到上海来的红灯笼后,李茜茜就一直对此事守口如瓶。她不知道自己为什么要这样做。难道是钮佳悦身上的气质吸引了她?如果不是她的气质,那又是什么呢?

本来军统就不待见共产党人士,作为军统的高级特工,李茜茜竟然没有把钮佳悦的真实身份告诉谷海山,是不是不应该呢?一想到钮佳悦,李茜茜就头痛不已,于是借酒喝多了,匆匆离开了谷海山的住处。

第十章

神秘的替身演员

钮佳悦站在窗前,听着天上的日本军机的轰鸣声。这些天,日本军机一早就起飞了,直到很久才飞回来,接着又起飞,再飞回来。日本鬼子的军机频繁地起飞,这都是龙华机场扩建的结果。早在半年前,日本鬼子为了扩建龙华机场,圈了六千多亩土地,强拆了十几个村的民房,导致八百多户计四千多人无家可归。

钮佳悦去执行任务时路过那里,看到那些无家可归的老百姓,心里在滴血。她在心里暗暗发誓,一定要把这些日本军机全打趴在窝里。但这是一项复杂而又十分艰巨的任务,钮佳悦几次上报申请去执行这项任务,都被上级党组织拒绝了,说时机不成熟。现在,上级党组织要求钮佳悦摸清龙华机场的兵力部署并拿到机场建筑图纸。钮佳悦在看到电文时,既高兴又担心。

这是一个看似简单的任务,真正实施起来却非常困难。因为她既不认识机场的人,也没办法进入机场侦察,很难摸清龙华机场的兵力部署;要弄到机场的建筑图纸,这更加困难。虽然机场当初是国人建设的,但日本军队占领机场后,对机场进行了大规模的扩建,原来的机场已经大变样,要想得到机场建筑图纸,除非自己去实地察看后再画下来,但是日本鬼子把机场看得特别紧,除了他们自己人,根本不允许其他人靠近。要完成这两项任务,可谓困难重重,但钮佳悦知道自己没有退路,只有拼搏一试。无论机场如何扩建,总会有知情人,至于兵力部署方面,肯定也有人知道。

"佳悦,你在想什么?"刘雅诗不知什么时候走了过来,看着一直发呆的钮佳悦,不由问了起来,"你是不是还在想如何完成这次的任务?"

"是啊。雅诗姐,你的伤好些了吗?"钮佳悦从沉思中醒悟过来,看着一身疲惫的刘雅诗,有些心疼起来。上次,钮佳悦带人去追赶黄大维,刘雅诗带着地下党的几位同志去阻挡千惠子带领的宪兵队,可谓九死一生。钮佳悦想象得出那次战斗的残酷,刘雅诗与上海地下党的同志只有手枪,要阻挡拿着各式武器的日本宪兵队,他们凭的不是武器,而是一个共产党人特有的信念。他们阻挡了日本宪兵队好几个小时,为钮佳悦他们争取了更多的时间。如果没有刘雅诗他们阻挡日本宪兵队,钮佳悦他们追不上黄大维,也拿不到"光石计划"。也是在那一次战斗中,刘雅诗身中两弹,是与她一起的地下党同志拼着命把她救了出来。虽然过去好些日子了,但刘雅诗的伤还没有全部好。

"佳悦,为了祖国,我们随时可以献出生命,这点伤又算得了啥?"刘雅诗说着捂了捂腰。她清楚地记得,她带领地下党的同志拼命地阻击日本宪兵队,可敌人倒下一批,又冲上来一批,手里的武器朝他们疯狂地扫射,也是在那时,两颗子弹击中了刘雅诗。如果其中一颗子弹再偏一点,刘雅诗今天就不可能站在这里。在刘雅诗倒下的那一刻,一个同志让另外一个同志马上背着她走。那个同志背着刘雅诗回到安全的地方,可其他同志再也没回来。刘雅诗知道他们永远地倒在了他们战斗的地方。每每想到此,刘雅诗的心都在滴血,她想自己要好好地活着,不为别的,一定要为那几个同志报仇。

"雅诗姐,你还是去休息吧。"钮佳悦有些担心地说,"你的伤还没有好利索,要卧床休息,不能多走动。"

"佳悦,你放心,我又不是第一次受伤,这点伤还不能打倒我。"刘雅诗在上海潜伏了七年多,刚开始执行任务时也受过伤,只不过那些都是小伤。这一次不同,一颗子弹从她的腰上穿过去,另一颗从手臂上擦过。

"雅诗姐,你还是去休息吧。这次的任务紧,还是我来想办法吧。"钮佳悦从没遇到过这样难的任务。当年年龄还小时,与李思瑶一起,每次都是李思瑶想办法,后来是刘嫂,可现在不行,她不能让刘雅诗太担心她。虽然任务的难度大,但办法终归是人想出来的。

"对了,书平同志现在怎么样了?"自从刘雅诗受伤回来后她们就没见到过宋书平,也没有他的消息。

"我也一直在等待书平同志的消息。"说到宋书平,钮佳悦也十分担心他的安危。那天,宋书平开车把钮佳悦和几名地下党的同志接进了上海城后,便没有了消息。钮佳悦让陈阿三去警察局外面等候,但陈阿三从没见到宋书平进出警察局。

"会不会是他的身份被日本鬼子识破了,被抓了?"刘雅诗有些担心地说。

"不会。如果敌人知道了书平同志的身份,早就抓他了。而且,我们刚刚破坏了日本鬼子的'光石计划',书平同志没有直接参加战斗,日本鬼子也不会怀疑他的。就算他开车把我们接回了上海城,我们也全是穿着警服的,都有证件的,全程也没有遭遇盘查。他这么长时间没有与我们联系,估计有其他事情在忙。只要他空了,会主动联系我们的。"钮佳悦说这话是安慰刘雅诗,其实,她心里一直担心着宋书平的安危。

"但愿如此。书平同志是一个能干的人。"刘雅诗以前与宋书平打交道不多,在去延安前,刘雅诗与宋书平即使经常碰面,两人也很少说话。因为那时的刘雅诗只知道宋书平是一个伪警察,她不敢把自己的真实身份告诉他。直到这次回到上海,她才知道宋书平是自己人。刘雅诗也不难理解以前宋书平总是在暗中帮助自己的事了,这足以说明宋书平早就知道自己的身份。

"雅诗姐,去休息吧。"钮佳悦再次劝刘雅诗休息,她害怕刘雅诗问得太多,自己答不上来,也不知道如何安慰她。

李茜茜再次见到谷海山时,谷海山像是换了一个人似的。他给李茜茜带来了一个任务："茜茜,想办法弄清龙华机场的兵力部署和机场图纸。据可靠情报,共产党也得到了同样的任务,我不希望他们又抢在我们前面。这次任务对我们太重要了。"

"明白。我接受这个任务。"尽管李茜茜心里有一百个不愿意,但谷海山已经把话说到这个份上了,她再不答应,又能怎样? 也就是说谷海山亲自上门来布置任务,她不答应也得答应。这是谷海山的一贯做法。

"茜茜,这个任务完成后,你可以去重庆了。"谷海山说这话时,心里也有些舍不得,尽管李茜茜这一两年来,很少完成任务,但他的手里除了李茜茜,再也找不到其他人了。其他军统站的人都想看他谷海山的笑话,谷海山却不能因为李茜茜以前没完成任务就不用她。这对一个特工来说,是不公道的。

"谢谢站长,我会想办法来完成这个任务的。"李茜茜为难地说。

黄大维被杀,手中的"光石计划"也被拿走,千惠子冷静下来思考事情的经过时,总觉得哪里不对劲。这事情是不是出在王蕚瑶身上? 让陈丹璐把王蕚瑶绑进龙华集中营是她的主意。她觉得王蕚瑶作为清朝的一个落魄格格,也不至于沦落到靠当替身演员为生。再说,王蕚瑶不是京剧唱得好吗? 只要在上海滩随便开几场京剧演唱会,收入也不会很少,至少能让她过上无忧无虑的生活。她为什么要当替身演员? 看来这个王蕚瑶不简单。千惠子决定去会会王蕚瑶。

千惠子换了一身休闲服,来到王蕚瑶所在的剧团,居然看到宋书平正跟着她学唱京剧。

"宋书平,原来你在这里,让我好找。"尽管千惠子一肚子火,但她还是尽量把话说得温和些。

"千惠太君,你来了。快来,听我刚刚跟格格学的一段京剧《长坂坡》。这《长坂坡》是《三国演义》中有名的段子,要不,我先唱给你听听。"宋书平急忙停止了唱腔,走到千惠子面前比画起来。

"好了。"千惠子终于把火发了出来,"宋书平,你真是太让我失望了。"

千惠子很窝火,正是因为黄大维听了王蕚瑶的《长坂坡》,"光石计划"才泄漏，他也因此被人杀死，自己也差点切腹自尽。宋书平只不过是一个警察，现在居然提给自己唱《长坂坡》。千惠子本想把宋书平拉到身边。一是中国人了解中国人，让他去对付中国人；二是可以通过宋书平查到隐藏在上海的军统特工，或者引出共产党的人来。宋书平表面看上去非常老实，其实心眼很多。上次安德烈等人逃走，他就脱不了干系。可是，自己竟然没有找到相关的证据。如果不是想着还有用得着他的地方，千惠子宁愿错杀三千，也不放过他。

"千惠太君，你喜欢听京剧，与其找人来唱给你听，还不如我学一些，你有空时我就给唱上几段，替你解解闷。"宋书平急忙解释说。

"混蛋，不学无术。"千惠子直奔主题，"我一直认为是你把龙华集中营里的安德烈放走的。"

"千惠太君，饭可以乱吃，话可不能乱说。你说这话，得有证据。"宋书平有些焦急地问道，"就算我有那贼心，也没有贼胆。这可是要掉脑袋的，我敢做吗？"

"宋书平，你等着，别让我抓住你的把柄。"千惠子被宋书平逼着要证据，她是真拿不出证据。如果有证据，她怎么会在这里与宋书平说话？早就把他关进特高课的大牢里了。因此，她也知道宋书平现在就是欺她拿不出证据，才故意质问她。

"千惠太君，我可是忠心耿耿地为皇军做事的，从没有出现过差错。这是大家都公认的。如果你非要说是我把安德烈放走的，这于情于理都说不过去吧？"宋书平又顺势逼问起来。

"你……"千惠子没想到宋书平的每一句话都说到了实质上，令她没有反驳的余地，恼怒不已。

"千惠太君，你不是喜欢听京剧吗？今天我也有空，给你唱上几段。"一直没有说话的王蓦瑶这时也走了过来。

"王蓦瑶，你一个落魄的格格，怎么会与他走到一起？"千惠子正愁找不到反驳宋书平的话，见王蓦瑶走过来说话，不由更火了。

"千惠太君，我们怎么会走到一起？还不是因为你。"王蓦瑶清了清嗓子说道，"你爱听京剧，命人把我绑架到龙华集中营，为你唱了几个月的京剧，你都听不够。后来，你又把我绑架到特高课，为那个黄大维唱京剧。宋警官为了你，也是为了我，才放下身段来跟我学唱京剧。"

"你们两个早就在一起了？"千惠子发现即使自己再多张嘴，也说不过他们两人，心里不由怀疑起来，这王蓦瑶与宋书平到底是什么关系？难道是自己成全了他们两人？

"千惠太君，我是真心来这里学艺的。"宋书平说，"知道你喜欢听京剧，所以，我向她学习唱京剧，还不是为了方便你。"

"你们合起来骗我，是吧？我会要你们好看的。"千惠子本来要找宋书平麻烦的，没想到被他玩得团团转。暗想，如果宋书平与王蓦瑶早就认识，为什么在集中营里显得那么陌生？如果两人以前不认识，他们怎么会这么快走到一起？这就足以说明他们两人有问题，只是自己抓不到他们的把柄。自己一直怀疑宋书平是共产党的人，那么王蓦瑶也脱不了干系。只是在特高课里，王蓦瑶为黄大维唱京剧，黄大维把陈阿三那个小瘪三撵走了，那么王蓦瑶唱的京剧肯定与黄大维的死和"光石计划"的丢失有着莫大的关联。

"千惠太君，你也太看得起我们了，我们怎么会骗你呢？"宋书平不动声色地说，"你不信，可以问这里的任何一个人，我是不是跟着格格在唱京剧。"

"这事先不说了。宋书平，你也别学唱京剧了，回去帮我查找共产党的红灯笼。"千惠子猛地想到，宋书平曾说过，京剧听多了也会听烦的，让自己改听越剧。自己让他带着在上海城里转了很多天，都没找到一个越剧唱得好的人。

王蓦瑶这个人也非常奇怪，自己抓她两次，都被上海文艺界声讨，最后不得不把她放了，难道这一切都是宋书平计划好的？如果真是这样，千惠子就得出了一个结论：宋书平知道自己喜欢听京剧，就想办法让自己把王蓦瑶绑架到集中营里，宋书平也借机把集中营里的情况摸清楚，然后又让自己改听越剧，把王蓦瑶放走，目的是让王蓦瑶把情报带出去。自己的一切行动都在他们掌控之中，以至于自己带着特高课的特工和日本宪兵去外围堵截却不成功。原来他们早就知道自己会带人去哪里堵截，所以又让军统的人当了一回替死鬼。如果他们人多的话，再埋伏一支人马在自己后面，自己岂不腹背受敌？想到这里，千惠子一身冷汗。现在又找不出宋书平是共产党的证据。如果自己处理他，警察局那边又该怎么说？千惠子只觉得头皮发麻，她一直认为自己是个了不起的特工，竟然在宋书平面前毫无还手之力。如果这事传出去，还真是个天大的笑话，她在特高课里怎么混下去？

　　早晨的太阳刚升起来的时候，陈丹璐正垂头丧气地站在十六铺码头，原因是千惠子让她查找泄露"光石计划"的人，结果毫无所获，被千惠子骂了个狗血喷头。陈丹璐气不过，想还嘴，却又不是千惠子的对手。她现在吃日本鬼子的饭，只能忍气吞声。好在千惠子骂够了，又叫她去查宋书平到底是哪一方的人。因为千惠子看到宋书平竟然与王蕶瑶走在了一起。千惠子一直怀疑宋书平是共产党的人，王蕶瑶与他走得特别近，说明王蕶瑶也是共产党的人，只是没有证据，所以她让陈丹璐一定要找到宋书平是共产党的证据。因此，陈丹璐一路跟踪并监视宋书平。谁知，宋书平来到十六铺码头这里，就不见了人影，陈丹璐气得七窍生烟。

　　陈丹璐有很长的时间没来十六铺码头了。只有在这里，她才可以自由地看着码头上形形色色、来去匆匆的人；只有在这里，她才能找到自我。只是今天，陈丹璐一肚子的气，根本没有心思看风景，便拔出手枪，朝天鸣一枪，码头上的人都慌乱起来，有的卧倒，有的撒腿就跑。陈丹璐喜欢看到他们这个样子，因为只有这样，才能显示她的存在。也只有在这时，她是十六铺码头的天、十六铺码头的王。但陈丹璐的枪声引来了警察和几个持枪的日本宪兵，他们直接用枪对准陈丹璐。陈丹璐不屑地把手中的证件递给了为首的宪兵。那个宪兵看过证件，大骂了陈丹璐几句，把证件丢在地上扬长而去。陈丹璐也回骂了几句，但日本宪兵和警察已经走远。

　　就在陈丹璐不愉快的时候，上午的第一班客船已靠岸，从船上下来很多乘客。陈丹璐一生气，又掏出手枪，朝天鸣了一枪。

　　刚从船上下来的钮佳悦被陈丹璐的枪声惊了一大跳，心想，难道自己暴露了？但钮佳悦还是不动声色，与那些乘客一样，马上卧倒在地上，但也有几个人撒腿就跑。陈丹璐并没有追赶那几个跑开的人，而是用嘴吹了吹枪管，脸上露出了得意的笑容。这时，那几个警察和宪兵又跑了回来。他们看到又是陈丹璐开的枪,便问发生了什么事。陈丹璐见效果达到了,就指着那边几个还在跑的人,说那是共产党,让他们去追。几个警察和宪兵马上端着枪朝那边追了过去。

陈丹璐看着远去的几个警察和宪兵,脸上又露出了更加诡异的笑容,心里在说,老娘成天被那个变态丑八怪千惠子呼来唤去,今天老娘也把你们日本鬼子当狗一样支使一下,这是何等惬意。陈丹璐笑着转身就走,钮佳悦不经意地出现在她的视野里。

"你……你是干什么的?"陈丹璐朝钮佳悦喝道。

"刚从亲戚家回来。"钮佳悦装着胆怯地说道。

"我怎么看你像共产党?"陈丹璐其实在胡说。

"老总,你看错人了吧?"钮佳悦装着非常无辜的样子说,"我……我从亲戚家回来,根本不是啥共产党。"

"跟你开个玩笑。"陈丹璐突然大笑起来,虽然看着钮佳悦与众不同,但在陈丹璐心里,共产党的人特别狡猾,年龄也应该比钮佳悦大,像钮佳悦这样不到二十岁的小姑娘,根本不可能是共产党的人。

"老总,这个玩笑开得有点大了。你知不知道,如果你的玩笑被开成真的了,我的命就没了。"钮佳悦显得特别害怕的样子。

"行了。给你脸了,不是? 还不快滚。"陈丹璐铁着脸对钮佳悦吼道,"再不滚,老娘还真把你抓回去,你不是共产党也会真成了共产党。"

"谢谢老总。"钮佳悦害怕陈丹璐又耍出什么花样,转身急忙往码头的那条小巷走去。

只是钮佳悦快步地行走,又让陈丹璐产生了一丝怀疑。如果是普通人,被她这么一吓,早已丢魂落魄了,钮佳悦虽然像是受了惊吓,但行动自如,难道她真的是共产党? 陈丹璐急忙向钮佳悦追过去,却与一个人碰了个满怀。她定睛一看,是王蓦瑶。

"怎么是你?"陈丹璐有些意外,千惠子让她派人监视王蓦瑶,没想到王蓦瑶会出现在十六铺码头。

"怎么又是你?"王蓦瑶冷冷地说,"你不在特高课待着,跑到十六铺码头做啥呢?"

"你……"陈丹璐没想到王蓦瑶竟然质问她,心里特别窝火,问道,"你不当你的替身演员,跑到这里做啥?"

"我今天来这里拍戏,难道还要向你请示吗?"王蔓瑶的表情冷得可怕,没有给陈丹璐好脸色,"前两次被你不明不白地绑架到龙华集中营和特高课,这两件事不算完。"

"你想怎样?"陈丹璐傲慢地说,"那两次我只是奉千惠太君的命令执行任务,你要想找一个说法,那就去找她。"

"你真行,把这事推得一干二净。"王蔓瑶不屑地说,"你记住,你是一个中国人。"

"啥意思?"王蔓瑶的话说到陈丹璐的痛处了。有时候,陈丹璐也怀疑自己是日本鬼子还是中国人,说是中国人,却为日本鬼子做事,说是日本鬼子,在日本鬼子眼里,她却连一条狗都不如,经常被千惠子呼来唤去的,时不时还要挨一顿臭骂。

"没啥意思。"王蔓瑶说完,转身就要离开,却被陈丹璐拦住了去路。

"你给我说清楚,你的话到底是啥意思?"

"我说没啥意思,就是没啥意思。"

"你的话里有话。"

"请让开,你知道今天是谁请我拍戏?如果再拦住我,我让他来和你说话。"

王蔓瑶这话还真把陈丹璐给唬住了,是什么人给了王蔓瑶这么大的胆子?虽然王蔓瑶是一个落魄的格格,但多少还是有些人脉的。

看到走远的王蔓瑶,陈丹璐朝地上狠狠地吐了一口唾沫,才想起刚才朝小巷走去的钮佳悦,发现她已经不见了踪影。

钮佳悦见王蔓瑶挡住了陈丹璐的去路,急忙躲进了一条小巷。突然有一人把她拉了进去。钮佳悦正掏枪时,发现拉她的人是宋书平,不由问道:"书平同志,你怎么来了?"

"这说来话长,等会儿与你细说。"宋书平说着拿出一套警察服装递给了钮佳悦,又说,"快穿上。"

"怎么回事?"钮佳悦说着话,手也没有闲着,接过宋书平递来的警察服装,马上穿上。

"昨天我去找你,刘雅诗同志说你到三林去执行任务了,要今天才回来。所以,我今天特地来等你。"宋书平说。

"是的。"钮佳悦回答。

"事情办得怎么样了?"

"一切顺利。"

"老李没与你一起回来吗?"

"老李还有其他事情,没与我一起回来。"

前两天,钮佳悦正为如何弄清龙华机场的火力配置并得到建筑图纸而发愁时,收到茶馆老李的消息,说三林的刘阿四曾经参与修建龙华机场。为了弄清情况,她决定和老李前往三林。去三林的一路倒是很顺利,没想到,回来时在十六铺码头遇到了陈丹璐的盘查。

两人边走边说,宋书平突然放慢了脚步,说:"千惠子今天早上到警察局带走了一批警察,说是跟着她去办事。"

"千惠子调动一大批警察?"钮佳悦有些吃惊。

"是这样的。"宋书平说完,便告诉钮佳悦早上的事。

早上,千惠子来到警察局,直接命令局长给她一大批警察去执行任务,但这些警察中唯独没有宋书平。宋书平旁敲侧击地问了局长,局长也说不知道是啥事。连局长都不知道是什么事,看来日本鬼子把保密工作做得特别严。宋书平想,是不是钮佳悦去三林的事被特高课知道了,因此,他向局长申请到十六铺码头来执勤。半路上,他遇到王蔓瑶。王蔓瑶正好要经过十六铺码头。于是,他与王蔓瑶往十六铺码头走来,却意外地看到陈丹璐拦住了钮佳悦,心里急得不行。如果任由陈丹璐盘查钮佳悦,那么钮佳悦就有暴露的危险。于是,他请王蔓瑶帮他一个忙,上前与陈丹璐周旋一阵子。在王蔓瑶眼里,陈丹璐放着好好的中国人不做,却甘心做日本鬼子的狗,是一个十足的汉奸。王蔓瑶如果还是以前的格格的话,会将陈丹璐处以极刑。所以,她听到宋书平让她去阻挡陈丹璐时,毫不犹豫地答应了。

"原来是这样。"钮佳悦不由为宋书平考虑周全而感叹。

"佳悦,三林之行有收获吗?"宋书平问道。

"我见到那个参与修建龙华机场的人了。"钮佳悦回答说。

"那位老乡全告诉你了?"宋书平非常高兴地说,"那现在去你的住处,你把情况详细地告诉我。"

"走吧。"钮佳悦因为穿着警服,遇到日本特高课的特工和宪兵队时,只是出示了一下证件,就被放行了。

两人边走边说,很快到了钮佳悦的住处,刘雅诗急忙端来开水。

"你快告诉我们你此行的情况。"宋书平与刘雅诗都迫不及待地说道。

"看你们急的。我这就告诉你们。"钮佳悦端起开水轻轻地喝了一口,便把她此次去三林的事全说了出来。

两天前的傍晚,钮佳悦与老李才到三林,很快找到了那个参与修建龙华机场的刘阿四。刘阿四曾是龙华机场土建工程的一个小工头,手下有好几十个民夫。由于他是小工头,可以在工地上随便走动。刘阿四对机场的一切都了解,特别是机场扩建的图纸。日本鬼子为了赶工期,把所有的民夫都不当成人看待,让他们没日没夜地加班加点干活,有许多民夫累死在工地上。刘阿四看不下去了,有一天趁着去买材料,悄悄地逃走了。回到家里后,刘阿四不敢以真面目见人。好在老李去那边办事,知道了这个情况,马上回来把这个消息告诉了钮佳悦。钮佳悦决定去一趟,亲自了解清楚。在刘阿四的讲解下,钮佳悦很快完成了机场的图纸。为了刘阿四的安全着想,由老李亲自护送他去浙西抗日根据地。

"机场图纸是有了,但还少了日军的兵力部署图。"刘雅诗轻轻地叹了一口气说,"要得到兵力部署图,恐怕非常难。"

"雅诗同志说得对,自从救出安德烈等人后,我就被千惠子怀疑了,虽然她没有直接证据,不能把我怎样,但已经不信任我了。譬如,今天她到警察局带走一批警察,我就不在他们之中。"宋书平知道得到龙华机场的兵力部署图是一件非常难的事。一是他们在龙华机场里没有自己的同志,二是他们不能随意抵近侦察。

"大家别灰心,办法是想出来的。我们还没有试一下,又怎么知道不行呢?"钮佳悦说,"当时,我们以为得到这两样东西都非常难,但现在我们不是得到机场的图纸了吗? 所以,敌人的兵力部署图,我们一样可以得到。"

"佳悦说得对,有困难就克服,哪怕是上刀山下火海,牺牲我的生命,我也要完成党组织交给我们的任务。"刘雅诗马上表态说。

"牺牲生命不行,我们还要留着命把小日本赶出上海,赶出中国呢。"钮佳悦要缓和一下这严肃的气氛,于是,她轻轻一笑,又说,"有困难,我们可以迎着困难前行。但我也相信,要不了多少时间就会拿到敌人的兵力部署图。只要我们把这两样东西交给上级党组织,我们就算完成任务了。所以,你们不要着急。"

"佳悦,在遇到艰难问题的时候,你总是显得非常冷静。"宋书平称赞钮佳悦,又说,"这次任务非常艰巨,我们在敌人的眼皮底下战斗,一定要注意安全。"

"佳悦,书平同志,我们来商量一下,怎么拿到敌人的兵力部署图吧。"刘雅诗有些迫不及待地说。

"我认为我们有必要争取一下格格王蓦瑶,我认为她是一个值得我们发展的人。有她这一层关系,以后对我们的行动会有很大的帮助。"

"佳悦说得不错,我也有这个想法。因为王蓦瑶身份特殊,通过这些日子我对她的了解,虽然她被千惠子绑架过两次,但她是一个不屈不挠的中国人。她恨日本鬼子,但需要一个人帮她指引道路。"宋书平说,"我在想办法争取她。"

"行,书平同志,你马上行动起来。"钮佳悦说,"我们现在商量一下,如何取得日本鬼子在龙华机场的兵力部署图的事。"

还没有卸妆的王蓦瑶独自一个人站在黄浦江边,外面的空气多么新鲜,人生多么自由。一个人的日子无论过得多么苦,只要有了自由身,又何愁找不到快乐? 王蓦瑶现在就像一只放飞的小鸟,可以自由自在地飞翔。

王蓦瑶看着江上来来往往的船只,不由惆怅起来。她好歹是一个格格,落魄到如今的样子,不是没有原因的。当初无限风光的清王朝,在短短的几年里一落千丈,她这个格格也流落在民间自食其力。还好她有一技之长,不然她流落街头,也不会有人施舍东西给她。在这战火连天的年月里,很多人连肚子都填不饱,又哪来多余的食物与别人分享?

特别是近些日子,王蔓瑶像是过了一个世纪一样,本来当替身的戏就不多,偏偏还被陈丹璐绑架到龙华集中营里,给千惠子唱京剧,不但一分钱没有挣到,还差点丢了性命。如果不是宋书平等人呼吁上海文艺界,她都不知道啥时候才能从龙华集中营里出来。结果刚出来不久,又被绑架到特高课,给大汉奸黄大维唱京剧。如果不是上海文艺界再次声讨,她恐怕很难走出特高课。

想到宋书平,王蔓瑶总觉得他与众不同,究竟哪里不同,她又弄不明白。别的警察在日本鬼子面前不是低三下四,就是奴颜媚骨。宋书平不一样,他在千惠子面前不卑不亢,给人一种不怒自威的感觉。无论在日本宪兵面前,还是在那些欧美侨民面前,他总是那么自信。最近他来跟自己学唱京剧,不知唱的是哪一出。

宋书平到底是什么人呢?王蔓瑶想到这里,就越来越想见到宋书平,向他问个清楚。

"格格,一个人在这里想啥?"就在王蔓瑶发愣时,一个声音在她身后响起。

王蔓瑶回头一看,是宋书平。王蔓瑶想,真是想什么来什么,不由笑了笑,问道:"宋警官,你怎么会在这里?"

"我当然是来找你的。"宋书平也笑了起来,露出一排洁白的牙齿,又说,"我怕你一时想不开,跳进黄浦江里,我们美丽的格格就这样香消玉殒了。你说我该是啥罪?"

"谁说我要跳黄浦江了?"在王蔓瑶的眼里,宋书平是一个不苟言笑的人,今天说话居然这么风趣。

"我路过这里,就看到你站在这里,眼睛一直望着黄浦江,我怕你想不开,就一直站在你身后。"宋书平像是认真地,又像是开玩笑地说。

"你真的来了很久了?骗我的吧?"王蔓瑶心里一暖,假如自己真的像宋书平说的一样,要从这里跳进黄浦江,除了宋书平,估计再也没有人会关注她的生死。宋书平为什么会出现在这里?他真的关心自己的生死吗?王蔓瑶没有把这些想法说出来,而是痴痴地看了宋书平一眼。这是她长这么大以来,第一次用这样的眼光看一个陌生的男人。仔细一看,宋书平不但长得威武帅气,一身正气,还特有男人味,怪不得千惠子都不愿意太为难他。

"我为什么要骗你?"宋书平说完,又浅浅地一笑,只不过没有露出他那洁白的牙齿来。

宋书平真的来这里很久了,他是专程来找王蓦瑶的。宋书平在与钮佳悦和刘雅诗商量完如何取得日本鬼子在龙华机场的兵力部署图后,便去了王蓦瑶的住处找她。阿红告诉宋书平王蓦瑶还没有回来,又说王蓦瑶每次拍完戏都要去离十六铺码头不远的黄浦江岸边,望着江水一言不发。今天早上去拍戏后,还没回来,说不准她此时正在黄浦江边看江水。宋书平听后,马上赶到黄浦江岸堤边,王蓦瑶果然站在那里。

"你不会对我有想法吧?"王蓦瑶突然对眼前的这个男人有了好感。宋书平绝不是一个帮着日本鬼子做事的警察那么简单。那么,他到底是什么人呢?

"嘿嘿。"宋书平没有正面回答王蓦瑶的话,笑了几声后,说,"我有一些话想对你说,又怕你不高兴。"

"有什么不高兴的? 你尽管说,我尽管听。"王蓦瑶看到宋书平欲言又止的样子,知道他出现在这里绝对不是巧合。

"我们认识也有一段时间了,我知道你不会这么轻易地想不开。你是一个有抱负的人,只不过一直没有找到自己人生的方向而已。你虽然有些优柔寡断,但内心刚烈。"宋书平不像是对王蓦瑶说话,而像是自言自语的样子。但他的话说到王蓦瑶心坎里去了。

"宋书平,你少给我打马虎眼,有啥事你就明说。"王蓦瑶没想到宋书平竟然能说中她的心事,更说明他不是一般的人。他在日本鬼子手下办事,恐怕没这么简单。

"那我就直说了,有一个人想见你。"宋书平见王蓦瑶急切的样子,便把此行的目的说了出来。

"谁? 谁想见我?"王蓦瑶突然感到宋书平此行的目的不简单,他到底是怎样的一个人?

"你跟我去见她就行了。"宋书平没有说出想见王蓦瑶的人是钮佳悦。

"如果我不去呢?"王蓦瑶见宋书平不说她去见的人的姓名,便想拒绝。

"我相信你会去见她的。因为,她可以让你的人生更加精彩,让你知道什么才是人人平等的世界。"宋书平说完便"嘿嘿"地笑了起来,好一会儿后,又说,"我相信你。"

"既然你这么说,那我还真想去见见她。如果你跟我耍什么花样,别怪我不客气。"王蓦瑶说出这话时,连她自己都不相信。真正吸引王蓦瑶想去见那个人的,是宋书平说那个人可以让她的人生更精彩。

在这个世界上,有谁能拒绝更精彩的人生呢?

第十一章

谁是机场泄密人

虽然人的一生只有短短几十年，但每个人都可以活出精彩的人生，可以在有限的生命里做出许多精彩的事情，从而充实这个人的精彩人生。从皇宫里出来的王蕚瑶比谁都清楚，她早已不是那个过着无忧无虑生活的格格了，如今她只是一个普通的女子，丢在大街上，除了阿红，没人会叫她格格。格格这个名词只是她生命中一个已经过时的代号而已。所以，当宋书平说要带她去见一个会给予她精彩人生的人时，她不只是心动，更多的是一种向往。因此，她毫不犹豫地跟着宋书平来到钮佳悦那里。

"原来是你。我想起来了，那天，陈丹璐在十六铺码头拦住你的去路，是我受宋书平的委托替你解的围。"在见到钮佳悦的那一刻，王蕚瑶除了吃惊还是吃惊。钮佳悦的年龄比她小得多，但给人一种成熟感，又给人一种安全感。只是这样一个小姑娘，很难让人想到她就是宋书平口中那个能给予自己精彩人生的人。

"格格果然好眼力。"钮佳悦笑了笑，对宋书平说，"书平同志，假如你看了在人群中逃跑的人一眼，你能记住他的样貌吗？"

"不能。"宋书平斩钉截铁地说，"我没有那么好的记忆力。"

"好了，宋书平，好歹我们也在龙华集中营里待过一些日子，也算是难兄难弟了，我不要听你这些肉麻的话。"王蓦瑶看出宋书平在顺着钮佳悦的话说下去，由此可见，他们之间的关系非同一般。虽然宋书平的年龄比钮佳悦大得多，但还得听从她的指挥。钮佳悦与宋书平的身份好像不一般，要么是国民党军统的人，要么就是共产党的人。从宋书平做事的风格来看，他们更像是共产党的人。对于共产党，王蓦瑶是有好感的。当年，她看到过共产党人做事，他们有一股血性和不怕死的精神。

"格格果然与众不同。"钮佳悦见王蓦瑶有些急了，便说，"格格，我这次让书平同志请你来，是为了感谢你。那天如果不是你挡住了陈丹璐的去路，我肯定被她抓了。我听书平同志说，你的京剧唱得非常好，如果有机会的话，我想向你学习唱京剧，不知可不可以？"

"如果我猜得没有错的话，你们都是共产党的人。"王蓦瑶觉得钮佳悦想向她学习唱京剧只是一个幌子，肯定还有其他目的。军统的人不会这么含蓄地做事，只有共产党的人才会循循善诱，让人在不知不觉中上了他们的船。所以，王蓦瑶直接把她的猜测说了出来。

"为何这么说？"钮佳悦问道。

"只有共产党才会对我这样客气。从宋书平在龙华集中营里的为人处世就很容易看出，而且他一直在寻找机会把我从龙华集中营里救出去，国民党的人不可能做这样的事。当然，宋书平也不是真心为日本鬼子卖命，不然，他不可能救我。"王蓦瑶当然不是随口说的，在龙华集中营里，如果不是宋书平在千惠子面前说好话，她又怎能在龙华集中营里安全待下去？

"格格果然不是一般人，仅凭一些事就能推断出我们的身份。"钮佳悦知道此时是亮出她与宋书平身份的时候了，又说，"你说得不错，我们的确是共产党。"

"你就不怕我知道了你们的身份，向日本鬼子邀功去？"王蓦瑶反问道。

"如果格格是那样的人，就不会被陈丹璐绑架到龙华集中营和特高课了。"钮佳悦笑了笑，她仔细地打量起王蓦瑶来，这个格格不但长得漂亮，人也非常聪明，一眼就能看出自己的身份，便说，"格格是一个非常聪明的人，当然知道什么事该做，什么事不该做。"

"格格，你这个玩笑开得真好。"宋书平也笑了起来，"我在龙华集中营里，看着你每次为千惠子唱京剧，其中《长坂坡》唱得最多。我就知道你的心思，你不甘心做一个平庸的人。相反，你有远大的抱负，希望有一天可以过上精彩的人生。但在这个战火纷飞的年代，要做自己想做的事，是一件奢侈的事。"

"宋书平，你果然是一个年轻女人见了都喜欢的男人，你也很了解女人的心思。"王蓦瑶开心地笑了，也明白了一件事。在龙华集中营里，宋书平一直处处关照自己，想把自己从里面救出来是有目的的。后来，龙华集中营里几个美国人逃脱了，以及大汉奸黄大维死后，千惠子来找他，他却在跟着自己学唱京剧，这一切看似很巧合，怎么看都像是精心安排的。如果猜得不错的话，出主意的人应当是钮佳悦。这么看来，眼前的这个小姑娘还真不是一般人。

"格格，书平同志的确是一个女人们都喜欢的男人。但他不是一个见了漂亮的女子就走不动的男人。"钮佳悦没想到王蓦瑶竟然把宋书平分析得这么清楚，心里不由"咯噔"了一下，便说出话中话，让王蓦瑶知道找她来是有正事的。

"钮佳悦，是吧？你是一个了不起的人。"王蓦瑶也见识到钮佳悦不是一般人，便又说，"咱们还是言归正传，说说你们找我来的真正目的吧。"

"格格，我们请你来没有恶意，是想感谢你。如果不是你通过陈阿三传递的情报，又把大汉奸黄大维执行的秘密任务告诉书平同志，我们也不会顺利地拿到'光石计划'，彻底粉碎日本鬼子的阴谋。"钮佳悦见王蓦瑶终于说到点子上了，便与宋书平用眼神交流了一下后，又说，"格格，你也是一个中国人，我们相信你已经看到，日本鬼子侵略我们国家以来，到处都是苦难的百姓，他们被日本鬼子奴役着，即使活着的人也衣不蔽体，食不饱肚。就拿上海滩来说，很多没有亲人的孩子在乞讨，他们经常饥一顿饱一顿。作为一个中国人，我们应当合力把日本鬼子赶出我们的国土。"

"是啊，格格，我们不能让日本鬼子在我们的国土上肆意践踏，要让他们付出代价。"宋书平接下话说，"我们相信格格是一个有良心的中国人,一定会为我们这个破碎的国家做一点力所能及的事。"

"说了这么多,你们到底要让我做什么事? 我只是一个落魄的格格,全靠做替身演员来维持生活的过气格格,已经没有任何财力和能力,如何帮得了你们?"王蕚瑶没想到钮佳悦会找她来做事。

"很简单。"钮佳悦说,"坐下来慢慢说。"

千惠子本不该接手管理龙华机场安全的事,因为她负责龙华集中营时,几个美国人逃跑了,她负责保护黄大维时,黄大维又被中国人杀死了。千惠子后来才得知,特高课里其他人都有任务,不得已才起用她。谁知道,千惠子刚接手龙华机场的安保工作,一个民夫包工头就跑了,至今都没有查到他的去向。这令千惠子非常恼火,但她又不敢声张,只得暗中命人追查这个包工头的下落。

其实,包括特高课在内的日本鬼子都知道,日本军队在缅甸失利,美国战机从成都起飞轰炸了东京,日本军队的战势每况愈下,如果不保住龙华机场,说不定哪天中国空军与美国空军就会来到上海上空,对龙华机场进行轰炸。千惠子深知这是一个非常艰巨的任务,不能有一点闪失。

要保住龙华机场,就得付出巨大的代价,千惠子当然明白这个道理。但万丈高楼平地起,事情也得一点一点地做。所以,千惠子把陈丹璐叫到她办公室里,要她来协助自己完成这次任务。

终于不用去调查共产党的红灯笼和跟踪宋书平了,陈丹璐激动不已。这些日子以来,因为没有完成任务,陈丹璐被千惠子骂得狗血淋头。但此时的千惠子却放下了身段,还亲自给她倒了一杯茶,还说她们是好姐妹,在工作上应当相互帮助。千惠子知道只要给陈丹璐一些小恩小惠,她就会死心塌地为自己卖命,所以,她说:"陈丹璐,你为我们大日本帝国做事,我又怎能忘记你呢? 等到战争胜利,我一定会向课长推荐你。"

陈丹璐激动得差点热泪盈眶,便说:"谢谢千惠太君。我一定会好好地抓住这次机会,不论是国民党的军统特工,还是共产党的特工,我都要亲手把他们抓起来。"

"谢我干啥,都是自己人。"千惠子嘴上这样说,心里却冷笑不已,恨不得把陈丹璐撕成两半。

"谢谢千惠太君的栽培,我定尽全力为大日本帝国做事。"陈丹璐仿佛看到了她的未来:她坐在金碧辉煌的房间里,面前的美酒美食无数,身边无数的男佣女佣争先恐后地为她揉腿捏肩,那叫一个惬意。

在一阵思想意淫之后,陈丹璐突然想到了在十六铺码头碰到钮佳悦的事,便对千惠子说:"千惠太君,前两天,我在十六铺码头看到了一个人。"

"谁?"千惠子立即问道。

"那是个小女孩。"陈丹璐的心思仿佛回到了十六铺码头,又说,"不知千惠太君是否记得我们一起在十六铺码头等待一个从延安来的女共党,结果被她跑了。"

"当然记得,只是这个女人逃脱了,至今没有音讯。难道她就是共产党的那个代号叫红灯笼的特工?"千惠子当然记得到十六铺码头等待抓捕刘雅诗的情景。如果不是宋书平的那一枪,她会很顺利地抓住她。

"千惠太君,我说的不是她,是另外一个小女孩。"陈丹璐见千惠子还没反应过来,有些着急起来,急切地说道,"我们当时在人群中只注意到了女共党刘雅诗,忽略了接应她的人。我依稀记得在人群里有一个小女孩,显得沉着而又有些焦急,当时没想到她会是接应刘雅诗的人。前两天,我在十六铺码头上又看到了她。她的沉着冷静,与她的年纪不相符。因而,我觉得她就是我们要寻找的红灯笼。"

"还有这样的事?"千惠子仔细地回忆起来,那天她与陈丹璐只注意到了刘雅诗,的确忽略了接应她的人。

"我已经查清了刘雅诗和她的来历。刘雅诗以前是上海公济医院里的外科医生,其实是共产党在上海的卧底。在营救生化专家赵长根时,她身份暴露,不得不随赵长根去延安。在上海滩,她有一个姐姐叫刘雅芝,大家都叫她刘嫂,后来被花野太君击毙了。"陈丹璐喝了一口茶水,继续说,"刘雅诗暴露后去了延安,现在又回到上海滩,我想龙华集中营的安德烈等人逃跑与黄大维的死都与她有关。现在,不知道她会不会打龙华机场的主意。"

"你分析得很有道理,的确有这个可能。"千惠子联想起龙华集中营里安德烈等人逃跑的事。刘雅诗来上海之前,龙华集中营里虽然有人逃跑,但都被抓了回来,没有一个像安德烈等人那样逃跑成功。

"刘雅诗不会无缘无故地来到上海滩。"陈丹璐又分析起来,"特别是在十六铺码头迎接她的人,肯定在上海滩潜伏很久了,他们不但摸清了龙华集中营的情况,也早早地做好了计划,等机会到了,他们就里应外合,把人救走了。"

"你是说龙华集中营里有内应?"千惠子心里"咯噔"了一下,虽然她派人把龙华集中营围得像铁桶一样牢固,但还是让人逃脱了。只是内应是宋书平还是王蓦瑶?因为这两人是中国人。虽然宋书平是为日本办事的警察,自己也曾怀疑过他,但没有证据表明就是他所为。王蓦瑶是自己派陈丹璐把她绑进来的,目的是想通过她引出要救人的人,这步棋却走错了,不但没引来重庆和延安的人,连安德烈也被救走了,至于安德烈身上藏有什么秘密,已无从知晓了。再就是黄大维的死和"光石计划"被人抢走了,导致用细菌武器消灭中国军队的计划也搁浅了。想到此,千惠子心里有些窝火,这件事好不容易应付过去。这时候,陈丹璐把这件事提出来,明显是说自己不如她聪明。

陈丹璐看到千惠子脸色不停地变化,马上想到自己口无遮拦,要闯大祸,于是说:"千惠太君,我只是猜测,只是猜测。"

"既然你说到这事了,你说说谁会是内应?"千惠子见陈丹璐猜到了她内心的想法,就顺着她的话反问道,"是宋书平还是王蓦瑶?"

"千惠太君,这两个人都有嫌疑。但宋书平的嫌疑要小些。"陈丹璐知道自己不顺着说下去,说不定千惠子会翻脸,那时候自己就有苦头吃了。现在,陈丹璐也想通了,千惠子是她最大的依靠,千万不能得罪她。

"为什么这样说?"千惠子心里的火差点发出来。其实,陈丹璐无论是说宋书平的嫌疑大,还是说王蓦瑶的嫌疑大,都会戳到千惠子的痛处。是她让陈丹璐把王蓦瑶绑架来龙华集中营的。如果说王蓦瑶是内应,那不等于自己就是内应的幕后人?宋书平是自己从警察局借调过来协助集中营的保卫工作的。如果说宋书平是内应,自己还是内应的幕后人。千惠子越想脸色越难看。

"千惠太君,我现在想起来了,宋书平的嫌疑应当大些。"陈丹璐发现千惠子的脸色在变化,马上又改口说。

"是吗?"千惠子冷笑着问。今天本来是让陈丹璐来协助管理龙华机场的安保工作的。这个陈丹璐真是一个成事不足、败事有余的人,留她在身边,迟早会坏了自己的事。只是自己暂时没有可用之人,才不得不用她。

"千惠太君,我突然想起来了,我还有一个案子没办完,得马上去办。"陈丹璐再次看到千惠子脸色的变化,仔细一想,才知道自己说错话了。如果现在不借机走开,说不定千惠子就会给她苦头吃了。

"你去吧,顺便帮我查查从机场逃跑的那个民夫包工头。"千惠子说完,就让陈丹璐走了。但陈丹璐走了好一阵子,千惠子的心还不能平静下来,她端起陈丹璐喝过的茶杯,重重地摔在地上。

经过几天的调整,李茜茜的心态好了许多。自从踏入特工这一行,李茜茜不但把自己的青春交给了军统,也把生命交给了军统。只是付出了这么多,到头来没有一个人说她的好,连谷海山都骂过她。有时候,李茜茜也想起她近三十年的生活,有过不如意,也有过生命的危险,还落下一身的伤痛。

但谷海山交代的任务不得不去完成。走在上海的大街小巷,李茜茜有了一种莫名的伤感。上海这座昔日繁华的城市,如今显得萧条无比,让人感到无奈,即使有几个行人,他们也都急匆匆地赶路,害怕遇到不该遇到的麻烦。只是不远处的几个警察在日本宪兵面前点头哈腰的样子,让李茜茜有了一种呕吐感。没有任务时,李茜茜情愿待在百乐门舞厅里,也不愿意在白天出门,但今天她不得不出来。

谷海山几乎天天来催问她查找龙华机场建筑图纸和打探兵力部署情况的进展。如果说机场的图纸和兵力部署情况那么容易搞到手的话,谷海山随便派个人去就行了。李茜茜费了好大的劲,才通过一个内线掌握了机场的一些情况,如果不去实地查看,怎能得到完整的情报呢?

经过一路的行走,李茜茜感觉有些喘不过气来,便走进一条小巷里停下来,不停地咳嗽起来。这一次咳嗽,李茜茜感觉比以往还要厉害,时间也长。难道病情有了新的变化? 无论是伤是病,只要接受了任务,都要无条件去完成。这不是谷海山给李茜茜的命令,而是李茜茜给自己的命令。只要完成这次任务,她就可以去重庆了,到了那里,一定要把身上的伤病治疗好。

好一会儿,李茜茜才止住咳嗽,正准备转身离开时,一个高大的身影出现在她的身后。李茜茜本能地把手伸进口袋里,准备掏出微型手枪。

"不用那么紧张。"李茜茜听到这熟悉的声音,才慢慢地转过身来。

"宋书平,怎么是你?"李茜茜看到宋书平,像是见到了久违的恋人。只是李茜茜经过刚才长久的咳嗽,脸上的红晕还没有散去。

钮佳悦告诉过宋书平,军统那边也正在派人查探龙华机场的建筑图纸和兵力部署。宋书平看到李茜茜往龙华机场的方向走去,便知道她此行的目的,便说:"你病了,还是回去好好地休息吧。"

"你凭啥关心我?"看到宋书平,李茜茜心里五味杂陈,他居然关心自己的身体。面对这样帅气的男人的关心,任何一个女人,尤其是还没有谈过恋爱的女孩子,都会感到一股暖流流遍全身。虽然李茜茜为了任务,也曾想利用宋平书,也曾想将他拉到军统里,可这一切都失败了。但李茜茜从没放弃过。她不在乎宋书平能做多少事,能执行多少任务,只要每天能远远地看上他一眼,她做任何事都会有动力。

"我们都是中国人,我不想你病得这么严重,还出来乱走。"宋书平不想让李茜茜带病去执行任务,她是为了这个国家不再破碎才伤成这样的。

"宋书平,你没有安好心吧? 是不是怕我们抢先完成任务,到时候你没脸在上海滩混下去?"尽管李茜茜心里感到很温暖,也很感动,但她说出来的话把宋书平呛得够厉害。

"你在乱说什么? 我的什么任务? 我是警察,在上海滩只做警察该做的事。"宋书平马上否定李茜茜的话。

"宋书平,别在我面前装了,你这个共产党喜欢假惺惺的。"李茜茜淡淡地说,"安德烈逃脱、大汉奸黄大维手中的情报被人截走,你的功劳最大吧?"李茜茜抓住宋书平是共产党的人不放。因为只有这样,宋书平才会对她客气点,说不定能从他那里得到一些情报。

"什么共产党不共产党的,我是警察,请尊重我的职业。"宋书平还是不愿意在李茜茜面前承认自己的身份。

"你的身份我早就调查清楚了。"李茜茜见宋书平不承认,冷冷地说,"你们现在又在打龙华机场的主意,我说得不错吧?"

"你不要总怀疑我,应当为你的任务多考虑考虑。"宋书平说完,转身便要离开这里,在离开的那一刻,又说,"这边你是出不去了,全是日本宪兵队在检查,而且查得特别严厉。"

"不用你告诉我。"李茜茜说出这话,觉得自己也很吃惊,为什么见了宋书平就想说气话。难道自己真的对他有好感?

宋书平见李茜茜气呼呼的样子,浅浅地一笑,没有说话,径直就往小巷子口走去。

李茜茜不听劝,宋书平也无话可说,又觉得李茜茜虽然是军统的人,但也是中国人,同样是为了抗日,只是立场不同而已,没有必要让她陷入险境。于是,宋书平想回身去追赶李茜茜,却被突然出现的陈丹璐叫住了:"宋书平,那个女人好像是李茜茜。你与她在这里幽会?"

"陈处,你别乱说。我哪里与别人幽会? 那人我也不认识,只是碰巧路过而已。"宋书平当然不承认那个女子就是李茜茜。

"你就别骗我了。"陈丹璐笑着说,"我也是一个焕发着青春活力的女人,你为什么偏偏没遇到我?"

"陈处,真会开玩笑。我们现在不就相遇了吗?"如果陈丹璐真的发现了自己与李茜茜见面的事,会有麻烦。

"算了,什么玩笑不玩笑。我来找你是有事的。"陈丹璐说,"我刚才在那边找你,你们警察局的人说你到这边来了,我就过来找你了。"

"陈处,找我有啥事情?"

"走,到天一咖啡馆去,我们一边喝咖啡,一边说事情。"

"我还在执勤呢。"

"别磨叽了,那边我已经打好招呼了。"

出了小巷子,陈丹璐叫了一辆黄包车,让宋书平也坐了上去。黄包车夫吃力地拉着两人,花了很长的时间才来到天一咖啡馆。

下车后,宋书平付了车费,便跟着陈丹璐进了咖啡馆。陈丹璐要了一间包厢,对老板说没有她的允许,不准任何人来打扰他们。

老板把陈丹璐和宋书平带到一间幽静而又雅致的包厢里。宋书平对这间包厢再熟悉不过了。他曾与许一晗来过这间包厢里喝咖啡。在上海滩喝得起咖啡的人,至少是有身份的人。

在这间包厢里,女汉奸许一晗不但用美色勾引他,而且许诺他升官发财,宋书平不为所动。今天,女汉奸陈丹璐不只是请他喝咖啡那么简单,极有可能使出与许一晗一样的招数来,因此,宋书平坐下后便问陈丹璐:"陈处,你请我来这里,除了喝咖啡,还有别的事吧?"

"你真是一个聪明人。"陈丹璐突然笑了起来,"怪不得,许一晗非常器重你,你肯定有过人之处。"

"你这是夸奖我,还是讽刺我?"宋书平在路上就在想陈丹璐叫他来这里喝咖啡的目的,但是没想出来。

"宋书平,难道你还不知道,有人怀疑你是共产党的人?"陈丹璐说这话时,眼睛死死地盯着宋书平,想从他的眼里得到答案。

"陈处,饭可以乱吃,话不可以乱说。你这样说话,我可是要掉脑袋的。"宋书平立即做出一副特别害怕的样子。

"别害怕,他们只是怀疑你而已。"陈丹璐说着大笑起来,她没想到宋书平胆子会这么小,仅用了一点小计谋,就让他害怕不已。

"陈处,能透露一点吗,是谁在怀疑我?"宋书平也想从陈丹璐这里得到答案。

"算了,看在我们都是中国人的分上,我就告诉你吧,怀疑你的人是千惠子。"陈丹璐又说,"这个女鬼子,见谁就怀疑谁,永远不把我们中国人当人看。最危险的任务交给我们做。成功了,功劳却是她的;不成功,过错全是我们的。"

"谢谢陈处,以后有需要我效劳的地方,尽管开口。"宋书平知道了陈丹璐的心思,做出一副讨好的样子,但他心里明白,陈丹璐这些话只是一个开始,后面肯定还有事等着自己。

"爽快。宋书平,姐就喜欢爽快的人。"陈丹璐又笑了起来,端起咖啡猛喝了一口，又说，"只要我们结成联盟，有情报大家共享，功劳大家都有。不能让那个日本女鬼子小看了我们。"

"这个是自然。只要陈处提携我，我哪怕上刀山下火海，也甘愿为你效劳。"宋书平马上附和着说，"我们都是中国人，我们要团结在一起，心在一条线上。"

"你有这样的想法，姐就放心了。"陈丹璐端起咖啡杯，在宋书平的咖啡杯上碰了一下，说，"来，为我们的合作干一杯。"

"谢谢陈处。"宋书平端起咖啡，轻轻地抿一口，又说，"陈处瘦了不少，可要保重身体啊。"

"谢啥，姐这几天郁闷得很。日本派了一个高官来监督龙华机场的安保工作，天天怀疑这个怀疑那个，让我们抓这个抓那个，弄得我们都没有休息时间。再这样下去，姐都快没命了。"陈丹璐提起那个日本高官就气，忍不住骂道，"日本鬼子，没有一个好东西，我们帮他们办事，出力不讨好啊。"

"陈处，消消气，别气坏了身子，身体要紧。"宋书平说这话，在心里又忍不住想笑，这个女汉奸也有难受的时候。

"这话不要乱说啊。"陈丹璐猛然发现自己说漏了嘴，赶紧制止宋书平不要把这个消息泄露出去。

"陈处，你放心，这话我会烂在肚子里。"宋书平说完，又说，"时间差不多了，我得回去值勤了。"

"去吧。"陈丹璐今天的目的已经达到了，但想着宋书平会不会把她的话泄露出去，心里又没底。

千惠子坐在办公室里，出神地望着茶杯。茶杯里冒着热气，上好的紫笋茶，茶叶嫩芽在开水的作用下，慢慢地散开了，茶香也扑鼻而来，但千惠子没有想喝的冲动。她从中国东北来到上海滩，有好些日子了，执行的几次任务都以失败告终。现在，龙华机场又派来一个高官监督机场的安保工作。千惠子得到的任务除保护机场的安全外，还有要保证这个高官的安全。如果这次任务失败，那么她真的只能切腹自尽了。

偏偏这个高官又喜欢听京剧。千惠子也喜欢听京剧，只是偌大的上海滩,除王蓉瑶外,又没有几人唱得好。这个高官偏偏又点名要听王蓉瑶唱京剧。千惠子不得不执行这个命令,把王蓉瑶"请"到龙华机场。这正是千惠子所担心的。她把王蓉瑶绑架到龙华集中营,安德烈等人就顺利逃脱了;把王蓉瑶绑架到特高课,黄大维出了特高课就死了,随身的"光石计划"也被中国人拿走了。这两件事都与王蓉瑶有关,但她又找不到王蓉瑶参与这两件事的任何证据。如今,她又不得不再一次把王蓉瑶绑架来。如果王蓉瑶真参与了那两件事,那么,她就是一个值得重视的人了。

还有陈丹璐,这个女人看似在给自己办事,心里却有小九九,怎样才能让她死心塌地地为大日本帝国做事呢? 当然,还有宋书平,这个支那人表面上是警察,背后肯定不简单,自己为什么就抓不到他的一点把柄呢?

想到这里,千惠子端起茶,猛地喝了一口,却不知水仍然很烫,把她的嘴烫了一个泡,她气得把茶杯使劲地摔在地上,骂道:"连茶水都欺侮老娘。"

王蓉瑶又被千惠子"请"去了。钮佳悦得到这个消息后,不由着急起来,王蓉瑶这次进入龙华机场凶多吉少。

"佳悦,你是不是在担心格格的安危?"刘雅诗不知什么时候走到了钮佳悦身边,安慰她说,"佳悦,你别担心。格格是那么聪明的一个人,她肯定会有办法应付千惠子。"

"这正是我所担心的。我们好不容易才把她争取过来,不只希望她好好地活着,还希望她能为我们这个国家做一些事。虽然格格很聪明,但千惠子也不傻。"钮佳悦担心的是,如果王蓉瑶禁不住千惠子的盘问,将她们之间的事泄露出来,那么这对钮佳悦来说不是一件好事。

钮佳悦把王蓉瑶请来的那天,刘雅诗正好不在,所以,她不知道钮佳悦对王蓉瑶说了什么,但现在看到钮佳悦着急的样子,便知道事情的严重性,不由说道:"佳悦,听你这么一说,我也有些担心起来。"

"这样,我们把书平同志找来一起商量商量。"钮佳悦觉得多一个人就多一个主意。

"对了，书平让陈阿三带来消息，他今天会来我们这里。"刘雅诗的话音刚落，宋书平就走了进来。

"你们在商量啥事情？"宋书平一边问，一边端起桌上的凉开水一口干了。

"书平同志，你来得正好。"刘雅诗边说边给宋书平又添了一杯开水。

"书平同志，格格又被千惠子抓去了。"钮佳悦着急地说，"我在为格格的安危着急。"

"你们别着急，这件事我已经打听清楚了。"宋书平说着又端起杯子喝了一口水，把打听到的事情说了出来。

"你是说龙华机场里来了一个日本高官来监督机场的安保工作？还喜欢听京剧？"钮佳悦悬着的心稍稍放了下来。如果真如宋书平说的那样，王蕚瑶暂时没有生命危险。当然，千惠子这个日本丑女人善变，说不定在王蕚瑶唱京剧时又耍出什么花样来。

"陈丹璐说，这个日本高官是一个中国通，从小就来我国学习汉文化，对我们国家的文化了如指掌，后来回到日本陆军学习，现在又被派到龙华机场来监督机场的安保工作。可见日本鬼子非常重视机场的安保工作。"宋书平说，"只是我通过多种渠道都没有打听到这个日本军官更详细的资料，可见日本鬼子的保密工作做得相当严实。"

"我去找找其他同志，或许能查到这个日本鬼子的一些资料。"刘雅诗想起她在上海潜伏了那么多年，又说，"当年，我作为医生，认识一些三教九流的人，找他们去打听，或许能得到这个日本高官的资料。"

"你这样做太冒险了。"钮佳悦立即反对说，"你一旦找人打听这个日本高官的消息，千惠子肯定会通过不同的渠道得到这个消息，我们就有暴露的危险。再说，我们此次的任务是弄清龙华机场的结构图和兵力部署，不是刺杀他。"

"我赞同佳悦的意见，我们不是去刺杀这个日本高官，目前不必调查他。"宋书平同意钮佳悦的看法。

"其实，我还有一个不成熟的想法，格格既然进了龙华机场，想个办法与她取得联系，让她摸清里面的兵力部署。"钮佳悦轻轻地叹了一口气，又说，"只是我们与格格才认识，不知道她愿不愿意帮我们做这件事。就算格格愿意帮这个忙，我们又怎么与她取得联系？"

"佳悦，我与你有相同的想法，但目前还没想到与她取得联系的方法。"宋书平说，"我在来的路上就在思考这个问题。只是事情来得太突然，还没容我们准备好，格格就被'请'进去了。"

"你们别忘了，还有陈阿三啊。"刘雅诗见钮佳悦和宋书平都在为难，突然想到了陈阿三。当初宋书平从龙华集中营里传出来的情报，都是陈阿三拿回来的。

"我也想过这个办法。"钮佳悦又轻轻地叹了一口气说，"龙华机场与龙华集中营不能相提并论。龙华集中营里面关的是欧美侨民，属于监狱，而龙华机场属于军事重地，是不允许任何陌生人靠近的。况且里面又缺少民夫。如果阿三前去打听消息，说不定会被日本鬼子抓进去修建机场。"

"我的想法与佳悦一样。"宋书平说，"我们不能让阿三去冒这个险。他毕竟还是一个孩子，这事应当是我们大人做的。"

"那怎么办？"刘雅诗见钮佳悦和宋书平都持反对意见，不由问道。

三个人一时都没了主意，气氛显得有些沉重。他们不但要为王蓦瑶的安危担心，还要想办法弄到机场里的兵力部署。这个任务看似简单，执行起来却又非常难。

"侬讲的话阿拉都听见了。"陈阿三突然推门进来。

几个人都大吃一惊，因为钮佳悦对陈阿三说过，没有得到她的允许他不能进来，没想到陈阿三竟然自作主张进来了。钮佳悦便对他说："我不是说过吗？没有得到我的允许，你不能进这间屋子。"

"小姐姐，把这个任务交给阿拉吧。阿拉一定办好。"陈阿三请求道。

"什么任务不任务的，你还小。"钮佳悦根本不想答应陈阿三的请求，"这些事情是我们大人做的。"

"这些日脚，阿拉一直在机场周围，看到他们抓人。阿拉还是个小人，他们不会抓阿拉的。所以，这个任务非阿拉不可。"陈阿三本来站在门外不愿听钮佳悦他们说话，但还是无意中听到了。加上他这些日子听了宋书平的话,在龙华机场外围打听消息,看到好些人被抓进去修机场。在听到刘雅诗的话时,他便觉得他就是那个可以在机场外面向王蓦瑶传递情报的人。

"我觉得阿三合适。"宋书平突然改变了主意,又说,"机场外面的警察我还认识一两个,如果给他们一些好处,他们会对阿三在机场外面睁一只眼闭一只眼的,不会把阿三抓进去。"

"这样行吗?"钮佳悦还是担心。

"现在我不能给你肯定回答。"宋书平说,"等晚上我去找那两个兄弟喝一点,再给他们一些好处,再听听他们的想法。"

"书平同志,主意是我出的。但我不想让阿三去冒这个险。"刘雅诗有些为难,通过刚才冷静的分析,她觉得钮佳悦的担心是对的。现在陈阿三自告奋勇地要去执行这个艰难的任务,她觉得挺对不住陈阿三。

"你们先别急,等我找那两个兄弟问清楚情况后,再决定。"宋书平说这话时,心里也有些忐忑,毕竟和那两个警察的交情不是很深。

去探查龙华机场的情报,一无所获,还差点被日本宪兵队抓住,李茜茜想到这些事就气不打一处来。自己明明知道宋书平是一片好心,为什么不听他的话呢?非要往日本宪兵队的枪口上撞。如果不是锄奸队恰巧路过,开枪吸引了宪兵队的注意力,自己哪能如此顺利逃脱?为了救自己,锄奸队的弟兄还死了两个,伤了三个。

李茜茜回想那天与宋书平分开,她不听宋书平的劝告,朝着相反的方向走去。刚到小巷子口,几个日本宪兵见到她端起枪便射击。好在那些日本宪兵的枪法并不好,打在了李茜茜旁边的墙上。李茜茜急忙往另一条小巷子里跑,但她没跑多远,几个日本宪兵就追了上来。就在李茜茜无处可躲时,身后突然冒出几个人来,朝着日本宪兵开枪。李茜茜这才看清他们是锄奸队的人。虽然他们击毙了好几个日本宪兵,但也倒下了两个,另外三个都受了伤,最终,他们还是把李茜茜护送到了安全的地方。

想到此,李茜茜自责不已。虽然这次一无所获,但也得向谷海山汇报。

来到谷海山的住处时,李茜茜看到谷海山的脸色,便知道他已经知道了事情的经过,也便没做过多的解释。果然,谷海山先开口了:"茜茜,你也不要过于自责。如果情报真那么容易得到,就用不着我们军统了,那些弟兄也不会冒着生命危险潜伏在上海滩了。两个弟兄的死亡是有意义的,我会加倍给抚恤金的。"

谷海山越是安慰,李茜茜越是觉得有一根刺扎在她的心里。那些弟兄都有父母,也有妻儿,他们抛家弃子来到上海滩是为了什么,还不是为了这个国家不再受苦难。如果不是为了这个国家,他们可以待在家里,守护着父母和妻儿,但他们没有这样做。在国难面前,他们挺胸向前。

"站长,我……我真不知道我还能做些什么?"李茜茜心里的苦,只有她自己知道,如果现在不表达出来,憋在心里更难受。

"茜茜,胜败乃兵家常事。这次的失利,不能怪你。"谷海山心里也有气,但他不愿意发出来。李茜茜作为一名高级特工,不应该犯那么低级的错误,怎么就往日本宪兵队身上撞呢?是她意气用事,还是她太笨?但事情已经过去了,谷海山不想再追究。毕竟现在他手里能用的人,只有李茜茜了。谷海山有时候也私下问自己,为什么一直用李茜茜呢?可反过来一想,如果派其他人去执行这项任务,说不定完成得比李茜茜还要差。尽管这不是谷海山想要的结果,但只要李茜茜没有被日本宪兵队抓住,就是不幸之中的大幸了。

"站长,我还是非常难过。那两个弟兄为了救我才牺牲的……"李茜茜说着,眼睛红红的,眼泪差点就流了出来。

"茜茜,好了,把你的悲伤收起来。如果真要为他们报仇,你先得把任务完成,再把日本鬼子全部消灭掉,这就是我们对他们最好的报答。"谷海山说不伤心那是假的,每次任务都有人牺牲,看得多了,他也麻木了。随着年纪的增长,谷海山有时候也特别伤感。他是军统的一名高级特工,不允许夹杂太多的感情。一个特工一旦动了感情,不但完不成任务,还保不住性命。有时候,谷海山心里或多或少地夹杂着一丝私人感情,但他不能允许手下的特工有爱情,不能为了爱情而放弃任务。朱佩玉就是一个例子,在杜绝情感方面,李茜茜比朱佩玉强。

"站长,我这次的任务并没有失败。"李茜茜说,"我打听到千惠子把王蓦瑶绑架到了龙华机场。"

"为什么又是她?她到底是一个什么人?"谷海山再次听到王蓦瑶时,心里不由一惊。他已经派人仔细查过王蓦瑶了,得到了王蓦瑶的详细资料,她的确是一位清朝的格格,只不过这个格格还没有享受到皇宫的荣华富贵,清政府就消亡了。这位格格从此沦落在民间,经历了酸甜苦辣,迫不得已才以当替身演员为生。

"我觉得她是共产党的人。只要我们找到她,就会有意想不到的收获。"李茜茜整理了一下心情,又说,"无论是龙华集中营里的人逃脱,还是大汉奸黄大维身上的'光石计划'被共产党抢走,都与她有莫大的关系。"

"上次的任务,我们虽然没有完成,但共产党还是把'光石计划'送到了重庆。要不然,戴老板也不会放过我们。"谷海山想起上次的事,头皮发麻,于是对李茜茜说,"你找机会会会她。"

"站长,我也有此想法。"

"你现在就去做一个计划。"

"是,站长。"

久雨的上海滩终于迎来了晴天。在阳光的照射下,很多人走上了街头,沐浴着阳光带来的温暖。陈丹璐正乘船去三林寻找民夫小包工头刘阿四。直至今天下午千惠子才查到刘阿四的住处,所以,她命令陈丹璐马上去三林把刘阿四抓回来。

陈丹璐不是第一次来到三林。三林是一个小镇,但此时没有了往日的人间烟火的气息,多了一份死寂,让人不寒而栗。

在别人的指点下,陈丹璐找到了刘阿四的家,只是刘阿四人去屋已空。当然,陈丹璐根本不知道刘阿四早已被老李送往浙西抗日根据地了。

抓不到刘阿四,陈丹璐心里很窝火,只得急着回去复命,偏偏又没有回十六铺码头的船只。陈丹璐只得在三林住了下来。

夜晚的龙华机场灯火通明。但今晚民夫们不是在加班加点干活，而是在静静地看一场别开生面的演出。

台上有两个年轻女子在对唱越剧。虽然那个年轻的女子化了妆，但等待上场的王蓦瑶还是认出了其中一人正是钮佳悦。王蓦瑶心里一惊，随便她又激动不已，想着如何把情报传递给钮佳悦时，锣鼓声停了下来，该她上台了。王蓦瑶在走上台与钮佳悦擦肩而过的那一刻，一个不经意的运作，将机场的兵力部署图交到了钮佳悦的手里。然后，王蓦瑶漫步到台上，随着锣鼓声的响起，她唱起《长坂坡》的选段来……

原来，因为雨季，耽误了不少的工作，在天晴的时候要补回来。但人不是机器，不可能每天二十四小时地运作。要想提高人的工作效率，除了让他们吃饱饭，更应当给予他们精神上的抚慰。于是，千惠子向监督龙华机场安保工作的高官建议，可以搞一场联欢会，去抓一些中国演员来演出，让所有的民夫在晚上观看，并在联欢会上鼓舞他们。

千惠子的这个提议得到高官的赞同，高官还让王蓦瑶也上台唱几段京剧给民夫们听。民夫们是中国人，王蓦瑶的京剧是他们花钱都听不到的。

于是，千惠子亲自带人去上海滩抓了一批能歌善舞的年轻女子，把她们带进龙华机场。只是在这些能歌善舞的年轻女子中有一个人就是钮佳悦。

那个中国通日本高官与千惠子定下这个计划后，就去找王蓦瑶，让她准备一些拿手的京剧，到时候在舞台上演出。王蓦瑶说她一个人的演出时间不会太长。

"当然，不会是你一个人的演出，我们还准备让众多的中国年轻女子来演出。"那个中国通日本高官说完，又叮嘱王蓦瑶尽早准备起来。

联欢会还会请其他人来演出？这不是给自己最好的机会吗？要尽快把这里的兵力部署绘成图纸。如果钮佳悦能进来，那是最好不过的事了，自己可以趁机把情报传递给她。

当晚，王蓦瑶出去买东西，把龙华机场要搞联欢会的消息传递给了陈阿三。又一连几个晚上，王蓦瑶借故散步，把机场的日军兵力部署全部记在心里。到联欢会开始那天,她刚好把机场的兵力部署情况全部形成了文字。

拿到陈阿三送回来的情报,钮佳悦立即与刘雅诗、宋书平商量,决定自己去冒这个险。

"佳悦,你去太危险了。"宋书平阻止说,钮佳悦是一个重要的人物,她不能有任何危险,而且自从刘嫂牺牲后,宋书平成了唯一保护钮佳悦的人。

"是啊,佳悦,你不能去。"刘雅诗也劝阻说。

"我已经思考过了。千惠子和陈丹璐都认识雅诗姐,书平同志也受到千惠子的怀疑,更不能去。只有我才是最合适的人选。再说,格格在信中提到,那个日本高官很喜欢她唱的京剧,批准她可以在机场内任意走动。"钮佳悦说,"上一次,千惠子听过我的越剧,我这次再去唱越剧,她在短时间内肯定不会怀疑我的。"

"佳悦,万一你有危险,怎么办? 我们都进不了龙华机场,根本没法营救你。"宋书平还是非常担心。

"你放心,格格在信上说,日本鬼子这次'请'的人有很多。想必他们总不会把这么多文艺界的人都关起来,那岂不得罪了上海文艺界?"钮佳悦分析说,"日本鬼子的败局已定,他们在这个时候也需要舆论,所以,我断定他们在我们演出后,会放我们出来的。"

"不怕一万,只怕万一……"刘雅诗也特别担心钮佳悦的安全。

"你们放心,这次我无论如何,一定要进龙华机场,而且要拿到他们的兵力部署情况。"钮佳悦心意已定,"这是唯一的机会,错过了这个机会,恐怕非常难了。"

"不是有格格吗?"宋书平还是特别担心,又说,"只要格格出来了,情报一样能带出来。"

"我们不知道她会在里面待多长时间。上级已经在催我们了,我不想再等下去了。"钮佳悦又说,"我们不能错过这个机会。就这么定了。"

第二天,钮佳悦来到一个唱越剧的剧团里,加入了剧团。千惠子也来到该剧团里挑人,钮佳悦便是其中一个。

这些被从外面"请"进来的人在龙华机场演出了两天,最终还是被千惠子放了出去。

第十二章

隐秘对手红灯笼

　　7月的上海,梅雨刚结束便进入酷暑时节,天上的太阳像火一样炙烤着大地,地上的草木因为吸饱了水分,长得郁郁葱葱。尽管这样,还是掩盖不住战火带来的满目疮痍,大街小巷很难见到行人,他们不是被酷暑逼进了房间里乘凉,而是怕一不留心被日本宪兵队抓住。自1937年以来,他们担惊受怕的日子似乎看不到头。或许因为长期战火的缘故,哪怕只有一点风吹草动,他们都会躲起来,尽量让自己和家人不受伤害。他们也希望战火早一点结束,过上正常的生活。

　　钮佳悦站在窗前,仰望着天窗,不由感叹起来,又是一个艳阳天。这样的好天气,让钮佳悦想起几年前她与李思瑶刚踏上重庆的土地,防空警报就响了起来,她们还没有找到藏身之地,不远处便响起了爆炸声。李思瑶拉着她没命地奔跑,远处人群的哭喊声和房屋的倒塌声随之而来。这样的天气,也让钮佳悦想起1939年5月3日和4日日本鬼子对重庆的大轰炸。5月3日那天,钮佳悦值完夜班回来,已是日上三竿,她双眼直打架,回到宿舍,连脸都没洗,倒头便睡。她觉得这世上再也没有比睡觉更好的事了。钮佳悦倒在床上,连梦都没有做一个，直到震耳欲聋的空袭警报声把她惊醒，陈医生把她拉进了防空洞。钮佳悦这辈子都不会忘记那一次日本的轰炸。因为她一进到防空洞里，就感觉日本鬼子的这次轰炸与往常不一样。随着越来越剧烈的爆炸声，向洞里涌进来的人越来越多。不一会儿，防空隧道内就聚满了人，还不断有人涌进来，显得十分拥挤。防空洞里两旁的板凳上坐满了人，过道上也站满了人。没多久，洞内空气异常浊闷。此时，日军飞机进入市区上空，开始狂轰滥炸，霎时间，爆炸声此起彼伏。

在防空洞里，钮佳悦也听到了她从未听到过的歌声：

不怕你龟儿子轰，不怕你龟儿子炸，老子们有坚强的防空洞，不怕！不怕你龟儿子凶，不怕你龟儿子恶，老子们总要大反攻，等着……

虽然大轰炸过去好几年了，但那时的情景仍历历在目，尽管钮佳悦一直不愿意去回忆，但那些事她一直无法忘却。这是日本鬼子犯下的重罪，也应当让他们尝尝我们的轰炸了。

钮佳悦正想着，天空中传来了轰鸣声，几架飞机出现在她的视野里。飞机飞得并不高，机身上的图案都看得清，钮佳悦心头一热，她等这一天等得太久了。

"佳悦，那是重庆派来的飞机。"刘雅诗不知什么时候走到钮佳悦身边的，看到飞机飞过来，忍不住打断了钮佳悦的回忆。

"雅诗姐，这是重庆派来的飞机。"钮佳悦说着眼睛一热，眼眶里饱含着高兴的泪水。

"是啊，佳悦，我们等待这一天等得太久了。"刘雅诗的眼眶也湿了，想着为了得到龙华机场的兵力部署图和建筑图，她们可是费了很大的精力。她们出生入死获取情报，就是为了这一天。这一天的突然降临，又怎能让她们不高兴呢？

就在她们的仰望中，飞机上的炸弹呼啸着朝龙华机场而去，同时，龙华机场里响起了高射炮的声音，只是日本鬼子的飞机并没有飞起来。

天上的飞机没一会儿就扔完了炸弹，留下一阵轰鸣声飞走了。

"雅诗姐，这是重庆的飞机试探性地轰炸龙华机构，相信要不了多久，会有更多的飞机来这里，把日本侵略者赶出上海，赶出全中国。"钮佳悦激动地说。虽然这次只是试探性地轰炸龙华机场，但她相信，日本飞机场迟早保不住。

"佳悦，如果没有你冒死得到情报，飞机也不会来得这么快。"刘雅诗来上海也有一些时间了，看到钮佳悦每次做决定前心里都很矛盾，但她一旦确定后，又是那么果断，对每件事情的判断都有条有理，让人不可反驳，她每次都是赢家，这令刘雅诗刮目相看。刘雅诗有时候也在想，如果换作自己来完成这次任务，定会有诸多顾虑，从而失去先机。钮佳悦的果断，正是她成功的关键。

"雅诗姐，这是我应该做的。我们的工作就是为了夺取情报。我们也要让日本鬼子尝尝被轰炸的滋味。"钮佳悦十二岁那年，在老家湖州亲眼看到父母因日本鬼子的飞机轰炸而被活活烧死；在重庆时，她也经历过无数次的大轰炸，尝到过被轰炸的滋味。如今，中国飞机要以牙还牙，也要让日本鬼子过过惶恐不安的日子。

"佳悦，你觉得这次的轰炸会带来什么？"刘雅诗突然发现这次轰炸虽然只是试探性的，但对日本鬼子来说，就算不是致命的，也会带来诸多连锁反应。

"日本鬼子被轰炸，肯定会调查情报是如何泄露的。这肯定会给我们近期的工作带来意想不到的麻烦。特别是电台，我们要保持沉默了。"钮佳悦似乎早就想到了这一点，又说，"雅诗姐，你给书平同志也说一声，如果没有特别重要的情报，近期我们暂时不要见面。可以让阿三做我们的交通员。"

"佳悦，还是你思考得周到，我这就按你的意思去办。"此时，刘雅诗发现钮佳悦比她想象中还要聪明。刘雅诗想，钮佳悦此时选择关闭电台，自然有着深远的打算。很多人认为这场试探性的轰炸给日本鬼子带来了创伤，殊不知日本鬼子会顺着这条线查下去，以特高课的能力，用不了多久就会查出事情的真相。所以，钮佳悦选择让陈阿三这样不起眼的人当交通员，不会引起日本鬼子的察觉。由此可见，钮佳悦早就想好了退路。

"雅诗姐,你最近的活动也暂停下来,等风声过去了再开始。"钮佳悦叮嘱刘雅诗。

"佳悦,就按你的意思办。"刘雅诗不由得再次佩服起钮佳悦的机智果断。

龙华机场被轰炸,千惠子气得吐血。来监督安保工作的高官也在这次轰炸中丧生了。再加上机场的其他损失,足够让千惠子切腹自尽来向天皇谢罪了。如果就这么切腹自尽,千惠子又有些不甘心。她和国民党的军统与共产党的特工交手这么久,连对方是谁都没有搞清楚,就这样自尽,见了阎王,她又如何与那些前辈见面?因而,千惠子决定找出一个不用切腹自尽,还可以继续追查真凶的理由。要找到这个理由,首先得找到一个替死鬼。

谁来做这个替死鬼呢?千惠子思考了很久,眼睛突然一亮,不是有一个现成的人吗?于是,千惠子马上拿起桌上的电话给陈丹璐打了过去。

不一会儿,陈丹璐就来到了千惠子的办公室,当她看到千惠子的脸色时,心里就盘算起来。这个日本丑女人早不找自己,晚不找自己,偏偏在龙华机场出事后找自己,肯定与此事有关,最大的可能性就是让自己替她顶罪。如果真是这样,自己该怎么办?

"陈丹璐,我千惠子对你好不好?"果然不出陈丹璐所料,千惠子一开口就打感情牌。

"千惠太君,你对我当然好啦。你就是我的再生父母。"陈丹璐虽然嘴里这样说,可心里却把千惠子的祖宗十八代都骂了个遍,又在心里骂道:"你这个丑女人,平时把老娘当狗一样使唤,最危险的事就让老娘去做,功劳却是你的。龙华机场出了这样的大事,别以为老娘不知道你在肚子里打啥主意。不就是让老娘替你挡罪吗?还把话说得这么冠冕堂皇。"

"既然我对你那么好,你也知道我现在很多事不顺,希望你能帮我分忧。"千惠子也不想转弯抹角,直接把她的要求说了出来。

"千惠太君,机场被轰炸不是你的错,也不是我的错。"陈丹璐脑袋里飞速转动着,突然眼睛一亮,又说,"大太君喜欢听戏,是不是那场联欢会混进了共产党,或者军统的人?"

"你是怎么知道的?"千惠子十分惊讶地问道。

"千惠太君,那些戏子可是你按照大太君的要求请来的,说是慰问民夫,可谁知道这些戏子里有没有共产党或者国民党军统的人?不过,当时我在三林调查那个失踪的民夫,不在现场,具体情况不是很了解。"陈丹璐直接把这个罪名推给了那个死去的日本高官,这叫作死无对证。就算是土肥原贤二来了,她也有把握把这个责任推给死人。

"你说得详细些。"千惠子突然发现陈丹璐的这个说法比自己把责任推给她要好得多。如果把全部责任推给陈丹璐,上面的人来查了,陈丹璐还可以辩解。再说,唱戏的人是自己亲自去找的,开联欢会的那两天,陈丹璐去三林执行任务,不在龙华机场,所以说这一切都与她无关。如果真的是唱戏的人中混进了国民党军统或共产党的特工,那都是自己惹的祸。陈丹璐完全可以把责任推给自己。就算上面的人不相信陈丹璐的话,自己也会摊上一部分责任,虽不用切腹,但从此也很难再站起来。如果把这个责任推给刚刚在轰炸中身亡的高官,一是死无对证,二是有陈丹璐做证,那就完全不一样了。现在得想办法让陈丹璐相信这件事真是高官做的,还要让她帮着自己说话。

"千惠太君,你让我怎么说我就怎么说。"陈丹璐知道千惠子非常狡猾,一定要顺着她的话说下去,于是,她把话又推了回去。意思是说,你千惠子想让她怎么说,她就怎么说。

"你……"千惠子没想到陈丹璐把皮球又推给了她,顿时觉得陈丹璐也不是一个好对付的人。但眼前又急着把责任推出去,等到上面的人来调查了,那就被动了。

"千惠太君,不要急,慢慢地说。"陈丹璐见千惠子被唬住了,心里不由高兴起来,又说,"大太君喜欢听京剧,非要让你去找那些唱京剧的人,还点名要王蓦瑶到场。因为王蓦瑶是清朝的格格。格格是一个有身份的人,而大太君也是一个有身份的人。所以,一般人唱的京剧还入不了大太君的法耳。他借慰问民夫搞联欢会,其实是想在这里一手遮天。"

"你的话很有道理。"千惠子嘴上这样说,却在心里骂陈丹璐。她千惠子就是一个特别狡猾的人,能够把黑的说成白的,把白的说成黑的,没想到陈丹璐不但不输给她,还有过之而无不及。但陈丹璐的话也有一定的道理,要摆脱自己的过失与责任,只有把责任全部推到高官身上。反正嘛,他已经死了。这叫死无对证。

"千惠太君,我们就这样统一口径?"陈丹璐见千惠子完全相信了自己的话,不由得意起来。

"就按你的意思办。"千惠子答应了下来,但又马上说,"虽然我们对上面来调查的人这样说,但是我们都知道这件事的真相不是这样的。到底是谁把机场的兵力部署泄露出去的,现在还是一个谜团。所以,你马上去调查清楚,给我一个准确的消息。"

"千惠太君,你是让我调查国民党军统的特工,还是共产党的特工?"陈丹璐一直觉得李茜茜是军统的人,而从延安来的刘雅诗也没了踪影,特别是来码头接刘雅诗的人,肯定是隐藏在上海的共产党的高级特工,自己连他的身份都不知道,怎么查?如果两者一起查,自己花费的时间和精力都不少,还不如只查一方?但陈丹璐还是低估了千惠子。

"两者都查。无论是国民党军统的特工,还是共产党的特工,见一个抓一个,不交代的就地处决。"千惠子觉得特别窝囊,到上海有些日子了,连共产党和国民党军统的特工的影子都没有看到,这怎对得起她这个日本高级特工的名号?

"千惠太君,两者都查,难度太大啊。再说我手下就那几个人,抽不出人手啊。"陈丹璐听到千惠子让她调查两者,极不高兴,但又不能表现出来,只能推脱。少查一个是一个,何必这么卖命呢?再说,无论是国民党军统的特工,还是共产党的特工,他们都不是吃素的,弄不好,自己的小命就没了。

"不查也得查。这是命令,违令者死。"千惠子见陈丹璐与她讨价还价,便直接下了死命令。

"是。我这就去办。"陈丹璐心里火极了,她不答应又能怎么办?反正千惠子有把柄在她手里攥着,只要有机可乘,定会让她难堪。

谷海山怎么也没想到,他派李茜茜去探取龙华机场的兵力部署和机场图纸的情报,竟然又被共产党抢了先。直到共产党高层把这个消息反馈到重庆,重庆派飞机轰炸了龙华机场等地方后,谷海山才如梦初醒。紧接着,他又接到了戴老板的密信,戴老板不但把谷海山骂得狗血淋头,还说谷海山都几十岁的人了,还不如共产党的一个小小的红灯笼。同样在上海,人家能够把龙华机场的兵力部署摸得如此清楚,这次轰炸也证明了人家的情报是准确无误的。

谷海山也看到了重庆派来的飞机轰炸龙华机场,日本鬼子的飞机并没有起飞抵抗,而是只用了少数的防空高射炮象征性地还击了一下,然后就没了声音。可见,共产党的那个叫红灯笼的特工的确摸清了龙华机场兵力和火力的部署情况。

"李茜茜啊,你真是成事不足,败事有余。"谷海山在心里大骂了李茜茜一顿。谷海山也知道李茜茜带着伤病留在上海滩为党国工作,已经尽力了。一个军统特工将生死置之度外,李茜茜已经做到了这一点。再批评李茜茜,已经找不出其他理由了。但戴老板信中的话,实在是太难听了,这让谷海山火冒三丈。谁让他的任务一次又一次失败呢?所以,谷海山不得不把李茜茜叫了过来。

"茜茜,你看看这信。"待李茜茜来后,谷海山一再忍住心中的那股怒气,直接把戴老板给他的信递给了李茜茜。

李茜茜接过信,几卜就看完了,心里也有了一股怨气。戴老板坐在重庆,他又怎知第一线特工的辛苦?与自己一起在第一线的军统特工,早就把生死置之度外,就拿上次的锄奸队的几个特工来说,他们明知是死,还是尽最大努力保证了李茜茜的安全。李茜茜又想到前一年,她组织的敢死队去刺杀日本高官藤原,他们明知是死,却没有一个人后退,全都死在冲锋的路上。戴老板的骂声让李茜茜心寒,她也明白谷海山顶着多大的压力,突然觉得自己挺对不住谷海山的栽培。

"站长,都是我无能,让你受委屈了。"李茜茜看完信,心里极为矛盾。自从谷海山选中她后,无论是文化学习,还是各种特工的技能,她都是出类拔萃的,与朱佩玉不相上下。谷海山根据她与朱佩玉各自的特长,培训结束后分别安排工作。她一直在上海滩潜伏,朱佩玉虽然冲锋陷阵,立下了汗马功劳,最终却为情所困。李茜茜一直害怕自己也步朱佩玉的后尘,所以,她极力克制自己的情感,虽然遇到宋书平后,多次都有表白的冲动,但理智告诉她,她是一名在上海滩潜伏的高级军统特工,首要任务是夺取情报,待把日本鬼子赶出中国后,她才有资格谈论感情的事。每一个花季的女孩都有得到爱情的权利,她只能做那个例外。戴老板太不讲人情了,任务失败是一件很正常的事。虽说这次任务没有完成,但共产党得到情报,不是一样给重庆了吗?再说共产党也是中国人,他们是真心抗日的,又何必分彼此呢?

"茜茜,你也不要自责了。戴老板在信上说,这次的情报是共产党的红灯笼完成的。你可有红灯笼的消息?"谷海山郁闷至极,他申请到上海滩来潜伏,为的是治好心病,亲手抓到共产党的红灯笼,为心爱的学生朱佩玉报仇。谷海山来到上海滩,可以说是忍辱负重,几年过去了,连红灯笼的影子都没有见到。共产党的红灯笼来到上海滩后,只在黄浦江边留下一个虚无的身影,便没了踪影,好像是在上海滩消失了一样。谷海山多次派人去调查红灯笼的下落,都一无所获。可戴老板在信上说得明明白白,提供龙华机场情报的人是共产党的红灯笼,这足以说明红灯笼就隐藏在上海滩。难道红灯笼真有上天入地的本事?

"回站长的话。我也一直在调查共产党红灯笼的下落,可是一直没有消息。"李茜茜在戴老板给谷海山的信中看到红灯笼三个字,心里就"咯噔"了一下,这真是哪壶不开提哪壶,他为什么要提到红灯笼呢?李茜茜深知红灯笼三个字已经成了谷海山的心病。因而,她看到这三个字时,便在想如何回答谷海山的话了。

"你真不知道红灯笼的下落吗?"谷海山看到李茜茜看信时,眉头明显地急动了一下。尽管这个动作很小也很短暂,但谷海山还是捕捉到了。

"站长,我还真没有查到。"李茜茜自己也不知道为什么不愿意说出钮佳悦就是红灯笼的事。自从偶然得知钮佳悦就是共产党的红灯笼后,李茜茜对钮佳悦有了爱惜和尊敬。钮佳悦还是一个刚长大的女孩,她的能力那么强,每次相同的任务都是她最先完成的,她天生就是当特工的料。李茜茜也分析过，自己在参加力行社前是学校里的高才生，在加入力行社后，也经过特别的文化知识培训和残酷的训练，可以说自己无论在哪个方面都比钮佳悦强，可为什么每次任务都是她赢了呢？

"不知道她的下落，就继续查，一定要查到她的下落。我就不相信，她在上海滩能够上天入地了。"谷海山给李茜茜下了死命令。

"是，站长。我一定要查到红灯笼的下落。"李茜茜没有退路，既然谷海山这么在意红灯笼，自己无论如何都要会一会钮佳悦了，与她好好地谈谈。

从谷海山那里回来后，李茜茜便开始寻找钮佳悦，可是她找遍了上海滩，连钮佳悦的影子都没见到。

又几天过去了，李茜茜仍没找到钮佳悦，她好像在上海滩消失了一样。

这到底是怎么回事？李茜茜陷入了困境。

虽然千惠子把龙华机场被轰炸的事应付过去了，但她明白，如果一天不除掉共产党和国民党军统的特工，她的麻烦还会接踵而来。能够在短时间内把情报送出去，除了用电台，千惠子想不出其他途径。因为用电台传递情报是最快和最省事的途径，只要他们在上海滩使用电台，自己就有办法找到他们。千惠子决定派出监听车在城里寻找电波。

一连几天，千惠子都无功而返。难道是自己判断错了？但她转念一想，如果是对方知道龙华机场被轰炸了，就关闭了电台，等到一个合适的时间再开机传递情报呢？这就需要自己有耐心。

又几天过去了，千惠子仍然没有监听到任何可疑的电波。难道他们从上海消失了？就在千惠子打算放弃时，一个手下快步走过来说，他们监听到了一个电台在传递情报。他们破译了很久，只破译出三个字。

"是哪三个字？"千惠子忍不住问。

"红灯笼。"手下回答说。

"红灯笼？"千惠子突然有了一种想哭的冲动。刚到上海时，她就知道她的前任花野洋子死在红灯笼的手里。自己竟然把这个红灯笼忘记了,没有把她作为重点调查对象,真是失策。令帝国的高级特工殒命于此,这个红灯笼不会真的有三头六臂吧?越是这样的对手,千惠子越是有了战斗的欲望。前些年,千惠子在东北执行了不少的任务,遇到的对手也不少,但最终她千惠子成了赢家。因而,千惠子总觉得自己没有遇到真正的对手。如果这个红灯笼真的那么厉害,那么,自己就一定要会会她,看看她有多大的能耐。

要想战胜红灯笼,就一定要了解她。想到此,千惠子突然想起她曾把查找红灯笼的任务交给了陈丹璐。于是,千惠子给陈丹璐打了一个电话,让她以最快的速度到她的办公室一趟。

陈丹璐正忙着,突然接到千惠子的电话,尽管心里极不舒服,但她不敢违抗千惠子的命令,屁颠屁颠地跑到了千惠子这里。

"陈丹璐,我让你查的红灯笼的事,有啥结果了?"见到陈丹璐一进门,千惠子就迫不及待地问道。

"千惠太君,这些日子你不是让我调查机场被炸的事情吗?"陈丹璐听到查找红灯笼的事,心里一惊,连花野真衣和花野洋子两姐妹都不是红灯笼的对手,自己去查她,这不等于把自己这只小绵羊送进老虎嘴里?自己能推就推,实在推不了就象征性地调查一下,最后就说查不到,时间一长,也就不了了之。

"啥?你没有查到?"千惠子突然火了,厉声说道,"你知不知道这些日子以来,我们的对手就是红灯笼。我们在明处,她在暗处,每次任务她都抢在我们前面。"

"千惠太君,我这就去调查。"陈丹璐不想留在千惠子的办公室里,害怕千惠子轻则骂出难听的话来,重则打她。这个矮小且丑陋的日本女特工手脚特别快,还是一个杀人不眨眼的恶魔。

"你是怎么调查的?"千惠子憋住火气问道。

"千惠太君,请你明示。"看到千惠子的脸色不对,陈丹璐马上把皮球踢了回去。

"是我在问你!"千惠子明白陈丹璐在踢皮球,但还是忍住怒火。如果红灯笼那么好查,那她的前任就不会死在红灯笼手里了。种种迹象表明,无论是龙华集中营的安德烈逃脱、黄大维的死和"光石计划"的丢失,还是龙华机场被轰炸,都与共产党的这个红灯笼脱不了干系。这个红灯笼真是太狡猾了,自己到现在对他的年龄、性别都一无所知。陈丹璐以前在七十六号工作过,管过档案,也经历过自己的前前任和前任,多少知道一些关于红灯笼的消息。只要她认真去调查,肯定能查出一些情况来。只是这个支那女人身上长有反骨,如果自己不给她施压,她只会应付了事。

"千惠太君,这……"陈丹璐知道躲不过了,心里真没有查找红灯笼的好方法,眼下千惠子逼得急,得想办法应付过去,于是,又说,"我们先从外围查起。理由有两个:一是我们查外围,可以让红灯笼放松警惕;二是我们在外围抓到共产党,可以从他们的嘴中撬出一些有用的消息,然后一步一步地顺着线索,找到红灯笼。"

"这个主意不错。你现在就着手去调查。"千惠子不是赞同陈丹璐的主意,而是一定要让陈丹璐调查红灯笼的下落。

"那我先去准备了。"陈丹璐急切地想逃离千惠子的办公室,她真不想见到千惠子这个丑女人。可为了活路,她又不得不面对。

"那你先去吧,一有消息就马上向我汇报。"千惠子看出了陈丹璐的不耐烦,但她只能把火气压下去,她现在需要像陈丹璐这样的人。

得到千惠子的话,陈丹璐像疯了一样跑出了千惠子的办公室。

看着陈丹璐远去的身影,千惠子终于把憋在心里的火发了出来,拿起桌上的茶杯狠狠地砸在地上,叫道:"陈丹璐,你给我等着。"

随着龙华机场被轰炸,日本鬼子另外的机场和海上的军舰也都先后遭到了国军与美军的联合轰炸,日军几乎慌作一团。正是在日军的这种慌乱中,钮佳悦得到了王蓦瑶被关进龙华机场临时监狱的消息。龙华机场在前些日子遭到轰炸,日军乱作了一团。王蓦瑶的计划是趁着混乱逃出龙华机场,但她还没有准备好,千惠子就带人把她控制起来了,说是每个人都有嫌疑,并且多次提审了王蓦瑶,均未得到想要的结果。

如何把王蓦瑶救出来,这成了一个难题。龙华机场遭到轰炸后,日本宪兵队管理得更严了。里面的人出不来,外面的人进不去,机场里的日军吃的粮食和蔬菜都换成由日军押送。

想到王蕈瑶还被关在龙华机场的监狱里,钮佳悦便自责不已。当初,为什么不想办法让王蕈瑶先逃出龙华机场呢?

"佳悦,你是不是在想格格的事?"刘雅诗走到钮佳悦身边,又说,"佳悦,你不要太担心。据书平同志打听到的消息,格格虽然被关押起来,但没有生命危险。"

"雅诗姐,虽然格格还不是我们的同志,但她为了我们的任务,把生死置之度外,就凭这一点,我们都不能让她有任何危险,可是我没有做到这一点。"钮佳悦自责不已。

"书平同志这些日子也非常忙,带来的消息也非常有限,要不,我也去打听消息吧?"刘雅诗提议道,"现在,阿三也不敢靠近龙华机场了。日军已经把龙华机场周围一公里以内划为禁区,一切无关人员不准靠近,否则就格杀勿论。"

"雅诗姐,阿三已经把这个消息告诉我了。你的提议很好,我们自己去打听消息,然后想办法救出格格。"钮佳悦正有出去打听消息的意思。

"佳悦,你还有很多任务,不能去冒这个险。"一听到钮佳悦也要出去打听消息,刘雅诗有些着急了,急忙阻止。

"雅诗姐,格格被关押,我心里着急啊。如果我们当初把方案做得详细点,格格也不至于被关押,这是我的失职。"钮佳悦也着急起来,又说,"我们不能干坐在这里等待消息,而且外面的消息一直在变化。日本鬼子在太平洋战场上失利,已经如秋后的蚂蚱,蹦跶不了几天。越是在这个时候,我们越要防止他们狗急跳墙。如果真是那样,格格就有危险了。"

"不行。这次无论如何也该我去了。"刘雅诗见无法说服钮佳悦,更加着急起来,又说,"佳悦,你看这样行不行。今天我先出去打听,如果没有得到我们要的消息,明天我们再一起出去,如何?"

"这样也行。"钮佳悦沉思了一会儿说,"就这么说定了。今天无论有没有消息,你都要保证自己的安全。"

刘雅诗答应了,简单地化装后,便出了门,径直往龙华机场方向走去。

在穿过一条小巷时,一个年轻的女人悄悄地跟上了刘雅诗。刘雅诗却好像全然不知。跟在刘雅诗后面的人是李茜茜。

在这里竟然见到刘雅诗,李茜茜像是发现了金元宝一样。刘雅诗来上海滩,是钮佳悦在十六铺码头接应的。这就足以说明,刘雅诗与钮佳悦在一起,只要悄悄地跟着刘雅诗,就能找到钮佳悦。

李茜茜算是一个老特工,这次不但化了装,还显得特别有气质。只是她跟踪刘雅诗特别小心,害怕刘雅诗发现她。

直到刘雅诗穿过另一条小巷后,李茜茜才紧跟了上去。当李茜茜走到那条小巷时,刘雅诗没了踪影。

"这个女人,怎么跑得这么快?"李茜茜不由嘀咕起来。正在她发愣时,突然一支手枪顶住了她的后脑。

"不许动,把手举起来,慢慢地转过身来。"说话的是一个女人,这声音竟然特别熟悉。

李茜茜十分窝火,自己已经很小心了,还是被人用手枪顶住了脑袋。但在这种情况下,李茜茜不得不举起手来,慢慢转过来,定睛一看,用手枪指着她的人竟然是陈丹璐。

自己被陈丹璐跟踪,居然没有发觉,李茜茜后悔不已。原以为自己在悄悄跟踪刘雅诗,没想到螳螂捕蝉,黄雀在后。

陈丹璐没有认出化装后的李茜茜,不由问道:"你是谁,为什么鬼鬼祟祟的?"

见陈丹璐没有认出自己,李茜茜心头一喜,正在想如何脱身时,巷子里突然响起了枪声。李茜茜趁陈丹璐发愣之际,一把夺过她手中的枪,然后拼命地跑。

一直跑了很久,李茜茜见陈丹璐没有追上来,才靠在小巷角落里的墙上,长长喘气。那一枪是谁开的? 为什么偏偏在陈丹璐用枪指着自己时开枪呢? 难道是刘雅诗? 这说不过去啊。如果刘雅诗发现自己跟踪她,她应当千方百计地脱身,不可能躲在某处为自己解围。如果不是刘雅诗,又会是谁呢? 自己跟踪刘雅诗,只不过是想找到钮佳悦,与她好好地谈一回,咋就这么难?

开枪的人正是刘雅诗,她早就发现李茜茜在跟踪自己。为了摆脱李茜茜的跟踪,她躲进了一堆稻草后面,却看到陈丹璐拿枪指着李茜茜。刘雅诗不想李茜茜被陈丹璐抓进特高课,便开枪救下了她。

开枪后的刘雅诗不敢再去打听关于王蓦瑶的消息了,便抄小道回到了住所,又把这一切告诉了钮佳悦。

"雅诗姐,李茜茜虽然是军统的人,但她与军统里的其他人不一样,你应该救她。"钮佳悦说完,沉思了一会儿又说,"我们也不用去打听格格的消息了。我们要救她,还得用老办法。"

"用老办法?"刘雅诗当然知道钮佳悦所说的老办法,又问道,"只是那个办法已经用了两次了,日本人还会买账吗?"

"不试试,又怎么知道不行?"钮佳悦笑着回答。

好不容易抓住一个神秘的人,最终却让她逃脱了,陈丹璐像泄了气的皮球,回到办公室里,还想着今天碰到的这个人的身影怎么那么熟悉。她到底是谁? 一连几天,陈丹璐想破了脑袋都没想出个所以然来。因为见过的人太多了,只能把这个人与见过的人进行逐一对比,虽然有几个嫌疑人,但陈丹璐最终还是不确定是谁。

陈丹璐发呆时,接到了千惠子的电话。千惠子让陈丹璐马上去她的办公室一趟。只要接到这个日本丑女人的电话,准没有好事,但又不得不去。陈丹璐思想挣扎了一下,还是硬着头皮来到了千惠子的办公室。

"都好几天了,你为什么没有向我汇报?"陈丹璐进来后,千惠子就阴着脸,见陈丹璐一言不发,憋着火气说道,"马上把你这几天调查的情报汇报一下。"

"千惠太君,这些天还没有查到有用的消息。"尽管陈丹璐已经做好了回答的准备,但还是被千惠子的问话吓了一大跳。

"没有有用的消息? 你到底行不行? 不行,我就换人。"陈丹璐的回答让千惠子的火气一下子爆发出来,她又指着陈丹璐的鼻子吼道,"多长的时间了,你做成一件有用的事情了吗? 完成一个有用的任务了吗? 我们大日本帝国凭什么要养你这个废物?"

"千惠太君,我……我也不想这样……"陈丹璐想说,你千惠子不也是没有办成一件事吗? 大家都一样,你凭什么吼我? 但陈丹璐还是把这些话咽到了肚子里。

"你什么? 我说几句,你还给我顶嘴了,是谁给你的胆子?"千惠子终于把火气全发出来，又吼道，"你一个支那人，办事不力，还不让人说你？你知不知道你的一切，都是我们大日本帝国给的。没有我们大日本帝国给你撑腰，你啥也不是。"

"是，千惠太君教训得是。"陈丹璐只能把火气憋回去。面对千惠子的怒骂，不能还嘴，陈丹璐有些绝望了。此时，她才发现自己哪里还有一点人样，只不过是日本鬼子的一条狗，呼之即来，挥之即去。陈丹璐又想起以前的特工总部主任李士群，他给日本鬼子出了不少力，最终却被日本鬼子毒死了。难道自己也会步李士群的后尘？陈丹璐不敢想象那一天。如果她真没有用处了，日本鬼子会把她毒死，还是枪决？无论哪一条死路，陈丹璐都觉得窝囊。自己好歹也曾是七十六号行动处的副处长，抓了不少共产党，也抓了不少国民党军统特工，没有功劳，也有苦劳。如今在千惠子面前，竟然连一条狗都不如……

至于后面千惠子骂的很多难听的话，陈丹璐一句都没有听进去，她的头胀得像一只气球，随时都可能爆炸，所以，她静静地等待千惠子骂完，没敢还一句嘴。千惠子直到骂得口吐白沫，才把她撵了出去。

陈丹璐像是得到了特赦一样，面无表情，两眼空洞地走出了特高课，游走在大街上，却意外地看到了宋书平与王蔓瑶在一起。

看到宋书平与王蔓瑶有说有笑的，陈丹璐怒气冲冲，不由得心生醋意。王蔓瑶不是被关在龙华机场的临时监狱里吗？这两人怎么会在一起呢？

"今天一定要破坏这两人的好事。"想着，陈丹璐便走了过去，挡住了宋书平与王蔓瑶的去路。

"王蔓瑶，你不是被关在监狱里吗？怎么逃出来了？"陈丹璐十分生气地问道。

"陈处啊，看来你的消息挺落后的啊。"宋书平急忙接下了陈丹璐的话，说道，"格格刚刚被放出来了，你不知道吗？"

"刚刚被放出来了？为什么？"陈丹璐的确没有得到这个消息，心里一沉，日本鬼子做事太隐秘了。如果不是现在碰到王蔓瑶，自己还以为她仍被关在监狱里。

"陈处,千惠太君为啥要放格格,你去问她啊。"宋书平似笑非笑地说。当然,宋书平不能说出千惠子放王蕶瑶的真正原因。那是他和钮佳悦想尽办法,让上海文艺界再次施压的结果。

"陈丹璐,让开。"王蕶瑶满脸嫌弃地看了陈丹璐一眼,不屑地说。

"你……"陈丹璐没想到王蕶瑶对她如此不屑,很是恼火,又找不到合适的理由,便又问道,"你是怎么被放出来的?"

"关你啥事?"王蕶瑶很想大骂眼前的这个女汉奸,可转念一想,只淡淡地说了一句,"你只不过是日本鬼子的一条狗,你还管得了主人的事儿?"

"你……"陈丹璐被王蕶瑶的话呛着了。

陈丹璐刚刚被千惠子大骂了一通,本来想在王蕶瑶面前找点尊严回来,却没想到又被王蕶瑶骂得一文不值,心里极为窝火,抬起手就想给王蕶瑶一巴掌,手却被宋书平抓住了,宋书平说道:"陈处,这就是你的不是了。格格是被千惠太君亲自放出来的,你再对格格出手,万一千惠太君知道了,你猜后果会怎样?"

"你,宋书平,你要为她出头吗? 你知道是啥后果吗?"陈丹璐想挣脱被宋书平抓住的手,却被宋书平抓得死死的。

"陈处,我念我们都在为皇军做事的分上,不与你计较。如果你再这样对待格格,我就把这事告诉千惠太君。再说,这是千惠太君亲自下的令,让我把格格送回去,现在你来捣乱,你是几个意思?"

"原来是这样啊。"陈丹璐像泄了气的皮球,千惠子命宋书平把王蕶瑶送回去,肯定有她的目的,自己现在拦住他们的去路,等于给千惠子添堵,的确不是一件明智的事,所以,她换了口气说,"宋书平,今天的事是我不对,希望你把这事烂在肚子里。"

"陈处,只要你不找格格的麻烦,我就当啥事情都没有发生过。"宋书平也不想与陈丹璐纠缠不清。说完,便与王蕶瑶转身离开。

看着宋书平与王蕶瑶远去的身影,陈丹璐心里说不出是啥滋味。

中午时分,大街上几乎没有行人,千惠子穿着一件不太鲜艳的旗袍,在如此炎热的天气,显得不伦不类。千惠子是第一次穿旗袍,她自己都觉得十分别扭,这让她本来矮小的身材显得有些臃肿,像一个还没有长大的孩子。从背影看去,她恍如邻家小女。只是千惠子脸上的浓妆,遮挡了她本来的容貌,如果不仔细看,谁能看清她浓妆下面那张吓人的脸?

千惠子之所以这样打扮,全是被共产党的代号叫红灯笼的特工闹的。红灯笼来无影去无踪,成了千惠子的噩梦。如果不抓住红灯笼,她寝食难安。

调查了好些天,千惠子连红灯笼的影子都没查到,有些心灰意冷。难道红灯笼是一个谜,或是一个传说?如果说红灯笼不存在,那么那些情报又是谁传出去的?她的前任花野洋子又是怎么死的?她虽然发现了红灯笼的一些情报,却一直没有上报特高课,以至于她死后,特高课也没有红灯笼的任何消息。是红灯笼隐藏得太好了,还是花野洋子太笨?千惠子觉得是前者。就算花野洋子不如自己能干,但这么长的时间了,自己连红灯笼的影子都没找到。如果是后者,岂不说明自己还不如花野洋子?

这天,千惠子又单独出去了,在路过一条小巷时,看到李茜茜正站在一棵大树底下四处张望,从她焦急的表情可以看出,她正在等人。这个号称李西施的百乐门舞女,按道理此时她该在舞厅吃饭,为什么跑到这个偏僻的小巷里来?

"这个李茜茜肯定有问题。"千惠子嘀咕了一声,便朝李茜茜走了过去,却发现李茜茜突然朝对面的小巷走去。

"难道她是共产党的人?或者说她是共产党的红灯笼?"千惠子突然有了这个想法,原因有三:一是李茜茜作为百乐门的高级舞女,能接触到日本的高官,能够得到很多情报;二是李茜茜的身份特殊,又是一个大美女,很多男人都会拜倒在她的石榴裙下;三是李茜茜与形形色色的人在一起,方便把情报送出去。前两年的一个晚上,日本的高级特工南造云子单独在百乐门咖啡厅会见一位重要的客人,被军统的人连击了几枪,而且枪枪击中要害,导致这个日本王牌女间谍顿时魂飞魄散。如果李茜茜不是共产党的红灯笼,那么她有可能是军统的人。

李茜茜站了一会儿,便要离开。千惠子决定悄悄地跟踪她。李茜茜身材高挑,步子明显比千惠子要快得多,没多久,两人就拉开了一段距离。千惠子不甘心,迈开步子就追上去,可追了几步,又不由放慢了脚步,心想,如果李茜茜真的是军统的特工,那么她的反侦察能力也会很强,自己这样冒失地追上去,很可能会打草惊蛇。但不跟上去,李茜茜就会脱离自己的视野。千惠子有些感叹起来,这年头,跟踪一个人都那么难,她也有些理解陈丹璐的处境了。想起陈丹璐,千惠子又气不打一处来。如果陈丹璐的能力再好些,又怎么会轮到自己去跟踪李茜茜,或者说亲自来调查共产党的红灯笼?

转过几条街,千惠子才发现李茜茜的目的地是百乐门。这李茜茜也太狡猾了,她肯定发现自己在跟踪她,故意引自己到百乐门去。千惠子从跟踪李茜茜的整个过程来看,她没有接触任何人,虽然她在大树下很焦急,却没有人与她接头。就算到百乐门去问她,也拿不出任何证据,弄不好还会被她反咬一口。李茜茜又与日本高层有着不同寻常的关系,自己现在去找她麻烦,等于给自己找麻烦。

这李茜茜太狡猾了,千惠子感到头痛不已。

第十三章

气急败坏千惠子

龙华机场被轰炸，陈丹璐差点被千惠子当成替死鬼。想到这事，陈丹璐就气不打一处来。还好自己机智地应付过去了。每每想到此，陈丹璐又十分生气，谁让千惠子是正宗的日本鬼子呢，又是特高课的高级特工，自己只不过是替特高课打工而已。不但没挣到钱，而且每天都身处危险之中，既要防着军统的锄奸队来清除自己，又要防着共产党的人来找自己的麻烦。陈丹璐觉得自己活得非常艰难，替日本鬼子干事，还得不到日本鬼子的信任，一旦有危险的事，都由她去完成。万一事情办砸了，或者没有完成任务，还要由她来背锅。

陈丹璐有时候想，自己这辈子活得真冤。要想在日本鬼子那里抬起头，就得干一件大事，让日本鬼子或者特高课的人刮目相看。可是，以自己孤单的力量，哪里又能完成一件大事呢？目前要紧的事就是查清是谁泄露了龙华机场的军事机密。

随着深入调查，陈丹璐发现龙华机场连续遭遇轰炸，是有人泄露了机场的兵力和防空火炮的部署情况，以及机场的建筑图。如果没有这些情报，中国和美国的飞机怎能在那么巧的时间飞过来轰炸，不但把机场里的飞机炸得稀烂，而且把所有的防空火炮全炸了。

是谁把这里的消息泄露出去的？陈丹璐想来想去，只有王蓦瑶在机场待的时间最长，而且还专门为从日本来的高官唱过戏。如果真是王蓦瑶把这里的机密泄露出去的，那么她又是怎样把情报传递出去的呢？龙华机场被围得严严实实的，就算是一只苍蝇飞出去，都得经过安保人员的检查。当然，还有民夫刘阿四，自己虽然去他老家三林未抓到他，但也打听到一些消息。刘阿四不识字，根本无法把机场结构图和兵力部署图画下来。当然，陈丹璐不知道的是，她得到的消息都是钮佳悦吩咐老李提前准备好的，一旦有人调查刘阿四，就让他的邻居说刘阿四只是一个粗人，啥都不懂。

除了王蓦瑶和刘阿四，就只有一个越剧团到机场里表演过，但他们进来和出去时都是经过严格搜查的。而且他们在龙华机场的时间短，根本没有机会了解机场的军事部署，也无法探知机场的机密。那么只有一种可能，就是王蓦瑶趁表演的时候把她探知到的机密通过某种途径传递给了那个越剧团里的某一个人。那个人再将情报传递给了重庆，这样就合情合理了。

想到这种可能后，陈丹璐不由高兴起来，端起桌上的红酒猛地喝了一口，然后把酒杯砸在地上，拉开门朝千惠子的办公室跑去。

经过一路小跑，陈丹璐上气不接下气地推开了千惠子的门，大声说道："千惠太君，我想到那个泄露机场机密的人了。"

"你在说啥？"千惠子被陈丹璐猛地推开门吓了一跳，正想朝她发火，但一听到陈丹璐的消息，马上把火压了下来，又冷冷地问道，"是谁？"

"王蓦瑶，就是那个落魄的格格。"陈丹璐讨好地说。

"你为什么确定是她？"千惠子也想过泄露机密的人是王蓦瑶，本来想一直软禁她，可课长要求她注意上海文艺界的影响，最终不得已才放了王蓦瑶，并派人二十四小时监视她，许多天过去了，一直没有发现王蓦瑶有值得怀疑的地方。

"我想，她在机场里待的时间很长，而且可以随意走动，早就把机场的机密摸得一清二楚。"陈丹璐解释说。

"就算她摸清楚了，机场被炸时，她还在机场里，她出去后，我的人一直在监视她，她也没跟别的人接触过。她又是怎么把情报传递出去的?"千惠子觉得陈丹璐的理由不充分。

"千惠太君,你记不记得那次联欢会?"陈丹璐引导千惠子回忆那次联欢会的事。

"记得,又怎么了?"千惠子又问道。

"如果我的推测没有错的话,就是王蓦瑶早就把机场的机密弄到手了,在那次联欢会上,她把机场的机密送给了越剧团的某个人。"陈丹璐一口气把她的推测全说了出来。

"这只是你的推测,但我不这么认为。"千惠子在心里还是赞同陈丹璐的推测的,但她不能在陈丹璐面前表现出来。如果陈丹璐的推测是真的,那么这事又绕回她千惠子身上了。王蓦瑶是千惠子"请"到龙华机场里的,又是她批准王蓦瑶可以在机场里自由行走的。这就等于是她千惠子导致机场机密泄露的。千惠子当然不能背这个锅。

千惠子还怀疑过李茜茜。自从那次看到李茜茜鬼鬼祟祟的,就觉得李茜茜非同一般,所以就派人二十四小时监视百乐门舞厅,结果李茜茜从百乐门舞厅消失了,现在都没有她的消息。李茜茜这么狡猾,不是军统的人就是共产党的人,说不定就是共产党的代号叫红灯笼的特工。只要王蓦瑶与李茜茜一接头,就可以证明她俩的关系了。这是一个漫长的等待,因为目前王蓦瑶足不出户,很难让人捉摸她的意图。当然,千惠子也怀疑过宋书平,所以她才让宋书平把王蓦瑶接出去,目的是想测试一下宋书平。但宋书平接到王蓦瑶后,到现在都没有发现他俩有接触。

"千惠太君的意思是?"陈丹璐没想到自己的大胆推测,在千惠子眼里一文不值,心里既窝火,又叹息。千惠子来上海这么久,每次任务都以失败告终,这不是没有道理的。这个丑女人太自以为是了。她不失败谁失败?

"我自有打算。你不必问了。"千惠子否定了陈丹璐的想法。

"那我打扰你了。"陈丹璐像泄了气的皮球,瞬间便失去了耐心,觉得与千惠子这样的人共事,不失败才怪。又想到千惠子处处给她穿小鞋,心里便有了一些不屑,让这个丑女人去折腾吧。

"这样吧,你亲自去监视王蓦瑶,如果她有什么不寻常的举动,你就悄悄地把她抓起来。我不想让上海文艺界的人知道这件事。"虽然千惠子不认同陈丹璐的推测,但她还是觉得陈丹璐的话有一定的道理。如果不给陈丹璐一点任务,说不定她又会搞出么蛾子来。

"谢谢千惠太君,我这就去监视她。一旦她有不同寻常的举动,我一定会把她悄无声息地抓来。"陈丹璐斩钉截铁地说。

虽然王蔓瑶被放了出来,但钮佳悦觉得她不能继续留在上海滩。龙华机场被轰炸,千惠子会很快反应过来。如果她查清是王蔓瑶把情报送出来的,那么她会顺着王蔓瑶这根线查到自己。那时候,不但王蔓瑶不安全,自己也不安全。既然党组织把自己派到上海滩潜伏下来,自己就要潜伏到把日本鬼子赶出中国这片土地为止。钮佳悦认为自己任重道远。

如何把王蔓瑶送走,送到哪里去,钮佳悦还没有主意。王蔓瑶是从皇宫里出来的格格,虽然吃了很多苦,但她的身上流着清朝皇室的血脉,她的去处自然与一般人不同。王蔓瑶现在还不是党内人士,也不知道她愿不愿意加入中国共产党。如果她加入中国共产党,就可以把她送到延安去,或者其他抗日根据地去。当然,也不能强求她加入中国共产党。就算王蔓瑶要加入中国共产党,钮佳悦还得向上级党组织报告,在没有得到答复之前,她不能做这个决定。钮佳悦便让陈阿三去请宋书平来这里商量商量。

然而,当陈阿三出去后,钮佳悦的心猛地紧了下来,王蔓瑶一旦暴露,那么宋书平也会暴露的。因为无论是在龙华集中营,还是在龙华机场,都是宋书平把王蔓瑶接出来的。而且宋书平在千惠子面前极力说王蔓瑶的好话。这就说明,宋书平与王蔓瑶的关系非同一般。只要证实王蔓瑶是泄露龙华机场机密的人,那么千惠子自然而然就会想到安德烈等人从龙华集中营逃走,以及黄大维被杀和"光石计划"被拿走,也肯定与王蔓瑶有关联,更重要的是千惠子还会认为这一切都是宋书平安排的,那么,宋书平的嫌疑就最大。所以,宋书平现在特别危险。钮佳悦马上把她的想法告诉刘雅诗,又说道:"雅诗姐,你分析一下,我刚刚的分析对不对?"

"佳悦,你分析得非常有道理。"刘雅诗这些天忙着其他联络工作,已经把王蓦瑶被救出来的事忘记了,刚刚听到钮佳悦这么一分析,觉得事情非常严重。如果宋书平真的被作为重点怀疑对象,那么她与钮佳悦的一些重要情报来源会因此断掉,宋书平也会因此牺牲。如果现在把宋书平转移走,那么千惠子无论是怀疑王蓦瑶,还是怀疑宋书平,只要她抓不到人,最后也会不了了之。

"我已经让阿三去找宋书平了。待他来了,我们再分析一下对策。"此时钮佳悦心里非常着急。万一宋书平真被千惠子怀疑而被抓起来,那可不是闹着玩的。宋书平在上海滩潜伏了很多年,除保证钮佳悦的安全外,他还有一些得到重要情报的渠道。

"佳悦,你也不要太着急,等书平同志来了,我们极力劝他离开这里。"刘雅诗当然知道一个共产党人在上海滩暴露的风险。当年,她为了迎接赵长根教授而暴露,后来去了延安,再后来,直到花野洋子死了,才奉党组织的命令再一次来到上海滩协助钮佳悦。刘雅诗曾在上海滩潜伏了很多年,知道一个人潜伏下来的不易。还有一些同志一直潜伏在上海滩,只有到了关键时刻才会被唤醒。在没有被唤醒之前,他们一直备受煎熬,但他们别无他法,只有执行党组织的命令,哪怕是死,也要完成党组织交给他们的任务。

两人正说着话,宋书平急匆匆地赶来了,问道:"佳悦,你急着找我干啥,遇到啥紧急情况了?"

"就是你与格格撤离的事。"钮佳悦直接简单明了地说,她不想给宋书平反驳的机会,害怕宋书平不答应离开上海滩。

"撤离? 我没有接到上级党组织的命令,为什么要撤离上海滩?"宋书平一听到"撤离"两字,便知道前因后果。他实在不能离开上海滩,他不但要保证钮佳悦的安全,还要为党组织提供更多的情报,为啥一遭到敌人的怀疑,就撤离呢?

"书平同志,刚才我与雅诗姐商量过了。千惠子很快就会怀疑到格格的身上,而你是与格格走得最近的人。千惠子肯定会认为他们的情报泄露与你有关联。一旦你和格格被捕,后果不堪设想。我们不能拿你们的生命开玩笑。"钮佳悦认真地说。这是她与宋书平合作以来,第一次出现了意见分歧。

"是啊。书平同志,我与佳悦都商量过了,你现在必须撤离上海滩。"刘雅诗又劝道，"当年，如果我不听佳悦的劝，肯定被抓了。好在，我听了佳悦的劝，先撤离了上海滩，现在不也秘密地回到上海滩了吗？"

"我也想过撤离上海滩的事，但我真的不能走。我走了，谁来保护佳悦的安全？我走了，有些情报你们就得不到了。如果我真的走了，千惠子怀疑到你们，你们怎么办？"宋书平一副坚定不撤离的样子，让钮佳悦有些生气了。

"书平同志，我的话就是命令，你一定要撤离。"其实钮佳悦也知道宋书平不愿意撤离上海滩。如果宋书平真的撤离了上海滩，她也有些失落，毕竟与宋书平共事几年了，两人在工作上经常相互商量，形成了互补。如果宋书平真的撤离了，那么以后在上海滩的工作只能靠她一个人了。

"是啊，书平同志，佳悦也是思考了很久才下定这个决心的。"刘雅诗没想到宋书平会反对撤离的事。在刘雅诗的印象里，宋书平温文尔雅，做事也非常有头脑，绝不会冲动行事，今天是怎么啦？他居然不听钮佳悦的劝。

"我撤离不是不可以，但你们得给我三天的时间。"宋书平最终还是妥协了。

"那咱们说定了。三天后，你必须与格格离开上海滩。"钮佳悦忽然发现自己今天对宋书平的态度太过强硬了。但她也明白，如果态度不强硬一些，宋书平肯定会坚持留在上海滩。

李茜茜站在百乐门的顶楼上，看着空荡荡的大街，心情突然失落起来。那天，李茜茜本来是要去寻找钮佳悦的下落的，却被千惠子跟踪了。作为军统的高级特工，李茜茜知道自己一旦被千惠子跟踪，带来的麻烦肯定不少，好在她不动声色地回到了百乐门舞厅，做出一副不经意的样子，以此减少千惠子对自己的怀疑。但是，千惠子是特高课的高级特工，在没有来上海之前，在东北做出过不少轰动特工界的事情。很多军统特工不是倒在了她的枪下，就是被她抓去了，经过严刑拷打，有的叛变，有的死于酷刑之下。千惠子欠下了不少血债，但这也足以说明她是一个很有手段的特工。一旦她识破了自己的身份,那么自己在百乐门舞厅也就待不下去了。

此时,李茜茜不由再次看向大街,发现大街上多了一些陌生人在徘徊。从他们的行动来看,显然他们是经过特殊训练的,这说明他们不是普通人。

他们在这里干什么,是来监视自己的吗? 李茜茜突然想到这个可能,心里不由七上八下。如果他们真是来监视自己的,那么他们肯定是千惠子派来的人。一想到此,李茜茜后背全是汗,现在得想办法把这个消息告诉给谷海山。

大半天过去了,在百乐门周边的那些陌生人只增不减,李茜茜越看越心虚,一着急,怎么也想不出一个可靠的办法来。

在李茜茜浮躁不安的等待中,天色渐渐地暗了下来。来舞厅的人不多,李茜茜干脆借身体不舒服,拒绝了所有人的邀请。但是在舞厅里,还是时不时有人迎上来找她喝酒。几轮下来,她有些醉意了,忍不住打了一个酒嗝,便赶紧跑到洗手间用凉水狠狠地洗了一把脸。她在镜子中看到自己的脸已绯红,饱经风霜的她,额头上又添了少许皱纹。

"又老了许多。"李茜茜感叹了一声,然后赶紧离开了洗手间,回到舞厅里找了一个角落坐下来,便做出一副昏昏欲睡的样子。好在,已经是深夜了,来舞厅跳舞的人也有些疲倦了,纷纷坐下来喝酒聊天。见没有人再跳舞,李茜茜觉得机会来了,她可以借此离开百乐门舞厅了。李茜茜打定主意,悄悄地回到房间里赶紧化装。

不大一会儿,便化好了装,李茜茜朝镜子里看了看,差点把自己吓一跳:镜子里的人还是自己吗?

李茜茜没想到她的化装技术竟这么好,赶紧收拾了一些东西,从百乐门舞厅后门悄悄地走了出去。李茜茜仔细看了看,发现后门的周围也有许多陌生人。看来自己真的被怀疑了。好在李茜茜化了装,那些陌生人只是看了她一眼,也没有跟过来。李茜茜这才松了一口气,走到前面的小巷子里,不要命地朝前跑去。

穿过好几条小巷,又绕了几圈后,李茜茜才来到谷海山那里,谷海山正在灯下看一份文件,见李茜茜急匆匆地赶来,急忙问道:"茜茜,出啥事情了? 这么晚还跑过来?"

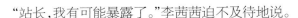

"站长，我有可能暴露了。"李茜茜迫不及待地说。

"暴露了？怎么暴露的？"谷海山冷静地问道，"把事情经过详细地说给我听听。"

"是这样的……"李茜茜把事情的详细经过说了出来，只是她把去见钮佳悦的事说成了查找敌人。

"你的确有可能暴露了。"谷海山冷静地分析了事情经过后，又问道，"你来这里有没有人跟踪？"

"没有。绝对没有。"李茜茜打了保证。

"不行，这里也不安全，我们得马上转移。"作为军统的资深特工，谷海山当然不可能只有一个住处。李茜茜已经被怀疑了，谁知道她有没有被跟踪？万一李茜茜被特高课的人跟踪了，那么他这个站长也要成为他们的阶下囚了。

"转移？站长？"李茜茜没想到谷海山会有这么大的反应。按理说，谷海山的住处非常隐蔽，一般人根本找不到，谷海山也非常小心警惕。难道是自己来这里已经被跟踪了？不可能啊。自己从百乐门舞厅出来后，四处看过，走到小巷里也没见人跟踪过来，而且自己还是绕了好几个大圈才来到这里的。如果是不熟悉道路的人，肯定会被自己绕晕的。

"不转移，难道还等他们来抓我们？你铤而走险地来到我这里，不等于把我的位置也暴露了？"谷海山有些火，现在要丢弃这么隐蔽的地方，实在有点可惜。但危险随时会降临，所以，谷海山当机立断决定转移。

"站长，是不是有点多虑了？"李茜茜还是有些不相信。

"多虑了？这是我能够活到现在的法宝。我宁可信其有，不可信其无。今晚无论如何都必须转移。你也不要回百乐门舞厅了，与我一起转移，等到风声过后，我们再回来。"谷海山不由分说，背起几个包袱就往后面走去，把李茜茜看得目瞪口呆。但她转念一想，很快就明白了，作为一名高级特工和站长，谷海山随时都要保持高度的警惕，一旦有风吹草动，他就能够迅速转移。

三天很快就过去了，宋书平仍然在警察局里上班，表面上看仿佛没有任何事发生一样，其实心里却着急不已。这是宋书平在上海滩潜伏以来，第一次遇到这样的危机。宋书平不想就这样离开上海滩，他的第一任务是保证钮佳悦的安全，如果他这样走了，还有谁来保护钮佳悦？可是不走，就有暴露的危险，到时候特高课一查到底，还有可能牵连到钮佳悦。

宋书平正在思考这一系列问题时，千惠子来找他。看到千惠子不请自到，宋书平心里"咯噔"了一下。千惠子在这个时候来找他，肯定没有好事。

"宋书平，别来无恙。"千惠子在听了陈丹璐的推测后，总觉得陈丹璐少说了点什么，或者是她不愿意说。在千惠子心里，宋书平就是一个解不开的谜。宋书平在警察局好几年了，曾帮着七十六号和特高课做了不少事，每次冲锋他都在前面，留给大家特别好的印象。就是这样一个人，他为什么一直屈居在警察局做一名普通警察呢？虽然前两年，警察局给他升了一个小官，但他手下也没有几号人。这样一个人，难道不值得怀疑吗？特别是在龙华集中营里，自己把他要过来协助管理，表面上看，宋书平在尽心尽力地完成本职工作，谁知道他安的是什么心？在安德烈等人逃走后，自己又找不到这事与他有关的证据。要么是他真的与这些事情无关，要么就是他伪装得太好了。譬如让陈丹璐把王蓦瑶从龙华集中营里送出去后，自己的人一直监视着他们，却没有得到有用的信息。再是这次，又让宋书平把王蓦瑶接出去，目的还是与上次一样，同样没有得到有用的信息。这个宋书平到底是一个什么样的人呢？千惠子想不通，所以，她亲自上门来，想要从宋书平这里查到一些有用的信息。

"千惠太君，你找我有啥事情？"面对千惠子的突然上门，宋书平知道事情不妙，便装着大吃一惊的样子，又说道，"如果千惠太君有事要我跑腿的话，一个电话过来，我就马上过去。"

"哪里，哪里，书平君一直都很忙，我哪里能打扰你呢？"千惠子本不想对宋书平发火，可话到嘴边还是变了味，但马上又换了口气，说，"书平君，不过，我还真有事要你帮忙。这样吧，你跟我去特高课，我详细地给你分配任务。"

"千惠太君，有任务，你在这里吩咐也是一样的啊。"一听到千惠子让他去特高课,宋书平心里一惊,心想坏事了。千惠子既然已经上门了,如果真有事情让自己去做,一个电话或者现在就直接说了,她亲自来警察局,让自己去特高课,那不就是请自己入瓮吗?

"这个任务比较特殊,我在这里不能告诉你。"千惠子见宋书平不愿意跟她去特高课,更是觉得宋书平心里有事,或者说比她想象中更加狡猾。

"千惠太君,我直接跟你走,不符合警察局的规矩。这样吧,我向局长请示一下。"宋书平这时候只能搬出局长来推脱。

"那我们现在就去找你们局长请示吧。"这么好的机会,千惠子怕宋书平一去不复返,所以,她要求与宋书平一起去请示。

"好吧。"宋书平见躲不掉千惠子,心里豁然起来,只好与千惠子去局长那里。不用猜,宋书平也知道请示的结果,局长一定会答应千惠子的要求,让他跟着千惠子去特高课。宋书平知道去特高课后有两种可能:一是千惠子软禁他,想从他嘴里得到一些有用的情报;二是真有任务要让他完成。但宋书平情愿相信是第一条。作为一名潜伏多年的特工,宋书平要时刻保持头脑清醒。

果然,局长同意了千惠子的要求。

与在城外面接应的人约定的时间快到时,王蕚瑶才姗姗来到老李茶馆,但一直以准时著称的宋书平却不见人影。钮佳悦总感觉事情有些不对劲,急忙与刘雅诗商议后,决定让陈阿三先去迎接宋书平,刘雅诗去城外与接头人联系。

看着陈阿三走后,钮佳悦急躁不已。如果宋书平没准时来,那么说明他的计划有变动,或者遇到了紧急的事。

看到钮佳悦一脸焦急的样子,王蕚瑶也特别着急,但她还是安慰起钮佳悦,让钮佳悦别心急,宋书平一定被什么事给耽误了。只是王蕚瑶自己都不相信自己的话。她虽然与宋书平接触不多,但深知宋书平做事从来说一不二。

"格格,我想去警察局看看书平同志。"钮佳悦突然冒出这个想法,这是因为前两天她让宋书平陪着王蕚瑶离开上海滩,宋书平竟然反对。这是她与宋书平合作以来,宋书平第一次持反对意见。如果宋书平现在仍然持反对意见,也有可能不按时前来。但钮佳悦情愿相信是这个原因导致宋书平没准时前来。如果宋书平出了什么意外,或者有什么紧急任务出去了,原来的计划就都要被打乱。因为每一个计划,都要做到天衣无缝,一旦某个地方脱节,计划就会全部被打乱。

就在两人等待时,陈阿三急匆匆地跑了回来,上气不接下气地告诉钮佳悦和王蓦瑶:宋书平被千惠子接到特高课去了。

"书平同志被千惠子接到特高课去了?"钮佳悦有一种不祥的预感。按理说,虽然宋书平与特高课有些来往,但千惠子不会亲自来接他。那就说明宋书平可能暴露了。

"佳悦,有什么不对吗?"王蓦瑶还没有发现事情的严重性,不由问道。

"格格,恐怕书平同志凶多吉少,我们要做好应对准备。"钮佳悦说完,便把她的猜疑告诉了王蓦瑶。钮佳悦不但要为宋书平的安全着想,还要重新拟定送王蓦瑶出上海城的计划。原来的计划是宋书平带着王蓦瑶一起撤离上海滩,可现在宋书平被千惠子接走了。如果只是王蓦瑶一个人走,钮佳悦多少有些不放心。

"格格,我们出发的时间到了,如果现在不出发,格格就会错过离开上海滩的时间了。"钮佳悦看了看墙上的钟,又说,"格格,今天,我无论如何都要把你送走。"

"钮佳悦,宋书平遇到危险,你不能不顾他吧?"王蓦瑶觉得自己在宋书平还没有安全的情况下,一个人就这样走了,对不住宋书平。宋书平曾多次救过她,她不能独自离开上海滩。

"格格,道理我都明白,但是你现在必须离开上海滩,不然,我们的一切努力都白费了。"钮佳悦知道王蓦瑶多留在上海滩一天,她的危险就多一天。为了把王蓦瑶接到这里,钮佳悦可是花了很多心思,先是让陈阿三把计划送给王蓦瑶,让她提早准备起来。但是特高课的特工一直在王蓦瑶住处外面监视着,把王蓦瑶从里面顺利接出来,多亏了阿红的帮忙。钮佳悦让阿红与王蓦瑶换了衣服,阿红穿戴起王蓦瑶的衣服出去,结果那帮特工追了上去,王蓦瑶才借机走了出来,在陈阿三的帮助下,才来到会合点。

"钮佳悦,宋书平的情况我们都还不清楚,如果我就这样离开了上海,对他不公平。"王蓦瑶发现自己要离开上海滩了,突然有了一种不舍。

"格格,你离开上海滩,是为你的安全着想。你为我们做了那么多事,我们不能让你处于危险之中。"钮佳悦劝说王蓦瑶,又说,"你要相信我们,即使宋书平不能陪你离开上海,还会有其他同志陪着你的,他们哪怕是牺牲自己也会保证你的安全。"

"我相信你的话。"虽然与共产党打交道不久,但王蓦瑶早就听说了共产党人的行事风格,他们情愿牺牲自己,也要为他人着想。所以,以后一旦有机会,她就会想方设法帮助共产党。

"格格,你也不要犹豫了,我们现在就出发吧。"钮佳悦急着要把王蓦瑶送走,不能让城外接应的同志着急。其实是钮佳悦心里着急,她要打听宋书平的安危。如果宋书平被千惠子软禁了,或者宋书平的身份暴露了,她还要想办法把他救出来。

在钮佳悦的劝说下,王蓦瑶最终答应离开上海滩。

出城几乎是一帆风顺,但走到与城外接应人约定的会合点时,只见到刘雅诗正满脸愁容。

"怎么啦?"钮佳悦发现事情有些不对劲,不由问道。

"是这样的,我们原先计划的路线行不通了。"刘雅诗急忙把遇到的困难全部说了出来。原来,她们计划通过陆路,把王蓦瑶送到南京,再从南京乘火车前往中原,最后到延安。可是不知为什么,在南京的同志返过来的消息说南京那边到处都是王蓦瑶的画像,大有不抓到王蓦瑶誓不罢休的感觉。

"看来,我们还是小看了千惠子。"钮佳悦心里一紧,没想到千惠子竟然从多方面来控制王蓦瑶,不但把宋书平接了过去,而且还把外围都收紧了。

"佳悦,现在怎么办?"刘雅诗问道。

"是啊,钮佳悦,现在我是出了城,走又走不了,该如何办?"王蓦瑶此时有些心慌起来,没想到事情会这么复杂。

"不要急,我们就走水路。从外围走,我已经安排好了。由老李同志亲自陪送格格去香港。"钮佳悦坚决地说。原来,为了把王蓦瑶和宋书平安全地送出上海,钮佳悦觉得陆路不一定安全,所以,她又制订了一条走水路的线路。万一宋书平不撤离,就由老李陪送王蓦瑶走水道,转道香港后,再由老李陪同王蓦瑶转道去延安。钮佳悦没想到第二个方案还真用上了。

"走水路?"刘雅诗和王蓦瑶同时问道。

"是,走水路先去香港,再从香港转道去延安。这得辛苦老李同志了,由他一路护送格格到延安。"钮佳悦说完,把她的计划详细地告诉了老李。

李茜茜不见了,王蓦瑶也失踪了。千惠子怒气冲天,把陈丹璐狠狠地骂了一顿,说派那么多的人去监视两个人,结果两个人都不见了。但千惠子不得不再度认真地审视起这件事。先是李茜茜失踪,接着才是王蓦瑶失踪。这两个人到底有没有关联呢?如果说李茜茜就是共产党的人,那么她一定有与王蓦瑶一起失踪的方法,但是李茜茜是先失踪的,而监视王蓦瑶的人见到装扮成王蓦瑶的阿红出来,也没有仔细辨认,就跟了过去。等他们发现跟踪的人是阿红时,才知道上当了。回来再找王蓦瑶时,她已经不见踪影了。

到底是哪里出了差错,导致李茜茜和王蓦瑶都有了惊觉?千惠子想不通。可这个问题又不得不想,便问陈丹璐:"你说说,我们到底哪里出了差错?他们怎么就失踪了?那个阿红呢,怎么没从她嘴里得到消息?"

"她死了。咬舌自尽。"陈丹璐唯唯诺诺地说,"手下的人拷问阿红为何装扮成王蓦瑶,阿红宁死不说,最后咬舌自尽了。"

"废物,一群废物。唯一的证人都被你的人弄死了,我们大日本帝国为啥要花那么多钱来养你们这群成事不足、败事有余的废物。"千惠子怒骂道。

"千惠太君,我的人一直都在监视着她们两人。两人却平白无故地失踪了,这说明她们早已做好了逃跑的打算。"陈丹璐也窝了一肚子的气,在得知李茜茜和王蓦瑶分别失踪后,已经把监视的特工骂了一遍,还不解气,又狠狠地把他们的祖宗也骂了个遍。

"难道你们就没有发现她们的异样之处?她们都是共产党,你在上海滩混了这么多年,都没有看出一点破绽来?"千惠子恶狠狠地说。

"千惠太君,我认为李茜茜不是共产党的人。但王蓦瑶一定是共产党的人。"陈丹璐受了气,便反驳起来,"以前,我在七十六号时,就一直觉得李茜茜是军统的人,她的档案却无懈可击。王蓦瑶是最近一年才到上海来的,她一直在做替身演员,谁会想到一个从皇宫里出来的格格,竟然落魄到做替身演员。我认为这一切都是表面现象,说不定她早就是共产党的人,以做替身演员为幌子,潜伏在上海滩刺探情报。只不过,我们太大意了。"

"难道她就是共产党潜伏在上海滩的红灯笼?"千惠子突然想到一直没有查到红灯笼的下落,不由联想起来。

"王蓦瑶肯定不是红灯笼,但她是被共产党的红灯笼带走的。李茜茜有可能是被军统的人藏了起来。"陈丹璐不同意千惠子的看法。

"你为啥这样说,理由呢?"千惠子问道。

"当然有理由。我们为什么没查到红灯笼这个人,这说明她非常狡猾。李茜茜待在百乐门舞厅有七八年的时间了,如果她是红灯笼,为什么以前没有这个名号? 直到三年前,你的前任来到上海滩,才有了红灯笼这个人。而且他们一直追查,都没有追查到。自从有了红灯笼这个人的存在,大日本帝国很多秘密都被泄漏出去了。所以,我断定红灯笼另有其人。"陈丹璐冷静地分析了一番,又说,"你应当还记得我们当时在十六铺码头捉拿从延安来的女共党刘雅诗,岸边肯定有人迎接她,只是我们当时只顾捉拿刘雅诗,忽略了这个人。现在想起来,那个迎接刘雅诗的人很有可能就是红灯笼。"

"这个红灯笼真有那么厉害?"千惠子觉得陈丹璐的分析没有错。以前,她一直认为红灯笼只不过是共产党安排在上海滩的一个特工而已。刚到上海时,她还非常看不起她的前任花野洋子。花野洋子只不过是一个慰安妇,居然被特高课重用,能有多大的本事? 死在红灯笼手里是她应有的结局。现在想来,这个叫红灯笼的共产党特工的确不同一般。如果李茜茜是红灯笼,那么她早就暴露了。

"当然厉害了。当时的七十六号的行动处副处长许一晗得到这个情报后,就一直寻找,结果许一晗临死时都不知道谁是红灯笼。可见,这个红灯笼是常人无法比拟的。"陈丹璐想起许一晗暗中调查红灯笼,一直没有消息,被处长骂了个狗血喷头,当时还觉得非常解恨,现在想来,他们都低估了红灯笼,才导致失败的。

"这个红灯笼到底是何人? 真让人不省心。"千惠子听了陈丹璐的话,不由思考起来。来上海的时间也不短了,连红灯笼是男是女都不知道,如何与他斗? 自己好歹是在中国东北出了名的特工,竟然被一个共产党的特工弄得灰头土脸。

"你还记得黄大维被人杀死的那件事吧。我们布控好了,军统特工遭到我们围击,最后一伙不明人马杀出来,不但让军统的人逃走了,那伙人也失踪了。我认为另一伙领头的人便是红灯笼。"陈丹璐想起那天的事就非常窝火,本来要大功告成了,结果却失败了。

"你说的那件事,我怎能忘记?"千惠子也想起来那天的事,当时她带人去追捕,结果那伙人就无缘无故地消失了,最后竟然查不到丝毫线索。

"我的人监视报告,李茜茜与王蓦瑶并没有交集在一起。所以,我认为李茜茜与王蓦瑶的失踪无关。如果我的猜测没有错的话,红灯笼要么把王蓦瑶藏起来了,要么送走了。那么接下来,红灯笼将有大动作。只要我们布控好,肯定能抓住红灯笼。"

"啥办法,能把他们抓住?"千惠子问道。

"我自有办法。"陈丹璐嘿嘿一笑。

第十四章

谁是真正红灯笼

　　把王蓦瑶送走后,钮佳悦才稍稍松了一口气。但宋书平被千惠子带到特高课后再也没出来过,这让钮佳悦十分着急。敌后战争是残酷的,随时都有生命危险。钮佳悦觉得只要能把侵略者赶出国土,哪怕是丢掉生命,也在所不惜。宋书平与自己不一样,他不但是自己的同志,更重要的是他的战斗经验非常丰富,他的生命比什么都重要。以宋书平丰富的战斗经验,这么长的时间都没有被放出来,那就说明他真的出事了。钮佳悦深知,要把他营救出来,可谓困难重重。作为一名共产党人,钮佳悦永远都不会放弃自己的同志,更何况还是与自己并肩作战的同志。而且,宋书平是自己在上海滩的安全保障,每次自己遇到危险,他都能及时化解。不说其他,就是这份恩情,钮佳悦也应该回报。但是,特高课不是想进就能进、想出就能出的地方,即使进去了,又如何把人救出来?

　　钮佳悦几乎一夜未眠,刚起床,刘雅诗匆匆地跑了过来,说道:"佳悦,你来听听,我监听到了一个特别的信号,一时破解不了。"

　　又监听到特别的信号?钮佳悦立即随刘雅诗跑到里面的房间。自从刘雅诗来到上海以后,钮佳悦便把监听这份工作分成了两份,如果自己在,就自己监听,如果自己有事外出,就由刘雅诗监听。两个人把这份工作干得有声有色。昨天,刘雅诗监听到一段特别的信号,持续了很久,然后便没了音讯。现在,这个奇怪的信号又出现了,所以,她急忙叫钮佳悦一起听。

钮佳悦拿起耳机,便仔细地听了起来。虽然这个信号很特别,也很复杂,但钮佳悦还是听出了一些眉目,但也不敢确定。只是这个信号持续了一会儿,又消失了。

"佳悦,你听出一些眉目没有?"刘雅诗见钮佳悦皱着眉头,又特别希望钮佳悦听出一些头绪来。

"雅诗姐,这个信号特别怪,我要再听几次才能破解。只是不知道敌人会不会再次利用这个频率发射同样的信号。"钮佳悦虽然听出了一些眉目,但还不能确定,这是她来上海滩后监听到的最复杂的信号,如果能够多听几次,就有可能破解。

"佳悦,肯定会的,我昨天就听到过,当时你不在,我也以为只有这么一次,所以,忘记告诉你。但今天又监听到了。说不定明天这个时候,这个信号又会出现。"刘雅诗解释说。

刘雅诗说这个信号还有可能出现,钮佳悦认为只有做足准备,才能办好事。于是,钮佳悦对刘雅诗说:"雅诗姐,我们俩从现在起,轮流二十四小时监听,无论是谁听到这个信号,都要叫醒对方,再一起听,最后进行判断。"

"好的。佳悦,我继续监听。"刘雅诗说。

"雅诗姐,还是你先休息,我来监听吧。"刘雅诗已经监听一夜了,钮佳悦得把她换下来。

对方好像知道钮佳悦在监听一样,一上午,那个信号再也没有出现过。中午时分,钮佳悦准备放弃监听这个信号时,它又出现了。钮佳悦打了一个激灵,急忙叫醒了刘雅诗。

两人一边听信号,一边写出了数字。过了好一阵子,那个信号才消失。钮佳悦和刘雅诗拿出各自记录的数字,一看竟然完全相同,只是这些数字经过了多次加密。

"这些数字到底代表着什么呢?"钮佳悦陷入了沉思。因为这些数字经过了三次加密,稍有不慎,破译的内容就完全不一样。

"佳悦,我也无从下手。"刘雅诗虽然在送赵长根到延安后,也学习了一些密码知识,但远远不能与钮佳悦相比,所以,她看着这些数字,脑袋里如有一团糨糊。

"雅诗姐,容我想想。无论加过多少密,总会有规律的,只要找到这个规律,就能够破译密码。"钮佳悦安慰刘雅诗。

经过多年的监听与破译,钮佳悦深知无论多么复杂的密码,都有一定的规律可循。但即便有规律可循,首先得找出它的规律。当然,这是一个相当复杂的事情。看着纸上的数字,钮佳悦进行了多种尝试,但仍然不成功。

天渐渐地黑了下来,钮佳悦还坐在那里沉思着,一会儿拿着笔把数字分开,一会儿又把刚刚写出来的文字否定。刘雅诗也毫无头绪地在房间里来回走动了几次,焦急不安的她根本坐不下来,也没法静下心来,与钮佳悦形成了鲜明的对比。

就在刘雅诗唉声叹气时,钮佳悦突然站了起来,指着纸上的文字说:"就是它了。"

刘雅诗听到钮佳悦肯定的话,急忙问道:"是啥情报?"

"你看看。"钮佳悦说完,把译成的文稿递给了刘雅诗。

刘雅诗接过一看,大吃一惊:"佳悦,特高课要暗杀一批爱国人士和破坏大型厂矿?"

"对。我说为啥这个情报进行了多次加密,是敌人怕我们得知了这个情报。"钮佳悦长长地舒了一口气,又解释,"日本鬼子在其他战场已经频频失利,在中国战场也节节败退,他们还想负隅顽抗,特高课将由地面转向地下工作。我们不得不防啊。"

"佳悦,你说得非常有道理。"刘雅诗突然想起一件事,"佳悦,前几天,我听到其他同志说,特高课很多特工无缘无故地消失了。我以为他们被军统消灭了,看来他们还真的转入地下工作了。"

"应当是这样,我们马上查实这个情报,然后上报上级党组织。"钮佳悦坚定地说。

钮佳悦完成这一项工作后,又想起宋书平来,不由轻轻地自言自语地说了声:"书平同志,现在可好?"

宋书平走在大街上，鼻子一痒，忍不住打了一个喷嚏，然后喃喃地说:"是谁在想念我了?"自从被千惠子叫进特高课已有好些日子了，也不知道被千惠子单独问了多少次话，但宋书平都轻松地应付过去了。宋书平清楚地记得那天，千惠子请他喝酒，还叫来了几个日本歌妓，她们翩翩起舞，还拉起宋书平与她们一起跳舞。在舞蹈中，一个歌妓的手摸进了宋书平的裤裆里，另一个歌妓的嘴在他的脸上吻来吻去，但宋书平坐怀不乱，借着舞蹈把几个歌妓甩开。然后又故意与歌妓们喝酒，把所有的歌伎全部灌倒在地上，连千惠子也被他灌得东倒西歪。

千惠子的这一招美人计失败了，对宋书平大发雷霆，但宋书平知道她没有确凿的证据，不能把他怎么样。尽管后来，千惠子软硬兼施，但宋书平装着一问三不知的样子。

最终，千惠子不得不把他放出来。看着千惠子那气急败坏的样子，宋书平心里就想笑，却又笑不出，因为被千惠子硬拉进特高课有好些日子了，不知道钮佳悦那边情况怎么样了，会不会又有新任务。总之，宋书平迫切地想见到钮佳悦，然后告诉她自己在特高课的一切。可是，他现在根本不能与钮佳悦相见。想到这里，宋书平轻轻地叹了一口气，快步朝警察局走去。

宋书平的聪明让千惠子始料未及。无论是宋书平在警察局的口碑，还是他在龙华集中营里的表现，都表明他是一个尽心尽职的警察。就是这样一个中国警察，做的事情滴水不漏。千惠子有时候真想对宋书平动大刑，逼着他招供。但她不能这样做，不是特高课不允许她这样做，而是千惠子有一个原则，一定要对方自愿招供。她在中国东北，凡是抓住一个共产党分子，都掌握了十足的证据，迫使对方不得不招供。对于不肯招供的人，千惠子掌握了十足的证据后，才会对对方用刑。但宋书平与那些共产党不一样，他是警察，人脉不错，自己又没有十足的证据，万一造成了错案，会授人以笑柄。

看到宋书平走出特高课的那一刹那，千惠子掏出了手枪，对着宋书平的背影，一扬手，嘴里说了一个"叭"字，只是她没有扣动扳机。

"千惠太君，你就这样放他走了?"看到千惠子把宋书平放出去后,陈丹璐重重地叹了一口气,好不容易才把宋书平弄进特高课,结果什么都没得到,现在又把他放出去了。陈丹璐在心里直骂千惠子,这个蠢货,到嘴边的肥肉就这样丢了,以后想把宋书平再弄进来,那得猴年马月了。这一次已经打草惊蛇了,像宋书平这样聪明的人,又怎么会留下一丝证据呢?

"不放他走,又能把他怎样?他是警察,我们又没有确凿的证据,如果一直把他扣押着,警察局的人会怎么看我们?再说,警察局已经多次来要人了。"千惠子有些无奈地说。她何尝不想把宋书平一直扣押在特高课。

"我看他像共产党的人。每次我们问话,他都对答如流。只有共产党才能如此冷静,而且针锋相对,让我们无可奈何。"在特高课里,陈丹璐也想从宋书平嘴里套出一些话来。无论他是共产党的人,还是国民党的人,对她陈丹璐来说,都至关重要。从日本鬼子现在的战势来看,他们迟早要败。自己还没有找到别的靠山或者说是引路人,日本鬼子战败了能回日本,自己怎么办?留在国内,这辈子都洗脱不了汉奸这个罪名,无论是共产党还是国民党,都会要了自己的命。如果确定宋书平是共产党,再拉拢他,或许将来他就是自己的救命恩人。

"你说他是共产党,他就是共产党?"千惠子冷笑着说,"其实,我也一直认为他就是共产党,只是苦于没有证据。等我找到了他是共产党的证据,看他还敢不敢嚣张。"

"千惠太君,既然你已经认定他是共产党了,为什么还要放他走?"陈丹璐说出这句话就后悔不已。她在心里直骂自己,世上哪有像自己这样蠢的人呢?为啥偏偏要咬着这件事情不放?

"这里是我做主,还是你做主?"果然,千惠子听到陈丹璐问不该问的事,心里极为恼怒,但千惠子还是压住了火气,又说,"你们中国有句俗话,叫作'舍不得孩子套不住狼'。不放宋书平,怎能钓出那个红灯笼来?"

"原来千惠太君的用意在此,我为啥没想到这一招呢?"陈丹璐马上做出一副讨好千惠子的样子,说道,"千惠太君,你真是高人。"

"少拍马屁。监视宋书平和找证据的事就交给你了。"千惠子恶狠狠地说,"现在,我把丑话说到前面,如果这两件事你完不成任何一件,你也不用来见我了。"

"千惠太君……"陈丹璐没想到千惠子会下这样的命令,心里极不舒服,想反驳几句,却没有说出口。此时,陈丹璐真希望宋书平是共产党的人,现在无论她是去监视,还是去找证据,都可以与宋书平联合在一起。想到此,陈丹璐又喜上眉梢,连连说:"千惠太君,我这就去监视他和找证据。"

"慢着。"千惠子突然叫住了正要往门外走的陈丹璐,"你要顺藤摸瓜找到共产党的红灯笼,那才是我们的工作重点。从所有的事情来看,都是这个红灯笼搞的鬼。另外,你也要查出李茜茜到底是军统的人,还是共产党的人。"

"千惠太君,你放心,我一定把这几件事做好。"听到千惠子提到李茜茜,陈丹璐猛然一惊,怎么把李茜茜忘记了。无论她是共产党,还是国民党,或许将来她也是自己的救命恩人。

"你不要再让我失望。"千惠子又说,"我还有特别重要的事情要做,没有时间顾及这些杂事了。"

"特别重要的事情?"陈丹璐不由问了一句。

"这是我们大日本帝国的最高机密,你没必要知道。"千惠子用十分邪恶的眼看了陈丹璐一眼,又说,"不该知道的事,你就别瞎打听。"

"明白了。"陈丹璐从千惠子的眼光里看出来了,她现在要做的事肯定比查清宋书平的身份和找红灯笼要紧得多,不由计划起来:如果有机会,一定要把这个消息有意无意地泄露给宋书平和李茜茜。

看着陈丹璐远去的身影,千惠子有些后悔刚才多嘴了,作为特高课的高级特工,自己为啥没把住嘴呢? 好在自己没有说出什么来。如果自己的过失导致大日本帝国的计划失败,自己要承担的后果就不只是切腹谢罪那么简单了。

整理好思绪,千惠子便开始行动起来,叫来几个特工,向他们分派任务:凡是在上海滩不依附大日本帝国的中国人,一律都要死。要让整个上海滩变成人间地狱,要让中国人知道不依附大日本帝国的下场。首先要把几个声望高的人置于死地,这叫作杀鸡儆猴。

一晃一个月过去了,李茜茜厌倦了东藏西躲的日子。如果不是被特高课盯上了,李茜茜现在应当在百乐门舞厅里一边喝着红酒,一边思考着人生。李茜茜觉得对不住谷海山,因为自己的大意而连累了他,她产生了一种负罪感。前些年,李茜茜每次都能完成谷海山交给她的任务,从没有暴露过身份。自从钮佳悦来到上海滩后,她就多次失利。钮佳悦的脑袋里究竟装了什么东西,啥事情都能运筹帷幄,好像上海滩是她的天下。

　　想着,李茜茜不由轻叹了一口气:"钮佳悦啊钮佳悦,你年纪轻轻,为啥那么聪明呢? 别人都不知道你是共产党代号叫红灯笼的特工,但我李茜茜知道啊。难道是因为你使用了红灯笼这个代号,就掌握了上海滩的天下吗?"

　　"你在发啥愣?"谷海山轻轻地走了过来,看到心不在焉的李茜茜,不由问道,"我派出去的人都打听到了,特高课盯得没那么紧了,该是我们回去的时候了。"

　　"回去? 我能回到百乐门舞厅吗?"李茜茜猛然听到谷海山说要回去,心里不由嘀咕起来,自己已经悄悄地离开百乐门舞厅一个月了,她能回到百乐门舞厅吗? 虽然自己是百乐门舞厅的头牌舞女,可不明不白地失踪一个月,如果突然出现在百乐门舞厅里,那么,无论是谁都会怀疑她。特别是平时接待的那些日本军队的高官,他们会怎么想? 还有特高课的人,特别是千惠子,真会放下对她的怀疑吗?

　　"当然。至于你失踪了一个月的时间,我自有办法解释。"谷海山说着就把几页纸放到李茜茜面前,又说,"情况都写在上面,你把它记熟,然后无论是谁找你,你只要按照这些回答他们,就能够保你平安。"

　　"这……"李茜茜觉得有些不可思议,便把那几张纸拿起来仔细地看了看。纸上有她这一个月的去向、所到的目的地,以及做了些什么,每个地方都有见证人。李茜茜觉得只要记熟了,应付一般人肯定没有问题。但是,如果千惠子真的那么好糊弄,她与谷海山也就不会东藏西躲了。

　　"茜茜,不要害怕,也不要犹豫。我们这次回去还有任务。"谷海山虽然声音很温和,却是命令的语气。

"还有任务?"其实李茜茜不用猜也知道,谷海山这么急着让她回去,肯定有重要的任务在等着她,便问道,"站长,到底是什么任务?"

"说来话长。"谷海山忍了一会儿,最终还是把他得到的消息告诉了李茜茜,"前些天,我们的内线发来消息,特高课准备暗杀一批爱国人士和毁坏一些厂矿的设施设备。他们知道自己必败无疑,在中国的日子待不长了,在上海的日子待不长了,所以,他们便准备伺机搞破坏。重庆的意思是,让我们转移一批爱国人士,同时要保护那些重要工厂的设施设备。"

"原来是这样。"李茜茜听后大吃一惊,想不到日本鬼子竟然这么坏,你败了就败了,滚回你日本岛国去,为啥还要杀害爱国人士和破坏工厂的设施设备? 如果日本鬼子不做这些,就不叫日本鬼子了,也不会来侵略中国了。

"所以,我们的任务很重。弄不好,这次我们可能会把命丢在这里。"谷海山长长地叹了一口气,又说,"可惜的是,我至今都没有查到红灯笼的下落。如果我在这次任务中死了,也会留下遗憾。"

"站长,不要这么悲观,好不好? 我相信我们会活下去的。"谷海山一提到红灯笼,李茜茜便想到了钮佳悦。抛开信仰来说,李茜茜对钮佳悦佩服得五体投地,同样是女人,钮佳悦的年龄还那么小,就能在上海滩干出这么多轰动的大事来。但是,两人站在了不同的阵营。虽然目前他们都站在同一条战线上,但是把日本鬼子赶出中国后,国民党与共产党最终会有一战。因为谷海山一直在执行重庆的命令,见到共产党就抓。李茜茜有些想不通的是,都是中国人,为什么要自相残杀呢? 所以,李茜茜每次去查共产党时,都是睁一只眼闭一只眼,有意放共产党人士离开。可她越是这样做,越是违反了谷海山的初衷。好在谷海山至今都没有发现她的这个秘密。也正因如此,李茜茜才没有把钮佳悦就是红灯笼的事告诉谷海山。李茜茜相信,只要自己把这个消息告诉谷海山,他肯定会用尽所有办法置钮佳悦于死地。那么,上海滩就少了一个与特高课对抗的高手了。

"茜茜,这次的任务与往常不一样,我们都要做好牺牲的准备。"谷海山有些悲观,但更多的还是伤感,毕竟这次的任务与众不同,能完成这样的任务,哪怕是丢掉生命,他也在所不惜。从力行社到军统,他最大的目标就是把日本鬼子赶出中国的土地。从如今的形势来看,日本鬼子是兔子的尾巴长不了,如果自己在此次任务中牺牲了,肯定看不到日本鬼子被赶出中国的那一天。

"站长,你要振作起来,你是我们的榜样。我们相信在你的领导下,一定能完成这次任务,大家都能活下来。"连谷海山都觉得任务艰难,随时都可能丢掉生命,但李茜茜没有表现出来,而是直接鼓励谷海山。李茜茜明白,如果谷海山倒下了,那么站里就没有主心骨,其他特工也会因此受到感染。只有拿出大无畏的精神来,才能完成这次任务。

"茜茜,听你的,我们在执行这个任务时都要小心。只要我们活下来,就会看到日本鬼子被赶出中国的那一天。"谷海山这时脸上有了笑容,自己一个老军统、老特工,竟然在任务面前显出伤感,那还怎么执行任务?好在他听了李茜茜的话,马上把心态调整过来了。

得知宋书平被放了出来,钮佳悦既高兴,又着急。高兴的是宋书平终于完好无损地回来了,着急的是宋书平一直没有前来相见,钮佳悦很想知道宋书平的一切。思来想去,钮佳悦觉得宋书平不来与她见面,一定是千惠子派人在监视他。既然宋书平不方便来见面,那么可以让人去见他。当然,她和刘雅诗都不可能去警察局找宋书平,谁去合适呢?钮佳悦想来想去,觉得陈阿三最合适不过了。钮佳悦把她的想法对刘雅诗说了。刘雅诗思考了一会儿,同意了钮佳悦的做法。于是,钮佳悦决定让陈阿三去见宋书平。

第二天,陈阿三像往常一样,穿着破烂的衣服,右手拿着一根棍子,左手拿着一个破碗,俨然一副乞讨的样子。他来到警察局对面,找了一个角落坐了下来,眼睛却死死地盯着警察局的大门,害怕错过从里面出来的宋书平。

一上午过去了,也没见宋书平从警察局里出来,这让陈阿三有些失望。但他相信宋书平迟早会从警察局里走出来的。

直到下午四点钟,陈阿三才看到宋书平急匆匆地从警察局里出来。陈阿三急忙起身走到宋书平面前,拦住了他的去路,把破碗递到他面前,哀求道:"长官,行行好,给点钞票吧,阿拉三天没吃东西了。"

宋书平猛然被陈阿三的举动吓了一大跳，见是陈阿三，便警觉地朝四周看了看，然后厉声喝道："滚开。"

"长官，给点钞票吧。"陈阿三没有让开，而是低声说，"小姐姐很是担心侬。"

"我晓得。这里不是说话的地方。我们去那边的小巷里说话。但要一前一后。"宋书平说完，装着很生气的样子，又对着陈阿三吼道，"再不给老子滚开，老子就把你抓进警察局里去。"

陈阿三会意地走开，又到警察局对面的一个角落里坐下，警觉地看了看四周没有可疑的人后，才朝宋书平指定的小巷子走去。刚到小巷子里，陈阿三就看到宋书平站在一个角落里，便急忙走了过去。

"阿三，你也太冒险了，你为啥到警察局前面来找我？"宋书平待陈阿三过来后，有些责怪起来。自从被千惠子带到特高课后，宋书平就做好了牺牲的准备。虽然千惠子现在没有弄清自己的身份，但以千惠子的狡猾，肯定一直在怀疑自己，暗中派人监视着自己，其目的是想引出更多的人。自己一旦不小心，就会被千惠子抓住把柄，坐实自己的身份。当然，宋书平也不能怪陈阿三，更不能怪钮佳悦，换作是钮佳悦被特高课"请"进去，又放出来，自己也会想在第一时间知道真相。

"小姐姐让阿拉问问侬，啥时候与她见面。小姐姐还讲，她要与侬见一面，了解情况。"陈阿三说。

"你把这封信给她。"宋书平说着，从口袋里摸出一封信递到陈阿三手上，"你马上走。"

"好的。"陈阿三拿着信往另一条小巷子里跑去。宋书平则向相反的方向快步跑开了。

宋书平刚跑开，在巷子里的另一侧，陈丹璐现身了。暗中监视了宋书平这么多天，陈丹璐都怀疑千惠子和自己的想法是不是错了，认为宋书平是一个无辜的人，没想到今天宋书平终于露出了尾巴。看来宋书平还真不简单，从他的行事风格来看，宋书平绝对是共产党的人。

只是那个小乞丐，怎么这么眼熟呢？陈丹璐努力回忆着，突然想起他曾为黄大维当服务生。年初，自己与千惠子在十六铺码头捉拿从延安来的女共党刘雅诗时,就是这个小乞丐挡住了她与千惠子的去路。没想到这个小乞丐还真是共产党的探子。陈丹璐后悔不已,为啥没早些注意这个乞丐呢? 陈丹璐突然想起,无论是在龙华集中营外面,还是在龙华机场外面,她都见到过陈阿三。原来,这个小乞丐就是给共产党传递情报的人。如果抓住他,不用拷打,只要恐吓恐吓就能得到自己想要的情报。于是,陈丹璐顾不上跟踪宋书平了,直接朝陈阿三的方向追去,但陈阿三早已不知所终。

没有追上陈阿三,要想回身去追宋书平,更不可能了。陈丹璐十分生气,找了个地方坐下来,喘了几口粗气,又冷静下来思考起来:龙华集中营里欧美侨民安德烈等人逃走,肯定是宋书平把在里面得到的情报通过陈阿三传递给了外面的共产党,然后宋书平与外面的共产党来一个里应外合,把安德烈他们救走了。当时,陈丹璐还以为是自己关了电源才让安德烈等人逃跑的,好在千惠子还不知道这件事,要不然,自己就是跳进黄河都洗不清了。龙华机场遭轰炸与这个小乞丐也脱不了干系。再是黄大维出特高课的时间与路线,恐怕也是被他泄露的。千惠子做了周密的部署,为什么只有军统的人遭到攻击,共产党却轻而易举地抢走了"光石计划"? 这个小瘪三给黄大维当过服务生,虽然最后被黄大维赶走了,但很难说他不是故意找碴,目的是让黄大维把他赶走,他好传递情报。想想,这些不无道理。那么接收情报的人会是谁? 在上海滩除了红灯笼,还会有谁?

千惠子的前任花野洋子和自己的前任许一晗不是一直在追查红灯笼吗? 可是,这两个女人到死都没有把红灯笼查出来,可见,这个红灯笼是多么狡猾,手段是多么高明。那些往往看上去不像是共产党的人,反而正是共产党。

现在,只要找到陈阿三这个小瘪三,定能找到红灯笼。如果抓住红灯笼,那可是大功一件。将来,即便日本鬼子战败了,他们也会对自己另眼相待。想到这里,陈丹璐不由阴笑起来。但是这一切都是推理出来的,要不要告诉千惠子呢? 告诉她,她肯定会抢自己的功劳,不告诉她,万一不是这么回事呢? 自己在她面前还能混下去? 陈丹璐拿不定主意。

陈阿三一路奔跑，累得上气不接下气，但他没有丝毫松懈。在确定没有被跟踪后，他又拐了好几条小巷子，又再三确定没有人跟踪，也没有发现可疑人员后，才朝钮佳悦那里跑去。

一进门，陈阿三看到钮佳悦和刘雅诗那焦急的样子，也顾不上累，急忙把宋书平交给他的信拿了出来，说道："那个小哥哥，让阿拉把这封信交给侬。"

钮佳悦接过信，让陈阿三先去休息，自己则迫不及待地打开信看了起来。宋书平在信中说了他在特高课的一些情况后，还特别说明了特高课最近有一个重大的阴谋，具体情况他还没有打听清楚，建议钮佳悦务必在最短的时间内把这个阴谋查清楚。

钮佳悦看完信后又递给了刘雅诗。刘雅诗也迫不及待地看完信，说道："佳悦，书平同志所说的特高课的阴谋，与我们监听到的消息会是一样的吗？"

"极有可能。"钮佳悦觉得宋书平信上所说的特高课的阴谋，就是她与刘雅诗监听到的那个情报，只是现在仍不能确定。如果宋书平所说的与自己监听到的是一件事，那就好办，如果不是一件事，那就说明特高课现在已经狗急跳墙了，什么样的下三烂手段都用上了。这也说明日本鬼子也知道自己在中国待不长了，他们才会蓄意破坏。

刘雅诗想来想去，说："佳悦，我刚才仔细思考了一下，觉得书平同志所说的事与我们监听到的情报是一回事。"

"我也觉得是一回事。"钮佳悦结合最近监听到的消息思考，发现最近除了监听到的那个消息，日本鬼子没有新动向，这足以说明宋书平的消息与她和刘雅诗监听到的消息是一回事。

"那我们现在该怎么办？"刘雅诗问道。

"我们已经将消息上报了上级党组织，他们会采取行动的。我们现在要做的是继续监听敌人的消息。一旦敌人有新的动向，我们要立即上报。"钮佳悦说。

"对了，佳悦，我上午出去时得到一个坏消息：有几个爱国人士已经遭遇不幸了。我们的同志说，这是特高课暗杀组干的。"刘雅诗刚才只顾着看宋书平的情报，把这事忘了，现在想了起来，赶紧把这事告诉了钮佳悦。

"有这事？我们不是已经上报了吗？"钮佳悦听到这个消息大吃一惊，按理说，消息上报了，上级党组织肯定通知了啊，为啥会这样？

"具体情况我也不清楚。"刘雅诗说。

"我们一定要把这个情况查清楚，不然还会有更多的爱国人士被暗杀。"钮佳悦说完，不由担心起来。

"佳悦，这个任务还是交给我吧。"刘雅诗说，"你现在的任务还很重，不能离开这里。"

"那，这个任务就交给你。"与外面联络的人一直是刘雅诗，如果自己这时去找他们，反而没有刘雅诗顺畅，钮佳悦思考了一会儿，便答应了刘雅诗的请求。

刘雅诗觉得事不宜迟，马上动身去联系点。

陈丹璐把陈阿三跟踪丢了，窝着一肚子气，在城里又瞎转了几圈，仍没有发现陈阿三的影子，只得满脸怒气地往特高课走去。在一条巷子的转角处，她发现了正匆匆忙忙赶路的刘雅诗。

"怎么是她？"看到刘雅诗，陈丹璐马上兴奋起来，这个女共党真是太狡猾了，来上海这么久，一直没查到她的下落，没想到今天能在这里碰到她，真是天助自己也。只要抓住了刘雅诗，还愁找不到红灯笼？

陈丹璐大喜，本想一个人去抓刘雅诗，可她想到上次在十六铺码头时，她与千惠子两人都没有抓住她，这次不能再让她跑了。只要抓住刘雅诗，陈丹璐觉得这个头功还是她的。于是，陈丹璐急忙叫在街头巡逻的几个特高课便衣特工跟踪刘雅诗，她则从另一方向，赶到巷子前面堵刘雅诗的去路。

急着赶路的刘雅诗虽然十分小心，却没有发现自己已经被陈丹璐盯上了。

陈丹璐的速度还真快，只要转过那条街就能堵住刘雅诗的去路，她不由心跳加快，这可是千载难得的机会。自己的后路就靠刘雅诗来铺了，在这个时候，千万不能出岔子。

陈丹璐不想出岔子，可偏偏在这个时候出现了意料之外的事。

李茜茜在得到谷海山的命令后，全力搜集爱国人士的信息，然后想方设法把他们救走。今天,李茜茜去了一个联络点,得到了不少的消息,正准备回去向谷海山报告,却看到了急匆匆去堵刘雅诗去路的陈丹璐。

"这个女汉奸急匆匆的,肯定不是去做好事。"李茜茜想着,便悄悄地跟了上去。果然在陈丹璐即将走到小巷子口时,李茜茜看到了刘雅诗,也看到了后面的特高课的便衣特工,心想,不好,他们要抓刘雅诗。如果陈丹璐抓住了刘雅诗,钮佳悦肯定会躲起来,自己肯定找不到钮佳悦了。再说,刘雅诗虽然是共产党,但也是一个中国人,而且也是在做把日本鬼子赶出中国的事,怎能让她落入特高课手里呢?

于是,李茜茜想警告刘雅诗,却看到陈丹璐已经拿着枪对准了刘雅诗,后面的特高课特工也堵了上来。李茜茜不容多想,以最快的速度拿出一块黑色手帕蒙住脸,然后掏出手枪就朝陈丹璐开枪。但是,李茜茜的这一枪没有打中陈丹璐,却打中了刘雅诗后面的一个特高课特工。

陈丹璐没想到身后响起了枪声,只得往一边躲起来,却给了刘雅诗逃跑的机会。当陈丹璐再次露头时,李茜茜又开了一枪,然后转身就跑开了。趁着陈丹璐躲枪时,刘雅诗也迅速地穿进了另一条小巷子,然后没命地东转西转,摆脱了陈丹璐一伙人的追捕。

没有追到刘雅诗,陈丹璐心有不甘,也没有看清楚在她身后朝她开枪的人。这事越发复杂了,不是自己一个人能解决的,得马上向千惠子报告。

刘雅诗没想到一出来就被特高课的人跟踪了,自己居然没有发现。如果不是那个蒙面人相救,今天恐怕已经进了特高课的监狱了。回到钮佳悦身边时,刘雅诗浑身是汗,快速地把刚才的遭遇向钮佳悦说了。

"你说救你的是一个蒙面人?"钮佳悦听完刘雅诗的话,脑子快速地思考着,到底是谁出手救了刘雅诗? 应当不是自己人。如果是自己人,事后肯定会传一个消息。是不是军统的人呢? 钮佳悦猛然想到这个问题时,一个人影闪现在她的脑海里——李茜茜。于是,钮佳悦问刘雅诗:"救你的人会不会是李茜茜?"

"李茜茜？她为什么要救我？"刘雅诗没有朝这方面想，还觉得不可思议。

"你想想看，如果是我们的人救你，肯定会有消息传过来，只是我们到现在都没有收到任何消息。除了我们的人，我只能想到李茜茜。李茜茜不是一直在通过你的行踪寻找我的下落吗？不知道她救你是偶然，还是必然？如果说是偶然，就是偶遇到你，见到你有危险，出手相救。如果是必然，就说明她在跟踪你。只是后一个理由不太充分，因为她要跟踪你，肯定也会被特高课的人以及陈丹璐跟踪，那么她也有危险。所以，我还是比较相信她是偶遇到你才出手相救的。"钮佳悦一下子分析了这么多问题，而且思路特别清晰，这让刘雅诗佩服不已。

"佳悦，那我们现在怎么办？"刘雅诗没想到军统的李茜茜也搅和进来了，事情变得越来越复杂了。

"以静制动。"钮佳悦斩钉截铁地说。

"以静制动？"刘雅诗想想，忽然发现钮佳悦的这个方法比较管用。现在敌人都动了起来，四处疯狂地抓共产党员，同时暗杀爱国人士，破坏工业厂矿。她们摸不清敌人的动向，不知道敌人下一步到底要破坏哪里，只能静静地等待，待敌人冒出来，再给予他们沉重的打击。

"雅诗姐，那些没有走的爱国人士和被害的爱国人士，是没有通知到，还是有其他原因？"本来刘雅诗是去打听这件事的，谁知半路遇到了危险。无论有没有危险，这件事也一定得弄清楚，所以钮佳悦又提到了这件事。

"那还是我去吧。"刘雅诗说。

"你现在不能出门，这事还是我去。"钮佳悦知道刘雅诗这个时候再出去，肯定危险加倍。

"佳悦……"刘雅诗知道钮佳悦是为她的安全着想。

"就这样定了，我晚上就去。"钮佳悦说完，便回到电台边监听起来。

陈丹璐回到特高课时，千惠子正躺在沙发上闭着眼睛听留声机里播放的歌曲。在这个时候,陈丹璐知道是不能打扰千惠子的,转身想走,却被千惠子叫住了:"陈丹璐,急匆匆地来,又急匆匆地走,啥意思?"

"千惠太君,我没有打扰你听歌吧?"陈丹璐见自己已经打扰了千惠子听歌,怕她发火,便小心地问道。

千惠子看似闭着眼睛听歌,其实在思考。这些天来,虽然计划取得了一些实效,但还是有很多中国的爱国人士逃走了,而且被派去破坏厂矿的人,都被工人挡在门外,如果硬来,又会造成不良影响。暗中搞破坏的不少特工竟然都无缘无故地消失了。虽然千惠子也知道这些特工已经凶多吉少,但她还是抱着最后一线希望,希望这些特工还活着,只是没得手罢了。但事实又打了她的脸,一些特工的尸体已经被从黄浦江里捞了上来。现在陈丹璐急匆匆地跑来找自己,说明她已有了新发现,便说道:"听歌又算得了啥? 看你着急的样子,应当有紧急事情吧?"

"是这样的,我今天发现了刘雅诗,但她被另外一个女人救走了。"陈丹璐说完,就把今天的遭遇全部报告给了千惠子。

"还有这样的事? 难道救走刘雅诗的人是共产党的红灯笼?"在上海滩,千惠子没有服过谁,但红灯笼像一个幽灵一样刺在了她的心里。来上海滩很长时间了,每一次任务都败在了红灯笼的手里,结果连红灯笼的影子都没见着。这令千惠子十分懊恼。

"我认为是红灯笼干的。"陈丹璐正愁如何推卸责任,既然千惠子提到了红灯笼,何不把这一切都推给红灯笼? 自己败在红灯笼的手里,不亏。

"从现在的情形来看,红灯笼既不是百乐门的李茜茜,也不是刘雅诗,更不是宋书平,而是一个我们从没见过面的女人。这个女人到底是谁呢?"这个问题千惠子不知道,当然,陈丹璐一样也不知道。

"肯定是我们熟悉又陌生的一个人。"陈丹璐说,"我们不了解她,她却了解我们的一切,导致我们的任务每次都在快要成功时被她搅和失败了。"

"既然是红灯笼,那么我们必须让她现身,一定要抓住她,不能让她毁了我们大日本帝国的事业。"千惠子咬牙切齿地说,"你马上带领人马全城搜捕这个红灯笼。"

"我这就去。"得到了千惠子可以动用大批人马的命令后,陈丹璐像是吃了蜜一样,急忙率领人马,把上海滩翻了个底朝天,虽然嫌疑人抓了一大堆,却没有找到红灯笼的影子。

"真没有想到,红灯笼竟然如此狡猾。败在她手里,也无话可说。"想到此,陈丹璐不得不垂头丧气地回到特高课向千惠子报告此事。

"既然红灯笼不露面,那么我们就想办法让她露面。"千惠子·恶狠狠地说,"我已经想到了抓住她的办法。"

第十五章

真假难辨的阴谋

上海的冬天似乎来得很早,初冬的雨像伤心人的眼泪,扑簌簌地往下掉,大街上空无一人。雨打在地上,溅起了一圈又一圈的小水花。雨后,好不容易迎来了天晴,但北风又如期而至,落叶随风飘落,扫过了地面,扫过了尘土⋯⋯很容易让人想到今年的冬天不一般。

这是个与往常没有两样的日子,钮佳悦坐在电台前。枯燥的监听生活,令她昏昏欲睡。几天来,钮佳悦都没有监听到有用的消息。突然,一个奇怪的信号引起了她的警觉,她急忙叫醒正在睡觉的刘雅诗。

刘雅诗赶紧拿起听筒,仔细地听了起来,感觉信号十分陌生,记下的数字一个都破译不了,不由嘀咕起来:"这是一个什么样的信号?"

"敌人又换了新密码。"钮佳悦显然听出了一些眉目,把记下的数字排列组合了一下,但不能肯定,于是又说,"我把这些数字排列组合了一下,感觉不太对劲,我需要核对。"

"什么消息?"刘雅诗问道。

"事关重大,我还不能确定。"钮佳悦思考了一会儿,又说,"自从书平同志从特高课出来后,我们也只是通过陈阿三来传递消息,还没有见过面。这次我要亲自去见见书平同志,让他去证实这个消息。"

"你这样去,恐怕不行吧?特高课一直在监视书平同志。"刘雅诗劝阻说,"阿三上次差点被抓了,我们不能再冒险。"

两人正说着,宋书平却不请自来。这让刘雅诗悬着的心放了下来,这是宋书平从特高课出来后第一次到钮佳悦这里来,这让钮佳悦十分意外。宋书平亲自前来,肯定有重要的事情。于是,钮佳悦让陈阿三去外面守着,发现可疑人员立即向她报告。做完这一切,钮佳悦与刘雅诗把宋书平带到里屋,刘雅诗赶紧给宋书平倒了一杯茶。

宋书平端起茶杯,喝了一口茶水,向钮佳悦和刘雅诗介绍了日本鬼子在国内的战况。日本鬼子在太平洋战争失利后,一直被美国追着打,再加上中国滇西远征军与中国驻印军队先后发起缅北滇西作战,歼灭日军三万余人;在国内的战争中,桂林保卫战已经让日军知道了他们的结局是必败无疑,但是,他们又不甘心就这样失败。日军在侵略中国前,就派了很多间谍来到中国刺探情报,勾画中国地图。特别是特高课,他们怎么会甘心在失败后灰溜溜地回到日本呢?所以,宋书平非常担心地说:"佳悦,我们离胜利不远了,越是这个时候越不能掉以轻心。"

"你说日本鬼子很有可能会留下一些人,潜伏在我们国内?"钮佳悦听宋书平分析国内外形势时,便想到了一些问题,不由问道。

"佳悦,你果然聪明。我打听到的消息是特高课命令千惠子选派一些人员潜伏下来。"宋书平担心地说道,"上一次,你们不是监听到千惠子派人刺杀爱国人士和破坏重要厂矿吗?我想,他们潜伏下来后,也会干同样的事。"

"怪不得,我们刚刚监听到敌人一个特殊信号,一时解不开,但我大致猜测出这个信号也是这个意思。"钮佳悦说着,便把她监听到信息后记下的数字递给了宋书平,说道,"书平同志,你看看这些数字,我一时没有破译出来,但我初步判断它们与这件事有关。现在可以证实,这些信号就是指千惠子将派人潜伏下来。"

"日本鬼子真坏,现在学我们了。"刘雅诗插话道。

"我们不能让千惠子的阴谋得逞,要想办法把千惠子留下的潜伏人员名单弄到手,然后将他们一网打尽。"宋书平又解释说,"这是上级党组织的命令,我们一定要执行。"

"怎样才能拿到这份名单呢?"钮佳悦知道要从千惠子手里拿到这份名单比登天还要难。毕竟现在的上海滩还处于日本鬼子的实际控制下,她与刘雅诗都不能现身,而且刘雅诗已经暴露了,宋书平也被千惠子派人监视着。钮佳悦是心有余而力不足。

"这就需要我们想办法了。"宋书平目前也没有什么好办法,"就是上级党组织没有给我们命令,我们也必须完成这个任务。"

"这个任务太难了。"刘雅诗以前在上海滩潜伏了很多年,完成了不少任务,但从没碰到像这次这么难的任务。

"还有一件事情,雅诗姐已经暴露了,应当撤离上海滩了。"现在宋书平也在,钮佳悦把她心中的想法说了出来。

"不,我不能撤离上海滩。我走了,就只剩下你和书平同志了。再说书平同志也被特高课监视着,他不能帮助你更多。"刘雅诗马上否定了钮佳悦的建议。

"佳悦,你把雅诗同志遭遇到的情况,具体讲给我听听,让我来分析分析。"宋书平也觉得如果刘雅诗撤离,就只剩下钮佳悦一个人,又有那么多的工作要做,钮佳悦一个人根本来不及完成。

"那天她去另一个联络站时,被陈丹璐跟踪了。"钮佳悦把详细情况全部说给了宋书平听,接着刘雅诗又做了补充。

"原来是这样。"宋书平听完后皱起了眉头,但马上分析起来,"日本鬼子在战场上吃紧,特高课要用更多的时间去搜集其他情报,还要暗杀上海滩的爱国人士和破坏厂矿,他们没有更多的精力来寻找一个潜伏者,所以,我认为雅诗同志应当留下来。"

"书平同志,这可关系到雅诗姐的安危。雅诗姐是否留下来,我们要先请示一下上级党组织。"钮佳悦冷静地说。

"这样也行。"宋书平点了点头。

"佳悦,我一定会留下来的。"刘雅诗说道。

千惠子曾说过她有重要的计划在实施,具体是什么计划,陈丹璐一概不知,这就说明千惠子已经在排斥她了。想想自己这些年一直在为日本鬼子办事,到头来日本鬼子居然要放弃自己,陈丹璐火气特大,但又不知道该朝谁发火。

既然千惠子拿自己当外人,那么就不要怪自己不客气了。陈丹璐决定探知千惠子最近到底在实施什么计划。陈丹璐想着,如果得知了这个计划,无论是卖给国民党,还是共产党,说不定他们都会给自己留一条活路呢。

其实,要探知千惠子的计划很简单。陈丹璐以抓捕共产党为由,向千惠子要了几名特工去十六铺码头蹲点。结果直到天黑,也没有见到共产党。陈丹璐便对几名特工说他们太辛苦了,为了表示歉意,晚上请他们喝酒吃饭。劳累了一天的特工们,不但没有收获,还饿着肚子蹲守,正想发牢骚时,听到有饭吃,觉得是理所应当的。因此,几名特工便爽快地答应下来,正中陈丹璐的下怀。

解除任务后,几名特工跟着陈丹璐来到一家饭店。陈丹璐点了很多菜,又让店家上了几瓶好酒。特工们都敞开了肚子,大吃大喝起来,没多久,几个人都有了醉意。陈丹璐又上前一个接一个地敬酒,又假装不经意地询问,还真问出了千惠子正在实施的计划:除了暗杀中国的爱国人士和破坏重点厂矿企业,千惠子还正在物色一批长期潜伏下来的特工。有些人想留下来,却没有得到千惠子的肯定;有的人不想留下来,却被千惠子选中了。

原来千惠子在实施长期潜伏的计划。如果把这个计划透露给共产党或者国民党,不知道千惠子的脸会变成啥颜色。

陈丹璐冷笑了一声,叫人把喝醉了酒的特工送回特高课,自己则在大街上漫无目的地走。不一会儿,陈丹璐便不知不觉地来到黄浦江边上,深夜的寒风吹来,让她一下子清醒过来。

陈丹璐以前经常一个人来黄浦江边,只有望着那因风而波浪滚滚的黄浦江,她的心才能平静下来,才能找到心灵的慰藉。多年来,陈丹璐无数次幻想过美好的前程,但每一次现实都给予她无穷的打击。她感觉自己就像那黄浦江里的水,被风一吹,便波浪四起。

就在陈丹璐如痴如醉地望着黄浦江出神时,一支手枪顶住了她的后背。

"别说话,也别反抗,慢慢地转过身来。"说话的是一个女人。

"李茜茜,你蒙着面,我也知道是你。"陈丹璐转过身来,看到蒙着面的李茜茜,又问道,"大晚上的你来找我,应当不会只是用枪指着我吧?"

"女汉奸陈丹璐果然不是一般人。算了,大家都是聪明人,我也不绕弯子了,希望你把自己知道的情报都说出来。"李茜茜见陈丹璐居然不害怕她,干脆把脸上的蒙面纱拉开,露出俊俏的脸来。为了抓住这个女汉奸,李茜茜可是费了不少力。前些日子,陈丹璐堵住了刘雅诗的去路,自己本想一枪结果她,没想到她躲了过去。今天晚上,李茜茜在饭店外面足足等了好几个小时,才把陈丹璐等出来。她本想乘机让锄奸队成员就地解决陈丹璐,没想到陈丹璐竟然独自一人朝黄浦江走去。李茜茜决定抓活的。

"你抓我,不就是想知道关于特高课的一些情报吗?我可以告诉你,但你必须保证我的安全。"陈丹璐知道李茜茜抓自己的原因,便把李茜茜想要说的话先说了出来。

"看来,你很识时务。"李茜茜没想到陈丹璐这个女汉奸这么聪明,又说,"那咱们明人不说暗话,你就把特高课的情报和千惠子最近在做的事情都告诉我,我可以考虑放过你。"

"告诉你可以,但是有条件。"陈丹璐看着李茜茜那急切的样子,心里乐了,也有了她的打算。

"你觉得你现在还有资格跟我提条件吗?"李茜茜很是不屑地说。

"那我啥也不说。"陈丹璐知道李茜茜现在很是着急。同时,作为特工,她知道李茜茜已经犯了一个不该犯的错误:李茜茜应当把自己带到一个不为人知的地方进行审问。

"你不愿意说,是吧?"李茜茜打算从陈丹璐嘴里得到关于特高课的情报后,就把她就地正法,然后就去向谷海山汇报,只是没想到陈丹璐会嘴硬,有些火了,把枪顶在了陈丹璐的额头上,"如果你不说,我只好对不住你。"

"我说,我说……特高课让千惠子把一部分特工留下来潜伏在上海滩……"陈丹璐像是被吓坏了,一口气把她知道的部分情报都说了出来。

"原来是这样。"陈丹璐提供的情报让李茜茜大吃一惊,没想到特高课还留了这一手。他们暗杀爱国人士和破坏重点厂矿的事还没有解决,现在又有日本特工潜伏的事,该怎么办?

就在李茜茜发愣之际,陈丹璐一把打掉李茜茜手中的枪,再一拳打中李茜茜的胸口,然后没命似的朝远处跑去。

待李茜茜翻身起来,陈丹璐早已没了踪影。虽然陈丹璐跑了,但李茜茜得到了情报。她决定在向谷海山报告之前,找一个人来证实一下。

一路疯跑的陈丹璐见李茜茜没有追上来,站在路边嘴角上扬,冷笑起来:"李茜茜啊李茜茜,就你这样的人,也堪称高级特工? 今天如果不是老娘为了把情报提供给你,故意让你抓住,就凭你也能抓得住老娘? 当然,如果不是老娘知道你李茜茜在跟踪,老娘又怎能把情报透露给你呢?"

陈丹璐干脆在路边坐了下来,掏出一支香烟,点燃后狠狠地吸了一口,心里想,如果不是千惠子不把自己当人看,自己也不会出此下策。

陈丹璐居然从自己枪口下逃跑了,这让李茜茜尴尬不已,这事要是传出去,她李茜茜的脸往哪里搁?

生气归生气,得到了这么重要的情报,不管是真是假,现在都要向谷海山报告。但是,如果情报是真的,自己是大功一件;如果情报是假的,自己则会被人耻笑。现在,自己的身份算是彻底暴露了。如果不把陈丹璐解决掉,那么特高课马上会派特工来抓捕自己,那自己的处境也太危险了。上次因为被跟踪和监视,与谷海山躲了一段时间,现在又去与谷海山说,自己暴露了,那谷海山将如何看待自己?

李茜茜欲哭无泪。既然已经暴露了,那就得把情报的真伪弄清楚。如果这情报是真的,那么自己也算是立功了,至少可以功过相抵。想着,李茜茜又欣慰起来,但找谁来证实这情报的真伪呢?

李茜茜边走边思考这个问题,觉得头都快爆炸时,突然想起宋书平来:"我怎么把他给忘了呢?"

李茜茜来到警察局门口时,碰巧遇见值夜班回家的宋书平,便上前喊了一声："宋书平，姐找你跳舞。"

宋书平一看是李茜茜，正想拒绝时，发现李茜茜给他使了一个眼色，立即明白李茜茜找他肯定不是为了跳舞之事，正想答应下来，在门口的几个警察都笑了起来，说宋书平艳福不浅，百乐门的头牌舞女亲自到警察局来邀请他。宋书平笑而不语，便从口袋里掏出一包香烟扔给了那些警察，然后才说："这事，大家不要告诉别人啊，我怕他们吃醋。"

几个警察接过宋书平的香烟，马上奉承起来，但宋书平已经挽着李茜茜的手上了一辆黄包车。当车子来到百乐门舞厅前，李茜茜赶紧下了车，付了钱后，让黄包车夫一直往前走。然后，李茜茜与宋书平转进了小巷里，又转了很多地方，才来到天一咖啡馆。此时天一咖啡馆里已经没有顾客了，李茜茜带着宋书平找了一间临窗的包厢。还没等宋书平询问，李茜茜便率先开口了："宋书平，我们也算是老熟人了。今天我找你来证实一件事。"

"啥事情，非要找我证实？我只是一个警察。"宋书平不知道李茜茜葫芦里卖的是什么药，便用警察的身份来压制一下李茜茜。

"别在我这里臭显摆了。你是什么身份，我还不知道吗？"李茜茜对宋书平用身份压她，特别反感，又说，"前些天，刘雅诗在一条巷子里被女汉奸陈丹璐带人堵住了去路，还是我开枪救了她呢。"

"果然是李茜茜救了刘雅诗。"但宋书平不动声色，便问道："你这么神神秘秘地找我，到底为何事？"

"今天，我抓住了陈丹璐，最后被她跑了。"李茜茜把她抓住陈丹璐并得到情报的事一并告诉了宋书平，又问道，"宋书平，你说陈丹璐说的情报是真是假呢？"

"这个……"宋书平听到李茜茜从陈丹璐那里得到的情报，也大吃一惊，这是钮佳悦才监听到和自己从其他渠道才得到的消息，这可是特高课的绝密情报，陈丹璐竟然不打自招了。李茜茜得到这样的情报，居然怀疑它的真假，自己该怎么向李茜茜说呢？

"宋书平，我知道你是共产党，在上海滩得到了不少情报。刘雅诗以前就潜伏在上海滩，现在又回来了。而且，我还知道钮佳悦就是从延安来的红灯笼。"李茜茜端起咖啡喝了一小口，"你们几个人的身份我都知道，但我从没有告诉过我的上司，也没有派人来抓你们。因为同为中国人，你们是真心抗日的，所以，我希望你帮我证实情报的真伪。"

钮佳悦把红灯笼的身份隐藏得那么好，居然被李茜茜知道了，这让宋书平特别震惊。宋书平感到自己的工作没有做好，如果李茜茜稍微动动歪脑筋，那么钮佳悦早就有危险了，自己却浑然不知。现在还真不能得罪李茜茜，更主要的是李茜茜说得对，大家有一个共同的目标，就是把日本鬼子赶出中国这片土地。如果李茜茜能参与进来，让千惠子的计划早一点失败，未必不是一件好事。所以，宋书平回答说："情报是真的，而且千真万确。"

"原来，你们都得到了这份情报。"李茜茜突然有些委屈起来，为什么自己每次得到的情报都晚于共产党呢？论条件，论资历，自己都比宋书平和刘雅诗强，特别是比钮佳悦强。钮佳悦还只是一个不到二十岁的小女孩，她为什么那么聪明？难道她天生就是做特工的料？

"我也是刚刚得到消息，还没来得及上报。"宋书平不想隐瞒李茜茜。

"那为什么陈丹璐会把这样的情报透露出来呢？"李茜茜在宋书平这里证实了情报是真的，不由怀疑起陈丹璐的动机来。按理说，作为特高课里的女汉奸，陈丹璐不可能把这么重要的情报轻易说出来。

"或许是被你的枪指着，她想活命吧。"这个理由连宋书平自己都有些不相信，如果陈丹璐那么容易把情报说出来，她不可能在特高课混下去。

"或许是吧。"李茜茜的脑海里回忆着自己用枪指着陈丹璐的情景，陈丹璐一点都不慌张，说话时有条有理，这说明她是早有准备的。难道她想弃暗投明？这不对啊。

"时间太久了，我得离开这里。"宋书平觉得这情报有问题，得马上告诉钮佳悦。

"你走吧，还是要谢谢你。"李茜茜虽然从宋书平这里证实了情报的真实性，可又陷入了另一个怪圈，但无论如何，得把这个情报马上报告给谷海山，让他定夺如何破坏特高课的阴谋。

陈丹璐从李茜茜的枪下逃走后，心里十分窝火。本来想趁着把特高课的消息透露给李茜茜的机会，与她建立特殊的联系，为自己的未来铺好路，可这个李茜茜竟然不买她的账。如果李茜茜说是自己把这个消息透露给她的，那自己岂不成了特高课的罪人？

陈丹璐越想越气，要挽回这个局面，只有抓住李茜茜，然后就地将她杀死，自己不但可以得到奖赏，还能解决这个定时炸弹。

想罢，陈丹璐急忙回到特高课，把自己从原七十六号带过来的几个手下叫到一起，对他们说这次的任务一定要保密，无论任务成功与否，他们都将得到一大笔奖赏，而且谁缴获对方的金银财宝就归谁。几个手下一听有这样的好事，想着反正闲着也是闲着，何不跟陈丹璐去捞一笔呢？

于是，几人马上信誓旦旦地向陈丹璐保证，绝不会把这件事说出去。有了几人的保证，陈丹璐才消了气，马上带领他们直奔百乐门舞厅。

此时的百乐门舞厅灯火辉煌，却不见李茜茜的踪影。看着舞厅里会集了很多贵宾，充斥着奢靡旖旎和纸醉金迷，舞池里的男女跟着旋律，在炫目灯光下扭着身子，陈丹璐有了一种想吐的感觉。

"姐，里面没人，我们问过了，说李茜茜这些日子都不在。"一个手下跑到陈丹璐身边，附在她耳边说。

"操……"陈丹璐骂了一句，但她不敢太放肆，毕竟百乐门舞厅里的人非富即贵，还有日本鬼子在里面。

"姐，怎么办？"那个手下见陈丹璐一脸的不愉快，也没辙，心里也在暗想，早知道是来百乐门舞厅抓李茜茜，打死他都不会来。李茜茜是谁，是百乐门的头牌舞女，她的影响力太大了。来百乐门舞厅抓人，没有课长的命令，即使抓到了人，也很难把人带走。

"到其他地方再找找。"陈丹璐心里窝着火，又对手下说，"你们放心，我承诺过的奖赏，会一分不少地给你们。"

几个手下一听奖赏不会少，也懒得在百乐门舞厅里胆战心惊地待下去了，万一舞厅里的日本鬼子来找事，那就麻烦了，可外面不一样，那是他们的天下。

几个人跟随陈丹璐对可疑的地方进行搜查，直到天亮，都没有发现李茜茜的踪影。陈丹璐像泄了气的皮球,只好把自己存下的钱分给了几个手下,然后让他们回去。

待手下走后,陈丹璐有些茫然了,把特高课的绝密情报透露出去,一旦被特高课的人知道,那可是死罪。现在李茜茜没了踪影,这颗定时炸弹随时都会要了自己的命。

陈丹璐有些绝望了。

宋书平从天一咖啡馆出来,天已微微亮了,但他还是警惕地看了看四周,确定没有可疑人员后,叫了一辆黄包车到了钮佳悦住处附近,便下了车,又转了好几个圈,才来到钮佳悦的住处。

"书平同志,你来啦?"钮佳悦没想到宋书平会这么早来,这肯定是有重要的事情要商量,于是,赶紧把宋书平让进屋里,又警惕地朝外面看了看,便马上关上了门。

"书平同志,你来得太及时了。"刘雅诗见到宋书平后,急忙去倒茶。

待宋书平接过茶水,坐下后,钮佳悦迫不及待地问道:"书平同志,有什么新情况?"

"刚刚李茜茜来找我了。"宋书平放下茶杯说,"你们猜猜,她找我干啥。"

"干啥?"钮佳悦和刘雅诗齐声问道。

"她说陈丹璐把特高课的重要情报告诉了她,她特地来向我求证。"宋书平把李茜茜找他的事全部说给了钮佳悦和刘雅诗听。

"原来是这样。"钮佳悦听后沉思起来,而后又问道,"书平同志,陈丹璐为什么要把这么重要的情报说出来? 如果仅仅是受了李茜茜的威胁,她不可能那么快就把情报供出来啊。"

"你是说有另外的原因?"宋书平问道。

"我想应该是这样的。"钮佳悦回答说。

"那我们监听到的情报岂不是没有用了? 而且还白忙活一场。"刘雅诗听到他们这么一说,认为做了无用功。

"那也不一定。"钮佳悦思考了一会儿说,"既然陈丹璐说出了情报,且她的情报与我们监听到的差不多,这就说明这个情报是真的。

陈丹璐把这个情报透露给李茜茜，或许是拿情报做诱饵，引李茜茜上当。"

"佳悦说得对，我也有这个想法。但是，李茜茜问我时，我还是肯定地告诉她情报是真的。"宋书平说完又有些担心起来，害怕李茜茜会中了特高课的计，于是问钮佳悦，"佳悦，我们要不要提醒李茜茜？"

钮佳悦想起宋书平跟她说，李茜茜已经知道了她的身份，心里也是一惊，觉得李茜茜与其他军统特工不一样，于是说："她都知道我的身份了，却一直没有告诉谷海山，仅凭这一点，我们应该帮她一把。"

"但你不能出面，我从李茜茜的话里可以判断出，她知道你的存在，但不知道你的住处。"宋书平担心地说，"我要保证你的人身安全。毕竟李茜茜是军统的人，谷海山来上海的目的之一就是抓住你。"

"那你去提醒一下她。虽然她是军统的人，但手里没有沾上我们共产党人的鲜血。"钮佳悦说。

"行。"宋书平说完，又与钮佳悦商量如何从千惠子手里把潜伏在上海的日本特工名单弄到手。

李茜茜把陈丹璐供出的情报报告给了谷海山，请谷海山定夺，没想到谷海山得到这个情报后，竟然没有核对，就立即让李茜茜带人去追查。

"只要大家认真地查，然后把那些该死的日本鬼子抓住，我们就大功告成了，参与这个任务的每个人都会得到重庆的奖赏。"李茜茜鼓励手下的特工，又说，"如果顺利地完成这个任务，我李茜茜绝不会独自去请功，所有的功劳都记在大家的头上，上面的奖赏也全是大家的。我李茜茜绝不会拿一分一厘。"

李茜茜的话像是给手下的特工打了一针兴奋剂，他们纷纷摩拳擦掌，对李茜茜说，哪怕是死也要完成这个光荣而又神圣的任务。

手下有了兴奋劲，李茜茜觉得她出人头地的时候到了。自从潜伏在上海滩的百乐门舞厅里，李茜茜多次完成了上峰交给的任务。但在钮佳悦来上海滩后，她是接一个任务失败一个任务，好像钮佳悦就是她的克星一样。有时候李茜茜也在想，自己是堂堂的军统高级特工，不但经过严格的训练，还有多年的实战经验，居然不如一个不到二十岁,没有经过严格训练,也没有资深实战经验的小女孩,这事要是被其他特工知道,她还不成了笑柄?所以,李茜茜明知钮佳悦也会去完成这个任务,还是按捺不住心中的喜悦。只要钮佳悦没有完成这个任务,大家都还在同一起跑线上,那就看谁的本事大,谁就先完成这个任务。

随着调查的深入,李茜茜发现特高课潜伏的特工分布在上海滩的各个角落里,连百乐门舞厅里都有。这可把李茜茜气坏了,百乐门是她潜伏的大本营,千惠子的人居然混了进来。

"不行,我绝不能容忍百乐门里有特高课的人,一定要把他们连根拔掉。"李茜茜下定决心后,又与几个手下商量,决定在晚上动手。

在李茜茜的焦急等待中,天终于黑了下来,她便带着手下从后门摸进了百乐门舞厅。对于舞厅的内部,李茜茜太熟悉了。很快,李茜茜就发现了一个特高课潜伏的特工。李茜茜见过这个特工,以前陪着千惠子来过百乐门舞厅。

"千惠子怎么派一个熟面孔来这里潜伏?"李茜茜不由疑惑起来。但这个疑惑只在李茜茜脑海里一闪而过。既来之则安之,先把这个特工除掉再说。当然在舞厅里是不可能除掉那个特工的,只能把他引到后门后再动手。于是,李茜茜上前与那个特工搭讪,一步一步地把他引诱到后门。

"动手。"李茜茜轻喊了一声,埋伏在那里的几个手下,出其不意地将那个特高课特工按倒在地上,其中一人手起刀落,那个特高课特工还没明白是怎么回事,就见了阎王。

"快,离开这里。"李茜茜命令道。然而,李茜茜的话音刚落下,后面就亮起了许多手电筒,十几个特高课特工堵住了李茜茜等人的去路。就在这时,一个女人走到前面,李茜茜一看,这个女人便是千惠子。

"李茜茜,想不到你是军统的人,你隐藏得太深了。"千惠子冷笑着说,"今天落在我手里,也不算你冤枉。"

"上当了。"李茜茜随即明白,只是她没想到自己居然会栽在千惠子的手里。看来陈丹璐那个女汉奸提供的情报是假的。李茜茜后悔不已,为什么不再证实一下情报的真伪呢?想到此,李茜茜又恨起宋书平,自己找他辨别情报的真伪,他说情报是真的。

"是我们动手,还是你们束手就擒?"千惠子又得意地笑了起来,"李茜茜,你隐藏得好深。为了抓到你,我可是费了不少的心思。"

"千惠子,这一切都是你的阴谋?"明知上当了,李茜茜还是忍不住问了一句。

"当然,我既然利用陈丹璐来放鱼饵,收线的人当然是我。直到今天我才明白,你是军统的资深特工,要抓住你还真不容易啊。"千惠子忍不住得意地大笑起来,李茜茜已经成为案板上的肉了,任由她宰割。

只是千惠子的笑声突然戛然而止,因为她的背后传来了几声枪声,身边的特工还没有反应过来,就已经倒下了好几个。

李茜茜见状,趁机一边举枪朝千惠子射击,一边逃离。直到跑到安全的地方,李茜茜才停下来。跟着来的几个人,只剩下两个了。这一跑,李茜茜知道自己彻底地暴露了,以后别想在百乐门舞厅待下去了。可这个任务以这样的失败告终,李茜茜又不服气。

"刚才是谁开枪救了我们?"李茜茜问剩下的两个特工,"难道是站长安排的接应我们的人?"

"不知道。"手下回答说,"天又黑,开枪的位置非常隐蔽,我们都没看清是谁救了我们。"

"知道了。"李茜茜陷入沉思之中,救他们的人肯定事先得到了情报。只是在行动之前,谷海山没说有后援,难道是共产党的人救了自己?李茜茜想了想,又觉得不可能。共产党一般都潜伏得很深,他们才不会轻易开枪救自己。

千惠子看着中枪的左臂,特别生气。李茜茜逃走了,自己还差点被乱枪打死。到底是哪一个环节出了问题呢?为什么自己的计划这么周密,却让李茜茜逃走了?是李茜茜事先安排了接应的人?可看着又不像。偷袭自己的人很少,但枪法特别准,只是黑暗中没有看清他们是谁。

原来,千惠子让陈丹璐故意把情报泄露给李茜茜,无论李茜茜是重庆的人还是延安的人,只要她敢动特高课的人,那么就把她抓起来。本来这个计划是天衣无缝的,一旦成功,功劳不小。为此,千惠子还特意让陈丹璐去执行别的任务,目的是不想让她分享这份成功。可是事与愿违。

救李茜茜的人难道是共产党的红灯笼?这个想法突然在千惠子的脑海里闪现出来。千惠子之所以有这个想法,是因为红灯笼经常神出鬼没,她到现在都没有弄清楚红灯笼是谁。

想着,千惠子便往陈丹璐的办公室打了一个电话过去,却没人接电话。于是,千惠子又让一个手下去陈丹璐的办公室看看,到底是怎么回事。没一会儿,那个特工跑回来说,陈丹璐根本不在办公室里,她的手下说她去执行任务还没有回来。

"陈丹璐的任务还没有完成吗?"一股无名火不由在千惠子心底升起。

现在,离特高课下达潜伏任务的截止时间越来越近了。如果不把共产党和国民党的特工消灭掉,那么让特工潜伏在上海滩的计划将十分被动。特别是共产党那个叫红灯笼的特工,太厉害了,说不定红灯笼已经掌握了特高课制订的潜伏计划。要消灭红灯笼,陈丹璐是最好的诱饵,但她最近的表现不尽如人意,这让千惠子头痛不已。

"今天的任务失败,陈丹璐有着不可推卸的责任,不能留她在这个世上了。这个支那人不会死心塌地为帝国卖命的。"想到此,千惠子马上命令手下,无论如何都要找到陈丹璐,让她马上来复命。

"大日本帝国迟早会败的。"这是千惠子最不愿意看到的,但特高课的高层已经向他们透露了这个消息。正是因为这个原因,课长才让她制订了潜伏计划,目前只是针对上海滩这个地方,如果时机成熟,将在中国的每座城市都安排潜伏人员,以便大日本帝国卷土重来。

陈丹璐在第一时间得知千惠子围剿李茜茜以失败告终,手臂还中了一枪,于是她执行完任务后便躲了起来。陈丹璐现在不得不为自己的生命安全着想。本来把特高课的潜伏计划告诉李茜茜,是希望得到李茜茜的庇护,结果李茜茜把她当成汉奸处置。现在,千惠子肯定会归罪于她。现在不逃,更待何时?

　　其实,在得知特高课将派出很多特工潜伏到上海滩时,陈丹璐就知道日本鬼子的日子不好过了,在中国战场上迟早会失败,这是特高课在为战败做准备了。只是陈丹璐没想到这一天会来得这么快,她更要抓紧时间为自己留一条后路。只是陈丹璐顶着一个汉奸的帽子,无论是共产党还是国民党,肯定都不会饶过她。如果日本鬼子战败了,她也不可能跟他们去日本,即便是去了,他们也会把她当成一条狗。想到此,陈丹璐不由悲哀起来。自己为日本鬼子做了那么多伤天害理的事,结局是可想而知的。当初为什么要选择这条路呢?特别是前任许一晗死时,自己还高兴不已,终于可以不用在七十六号管理档案了,从行政走到行动处,她发誓要干出一番让七十六号和特高课刮目相看的成绩来。可是李士群立了那么多的功劳,最终还是被日军毒死了。连李士群那样立下了"赫赫功劳"的人,日本鬼子让他死,他就必须死,自己只不过是一个小角色,日本鬼子要杀自己,比踩死一只蚂蚁还简单。

　　千惠子失败了,她肯定不会找自身原因,而会让自己顶罪。这就是日本鬼子的残忍,他们根本不管为他们做事的任何一个中国人。想当初,黄大维从日本本土带来那么重要的文件,千惠子也不顾他的死活,居然还让他当诱饵,何况自己只是她手下的一条狗而已。

　　现在要想活命,就只有找到千惠子准备的那份潜伏在上海滩的特工名单。把这份名单送给共产党或国民党,或许他们会给自己留一条活路。

　　但陈丹璐逃走的计划还是失败了,她被千惠了截了回来。千惠子冷冷地对陈丹璐说了一句:"如果还有下次,你知道后果是啥。"

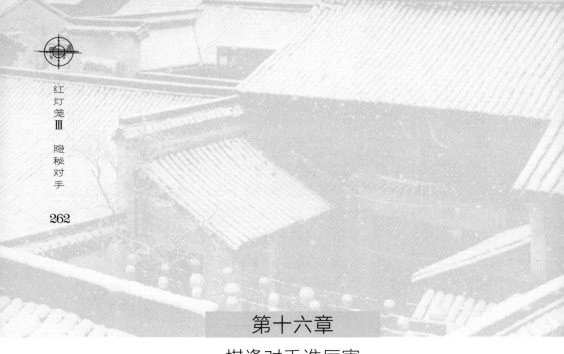

第十六章

棋逢对手谁厉害

　　上海的冬天总是那么让人向往，却又是那么让人头痛。雪花一连飘飘洒洒了好几天，路上没有积雪，却有特别严重的冰冻，或许这就是南方特有的潮湿阴冷的天气吧。因为冰冻路滑，连平日劳碌往返的黄包车都很少见了，更别说行人了。

　　钮佳悦此时站在窗前，看着大街，祈祷着刘雅诗一定要平安归来。近段时间来，很多爱国人士惨遭杀害，钮佳悦知道千惠子在实施她的计划了。虽然转移走了很多爱国人士，但还有相当一部分人没有走，原因是多方面的，有的人因其他原因一时走不了，有的人不愿意转移，认为日本鬼子快要战败了，他们要留下来看日本鬼子被赶出上海的那一天。正是因为这些人士留在了上海滩，才给了千惠子可乘之机。

　　刘雅诗出去联系那些爱国人士，已有一天多的时间了。这对钮佳悦来说不是一个好消息。因为刘雅诗出去办事从来没有用过这么长的时间。刘雅诗到现在都没回来，只有两个原因：一是她一直奔走在联系爱国人士的路上；二是她已经遇害或者被日本鬼子抓住了。可是没有消息显示刘雅诗被抓，也没有消息显示她还在路上奔波。

钮佳悦心里隐隐作痛。本来这次的任务该由她去的,可刘雅诗说现在是特殊时期,钮佳悦一步都不能离开这个房间。

一早出去打听消息的陈阿三到现在也没有回来,这更增加了钮佳悦的不安。

尽管时间已经过去一天多了,钮佳悦却没有感到一丝饿意,一直盯着大街,她希望刘雅诗会突然出现在她的视野里。

在钮佳悦焦急的等待中,陈阿三突然出现在她的视野里。从陈阿三那焦急奔跑的样子,可以判断出肯定出了大事。等陈阿三跑到门口,钮佳悦迫不及待地打开了门,把陈阿三拉了进来,然后又赶紧把门关上,还没等陈阿三走进里屋,她就迫不及待地问道:"阿三,打听到你刘姐姐的消息了吗?"

"小姐姐,刘姐姐她……她牺牲了……"陈阿三还没说完,就号啕大哭起来。

"到底是怎么回事?"钮佳悦说完,眼睛一下子红了,她知道自己现在不能哭出来,特别是在陈阿三面前,她要坚强,她要挺住。

"阿拉找到刘姐姐时,她已经没了气息……"陈阿三说完,便把他去找刘雅诗的事说了出来。

早上,陈阿三在得到钮佳悦的准许后,便出门去找刘雅诗,只是他走遍了上海滩的大街小巷,都没有发现刘雅诗的踪影,于是,他便发动了昔日一起乞讨的朋友分头找,最后,才打听到在黄浦江边有一个女子死了,身上中了好几枪。陈阿三便跟着那人跑到了黄浦江边,看见千惠子正带着人在那里围着一个死去的女子。陈阿三不敢走近看,因为千惠子认识他。直到那些人把女子的尸体抬走,挤在人群里的陈阿三终于看清了女子的面容,果真是刘雅诗。陈阿三只觉得天旋地转,头脑里一片空白。待他清醒过来,千惠子等人带着刘雅诗的遗体已经走了很远。于是,陈阿三便跑回来向钮佳悦报告。

"阿三,听小姐姐的话,你马上离开这里。"刘雅诗已经牺牲了,这让钮佳悦不得不担心起陈阿三的安危来。陈阿三还是一个孩子,她不想让陈阿三跟着自己干这么危险的事。她只要陈阿三好好地活着。陈阿三长大了也会成为一名合格的爱国战士。

"小姐姐,阿拉不走。"陈阿三当然明白钮佳悦的意思,刘雅诗现在牺牲了,他不能一走了之。虽然他知道帮不上钮佳悦的忙,但现在是钮佳悦急需人手的时候。

"阿三,听话……"钮佳悦的话还没有说完,外面又响起了敲门声,声音三长两短,钮佳悦听出是自己人,但她还是很小心地拿出手枪,拉开保险,然后去开门。等她打开门一看,外面的人是宋书平。

宋书平进屋后,急忙说:"佳悦,刘雅诗同志出事了。"

"阿三刚刚给我讲了。"宋书平平安地到来,让钮佳悦感到了一丝安全感,又问道,"书平同志,到底是怎么回事?"

"说来话长。"宋书平坐下来,喝了一口茶,又说道,"雅诗同志的牺牲,我负有不可推卸的责任。"

宋书平的表情很痛苦,又端起桌上的茶水一口喝了下去,才喃喃地说,他和钮佳悦都不该让刘雅诗去完成这次任务。因为刘雅诗自来上海的那一天就暴露了,无论是千惠子还是陈丹璐,都一直在寻找她的下落,她也因此成了千惠子和陈丹璐必抓之人。前些日子,刘雅诗被陈丹璐盯上了,虽然被李茜茜救下,但陈丹璐一直在附近转悠,并布下了天罗地网,等待刘雅诗出现。当刘雅诗进入一个爱国人士的家中后,陈丹璐立即通知了正在附近的千惠子。千惠子赶来后立即命令抓捕刘雅诗。刘雅诗毕竟受过特殊训练,马上带着那位爱国人士从后门跑了出去。当刘雅诗带着那位爱国人士来到黄浦江边时,千惠子带着人也追了上来。刘雅诗送那位爱国人士上了小船后,又独自一人返回来阻挡千惠子。最终,她双拳难敌四腿,身中数枪后牺牲了。千惠子为了引出共产党的同志,还故意把刘雅诗的遗体放在那里大半天,直到刚才才把刘雅诗的遗体运走。

"千惠子,我要你为雅诗偿命!"钮佳悦的眼睛再次红了,只是她把即将流出来的眼泪又忍了回去。

"佳悦,我来这里的目的是希望你不要冲动。雅诗同志的仇我们肯定要报,但不是现在。现在只有你一个人了,还有很多任务需要你去完成,希望你振作起来。"宋书平害怕钮佳悦做出傻事来,上级党组织也给宋书平下了死命令,无论如何都要保证钮佳悦的安全。

"书平同志,你放心,我不会鲁莽做事的。"钮佳悦当然不会现在就去为刘雅诗报仇,但她一定会想办法阻止千惠子的行动。

"那我就放心了。"宋书平又说道，"佳悦，我们现在最主要的任务是从千惠子手中拿到特高课那份潜伏在上海滩的特工名单，然后把他们一网打尽。"

"书平同志，你放心，我正在做计划。我相信要不了多久，就能从千惠子手里拿到那份名单。我还要让千惠子偿命。"

"这样最好。我还有任务，不能耽搁太久，有事情我会联系你。"宋书平说。

"你能否派人把阿三带走，他留在这里已经不安全了。"钮佳悦刚才只顾谈刘雅诗牺牲的事，现在才想起陈阿三来。

"其实，我也早想过，把阿三送到根据地去。"宋书平说完，又思考了一会儿，说，"这样吧，我现在去找一个可靠的同志把他送到根据地去，你看如何？"

"那就这样说定了。"

"那我走了。"

"书平同志，你也要注意自己的安全。"

"我会的。你也要注意安全。"

每次任务都以失败告终，李茜茜有时候在想，自己堂堂军统的高级特工，竟然会遭受如此的结果。是老天不公，还是自己的能力不如以前了？

本来十拿九稳的任务，居然是千惠子设下的陷阱，如果不是有人出手相救，自己和手下的那帮人全都撂在那里了。可这些消息都是经过宋书平确认的。虽然宋书平是共产党的人，但自己这些年与他打过不少的交道，他的为人是值得信任的，这次为什么要骗自己？

"我得去找宋书平问个清楚。"李茜茜打定主意，然后出了门。

李茜茜找了几次宋书平，都没见到人，干脆在警察局对面的茶馆里坐了下来，等待宋书平出现，一天过去了，都没有见到宋书平的影子。李茜茜又不敢走进警察局，只能等。直到半夜，李茜茜才看到宋书平从警察局里走出来，便悄悄地跟了过去。直到进入一条小巷子里，宋书平突然站住了，说道："出来吧，不要鬼鬼祟祟的。"

"宋书平，你的警惕性很高嘛。"李茜茜说完便走了出来。她跟踪宋书平已经十分小心了，没想到一走进小巷子，宋书平就发现了她。

"是你，李西施。你啥意思？这么晚了，不在家里待着，还跑出来跟踪我？"宋书平不知道李茜茜这么晚来找他有啥事情，急速地在脑海里想对策。

"你说大晚上我放弃睡觉来找你，会有啥意思？"李茜茜本来还想着如何询问他，听到宋书平不满的语气，心里也来气了，又说道，"你说说你为啥要骗我？"

"我骗你？骗你啥了？"宋书平问道。

"骗我啥？宋书平，大家都是明白人，不用我把话挑明了吧？"李茜茜真想上去给宋书平一个耳刮子，这样才能解她心头之恨。上次在宋书平那里确认了消息后，任务不但失败了，还被谷海山狠狠地骂了一顿。在李茜茜的印象里，这是谷海山第二次骂她。第一次骂她也是因为她的任务没有完成。谷海山虽然对待日本鬼子和共产党心狠手辣，但对她李茜茜可是比自己的女儿还要亲。可自从钮佳悦来到上海后，她李茜茜执行任务就没有一次顺利过，每次都被钮佳悦抢了先。按理说，李茜茜应当憎恨钮佳悦才对，可是在她的心里，钮佳悦只是一个小姑娘，一个小妹妹，怎么也恨不起来，要不然，她早就把钮佳悦是共产党的红灯笼的事告诉谷海山了。

"你的任务失败了，就把一切归咎于我？"宋书平也不装了，直截了当地说。

"如果你不确认消息是准确的，我又怎么会死那么多弟兄？我还差点死在那里。"李茜茜不是怕死，而是怕死得没有价值。

"情报是准的，谁知千惠子又使了诡计？"宋书平没有否认，但马上岔开话题，"那天晚上在百乐门舞厅后门处，如果不是我带人朝千惠子开枪，你现在还能与我说话？"

"那晚开枪救我们的人是你？"李茜茜曾以为是谷海山带人来救他们的，后来发现不是。她也曾想过来救他们的是宋书平，可宋书平是共产党的人，他们躲军统的人还来不及，又怎会往麻烦堆里钻呢？现在，这个谜团终于解开了。

"不是我，还有谁？那天我们分开后，我越发觉得事情没有那么简单，陈丹璐这个女汉奸，怎么会那么好心地把情报透露出来？跟在她身边的特工有好几人，她怎么会轻易地让你抓住？所以，我说情报是真的，但也是千惠子设下的圈套，便来找你，结果得知你已经去百乐门舞厅执行任务了。我带人马上赶了过去，但还是迟了一步。在看到你有危险时，我急忙开枪来救你们。但我只带了两个人，根本不是千惠子他们的对手，所以，看到你们脱离危险后，我们也撤退了。遗憾的是没有消灭掉千惠子。"宋书平一口气说了这么多话。

"看在你救过我们的分上，这次我就饶过你。"李茜茜现在有些迷惘了，如果真如谷海山所说，共产党都是见死不救的人，那么宋书平为什么要救自己呢？难道他还有其他目的？

"你不要用怀疑的眼光看我。"宋书平看出了李茜茜的心思，又说，"不管怎么说，我们都是中国人，都有一个共同的目标——把日本鬼子赶出中国。你有危险，我肯定会出手相救的。"

"你这话的意思是，你有危险我就不救你了？"李茜茜被宋书平说中了心思，便顺着宋书平的话反问他。

"我没说过这样的话。"宋书平没想到李茜茜将了他一军，便随即转移了话题，"我们现在最重要的是找到陈丹璐这个女汉奸，让她认罪伏诛。"

"那个女汉奸迟早会死在我手里的。上次，是我不小心才让她逃走了。"想到陈丹璐伙同千惠子来骗自己，李茜茜心里的火气一下子冒了出来，咬牙切齿地说，"宋书平，如果你先抓到了她，一定要把她交给我，我要她死得非常难看。"

"就这么说定了。"宋书平与李茜茜待的时间太长了，万一日本的宪兵队来这里巡逻，发现他们，那就麻烦了。宋书平打发李茜茜离开，他还有许多事情要与钮佳悦研究呢。刘雅诗牺牲后，宋书平除了工作，还要保护钮佳悦的安全。

"那就分开走吧。如果有新情报了，我们要互通。"李茜茜现在特别害怕任务失败，如果与共产党人合作，这个状况或许会好得多。

刘雅诗死了，却没有抓住李茜茜，这令千惠子怒气冲天。那晚，在百乐门舞厅后门，本来可以把李茜茜和她同伙全部抓住的，却突然来了几个蒙面人把他们救走了，自己还中了一枪，这让她耿耿于怀，那伙人到底是谁呢？千惠子思来想去，军统不可能就那么几个人，而且从开枪的手法上来判断，他们至少是经过特殊训练的。如果那一枪再稍微准一点，自己的性命恐怕就保不住了。军统的人都是经过严格训练的，他们出手果断，虽不是神枪手，但装备比共产党好。共产党不但装备落后，而且还经常缺衣少食的。通过以上的信息可以得出一个结论：朝自己开枪的人是共产党。共产党一直是千惠子的心头病，他们在特别艰苦的条件下也能够生存，还能找到生机和机会。在中国东北的时候，千惠子虽然是常胜特工，但在对付共产党时，也只能说是可以勉强应付过去。自从来到上海，她几乎没有一场胜利。可见共产党才是她最大的对手。

想到共产党，千惠子又想到那个代号叫红灯笼的共产党特工，特高课没有查到她的丝毫线索。自己来上海滩的时间不短了，仍然没有她的音讯，这就更加说明共产党的狡猾。再加上自己的前任死在她手里，如果不尽快找到她将她杀死，恐怕她将是自己的噩梦。

要怎么样才能找到红灯笼这个人呢？于是，千惠子把陈丹璐叫了过来，让她出出主意。

陈丹璐心里也特别窝火，如果她能找到红灯笼，也不用等到现在了。不过，她还是提出了一个主意："千惠太君，你是否记得我们当初在十六铺码头抓刘雅诗时，一个小叫花子挡住了我们的去路？"

"当然记得。要不是那个小瘪三挡了去路，我们早就抓住刘雅诗了。"千惠子对在十六铺码头抓刘雅诗的事记忆犹新，那是她来上海滩执行的第一个任务。

"你说巧不巧，黄大维来上海时，也是那个小叫花子在为他服务，虽然后来被撵走了。"陈丹璐说，"更巧的是，无论是在龙华集中营还是在龙华机场，我们都看到过他的身影。如果是巧合，这也太巧了。因为龙华集中营和龙华机场外面都被我们控制了，他为什么会在那里乞讨？"

"你的意思是？"千惠子听到陈阿三的事，突然来了兴趣，又问道，"你打听到这个小叫花子的下落了吗？"

"打听到了。他叫陈阿三，因家人被大日本皇军的飞机轰炸致死，流落在街头以乞讨为生。以前，他都在十六铺码头边上，有固定的地点,自从刘雅诗来上海后,他就四处乞讨。按照叫花子们的规矩,每个人都只能待在各自的地盘上,不能越界,很显然,陈阿三越界了。这说明了什么？说明他有后台,而且后台非常硬。"陈丹璐歇了一口气,又继续分析起来,"他的后台既然非常硬,就有能力把他养活,那为什么还让他出来乞讨呢？这就说明了一个问题。"

"啥问题?"其实千惠子已经猜出结果了,但她还是装着不明白的样子,让陈丹璐把答案说出来。

"陈阿三不是在真正地乞讨,而是在执行某项任务。"陈丹璐喝了一口水,又接着说,"依我对国民党的了解,他们不太可能使用这个招数,但共产党就不一样。他们中出身贫苦的人多,所以他们很是同情弱者,而且还会利用这些弱者为他们办事。"

"你说陈阿三是共产党的眼线?"千惠子反问道。

"对,我敢肯定陈阿三就是共产党的眼线,而且是红灯笼的眼线。"陈丹璐咬牙切齿地说。

"你为啥这么肯定?"千惠子示意陈丹璐继续说下去。

"无论是龙华集中营的安德烈等人逃跑,龙华机场被炸,还是黄大维被刺杀,这些矛头都指向了共产党,指向了红灯笼。因为我们每次遇到的抵抗对手,都是国民党军统的人,而渔翁得利之人却是共产党。"陈丹璐喘了一口气,又接着说,"共产党的红灯笼一直存在,我们却一直找不到她,这是为什么?"

"为什么?"千惠子又问道。

"因为她在操纵着这一切。这也是她的高明之处。她用了最容易被我们忽略的人当线人,而且做事往往出人意料,又专打我们的要害。"陈丹璐想了想,又说,"而且这个人,善于抓住我们的心理。譬如,她用计让我们怀疑百乐门的头牌舞女李茜茜和警察局的宋书平,但他们都不是红灯笼。这是她的障眼法。"

陈丹璐替千惠子分析起来,突然发现自己太笨,如果把事实全部推测出来,那千惠子还不恨死她了？千惠子是一个要面子的人,所以,陈丹璐反应过来后,赶紧刹住话头,便以李茜茜与宋书平的身份问题岔开了话题,说:"虽然我们证实了李茜茜是军统的人,但宋书平的身份还是个谜。我们可以先把李茜茜找出来再抓起来,接着就抓宋书平。但红灯笼不一样,这个人太厉害了,谁都不知道她长啥样。所以,要抓住红灯笼,就需要特别厉害的人,像千惠太君你这样的高级特工才能抓住她。"

陈丹璐把皮球踢给千惠子,让她去寻找红灯笼,找到了,自己也有功劳,找不到,也是她千惠子没本事。

"那我们现在怎么办?"千惠子见陈丹璐住了口,闪现了一丝的不快,但马上隐忍了下去,又说道,"你想想办法,我们怎么才能既不动声色地把红灯笼抓住,又不让他们知道是我们抓住她的。"

"最近,我查看我在七十六号时的前任许一晗的档案时,看到有这样一句话:'要特别留心一个小女孩,她的名字叫钮佳悦。'后来,我查看了其他档案,发现钮佳悦的哥哥叫钮卫国,曾经打入军统内部。听说这个小女孩后来去了延安,前两年又来到上海滩,只是我们都没有见过她。"陈丹璐肯定地说。

"钮佳悦?"

"就是她。"

"那我们怎么办?"

"办法只有一个,跟踪陈阿三,肯定能找到钮佳悦。"

其实,千惠子等的就是陈丹璐这句话,所以,待陈丹璐的话一说完,便命令道:"马上行动。"

一个又一个任务,均以失败告终,谷海山有些气馁了。想当初他雄心勃勃地来到上海滩,除要抓住红灯笼,为朱佩玉报仇外,还要为千疮百孔的国家出一点力气。如果大家都不愿意出一把力,那么结局只有一个——做亡国奴。无论是在当初的力行社,还是在后来的军统,谷海山都把赶走日本鬼子的任务放在第一位。

今天,谷海山收到了上峰的命令,说有一伙共产党将在上海滩的某个地方开会,会议的内容很有可能是把几个重要人物接到延安去。谷海山本想回绝上峰的命令,日本鬼子现在已经是秋后的蚂蚱了,蹦跶不了几天,如果这个时候不抓紧时间把特高课撒在上海滩的潜伏人员抓住,即使国军将来战胜了日本鬼子,潜伏的日本特工也会把上海滩闹得鸡犬不宁。共产党毕竟也是国人,将来打仗也只算是家事,而日本鬼子则不同,他们是外敌。谷海山知道他们都懂这个道理,但他们都不会说出来。

谷海山郁闷至极,但上峰的命令不得不执行。可手下的人除了李茜茜,都被派出去查找特高课的潜伏人员了。这个任务又怎能让李茜茜去执行呢?单不说李茜茜现在的状态不好,上次还差点死在千惠子手里。她是自己培养出来的唯一在前线的学生了。李茜茜执行了不少任务,虽然这一年多的时间里她很少完成任务,但他早已把李茜茜当成他的女儿了。他不想李茜茜这么年轻就丢掉性命。李茜茜这样漂亮的女孩,为了这个国家,抛弃了青春,抛弃了荣华富贵,甘愿潜伏在百乐门舞厅当一名舞女。如果不是战争,以李茜茜的聪明才智,她肯定会成为国家的栋梁。可惜她生不逢时。

晚上,谷海山再次接到上峰的命令,无论如何都要完成这次任务,哪怕是付出惨重的代价也在所不惜。

军令如山。谷海山使劲地磕了磕烟斗后,一咬牙,还得把这个任务交给李茜茜。随后,谷海山便来到李茜茜的住处,见李茜茜手里捧着一本书正发呆,便问道:"茜茜,怎么啦?"

"站长,我想亲手杀死陈丹璐这个女汉奸。"自从李茜茜找了宋书平后,就觉得宋书平说得对,她的失败是陈丹璐一手造成的,她要亲手杀死陈丹璐,为死去的国人报仇。

"怎么想起这件事了?"谷海山问出这话时,心里不由自责起来,李茜茜上次任务失败,自己不该骂她,导致李茜茜都有些神经错乱了,现在把这么重要的任务交给她,她能完成吗?

"站长,你亲自来找我,又有新任务了?"李茜茜刚才一直沉浸在思考如何杀死陈丹璐的事上,现在马上醒悟过来。她知道谷海山从不轻易来她住的地方,一旦谷海山亲自来找她,说明又有重要的任务了。

"茜茜……我怎么说呢?"谷海山犹豫不决。要不要把任务交给李茜茜?但是,目前手边的人只有李茜茜了,如果李茜茜完不成这个任务,他该怎么办?如何向上峰复命?再说,这次是对付共产党。说真的,红灯笼害死了他最器重的学生朱佩玉,他对共产党有很大的意见,恨不得见一个杀一个。前几年为了给朱佩玉报仇,他也亲自抓了不少共产党，但后来也看开了，共产党也是中国人，他们的目的也是把日本鬼子赶出中国这片土地，自己去抓他们，这是在作孽。所以，之后凡是抓捕共产党的事，他都睁一只眼闭一只眼。但这次不一样，上峰逼着他这样做。

"站长，又有啥任务？我保证完成任务。"李茜茜知道谷海山已经亲自来了，不可能不派给她任务。

"是这样……"谷海山叹了一口气，最终还是把任务告诉了李茜茜。

"抓共产党？"李茜茜以为听错了，又问道，"站长，你确定是这个任务吗？"

"茜茜，你没有听错，这是上峰再三交代的事。"谷海山说完，又叮嘱道，"茜茜，这次的任务不是那么重，你一定要完成，不然你我都不好向上峰交代。"

"这……"李茜茜满以为谷海山得到了关于特高课潜伏人员的消息，让她去完成这个任务，万万没想到是让她去抓共产党。李茜茜打心里就非常抗拒这个任务。共产党有什么不好？自从钮佳悦来到上海滩，连她这个资深的军统特工都无法完成的任务，却被钮佳悦轻易地完成了。在上海这么多年，李茜茜从没看到共产党暗杀军统的人，他们一直把枪口对外。共产党还是自己的同胞，上峰为什么就容不下他们呢？

"茜茜，我再强调一次，这次的任务只许成功，不许失败，更不能有任何闪失。不然，我们只能以死谢罪了。"谷海山看出了李茜茜的失望，但作为军统上海某站的站长，谷海山知道自己不能违抗命令，也不能容忍手下违抗命令。

"知道了。"李茜茜尽管心里很抵触，但不得不答应下来。心情是心情，任务是任务，这两者不能混为一谈。

一连蹲守了十多天，千惠子终于掌握了陈阿三出门和回去的规律，便亲自跟踪他，终于跟着陈阿三来到了钮佳悦的住处。

"原来躲在这里。"千惠子见陈阿三进屋后，气得说不出话来，这里与特高课仅一街之隔，也就是说特高课的一举一动都在她的掌握中。千惠子正想着如何进屋抓人时,陈阿三又出来了,她急忙上前一把抓住陈阿三,问道:"小瘪三,快给老娘说说屋里的人是谁?"

陈阿三被吓了一大跳,抬头一看是千惠子,心里想坏事了,想要挣脱千惠子的手,无奈千惠子抓得特别紧。

"侬抓阿拉做啥?"陈阿三努力使自己镇静下来,可心里还是不由慌乱起来。

"小瘪三,快说屋里是啥人?"千惠子见陈阿三不配合,抬手给了陈阿三一巴掌。陈阿三痛得大哭起来,虽然他马上止住了哭声,但陈阿三的哭声还是把钮佳悦引了出来。

钮佳悦跑出来看到陈阿三被千惠子抓住了,心里不由一紧,想撤身回去,已经来不及了,但她还是很冷静地看着千惠子,冷冷地问道:"你为什么打一个孩子?"

千惠子以为屋里跑出来的会是一个中年男人,或是一个中年妇女,没想到出来的人是一个不到二十岁的女孩子,与陈丹璐描述的钮佳悦十分相似,便确定她就是钮佳悦。千惠子决定诈一诈她,道:"钮佳悦,你果然不是一般人。我没想到共产党的红灯笼竟然这么年轻。"

"我不知道你在说啥,请你放开我的弟弟。如果他犯了法,自有警察来找他。"钮佳悦听到千惠子说出了自己的名字,还知道了自己的代号红灯笼,不由一惊,但她没有表现出来,继续说,"我们可都是守法的良民。还请这位大姐放开我的弟弟。"

"你就不要装了。钮佳悦,我们好像见过几次面。一次在天一咖啡馆里,你唱越剧,还有一次在龙华机场里,你唱的也是越剧。虽然你化了妆,但我还是认出了你。只不过当时没往那方面想。今天再次见到你,发现你的冷静与你的年龄不相符,可见你真不一般。你说我说得对不对?如果你觉得我冤枉了你,那么请到特高课去说清楚。"千惠子说着,掏出手枪对准了钮佳悦。

"我真不知道你在说啥。就算你是日本人,也不能用一个孩子来威胁一个无辜的人吧?"前两天,宋书平来这里把遇到李茜茜的事说了,认为千惠子迟早会找到这里来,就劝钮佳悦搬离这个地方。可钮佳悦认为刘雅诗已经牺牲了,现在监听任务就落在她一个人身上,她不能搬走,搬得远了就监听不到特高课的电报。

"钮佳悦,你不要做任何狡辩了。"千惠子冷冷地说。

"你有证据吗?"钮佳悦已经明白千惠子是有备而来的,今天与千惠子的较量在所难免。

"你不承认是吧?"千惠子冷笑着说,"陈阿三肯定知道的。只要我把他带回特高课,我就不怕他不说。"

"侬放开阿拉。"陈阿三不停地挣扎,但始终没能挣脱千惠子的手。于是,他朝着千惠子拿枪的手狠狠地咬了一口,千惠子痛得叫了一声,即刻松开了陈阿三,然后朝陈阿三的肚子踢了好几脚。

"你……"钮佳悦想上前去救陈阿三,却被千惠子用枪指着。

"你最好老实点,或者承认你就是钮佳悦,或者是共产党的红灯笼,我或许会饶过他。"千惠子很是嚣张地说。

"你这个坏女人。"陈阿三虽然痛得死去活来,但他知道此时一定要保护好钮佳悦的安全。他听宋书平对钮佳悦说过,就是死也要保证钮佳悦的安全。虽然陈阿三不是很懂宋书平的话,但陈阿三知道钮佳悦是一个重要的人,谁都不能伤害她。今天,在这里,他是唯一的男人,他要学宋书平的样子,哪怕是他死去,也要保证钮佳悦的生命安全。因此,陈阿三从地上爬起来朝千惠子扑了过去。千惠子没想到在地上痛得直打滚的陈阿三还会有力气爬起来,而且紧紧地抱住了她的双手。陈阿三嘴里还大声喊道:"小姐姐,快跑。"

"小瘪三,你找死啊。"千惠子不由自主地扣动了扳机,一声枪响,陈阿三慢慢地倒了下去。钮佳悦没想到陈阿三会做出如此举动,随即一闪身,进了屋,并关上了门,朝里屋跑去,然后背上电台从后门跑开了。

千惠子也迟疑了一下,在看到钮佳悦闪进屋里后,急忙朝大门上连开数枪。枪声引来了数名宪兵,他们看到是千惠子后,急忙用枪砸开了大门,可屋里已经没有钮佳悦的踪影了。

"该死,居然让这个共产党跑了。"千惠子骂了一句后,心里还在想,"如果她真是钮佳悦,那么她就是红灯笼,没想到,她比我想象中还要狡猾,都快抓住她了,还是让她跑了。"

"你们几个先把这里仔细地搜一下,看看能不能找到有用的线索。"千惠子说完，又指了指另外几个宪兵，说，"你们随我去追。"

可是等千惠子出了后门后，哪里还有钮佳悦的影子？

李茜茜满脑子都是陈丹璐的影子，她最大的愿望就是亲手抓住陈丹璐，让她尝够军统惯用的各种刑具，最后才将她处死。她根本没有心情去追查共产党的下落，虽然她知道这是在公开违抗谷海山的命令。

"要让陈丹璐死，自己就得去找她。"李茜茜打定主意，稍微化装后，就一个人出了门。在特高课的大门不远处，李茜茜徘徊了一阵子，没有见到陈丹璐的身影，又在城里转了一圈，仍然没有见到陈丹璐的身影，然后决定来十六铺码头碰碰运气。令李茜茜没有想到的是，陈丹璐正在十六铺码头上，看着来往的船只发呆。

"这个女汉奸还有心情看风景。"李茜茜在看到陈丹璐时，心里就在盘算着如何解决她。十六铺码头人来人往，除了警察，还有日本宪兵队，根本不适合动手。于是，李茜茜找了一个地方坐下来，等待陈丹璐离开。李茜茜等了两个多小时，陈丹璐才离开十六铺码头，她便悄悄地跟了上去。

李茜茜跟到一条小巷子时，突然发现陈丹璐不见了，心里着急起来，刚一回头，却见陈丹璐拿着手枪对准了她。

"没想到吧，李茜茜？你这个潜伏在百乐门的军统高级特工就这样跟踪我，徒有虚名吧？"陈丹璐淡淡地说，好像李茜茜根本不配高级特工的称号。

"陈丹璐，你知道的还不少。"被陈丹璐用枪指着自己，李茜茜反而觉得很开心，今天不是她死，就是自己亡。反正谁死都一样。

"其实，我早就知道你是军统的特工，一直想与你做笔交易，我把特高课的情报给你，希望你们以后放我一马，你却一直与我作对。我听说你曾被千惠子堵在百乐门舞厅后门，她却让你跑了。那个丑八怪做事不行，骂人第一名。但是，今天你跑不了了。"这些日子以来，陈丹璐一直没有闲着，想找一条退路。日本鬼子在各个地方的战场上不断失利，这样下去，他们离战败的日子不远了。一旦日本鬼子战败，哪里还有她陈丹璐的活路？以她现在的那点战绩，日本鬼子败走后根本不可能带她去日本。以她的臭名声,留在国内无论是被国民党还是共产党抓住,都只有死路一条。要想不死在共产党或国民党的手里,首先要认识在上海滩的国民党或者共产党的人,然后给他们一个投名状,那不就活下来了吗?

"陈丹璐,你想知道我为什么找你吗?"李茜茜发现陈丹璐的套路很深,便直截了当地问道,"当然,你现在抓住了我,是你升官发财的机会。"

"我才不上你的当。"陈丹璐突然哈哈大笑起来,"你能够在百乐门舞厅潜伏这么多年,会是一般人吗?"

"那你的意思是啥? 说出来,让我听听。"李茜茜想借机稳住陈丹璐,然后寻找逃跑的机会。但是,李茜茜心里又郁闷不已,自己本来出来找陈丹璐,结果却被她用手枪指着。真是倒霉透顶。此时,李茜茜也明白了年纪轻轻的钮佳悦为什么一来上海滩就能立于不败之地。相比之下,她比自己聪明多了。如果今天换作钮佳悦来抓陈丹璐,绝对不会出现这样的情况。

"其实,我只想和你谈一个条件。"陈丹璐用手枪点了点李茜茜。

"啥条件?"李茜茜没想到陈丹璐会向她提条件。

"你帮我引荐你的上司,我把重要的情报给他,但他要保证留我一条活路。"陈丹璐也不拐弯抹角,直截了当地把她的目的说了出来。

"你是一个汉奸,你没有资格跟我谈条件。"李茜茜听到陈丹璐又要以情报来要挟自己,心里的火气又上来了。上一次,她如果不是轻易地听信了陈丹璐的话,哪会被千惠子堵在百乐门舞厅后门? 如果不是宋书平出手相救,她恐怕会死不瞑目。

"既然你不答应我的条件,那么你只有死路一条。"陈丹璐凶相毕露,抬起枪就要朝李茜茜开枪,却没想到李茜茜的枪比她还要快。子弹击中了陈丹璐的眉心。只是陈丹璐死前一定非常后悔,面对一个特工,她居然没有让李茜茜交出枪,正是她的大意,让她丧命于此。

看着倒在地上的陈丹璐,李茜茜吐了一口口水,转身跑开了。

李茜茜跑过了好几条街,又穿了无数的小巷子,在确定没有人跟踪后,才进了屋,却发现谷海山阴着脸站在屋里。

"让你办的事,居然没有去办。"谷海山磕了磕烟斗,非常生气,又说,"李茜茜,你太让我失望了。"

"站长……共产党也是中国人,他们的目的与我们一样,就是把日本鬼子赶出中国。我们为啥要去抓他们?"李茜茜杀死了陈丹璐,却发现心中没有快感,也没有胜利的喜悦感。因为这个时候,谷海山仍然没有忘记抓捕共产党。如果没有共产党在上海滩的行动,他们军统又能有几次成功呢?

"混账!你敢说出这样的话。你这是叛党叛国的行为,与汉奸没有两样。"谷海山说着,突然掏出手枪对着李茜茜,"你有这样的想法,按照我们军统的规矩,我可以执行你的死刑。"

"站长,你打死我吧。"李茜茜没想到自己替共产党说话,谷海山竟然拔枪相向,觉得生无可恋,还不如一死百了。

"你,你这是在逼我。"谷海山突然把枪丢在地上,蹲下去大哭起来,"你走吧,我再也不想看到你,你再也不是我谷海山的手下了。"

其实,谷海山在这个时候也不太愿意与共产党为敌,可是上峰的命令他又不得不执行。得到李茜茜没有去执行任务的消息后,他不得不另派其他特工去执行任务。他们还是晚了,没有抓住那几个共产党,谷海山自然少不了挨上峰的批评。谷海山向李茜茜兴师问罪,没想到李茜茜居然说出那样的话来,他一时受不了,又不愿意看到自己心爱的学生死在自己手里。

"去后方吧。其实,潜伏的工作还真不适合你,你也是快三十岁的人了,去后方找个好男人,把自己嫁了吧。这是命令,也是我给你下的最后一道命令。"谷海山说着,站起来,默默地走出了李茜茜的房间。

陈阿三牺牲后,钮佳悦伤心了好一阵子,凡是跟着她的人都牺牲了。以前是哥哥,接着是李思瑶姐姐,再就是刘嫂刘雅芝,后来又是阿胖,再接着是刘雅诗和陈阿三。这些人中虽然有些不是亲人,但他们胜似亲人。他们为了这个破碎的国家献出了年轻的生命,他们没有后悔,他们明知是死,仍然勇往直前。

钮佳悦正想着陈阿三时,宋书平来了。宋书平看着钮佳悦伤感的眼神,便问道:"佳悦,怎么啦?是不是想阿三了?"

"书平同志,我没事。只是阿三那么小,却为了保护我而牺牲了。"钮佳悦说着,眼睛红了。

"佳悦,你是一名战士,现在最重要的是振作起来。我们不能让阿三白白地牺牲,他的仇我们要报。千惠子撒在上海滩的潜伏人员已经开始大肆搞破坏了,还暗杀了不少爱国人士和进步人士。"宋书平说着,拿出一份电报递给了钮佳悦,又说,"佳悦,上级党组织要我们破坏千惠子的计划。我们现在最主要的任务是抓住千惠子,然后从她那里拿到那份名单,把那些敌特分子一网打尽。"

"我搬到这里后,一直没有出门,没有千惠子的消息。"在陈阿三牺牲后,钮佳悦就搬到这里来了。

钮佳悦想起陈阿三牺牲的情景,眼泪终于流了出来,便问道:"阿三的遗体处理好了没有?"

"你放心。我已派人将阿三的遗体背了回来,在城外与以前牺牲的同志埋在一个地方。"想到陈阿三小小年纪,为了保护钮佳悦,毅然用身体堵住了千惠子的枪口,宋书平也伤感不已。

"谢谢你,书平同志。"听到宋书平妥善地处理了陈阿三的遗体,钮佳悦的心情才好了些。

"陈阿三虽年纪小,但也是值得我尊敬的人。"宋书平又说,"佳悦,我今天来是告诉你一个好消息。我从别的渠道打听到,明天晚上千惠子要去黄浦江小树林边查找李茜茜,我觉得这是我们的机会。"

"有此事?"钮佳悦的眼睛突然冒光,"书平同志,我们该怎么做?你有计划了没有?"

"计划肯定有。明天,我们先去那里埋伏起来,等待千惠子来,然后上前活捉她。"宋书平说,"埋伏的地点我都选好了。"

"既然你已经安排好了,我明天配合你。"钮佳悦没想到宋书平会带来这么好的消息,不由高兴起来。

"所以,你现在的任务是什么也不要想,也不要监听了,好好地睡一觉,为明天的战斗养足精神。"宋书平关心地说,"佳悦,你瘦了不少。"

"书平同志,我听你的安排,现在就去睡觉。"一说到睡觉,钮佳悦不由打了几个哈欠。

"那你早点休息，我现在回去准备。明天下午三点钟我们准时在黄浦江的小树林边碰头。"宋书平说着，走出了钮佳悦的房门。

钮佳悦这一觉睡到第二天中午十二点钟，起来后她精心地梳洗了一番，然后吃好饭，看看时间也差不多了，又乔装打扮了一番，然后朝黄浦江的小树林走去。

"时间刚刚好。"钮佳悦来到小树林边，看了一下手表，时间正好下午三点钟，却不见宋书平，心里不由嘀咕起来，按理说宋书平应当提前或者准时到，难道他被另外的事耽误了？

钮佳悦赶紧朝小树林里走去，找了一个地方隐蔽起来，又不由看了看手表，时间一分一秒地过去了，就是没见宋书平来。

"希望宋书平没有事。"钮佳悦在心里默默地念着。

钮佳悦等到下午五点钟，天色也开始暗下来了，宋书平才与一个女人慢吞吞地走了过来。钮佳悦仔细一看，那个女人竟然是千惠子。

"这是怎么回事？"钮佳悦大气都不敢出。

直到宋书平与千惠子走近了，钮佳悦才听到千惠子说："宋书平，你说的红灯笼在哪里？为什么我没有看到人？"

"她就在这里。"宋书平淡淡地说。

"你如果敢骗我，我会让你生不如死。"千惠子恨恨地说，"我们特高课的刑具，你是见过的。有多少共产党和国民党的特工受不了刑具，不是被折磨死了，就是投降了。"

"钮佳悦，出来吧。"宋书平突然朝着钮佳悦躲藏的地方喊了一声。

"难道宋书平叛变了？"钮佳悦正思考着，宋书平突然走上前，把钮佳悦提了起来，又说道，"千惠太君，她是不是你要找的红灯笼？"

"钮佳悦，果然是你，共产党的红灯笼，找你还真费事。"千惠子看到宋书平把钮佳悦抓了出来，突然大笑起来，"钮佳悦，上一次，如果不是那个小瘪三替你挡了子弹，你已经成为我的阶下囚了。不过，你是一名很合格的特工，我千惠子居然花了近一年的时间才找到你。"

"千惠子，你别得意。你虽然厉害，但比我差多了。如果不是宋书平这个叛徒出卖我，我相信，你不会这么快找到我的。"钮佳悦十分气愤地说。

"不管我厉害不厉害,你现在成了我的阶下囚,这就是最好的证明。"千惠子得意地笑着说。

"千惠太君,不要与她废话了。"宋书平急切地说,"我们现在抓住了红灯笼,你立了一大功。再说,她已经知道了你派人潜伏在上海滩的事。仅凭这事,你就不能放过她。"

"她知道我派的潜伏人员又如何,这份名单一直藏在我身上,今天就算把名单给了她,她又能怎样? 她最终还不是栽在我手里了? 我要她尝尝我们特高课里那些让男人都害怕的刑具。"千惠子得意忘形了,又说,"宋书平,这次我抓住她,你的功劳不小。我会在课长那里替你请功的。"

"千惠太君,那份名单真在你的身上?"宋书平问道。

"你这是啥意思? 难道我还骗你?"千惠子不屑地问道。

"只要在你身上就行了。"宋书平的话音刚落,手里的枪已经顶在了千惠子的头上,又对钮佳悦说,"佳悦,搜她的身。"

"宋书平,你这是啥意思?"千惠子没想到宋书平会在这个时候反水。

"你忘记了,我也是一名中国共产党员。今天把你请来,就是为了得到你的那份名单。没想到你竟然带在身上,我们也用不着费周折了。"宋书平又对钮佳悦说,"佳悦,别愣着了,搜她的身。"

很快,钮佳悦从千惠子身上搜出了那份潜伏人员的名单。

"宋书平,你要干什么!"千惠子气急败坏地吼道,又马上醒悟过来,问道,"宋书平,我问你,龙华集中营和龙华机场的事,是不是都与你有关?"

"还是让我来说吧。龙华集中营,是宋书平同志把消息送出来的,安德烈等人逃出来,是我在外面接应的。当时你只顾军统的人,我趁机把他们接走了。"钮佳悦说,"不过,龙华机场的事,不是书平同志,而是我扮成戏子进去,从格格手里接过了情报。但是,格格现在已经由香港转道延安了,你也找不到她了。至于汉奸黄大维身上的情报,也是我们得到的。现在,你满意了吧?"

"支那人,真的很狡猾。"千惠子没想到她一手策划的事情,都在钮佳悦的掌握之中,现在她后悔极了,为什么相信宋书平? 宋书平本来只是一名警察,陈丹璐还在怀疑他的身份,自己居然相信了他,现在后悔已经晚了。

"千惠子,你的手上沾满了我们同胞的鲜血,特别是阿三,他只是一个十岁的孩子,你都能狠心杀了他。今天,我就为他们报仇。"

钮佳悦手中的枪响了,一股鲜血从千惠子的额心喷了出来。千惠子到死都没想到,她与她的前任一样,都死在红灯笼的手里,同样是被子弹穿过眉心。

"书平同志,刚才吓死我了。"看着千惠子的尸体,钮佳悦长长地舒了一口气。

"佳悦,请原谅我没有把真实的计划告诉你,我是怕你担心我。"宋书平急忙向钮佳悦表示歉意,又说,"如果我不使用这个计策,就拿不到千惠子的名单。"

"只要我们的任务成功了,我受点惊吓又算得了啥。"钮佳悦说。

"我们回去吧。"

"那就走吧。"

第十七章

尾 声

　　1945 年 2 月 12 日,除夕夜,上海城里一片沸腾。钮佳悦看着沉浸在除夕的喜悦中的人们,不由露出久违的笑容,但没一会儿,她的心又马上紧了下来。刚才,宋书平送来了一个不太好的消息:上级党组织没能把潜伏在上海滩的日本特工一网打尽。同时,宋书平也带来了上级党组织的命令,让她再次奉命留守上海滩开展地下工作。尽管钮佳悦嘴上没有说,但她很想回延安去看看沈妍冰和昔日的战友们。

　　几年的上海滩潜伏工作让钮佳悦知道了这份工作的重要性,潜伏工作非常危险,也非常考验一个人的胆量和能力。既然是上级党组织的命令,钮佳悦肯定不会违抗,但一想到又要留下来,多少还是有些惆怅。

　　此时,街上灯火辉煌,鞭炮声此起彼伏,不少市民走了出来,载歌载舞。钮佳悦很愿意与那些市民一同享受这份快乐和喜悦,于是,也走出了房间。在一家小吃摊,钮佳悦看到了家乡湖州的千张包子,喜出望外,立即向老板要了两份千张包子,尝尝久违的家乡菜。

　　待老板端上千张包子时,一个戴着面纱的女人走进来,直接坐在了钮佳悦的对面，也向老板要了两份千张包子。当钮佳悦听到那个戴着面纱的女孩的声音时，着实吓了一跳，不由自主地喊了一声："李茜茜。"

"钮佳悦，没想到吧？咱们还能坐在同一桌吃千张包子。"李茜茜见钮佳悦认出了自己，便把戴在脸上的面纱摘了下来，露出一张苍白的脸来。

"你不是回重庆了吗？"钮佳悦得到消息，李茜茜被谷海山赶出了军统，目的是保护李茜茜。

"我没走。留下来，是因为我还有很多事情没有做，譬如，还没有与你一决高下。"李茜茜说着，苍白的脸上有了怒容。想着因为没有钮佳悦做得好，就被谷海山无情地赶走，这是对她李茜茜莫大的侮辱，所以，她悄悄地留了下来。前两天，谷海山竟然找到了她，向她询问红灯笼的事。她差点就把钮佳悦是红灯笼的事说出来，但最终谷海山止住了话，又让她去追查红灯笼。红灯笼已经成了谷海山的一个心结。日本鬼子即将失败，以后就是国共之间的事了。按照重庆高层的意思，日本鬼子一旦战败，重庆就要对共产党动手。李茜茜不希望看到这一天到来，但她只是一个潜伏在上海滩的小小的军统特工，根本没有能力左右重庆高层的决策。

"李茜茜，我们都是中国人，干的是一样的工作，虽然我们的信仰不同，但我们的目的都是一样的。"钮佳悦接到上级让她继续潜伏在上海滩的命令时，也知道国民党迟早会对共产党下手，只是她没想到李茜茜会留下来，这肯定会给她将来的工作造成很大的麻烦。

"是，我们的信仰不同，但我佩服你。红灯笼同志，正是因为你与我一样都深爱着这个国家，我希望我们公平地决斗，而不是耍阴谋。"每每想到钮佳悦都比她早一步得到日本鬼子的情报，李茜茜心里就十分难过。同样都是特工，差距为什么就那么大呢？李茜茜也想通过正常的比赛，赢钮佳悦一次。哪怕只是一项小小的任务，只有赢了钮佳悦，她才会解开心里的那个结。于是，她又说："当然，这是我们的公平决斗，不会让其他任何人参加的，包括谷海山。我前几年就知道你是共产党的红灯笼，但我没有告诉他。如果谷海山知道了你的真实身份，你不会活到今天吧？"

"谢谢你的好意。"钮佳悦微笑着说,"你的挑战书,我接了。"

"那就好。我希望你言而有信,不要做一个缩头乌龟。这两碗千张包子就请你吃了,钱也由你付。"李茜茜说完,就站起来,风一样离开了。

看着李茜茜远去的身影,钮佳悦又一次陷入了沉思。接下来的战斗中,李茜茜会是一个强劲的对手。

钮佳悦忽然发现,这个热闹非凡的上海滩,涌动着巨大的暗流,弄不好会船翻人亡。既然选择了这条道路,就一定要做好一名掌舵手,绝不能让船只翻倒在暗流中。

吃完千张包子,钮佳悦长长地舒了一口气,离开小吃摊,然后便消失在茫茫的人海里……

2022 年 4 月 30 日初稿于湖州

2022 年 8 月 15 日再稿于湖州

2022 年 9 月 3 日终稿于湖州

◆《红灯笼》,李全著,浙江工商大学出版社 2018 年 11 月出版

　　1937 年秋,十二岁的少女钮佳悦为寻找当兵的哥哥钮卫国,从湖州到上海,又辗转到重庆,途中巧遇从日本留学归来的同乡富家少女沈妍冰与其丫环陈依然。而后,同为美丽少女的李思瑶与朱佩玉加入同行。三个女人一台戏,而五个女人在一起,则是五台戏。但她们的五台戏不是在戏台,而是在战场。战争不仅是在前线与敌人拼个你死我活,还是智慧的较量。在五个女人中,有日本间谍、军统特务、中共地下党员,还有密码高手……只是她们的较量才刚刚开始,摆在她们面前的,是大轰炸给老百姓造成的难以弥合的心灵创伤。她们有时互帮互助,有时却形同陌路,甚至相互猜忌、抵瑕蹈隙,让人惶恐不安……

◆《红灯笼Ⅱ秘战上海滩》,李全著,浙江工商大学出版社 2021 年 6 月出版,获湖州市"五个一工程"奖

　　本书为长篇小说《红灯笼》之续篇,讲述了钮佳悦在成长为坚强勇敢的爱国战士后,加入中国共产党,并奉党组织之命前往上海执行任务,周旋于日本特高课、七十六号与军统特工之间,与他们斗智斗勇的故事。钮佳悦一次次完成党组织交代的任务,展现出战火纷乱、艰难困苦的时代里,一个共产党员坚定的理想信念和坚不可摧的信仰,艺术地再现了中国共产党史、革命战争史,生动反映了一个小人物在国家危难时刻挺身而出,为保家卫国做出贡献的爱国精神。

新书预告

　　浙江工商大学出版社即将出版的《沉风潜影》，为《红灯笼》系列长篇小说之番外篇。《沉风潜影》叙述《红灯笼》的男主角宋书平的成长经历，讲述这个魅力无限的上海滩警察周旋于一群惊才绝艳的女子中间，却秉持初心的故事，也讲述这个足智多谋的中共地下党员游刃有余地行走于各方势力之间，历经重重危机完成任务的惊心动魄的故事。